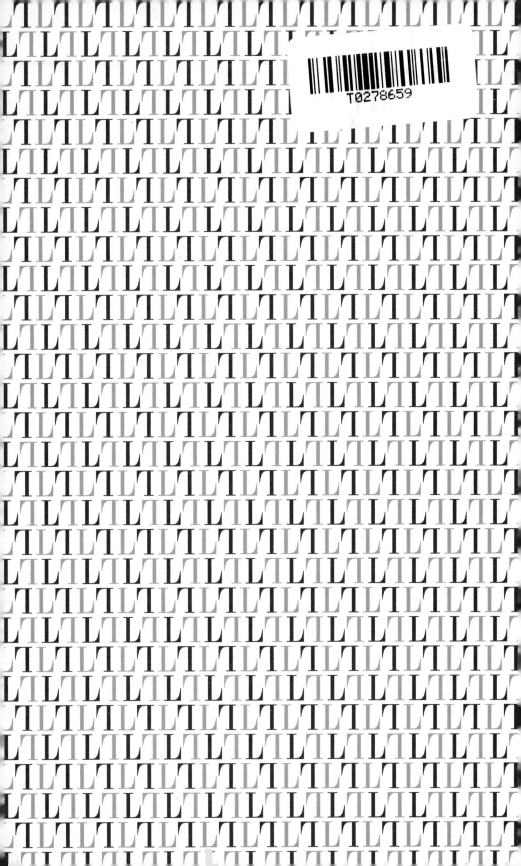

T0278659

El hombre que mató a Antía Morgade

El hombre que mató a Antía Morgade

Arantza Portabales

Lumen

narrativa

Papel certificado por el Forest Stewardship Council®

Primera edición: febrero de 2023

© 2023, Arantza Portabales
Autora representada por la Agencia Literaria Rolling Words
© 2023, Penguin Random House Grupo Editorial, S. A. U.
Travessera de Gràcia, 47-49. 08021 Barcelona

Printed in Spain – Impreso en España

ISBN: 978-84-264-2386-3
Depósito legal: B-22365-2022

Compuesto en M. I. Maquetación, S. L.
Impreso en Liberduplex, S. L.
Sant Vicenç d'Hortons (Barcelona)

H 4 2 3 8 6 3

Y es que a pesar de la muerte,
de la vida o la suerte
yo siempre te querré, ¿no lo ves?

IVÁN FERREIRO y AMARO FERREIRO,
«Canción de amor y muerte»

De ahora en adelante, el deber nos ordena sospechar los unos de los otros.

AGATHA CHRISTIE, *Diez negritos*

El pasado

Hay días en que uno es infeliz, y otros en los que es plenamente consciente de su infelicidad. Estos últimos son los peores. Supongo que esta afirmación funciona también en sentido contrario. Si pienso en Xabi, Iago, Mónica, Eva y Lito me sucede justo eso: sé que hubo momentos en que fuimos muy felices, y otros en los que rozamos la desesperación. También creo que en aquellos años no fuimos conscientes de ninguno de esos sentimientos, o al menos ellos no lo fueron. Nos limitábamos a vivir, o más bien a sobrevivir, porque los chavales como nosotros estábamos acostumbrados a no pensar en el futuro. La vida era un videojuego y nos centrábamos en pasar al siguiente nivel, lamiéndonos las heridas y sin mirar demasiado hacia atrás.

Hasta que pasó aquello y ellos continuaron adelante, pero yo no. Supongo que para mí el futuro no es más que un suceso inevitable y el presente carece de atractivo cuando permites que lo devore el pasado.

Y ahora sucede. Ese pasado del que yo no me he podido despegar irrumpe en las vidas de todos nosotros, no porque queramos, sino porque Iago se ha empeñado en hacerlo.

Su mensaje tiene un punto impersonal. Imagino que ha mandado a todos el mismo.

«Hola. Estoy de vuelta. Bueno, supongo que ya lo habréis visto en los periódicos. Ja, ja, ja. Necesito veros. Han pasado más de veinte años. No os imagináis las ganas que tengo de este encuentro. Os puede parecer raro, pero si lo pensáis bien, fuisteis lo más parecido que tuve a una familia. Os he echado de menos».

No le falta razón. Fuimos una familia. Una familia feliz e infeliz sin conciencia de una cosa ni de la otra.

«Me muero de ganas de veros», añade.

Un enlace. Un restaurante: A Horta d'Obradoiro.

«El sábado 24 a las 9».

Puedo ver a los otros cuatro leyendo el mensaje mientas deciden si irán o no. Qué tontería. Claro que irán. Iremos. Nos sentaremos alrededor de una mesa y nos comportaremos como los seis chicos que compartían un piso en la zona vieja de Santiago. Intento adivinar cuánto queda del Carlos que conocieron. Me miro al espejo y creo que nada. Supongo que todos nosotros guardamos solo una pequeña parte de lo que fuimos. Somos como los árboles, y nuestros recuerdos son líneas concéntricas e indelebles; nunca desaparecerán. Recordamos haber olvidado el pasado, y ese pasado, lo que sucedió, lo que no debió suceder, será lo que nos empuje a esa mesa, a esa cena.

Estoy seguro de que todos estaremos allí.

Todos no. No puedo evitar pensar en Antía.

Ella no estará.

Porque del pasado se vuelve, pero de la muerte no.

Ponferrada, 2021

Ana Barroso cerró la última caja y se dejó caer, agotada, en el suelo del comedor. La rodeaban casi tres decenas de cajas. Le parecía increíble la cantidad de pertenencias que había acumulado en los dos años que llevaba en ese apartamento.

Ponferrada había resultado un destino cómodo para sus intereses. En el saldo positivo de esta etapa estaban su amistad con la camarera del bar donde desayunaba todos los días, y una relación fría y muy impersonal con todos sus compañeros que le había enseñado a poner un punto de raciocinio a todas sus decisiones, a templar su impulsividad y a crecer profesionalmente. Tres casos muy complejos resueltos y dos cursos de criminología en la universidad a distancia. Una amistad, también a distancia, con Santi Abad.

En el saldo negativo, la separación de Martiño, una morriña infinita, ninguna relación sentimental seria, papeleo y burocracia a destajo; muchas jornadas de trabajo sin descanso para acumular sus días libres y poder volver a casa con frecuencia. Y una amistad a distancia con Santi Abad.

Esto último computaba a ambos lados de la balanza. Le gustaba ser amiga de Santi al tiempo que odiaba ser solo eso, aunque lo cierto era que por primera vez tenía claro qué lugar ocupaba en su vida. La distancia y el tiempo lo habían puesto todo en su sitio. Se había acostumbrado a hablar con él a diario. A compartir su día a día a través del móvil. Cada acontecimiento de sus vidas estaba en ese chat. El móvil le proporcionaba a Ana la distancia de seguridad física que, en el fondo, muy en el fondo, sabía que necesitaba para volver a relacionarse con él. Cuando comenzaron a salir, él se empeñaba en hablar a través del móvil y ella se había negado. Siempre le decía que no estaba dispuesta a mantener una relación telefónica.

Lo que ella no sabía entonces es que Santi no era capaz de asumir sus verdades cara a cara. Pero ahora era distinto, ahora era ella la que necesitaba alejarse, al menos físicamente. Había comprendido que necesitaba aprender a confiar en él y que no estaba preparada para hacerlo si lo tenía cerca. En el teléfono estaba el Santi del que se había enamorado. El introspectivo, el inteligente, el sarcástico, el sensible. El Santi con un sentido del deber y la justicia exacerbados. Le gustaba esta relación en la que le contaba su mal día en la comisaría, la alegría por un suficiente en ese examen de la carrera que apenas había tenido tiempo de estudiar o su frustración tras una discusión con Martiño. Sin embargo, sabía cuál era el precio que tenía que pagar: cada milímetro conquistado a esa amistad la alejaba de la posibilidad de recomponer lo que un día tuvieron. Además, Lorena era ya una parte importante de la vida de Santi. Daba igual. Era ella la que había tomado la decisión de alejarse y sabía que había sido una buena decisión.

Y ahora tocaba volver.

En su última visita a Galicia, había notado a Martiño distante. Ángela, la madre de Ana, estaba bastante desesperada. Una abuela no es una madre, y Martiño, aunque seguía siendo un buen estudiante, estaba en plena adolescencia y ponía continuamente a prueba su paciencia. Ana sabía que estaba pidiéndole demasiado a su madre. Ya no era la adolescente embarazada que necesitaba ayuda noche y día para criar a su hijo. El paréntesis en Ponferrada le había proporcionado la calma que necesitaba para afrontar su trabajo. Necesitaba alejarse de la comisaría de Santiago; ser la subinspectora Ana Barroso y no solo una parte de ese binomio que se diría indisoluble: Abad y Barroso. Santi y Ana. Ahora, por primera vez en meses, sentía que podía recuperar su vida.

La temida separación de Martiño no había sido tal. Habían pasado juntos en Ponferrada buena parte del curso escolar en 2020, pero en el último momento decidió que cursase tercero de la ESO en el instituto de Cacheiras. Ahora se arrepentía de esa decisión. No se lo había hecho pasar bien a Ángela. Por primera vez, el chico había suspendido una asignatura que tendría que recuperar en septiembre. Se pasaba los días en Los Tilos con su pandilla. Había dejado el fútbol y solo pensaba en salir, a pesar de las restricciones horarias y del control que su abuela se esforzaba por imponer. Las peleas y castigos eran el pan nuestro de cada día, y Ana estaba muy cansada de discutir a través de una pantalla. Su madre no le reprochaba nada, pero sabía que otro curso así sería insostenible, por lo que, a pesar de que Álex Veiga se lo había pedido en innumerables ocasiones, esta vez había sido ella la que había levantado el teléfono para llamar al comisario.

Veiga había recibido esa llamada con entusiasmo.

Y allí estaba, empaquetando a toda prisa para llegar a tiempo a Compostela. Esa noche era la víspera del Apóstol, pero Martiño ya le había dejado claro que no tenía mucho tiempo para bienvenidas porque había quedado con sus amigos.

Volvía. La esperaba esa comisaría en la que todo era distinto. Veiga ya estaba asentado en su puesto. Javi se había mudado a Barcelona porque su novia, esa periodista diez años menor que él, estaba haciendo un máster. Y Santi estaba pasando por una etapa personal muy calmada, y eso lo haría todo más fácil. No, no sería lo mismo. Se prometió a sí misma que sería mejor.

Rodeada de cajas y observando el apartamento, se preguntaba si había sido feliz entre esas cuatro paredes. Ni siquiera recordaba qué se sentía siendo feliz, cuándo fue la última vez que lo fue o si confiaba en volver a serlo algún día. No seas gilipollas, pensó Ana mientras cerraba la última caja con cinta de embalar.

24 de julio

Iago

Iago Silvent llamó de nuevo al restaurante para asegurarse de que la mesa que había reservado estaría en el jardín. Llevaba quince años fuera de Compostela, así que había acudido a un colega de la Facultad de Biología de Santiago con el que mantenía contacto por redes sociales para que le aconsejase. Su compañero le habló bien del restaurante e insistió en que reservase en la terraza si el tiempo acompañaba. Los periódicos hacían hincapié en el hecho de que los tradicionales fuegos del Apóstol se lanzarían desde distintos puntos de la ciudad para evitar concentraciones de gente. Iago no pudo evitar pensar en las juergas que se había corrido en sus días de estudiante durante las fiestas patronales. A pesar de que siempre había compatibilizado sus estudios con distintos trabajos para complementar las becas, las fiestas del Apóstol eran sagradas.

Salió del hotel, en la rúa del Villar, y se perdió por las calles de la zona vieja.

Se dejó dominar por la inevitable nostalgia. Dirigió sus pasos hacia el número 30 de la Algalia de Abaixo. Se preguntó si ellos pasaban alguna vez frente a la casa.

Si se despertaban por las noches, empapados en sudor tras sufrir una pesadilla, recordando lo sucedido allí.

Permaneció quieto ante el edificio de piedra. Nada había cambiado, exceptuando el parquímetro que estaba frente al portal. El edificio combinaba piedra con pintura blanca, el mismo color que la madera de las ventanas. En invierno, el frío y el ruido se colaban dentro. Antía siempre se quejaba de eso. Era muy friolera.

Un escalofrío le recorrió la espalda. Observó la ventana superior derecha. El salón. Allí había sido. Se sacudió de encima el pensamiento. Hoy era un día alegre. Mónica. Carlos. Eva. Lito. Xabi. Juntos. De nuevo. Se moría por estar con ellos. Se habían pasado media vida en centros de menores y en hogares de acogida, ansiando una familia. Familia. Ellos eran la única que había tenido. Por eso ahora, nada más aterrizar en Galicia, lo que más ansiaba era ese encuentro.

En las redes sociales solo había localizado a Mónica, que mantenía un perfil muy activo. Seguía siendo guapa, pero ya no era la belleza deslumbrante que los volvía locos a todos. Aun así, para él seguía siendo la mujer más hermosa del mundo. Tras unos años en la televisión autonómica en los que ejercía de azafata en el concurso de turno o hacía los coros en playback a los cantantes que pasaban por el eterno programa *Luar* de los viernes por la noche, su perfil público se había ido difuminando. Ahora publicitaba cosméticos a través de una cuenta de Instagram; así era como la había encontrado. Fue a ella a quien le encargó la tarea de conseguir los teléfonos de los demás, tras una llamada en la que, en un ataque de nostalgia, habían decidido a la par que había llegado la hora de ese reencuentro.

De Lito no sabía nada. Justo antes de mudarse, tras obtener la plaza en la Universidad de Princeton, lo vio un día tirado junto a un cajero en la plaza de Cervantes. Se detuvo frente a él, pero Lito no lo reconoció. Iba puesto hasta las trancas. Le entraron ganas de meterle un par de billetes en el bolsillo, aunque sabía que no le durarían y que le harían más mal que bien. Por un instante pensó en llevárselo a su casa, pero faltaban menos de veinticuatro horas para coger ese vuelo hacia la vida que siempre había soñado desde que era un estudiante de primero de Biología, así que reanudó su camino.

Mirar hacia otro lado era algo que sin duda se les daba bien a los habitantes de Algalia 30.

A Eva tampoco la había vuelto a ver. Se la había topado un día, cuando estaba a punto de acabar sus estudios, a las puertas de la Agencia Tributaria de Salgueiriños. Le dijo que trabajaba en una peluquería y que tenía un novio que se llamaba Damián. Que estaban ahorrando para dar la entrada de un piso. No hablaron de los demás. Él le dijo que estaba con el doctorado. Ambos insistieron en que tenían que quedar un día. Localizar al resto. Nunca lo hicieron. Dicen que el tiempo cicatriza todas las heridas, pero uno no sabe cuánto tiempo hace falta para según qué heridas, sobre todo cuando existe la conciencia de que hay algunas que nunca se curan, solo se ocultan bajo la ropa para que los que nos rodean no las descubran.

Tampoco tuvo noticias de Xabi hasta que lo llamó hacía apenas unos días. La última vez que lo vio fue durante el juicio. El juicio. Llevaba años sin pensar en él. Recordó a Xabi ante el juez, tartamudeando, sin dirigir la mirada al banquillo de los acusados. Todos estaban allí, apoyando a Eva y a Xabi. Eran los más pequeños, los más débiles, pero les había tocado a ellos hacer justicia. Después de aquello, Xabi desapareció de Compostela. Supo que se había mudado a Vigo y ya nunca más tuvo noticias de él.

Y luego estaba Carlos. Era incapaz de pensar en él sin sentir esa mezcla de ternura, vergüenza y culpabilidad. Habían sido inseparables. Lo recordaba siempre en su habitación, sujetando un lápiz entre los labios y con la guitarra entre las manos. Componiendo, cantando bajito. Siempre había sido su gran apoyo. «Tú harás algo grande, Iago», solía decirle. Y así era a los ojos del mundo.

Solo que hacía mucho que Iago había comprendido que nada de lo que hiciera conseguiría que dejase de sentirse culpable ante Carlos.

Porque él sabía que había contribuido a ese horror. Porque todos sabían que algo terrible podía suceder en ese piso.

Y ninguno de ellos había hecho nada para impedirlo.

24 de julio

Mónica

Observó su rostro en el espejo, que le devolvía la imagen de una mujer de cuarenta y dos años que se esforzaba por aparentar diez menos y casi lo conseguía. Daba igual lo que hiciera; con cuarenta y dos, en el mundo del espectáculo y la publicidad ya no te quieren ni para ir a buscar el café.

Rebuscó en su armario, indecisa. Hacía mucho que no se compraba ropa nueva. Iba sobreviviendo con colaboraciones en Instagram con marcas de segunda y daba talleres de maquillaje por horas a mujeres de su propia edad que deseaban mirarse en el espejo, exactamente igual que hacía ella en ese instante, y sentirse a gusto con lo que veían. Como si no supieran que la insatisfacción que llenaba sus vidas no se iba a solucionar con una buena capa de maquillaje.

Escogió un vestido negro, no muy corto pero ajustado, para mostrar que aún seguía teniendo un cuerpo capaz de captar todas las miradas. Quería impresionarlos. Quizá, si encontraba aceptación en sus ojos, sentiría que estos más de veinte años que llevaban separados no habían sido un absoluto fracaso. Además, aparecer en redes sociales al lado de Iago Silvent era un espaldarazo profesional al que no estaba dispuesta a renunciar. A lo mejor había llegado el momento de salir de compras, pensó mientras se despojaba del vestido negro y lo tiraba encima de la cama.

Iago había contactado con ella un día de marzo.

«Vuelvo a casa», le había dicho.

Ella tuvo ganas de contestarle que qué casa, ninguno de ellos había tenido nunca un hogar. Centros de menores, acogimientos familiares, pisos tutelados... La amenaza más temida —la mayoría de edad— sobrevolándolos sin descanso. Para los chavales en su situación, los dieciocho años eran una espada de Damocles que se balanceaba sobre sus cabezas. El momento en el que ya no quedaba nadie para ocuparse de ellos. El proyecto piloto de la Algalia había aparecido en el momento adecuado; una tabla de salvación a lo que todos se había agarrado desesperados. Venían de hogares desestructurados. Padres yonquis, madres desaparecidas, abuelos que ya no podían hacerse cargo de nietos a los que un día habían abandonado en su hogar. Cada uno de ellos tenía su historia, pero eran todas tan parecidas que no se molestaban en compartirlas con los demás.

El piso tutelado de la Algalia era una solución temporal ante la temida mayoría de edad, un paso intermedio entre la custodia administrativa y el mundo real. Un lugar pagado por la Consejería de Servicios Sociales donde convivían con cuidadores que los preparaban para ese momento en el que vivirían solos. Los orientaban en sus estudios, les pagaban el carnet de conducir o las clases de peluquería, el módulo de mecánica o el de corte y confección. La universidad era una utopía solo al alcance de alguien tan sobresaliente como Iago. Las becas no te garantizaban sobrevivir durante el tiempo que duraba una carrera, aunque en eso eran alumnos aventajados: todos eran supervivientes natos.

Salvo que no todos habían sobrevivido.

Recordó el cuerpo de Antía en el salón de la casa. La sangre. Soñaba con su sangre a veces. Cuajada sobre la alfombra del salón, en estado casi sólido. Fue ella la que la descubrió. Gritó como nunca lo había hecho, con terror, con desesperación. Luego se calló. A medida que todos y cada uno de los moradores del piso fueron llegando al lugar donde se hallaba Antía, el silencio se apoderó de la estancia. Soñaba con ese día, aunque solo recordaba a Carlos abrazado a ella. Y sus gritos, que contrastaban con el silencio sepulcral de los otros cinco.

También recordaba la imagen de él cada día. Su rostro. El del hombre que mató a Antía. Y lo irracional que era sentirse culpable. Pero todos, en igual o menor medida, eran cómplices de esa muerte. Todos excepto Carlos, por supuesto. Por eso, la semana pasada, cuando vio en el periódico la noticia, justo a unos días del ansiado reencuentro, comprendió que el destino le estaba lanzando un mensaje. Aunque esta vez estaba a tiempo de liberar su conciencia. De hacer lo que debía, aunque fuera veintitrés años después. Por eso descolgó el teléfono y habló.

Dicen que nunca es tarde para contar la verdad.

Mienten.

24 de julio

Lito

Quince meses y medio limpio. La unidad asistencial de drogodependencias lo había rescatado de su última sobredosis. Esta última vez había sido distinta a otras. Había muerto, pero había resucitado. No había visto el puto túnel ni la puta luz. No recordaba nada, solo sentarse bajo aquel árbol, al anochecer, y meterse un chute sin preocuparse de que apareciese nadie. Ver cómo se mecían las hojas de los árboles y cómo la última luz de la tarde se filtraba entre ellas mientras despegaba, mientras la heroína pasaba de la cuchara a la jeringa, de la jeringa a sus venas, hasta explotar en su cerebro. Nada en el mundo se parece a un buen viaje, a la sensación de libertad, de bienestar, a esa liviandad. Volar, flotar, dejarse acunar sin temor a la caída, sin vértigo, sin miedo. Decía el tío de una peli, no recordaba ahora cuál, que si coges tu mejor orgasmo y lo multiplicas por mil, ni siquiera andarás cerca de lo que sientes al meterte un chute. También decía que la gente se drogaba para tener silencio.

Silencio.

Esa primavera, el silencio se había adueñado de la ciudad. Por las noches, en el Obradoiro no se escuchaban más que los pasos de los que no tenían casa, el repicar de sus orines contra los muros de piedra en la zona vieja. Ni siquiera se oían las habituales trifulcas, peleando una esquina, mendigando un pitillo, unos euros. Las estaciones de tren y autobuses estaban huérfanas de pasajeros. Los bares permanecían cerrados a cal y canto. El mundo se reactivaba por franjas horarias y el resto del tiempo, salvando a los gilipollas que sacaban a sus chuchos a pasear, no se veía un alma.

Silencio. No necesitaba las drogas para encontrar el silencio. Este ya lo envolvía a todas horas. Llevaba años sabiendo que ese silencio se haría definitivo algún día, que habría un chute que le daría el viaje de su vida. Solo que no contaba con Chema el Cojo. El hijo de puta lo había encontrado en el parque de Belvís una madrugada de la primavera del pasado año y, después de vaciarle los bolsillos (dos euros, un mechero y una china de hachís), salió corriendo de allí y se topó con la pasma. Por no rendirles cuentas de lo que hacía, les dijo que estaba buscando ayuda para un colega.

Y así le salvó la vida.

Pero se la salvó de verdad. Por una vez, a un mal viaje no le siguió la calle. En la unidad de drogodependencias del hospital, lo habían derivado a un programa denominado «comunidad terapéutica» en Tomiño, Pontevedra. Un programa residencial de rehabilitación tras una dura desintoxicación previa. Era el momento adecuado, porque fuera del hospital tampoco había vida. La pandemia lo había devorado todo.

Eso era pasado.

Iago, Xabi, Eva, Mónica y Carlos también lo eran. Pero, incluso así, iría a esa cena, porque era la primera vez en mucho tiempo que se sentía lo suficientemente limpio como para reencontrarse con el Lito que fue.

Había comido tanta mierda en los últimos años que lo que hizo, lo que ellos ignoraban, carecía ahora de importancia. Lo sucedido en el piso de la Algalia de Abaixo ya no le parecía tan terrible.

Aunque lo fue.

24 de julio

Eva

Dobló la ropa y apartó la que tenía que planchar. Ya lo haría mañana, antes de ir a la playa, aunque, si esta noche la cosa se alargaba, seguramente no tendría ganas de ponerse con las labores domésticas.

Abrió el armario y buscó algo presentable que ponerse, a sabiendas de que daba igual su aspecto. Al lado de Mónica era imposible dar una imagen mínimamente decente. Veinte años después volvían a juntarse los siete de la Algalia. Los seis, se corrigió al instante.

Con la única con la que mantenía contacto era Mónica. Se encontraban a veces por la ciudad y siempre se paraban a charlar un ratito. De cuando en cuando, incluso se tomaban un café. Eva siempre le decía que debía venir a su casa un día para conocer a Damián. Mónica siempre decía que sí y ambas sabían que no lo haría. Cualquier intento de aproximación significaba revivir un pasado que se esforzaban por olvidar. Creía que era así para todos, por eso no entendía lo de esta noche. Quizá Iago, tras mil años en el extranjero, había borrado de su mente lo ocurrido en aquella casa.

Ella no.

Se preguntaba cómo iba a ser capaz de mirar a Carlos a los ojos.

A veces, cuando iba a la plaza, se detenía ante la puerta del pub Momo y observaba el mismo cartel que anunciaba sus conciertos desde hacía años. Carlos Morgade. Todos los martes y jueves a las doce de la noche. La fotografía era antigua: se le veía sentado en un taburete del pub, con la guitarra entre las manos y la mirada fija en el suelo. Ella sabía que cuando Carlos cantaba nunca miraba a su alrededor. Se encapsulaba. Era un gusano en su crisálida. Nunca se atrevió a ir a uno de esos conciertos. Tampoco se había topado nunca con él. Los que viven de noche y los que viven de día no encuentran fácilmente un espacio de intersección entre sus mundos.

De Xabi no había vuelto a saber nada. Fue con el que más tiempo convivió, pero en cuanto se marchó no dejó ni rastro. Se borró de su presente y se convirtió en pasado.

A Lito sí que lo veía. Siempre tirado, siempre escondido bajo una sucia gorra de los Yankees. «Gracias, Evita, cielo. Siempre fuiste la única que merecía la pena en esa puta casa», le decía cada vez que ella le daba un par de euros. Era tan buen tío que Eva entendía que se metiese toda esa mierda. Vivir sin ayuda solo estaba al alcance de unos cuantos.

Ella lo había conseguido, a base de no pensar. Un trabajo en la peluquería del vecindario, un marido y una colaboración por horas en una asociación del barrio que trabajaba con chavales que, como ella un día, no tenían un hogar. No le quedaba mucho tiempo para pensar. No le quedaba tiempo para nada, ni siquiera para recordar. Claro que a veces un simple cartel en la puerta de un pub era capaz de darle la vuelta a todo. Al igual que la llamada de Mónica.

«Vuelve Iago, quiere que nos juntemos».

«No».

El monosílabo se le quedó congelado en los labios. Había mil razones para decir que no. La principal era que todos habían sobrevivido a lo que pasó con Antía. A lo que le habían hecho a Antía. La secundaria era que no tenía fuerzas para ver a Carlos.

«Vale».

La palabra salió de sus labios porque comprendió en ese instante que se moría por verlo. Aunque eso significase revivirlo todo. Sacudió la cabeza para evitar seguir pensando, seguir recordando.

Observó la ropa de nuevo. Daba igual lo que se pusiera. Era solo una mujer del montón. En la residencia de menores agradecía pasar desapercibida. Y lo mismo sucedía en el piso. A nadie le importaba una insignificante chica, ni gorda ni delgada, ni guapa ni fea, ni lista ni tonta. Le había ido bien. Vivir sin estridencias se parece más a sobrevivir que a vivir. No iba a cambiar ahora. Sería una simple mujer de cuarenta años, de pelo corto y castaño, con gafas metálicas y cuerpo menudo escondido bajo una capa de ropa.

Apartó del montón unos vaqueros y una blusa blanca. La extendió frente a sí. Al final tendría que sacar la plancha.

24 de julio

Xabi

—Vas a dejarte una pasta. No es solo el restaurante, al final tendrás que quedarte a dormir allí.

—Volveré en cuanto acabe la cena —dijo Xabi—. No voy a quedarme.

—¿Vas a conducir después de ir de copas? —replicó Vane.

Él sabía que no le molestaba la cena. Le molestaba que no la llevase.

—No me quedaré a las copas. Te lo estoy diciendo: en cuanto hayamos cenado, me abro.

—¿Cómo es él? —preguntó ella.

—¿Quién? ¿Iago?

—Sí, claro.

¿Cómo era Iago? ¿Quién estaba detrás del personaje? Iago Silvent era el hombre de moda. No solo había colaborado activamente con los laboratorios que trabajaban en la fabricación de la vacuna contra la covid-19. Era la voz que todos escuchaban. A través de sus redes sociales y de sus intervenciones en múltiples programas, había desmontado bulos, informado, aleccionado y explicado los secretos de una enfermedad que había entrado en sus vidas poniéndolas patas arriba. Todo el país se había acostumbrado a sus intervenciones desde su casa en Estados Unidos, con el escudo del Capitán América a su espalda, que ejemplificaba esa primera línea de protección frente a la enfermedad. Explicaba el funcionamiento de las defensas con muñecos de Star Wars y hablaba como uno nunca espera que lo haga un científico. Sin embargo, aunque todo eso parecía ya cada vez más lejano, el personaje se había adueñado de Silvent y estaba claro que había venido para quedarse. Iago Silvent representaba el futuro y la ciencia. Pero representaba más cosas. Era el hombre capaz de concienciar al mundo contra el cambio climático, o de anunciar que ya habían llegado las rebajas a los grandes almacenes sin que nadie cuestionase su credibilidad. Uno podía fiarse de ese hombre que siempre miraba a la cámara con sus ojos claros y se desnudaba ideológicamente con un discurso que desprendía siempre honestidad y estaba exento de connotaciones sectarias. Era capaz de enfrentarse a líderes políticos o a otros compañeros de la comunidad científica, y era tan brillante en sus alegatos que nadie cuestionaba ya sus opiniones. Todos confiaban en él. Confianza. Confianza ciega. Eso era. Era convincente, magnético, de ahí esos dos millones de seguidores en Instagram y Twitter, y con ellos, los contratos de publicidad millonarios y los innumerables premios de científicos y académicos. Había acercado la ciencia a la gente de a pie sin perder ni un ápice de prestigio entre los suyos. Su poder mediático lo había posicionado en las encuestas del Centro de Investigaciones Sociológicas como uno de los hombres más influyentes del país. Y ahora volvía a su Galicia natal tras una oferta del Gobierno gallego para dirigir un nuevo organismo para la investigación biomédica creado a su medida. Ese era Iago Silvent.

Pero eso era lo que ella ya sabía. Vane le estaba preguntando por el otro Iago. El que convivió con él en una vivienda tutelada. El chaval superdotado que pulverizaba los test de inteligencia, que compaginaba dos trabajos con los estudios universitarios. El que rompía todos los estereotipos. No se pasaba los días metido en la biblioteca. Sus días eran tan elásticos que era capaz de estudiar, trabajar, salir de fiesta y ser el primero de su clase.

—Era un crac —se limitó a decir Xabi—. Siempre lo fue. Todos sabíamos que llegaría lejos.

—Hasta ahora, nunca me habías dicho que lo conocías.

—No me gusta hablar de esa época.

—De todos modos, ya lo sabía —dijo Vane.

Xabi la miró sorprendido.

—¿Y eso?

—A veces hablas en sueños. Y dices nombres.

—¿Qué nombres?

—No los recuerdo todos. Pero Iago Silvent es uno de ellos.

Iago.

Carlos.

Mónica.

Eva.

Lito.

Antía.

Esos eran los nombres.

Él sí los recordaba, aunque se esforzaba a diario en olvidarlos. Sobre todo a Mónica. Él la conocía mejor que nadie. Sabía de lo que era capaz.

—Mañana estarás hecho polvo para el viaje —insistió Vane cambiando de tema.

Llevaban juntos el tiempo suficiente para saber que él no iba a hablar del pasado. Siempre le había dejado claro que no estaba dispuesto a revivir sus años en centros de acogida y en el piso tutelado.

—Tranquila, cenita y para casa. Mañana a estas horas estaremos en el Algarve. Te lo prometo.

Besó a Vanesa, ignorando que hay promesas que no valen nada. Sobre todo, cuando no está en tu mano cumplirlas.

24 de julio

Carlos

Un día reuní las letras de mis canciones en un archivo de texto. Guardé el archivo en el ordenador con el título genérico de «Todas».

Todas mis canciones. Las que llevaba escribiendo toda la vida. Después lo imprimí. Parecía un libro de poemas. Mientras leía, sentía resonar en mi cabeza las notas de la guitarra e hice el esfuerzo de recitarlas en voz alta, intentando abstraerme del hecho de que eran canciones. Fue como descubrirme de una forma distinta. La vida sin música es más cruda. Mis letras, desnudas, también lo son. Al instante me di cuenta de que todas mis canciones tenían un hilo conductor. Recuerdo utilizar el buscador del Word para localizar palabras dentro de las ciento veintidós canciones que componían el texto. La palabra «soledad» aparecía setenta y seis veces. «Niña», cuarenta y cinco. «Dolor», noventa y cuatro. «Oscuridad», cuarenta y siete. «Pena», veintiséis.

«Muerte», noventa y tres.

Desde entonces, el número de canciones ha aumentado. Imagino que la soledad, el dolor, la pena y la muerte habrán crecido también dentro de ellas.

Así que este reencuentro no va a despertar nada, porque nada permaneció dormido.

Si les preguntas a ellos, te dirán que lo que pasó en ese piso hace veintitrés años fue traumático y horrible. Yo no lo pongo en duda. Pero fui yo el que perdió a la única persona a la que he querido nunca. No solo perdí a Antía en ese instante. La pierdo cada día. La pierdo en mi presente y en mi futuro. Ahora tendría que ser la tía de mis hijos. Quizá sería madre. Quizá sería artista, siempre estaba dibujando. Quizá sería cajera de supermercado, masajista o cuidadora de ancianos.

Pero lo único cierto es que aquello que Antía sería se vio sustituido por lo que fue: un cadáver cubierto de sangre en el salón de casa. Ese es el poder de la muerte. Congela un instante y lo mantiene imperturbable. Por eso Antía ya no será nada más que un cuerpo con los brazos ensangrentados.

«Sangre» aparece treinta y nueve veces.

No estoy siendo justo. También hay amistad y amor. En pocas canciones. En esas que no me apetece cantar pero que tienen que ver con ellos. Sí, puedo recordar los momentos buenos. Los hubo. Es solo que no me sienta bien luchar contra el Carlos triste, el que se apoderó de mí tras la muerte de Antía. A veces intento recordar al otro Carlos. Está en esas canciones. En unas pocas.

«Amigos» sale cuarenta y dos veces.

Está claro que no los he olvidado.

Cojo una camisa negra y unos vaqueros del armario. Deberíamos seguir separados. Todos deberíamos olvidar. Si es que eso es posible.

Compostela, 2021

Santi recorrió los puestos de la plaza para acabar en el de siempre. Un rape y unas almejas de Carril eran la elección de hoy. Se arrepentía de no haberle insistido a Lorena para marcharse fuera de la ciudad ese fin de semana. No soportaba Santiago durante el verano, aunque lo cierto era que el flujo de turistas había disminuido. El sol caía a plomo y la opción de ir a la playa en fin de semana no le apasionaba. A él, las playas le gustaban en mayo y en septiembre.

«On the road», decía el wasap que acababa de mandarle Ana acompañado de una foto de su coche nuevo, un Captur rojo, lleno de cajas.

«Hazme un SyS en cuanto llegues», escribió él, mientras se dirigía a la salida de la plaza de abastos.

Sana y salva. Era lo que siempre se decían en estos casos.

Ana volvía, y con ella el tándem Abad y Barroso. Veiga estaba encantado. Él también. En estos dos años ambos habían encontrado un cauce para su complicada relación. Habían conseguido ser amigos y, sobre todo, Santi había conocido a la verdadera Ana. La distancia y su relación con Lorena habían dado una nueva dimensión a su amistad. Eran amigos porque eso era lo único que podían ser, y eso le había mostrado una nueva visión de esa mujer que lo exasperaba y a la que admiraba a partes iguales. Le volvía loco su desorden vital, aunque sentía un profundo respeto por su profesionalidad y su tesón. Como Ana siempre decía cuando trabajaban juntos: no somos los mejores, pero somos los más constantes y obstinados. Así era ella, como un bull terrier: si atrapaba algo, ya no lo soltaba; encajaba fuerte la mandíbula y ya nada le hacía abandonar su presa.

Salió de la plaza y deambuló por la zona vieja. Se tomó una caña en la terraza del Riquela. Volvió a ojear el móvil. Lorena le recordaba que comprase pan. Su hermano le mandaba una foto de su sobrino Brais surfeando en la playa de Pantín. Le contestó con el icono de un pulgar hacia arriba. No era un tío expresivo.

Entró en Twitter y buscó las noticias más relevantes. Estaba de vacaciones y, por lo tanto, desconectado por completo del mundo. Faltaba solo una semana para volver a comisaría, aunque estas vacaciones estaban siendo muy atípicas. Seguían sin viajar. Se limitaban a ir a la playa o hacer pequeñas excursiones. El ambiente social continuaba enrarecido.

La foto de Iago Silvent apareció en varios tuits.

Así que ya había llegado. Se preguntó si Carlos estaba al tanto. Hacía mucho que no sabía nada de él. Tenía que llevar a Lorena a uno de sus conciertos algún día. Era un tío con un talento increíble y no entendía por qué se conformaba con hacer versiones de cantautores para un público fiel pero reducido. La imagen de Silvent estaba siempre unida a la de Carlos, y la de este a Antía, claro. Hacía mucho que no pensaba en Iago y en los Morgade.

Lo llamaría un día de estos, pensó mientras cogía la bolsa del pescado para dirigirse a la panadería.

A Horta d'Obradoiro

—Estás guapísima —dijo Eva mientras se abrazaba a Mónica, tras unos segundos de confusión al ofrecerle ella el codo.

No mentía. Mónica mostraba unas piernas interminables bajo un vestido azul eléctrico que destacaba su tez pálida y perfecta, y su larga melena pelirroja y rizada. Sus labios eran demasiado gruesos, y Eva no pudo evitar pensar que estaba mucho mejor antes de operárselos. Ella no necesitaba nada de eso, aunque la entendía; en el mundo en el que se movía Mónica, la imagen lo era todo.

El camarero las condujo al jardín. Su mesa ya estaba preparada. Ellas habían sido las primeras en llegar, un minuto antes de las nueve. Para que luego hablaran de la impuntualidad femenina.

Eva pidió una caña de 1906 y Mónica, un godello.

—Estoy nerviosa —confesó Eva.

—Y yo —contestó Mónica, mientras se llevaba la copa de vino blanco a los labios.

—¿Lito también viene?

Mónica asintió.

—Está fenomenal. Nunca lo había visto así. Está limpio. Entró en un programa de desintoxicación durante el confinamiento y viene de pasar seis meses en una clínica, sometido a un programa terapéutico. Mira la foto de su WhatsApp. —Le mostró su móvil.

Eva observó a Lito. Había ganado varios kilos y se le había borrado ese aire de eterno espectro.

—Me alegro infinito.

—Y yo también —dijo una voz tras ella—. No sé de qué te alegras tú, pero yo no me puedo creer que esté en casiña.

—¡Iago! —Mónica se levantó a toda velocidad y se apresuró a abrazarlo.

Eva la imitó un segundo más tarde.

Iago tomó asiento al lado de Mónica y pidió al camarero otra 1906.

—Veinte años sin vernos, qué mierda de trabajo es este que me ha impedido volver a Galicia en dos décadas —dijo él.

—Eso no es lo que dices en Instagram, presumes de tener el mejor trabajo del mundo —rio Mónica.

Era el mismo rostro que se había colado en sus casas durante meses, pasando a ser uno más de la familia. Pelo entrecano, perilla, ojos claros. Para ellas, era tan solo una versión madura del chico más divertido del piso de la Algalia. El camarero le llevó la caña y le preguntó si podía hacerse una foto con él. Iago se levantó y posó sonriente a su lado.

—¿Xabi también viene? —preguntó Eva—. ¿Dónde vive ahora?

—En Vigo. Hablé con él el jueves, antes de volar. Trabaja en Citroën y vive con una chica que se llama Vanesa.

—¿Cuantos años tiene? ¿Treinta y nueve? Era el más joven de nosotros, ¿no?

—Sí, eso creo —dijo Mónica—. Lito y yo éramos del mismo curso, tenemos cuarenta y dos, y Iago y Carlos tienen que tener un año más, si no recuerdo mal, y tú debes de rondar los cuarenta, ¿no? Aunque oficialmente yo tengo treinta y cuatro y mataré a quien diga lo contrario. La Wikipedia no miente, y ahí pone que nací en 1987, aunque eso signifique que debuté como azafata en *Luar* con doce años.

Los tres se echaron a reír.

—Esto parece el piso de la Algalia —dijo Lito, que acababa de llegar acompañado de Xabi.

Efectivamente, lo parecía. Era increíble lo rápido que se difuminaba el tiempo. La compañía de ellos resultaba natural. Sí, Iago lo había resumido muy bien. Eran familia. A pesar de los años transcurridos. A pesar del dolor y de los recuerdos oscuros.

—Ahí viene Carlos —anunció Mónica, señalando al hombre de camisa negra y vaqueros que se dirigía hacia la mesa.

—Ahora ya estamos todos —dijo Lito.

Todos no, pensó Carlos, mientras abrazaba a Iago en primer lugar y dirigía su mirada hacia Eva.

Ya nunca estarían todos.

Los chicos de la Algalia

—La comida. No os imagináis lo que la he echado de menos —dijo Iago mientras daba cuenta de lo que quedaba de su plato de almejas a la marinera.

—¿No has venido ni una sola vez en todos estos años? —preguntó Xabi.

—No. Lo cierto es que me he dedicado de lleno a la investigación, aunque la divulgación ha sido siempre lo mío. El proyecto Immunomedia me ha llevado por todas las universidades del mundo. En España estuve un par de veces, en Sevilla y Barcelona, pero no llegué a venir a Galicia. Si hubiese tenido a alguien aquí, habría sido distinto. Ya me entendéis.

Lo entendían.

Ninguno tenía a nadie. Lito, Mónica y Eva compartían una historia parecida. Hijos de heroinómanos que pasaban más tiempo en la cárcel que fuera, carecían de familia directa que se hiciera cargo de ellos. Recibieron visitas esporádicas de sus respectivos progenitores hasta que un día estos no volvieron más. Sus expedientes eran casi idénticos. Sus padres no habían perdido la patria potestad y por lo tanto no podían ser adoptados. Eva había pasado un año en acogimiento con una familia de Ordes. Mónica y Lito habían coincidido en el mismo centro de acogida.

Por su parte, la madre de Xabi se había marchado con un tipo que él ya no recordaba. Vivió tres años con su abuela, hasta que un día, al volver del colegio, se encontró una ambulancia en el portal. Recordaba perfectamente a la asistente social que lo atendió aquella tarde. Nada de «la abuelita se ha dormido» o «se ha ido al cielo». Aquella mujer de pelo blanco y gafas metálicas decidió que a sus nueve años era lo bastante mayor para asumir la realidad. «Tu abuela se ha muerto», le dijo. «Necesitamos llamar a tu familiar más próximo para que se haga cargo de ti», añadió con voz fría. Xabi se quedó paralizado. Con la vista fija en la libreta azul y el boli de gel negro que la mujer sostenía entre las manos, decidió no abrir la boca. Nadie iba a hacerse cargo de él, pero no era capaz de decirlo en voz alta. Durante los siete años que pasó en el centro de acogida hasta que recaló en el piso de la Algalia, apenas volvió a hablar. Solo abría la boca para responder con monosílabos. Sí. No. Gestos. Afirmaciones. Negaciones. A nadie parecía importarle gran cosa si hablaba o no. Eso es lo único bueno de no tener a nadie que se haga cargo de ti, que nada de lo que hagas o de lo que no hagas importa demasiado. En el piso de la Algalia había recuperado su voz, pero treinta años después todavía soñaba con aquella mujer de gafas y pelo canoso.

Ninguno sabía nada de la vida de Iago antes de que este coincidiese en el instituto Rosalía de Castro con Carlos y Antía durante un par de cursos, antes de acabar juntos en la casa. Les había contado mil historias fantásticas, desde que su padre era astronauta hasta que su madre estaba de gira con un circo internacional. Tenía una imaginación muy viva y una gran capacidad para inventarse cuentos. La verdadera se hallaba en un expediente de la Consejería de Servicios Sociales y era similar a la de sus compañeros.

Y luego estaban los hermanos Morgade, con su vida normal, con su padre normal, su casa normal y su infancia feliz en un piso del Ensanche de Santiago. Cumpleaños con globos y tarta, veranos en la playa de Loira y Navidades con regalos bajo el árbol decorado. Hasta que un día su padre se mató en un accidente de tráfico y su madre, que nunca había sido muy estable psicológicamente, sufrió una recaída importante. Acabó internada en el psiquiátrico de Conxo y murió cuando Carlos tenía diecinueve años y Antía, dieciocho. Para entonces, los hermanos habían pasado ya por un par de centros hasta acabar en el piso tutelado.

—Te entendemos —dijo Lito.

Inmediatamente Mónica se apresuró a contar un par de anécdotas de personajes famosos con los que había coincidido en los platós de la televisión autonómica, y la charla derivó hacia la súbita fama de Iago. Este les contó que había firmado varios contratos publicitarios, que iba a dirigir un nuevo centro de investigación dependiente de la Agencia de Innovación de Galicia que tenía su sede en la Ciudad de la Cultura y que seguiría colaborando con las televisiones estatales.

—O sea, que tú pagas la cena —dijo Lito.

—Por supuesto que lo haré, a fin de cuentas, soy yo el que os ha convocado a todos —respondió Iago—. Y ¿qué ha sido de vuestra vida?

Soy peluquera.

Soy modelo.

Llevo veinte años tocando en el Momo.

Trabajo en Citroën.

Yo me he pasado la vida colgado del caballo, pero llevo más de un año limpio.

Todos fueron capaces de concentrar su pasado en breves frases. Como si lo que hacían importase más que lo que eran.

No tengo hijos.

Esta última frase la dijeron los seis. Al instante se instaló un silencio incómodo que de nuevo rompió Mónica, esta vez para recordarles que en unos minutos comenzarían los fuegos artificiales.

—Aún nos queda el postre —dijo Iago—. Desde aquí se verán bien, ¿no? Fue una de las razones por las que escogí este restaurante.

—Y se oirán —contestó Carlos.

—¿Sigues sin soportar el ruido, Morgade? —dijo Lito.

—¿Acaso hay alguien que lo soporte?

—Para mí es peor el silencio —intervino Eva, buscando los ojos de Carlos. Llevaba toda la noche esquivándolo. Su voz no había cambiado, aún podía percibir esa leve ronquera que lo caracterizaba.

—Supongo que por eso canto, para combatir ambos. Pero espero que los que vienen a escucharme no califiquen mi música como ruido.

El camarero colocó los postres encima de la mesa. El restaurante estaba muy cerca de la plaza del Obradoiro y contaba con una terraza-huerta sumamente acogedora. Todos coincidieron en que la comida era espectacular. También opinaban que eso era lo de menos.

—¿Está seguro de que el mío no tiene frutos secos? —preguntó Mónica—. Es por mi alergia... Tengo mi inyección de epinefrina en el bolso, pero no quisiera inflarme como un globo aerostático.

—El suyo se ha preparado aparte. El de los demás tiene una base de pistacho molido. Y el del caballero no tiene lactosa según lo indicado —respondió el camarero mientras colocaba un plato de distinto color frente a Xabi.

—Adoro el chocolate —dijo Lito.

—Hay cosas que nunca cambian —afirmó Iago—. Eras un puto yonqui del chocolate.

—Era un puto yonqui en general —dijo Lito.

Todos se echaron a reír.

—No os riais, cabrones.

—Siempre nos reíamos —recordó Eva—. Creo que nunca he vuelto a reírme como lo hacíamos en el piso. ¿Os acordáis de cómo nos metíamos con Rosa y Xurxo?

—Yo me disfracé de Xurxo un año —dijo Iago—. Le robé un jersey y Mónica me maquilló. Lo clavamos. La calva, el lunar, las gafas de pasta, el pantalón tan alto que casi me llegaba a los sobacos.

De nuevo todos prorrumpieron en carcajadas.

—La liábamos siempre, pero la verdad es que no eran unos educadores tan chungos. De hecho, eran bastante guais, visto ahora desde la distancia —dijo Xabi.

—Algunos —dijo Carlos, haciendo que el silencio se instalase de nuevo en la mesa.

El camarero se acercó para decirles que iban a apagar las luces de la terraza para que pudieran disfrutar de los fuegos artificiales. Carlos se levantó con la excusa de ir al baño. Mónica también. De repente, el jardín quedó a oscuras hasta que el cielo se iluminó acompañado con un estruendo intermitente que pronto lo llenó todo.

Ninguno de los que estaban en el jardín oyó el disparo.

Una llamada en la noche

Santi Abad sintió la vibración del móvil sobre la mesilla. Abrió los ojos y tardó unos segundos en ubicarse. Estaba solo en la cama. Habían cenado en su apartamento en el Pombal, pero Lorena se había marchado después de ver juntos los fuegos desde la Alameda; al día siguiente comía con su padre y quería madrugar. Seguían sin tomar la iniciativa de irse a vivir juntos. Desde el primer momento su relación había fluido sin complicaciones, sin hojas de ruta, sin planes preconcebidos. Estaban bien así: ella le aportaba una estabilidad que llevaba años buscando, pero el hecho de poder mantener su parcela de intimidad le daba una nueva dimensión a la relación de pareja. Ella no insistía en avanzar en ese sentido, aunque, como Connor siempre decía, hay un punto en las relaciones en que o se va hacia delante o se va hacia atrás. Y la opinión de Connor tenía doble valor, porque además de ser uno de los mejores psiquiatras de Galicia era su mejor amigo.

Se irguió de golpe y al instante comprendió que la llamada no podía ser de la comisaría; todavía le quedaba una semana de vacaciones. Cogió el teléfono y se sorprendió al ver el nombre que iluminaba la pantalla, justo debajo de la hora. Pasaban de las dos de la madrugada.

—Santi, soy Carlos —dijo la voz sin rodeos—. Ha vuelto. El hombre que mató a Antía ha vuelto. Y ahora viene a por nosotros.

Trabajo, trabajo, trabajo

—Del Río, a mi despacho —dijo el comisario.

Rubén del Río se levantó de un salto. No estaba acostumbrado a despachar directamente con el comisario, pero el inspector Abad estaba de vacaciones, y la subinspectora Barroso llegaría en unos días.

—Pasa y siéntate —le ordenó Veiga—. Acabo de reunirme con el juez. La policía judicial y los forenses ya están redactando las correspondientes diligencias. Me transmiten que llegasteis los primeros al lugar de autos y fuisteis de gran ayuda.

—Bueno, esa noche los efectivos de guardia éramos muchos, y no solo hablo de los nuestros. El operativo de seguridad ciudadana durante los fuegos es enorme.

—Lo sé, estás hablando con tu comisario —le replicó Veiga—. ¿Estabais muy cerca del restaurante?

—Prácticamente al lado. Llegamos en dos minutos.

—¿Has redactado ya las diligencias de los primeros interrogatorios?

—Están casi a punto —se apresuró a decir Rubén—. Te lo resumo rápido. En la mesa del muerto había otros cinco comensales. Les tomamos declaración a todos. Eran dos mujeres y tres hombres. Se trataba de una cena de reencuentro después de veinte años sin verse. El disparo se realizó durante el espectáculo de fuegos artificiales. Había además otras ocho mesas en el jardín. Tenemos identificados a todos los clientes. El *staff* del restaurante asciende a siete personas. Todos llevan tiempo trabajando allí, exceptuando un camarero contratado a principios de este mes como refuerzo de la época estival. Tenemos varios vídeos de gente que estaba cenando en la escena del crimen, pero todos del espectáculo de luces. Además, dado lo excepcional del día, los dueños del restaurante habían montado una barra al fondo de la terraza-huerta y hubo un trasiego importante de gente que se acercó a ver el espectáculo de luces, lo que evidentemente dificulta nuestro trabajo, porque cualquier transeúnte pudo entrar y confundirse con los espectadores de los fuegos. El cadáver estaba sobre la mesa, aunque lo había movido uno de los comensales. Murió en el acto, pero esto no me corresponde a mí decirlo, para eso están los forenses. De las dos mujeres, a una hubo que atenderla con un ataque de ansiedad. El arma homicida estaba en el lugar de los hechos, sobre el mantel, y balística ya está trabajando en ello. Usaron silenciador. Parecía un disparo a bocajarro.

—Buen resumen —alabó Veiga—. El inspector Abad está a punto de llegar. Trabajarás con él y con la subinspectora Barroso en cuanto esta reingrese en su plaza.

Del Río asintió.

Llamaron a la puerta.

—Creo que es la primera vez en mi vida que alguien me pide reincorporarse antes de que acaben sus vacaciones —dijo Veiga en cuanto Santiago Abad entró en su despacho.

—Tampoco tengo mucho que hacer —le reconoció Santi—. Si me reservo una semana de las vacaciones, puedo hacerme un viaje en otoño. A ver si para entonces tengo algún plan, porque hasta ahora me he limitado a ir a la playa y a callejear por Compostela. Y este no es un homicidio normal, jefe. Prefiero volver antes. Además, como te adelanté por teléfono, conozco a esa gente.

—Aclárame eso.

—Los conozco de toda la vida. No somos amigos en el sentido estricto, pero les tengo un montón de aprecio. Coincidí con dos de ellos en BUP en el Rosalía. Yo iba a clase con la hermana de Carlos Morgade.

—¿Cómo es eso de que coincidiste con ellos en el Rosalía? ¿Tú no eras de Ferrol?

—Mi padre también era poli. Ya sabes lo que eso significa: soy de un montón de sitios. Mis padres volvieron a Ferrol después de su jubilación, pero su último destino fue Compostela. Y en ese instituto conocí a los hermanos Morgade y a Iago Silvent.

—La presencia de ese médico youtuber va a complicarlo todo —se lamentó Veiga.

—Iago no es médico, es biólogo —le corrigió Santi—. Y es probablemente la persona más brillante que he conocido nunca. No te dejes engañar por su perfil mediático: detrás de Silvent hay mucho trabajo y talento.

—Si tú lo dices —afirmó Veiga con escepticismo—. Del Río ha hecho un estupendo trabajo. Ahora te pondrá al día. Barroso ya está de regreso, pero se incorporará dentro de una semana. Yo voy a ver cómo va la cosa. En principio voy a retrasar mis vacaciones hasta el mes de septiembre, tampoco es que tuviese nada programado. De momento tenemos un muerto y toda la prensa encima, aunque esto es normal, teniendo en cuenta lo del biólogo.

—No va a ser un caso fácil. Temo de verdad por la vida de todos los que estaban en esa cena.

—Háblame de ellos. ¿Por qué temes por sus vidas? ¿Los conocías a todos?

—Sí, aunque apenas los recuerdo. Me relacionaba principalmente con los dos hermanos y con Iago.

—Y ¿con la víctima?

—¿Xabier Cortegoso? Era un chaval muy introvertido, apenas hablaba. Eso es lo único que recuerdo. Han pasado la tira de años y ya te he dicho que tampoco éramos íntimos.

—Varón, treinta y nueve años. Residente en Vigo —recitó el comisario—. Vivía con una chica de treinta y ocho, Vanesa Omil, que está destrozada. Trabajador de la cadena de Citroën desde hace catorce años. Un tipo normal.

—En un par de horas comienzo con los interrogatorios para completar los de la noche de autos.

—Si me disculpáis, voy a organizar toda la documentación, para que te sea de utilidad —intervino Rubén, mirando a Santi.

—Está bien. En media hora ven a mi despacho, necesito que me pongas en antecedentes.

El agente del Río asintió y abandonó la habitación.

—En fin —dijo el comisario en cuanto el agente cerró la puerta—, hablemos con claridad y no me sueltes ese rollo de que no tenías planes de vacaciones y estabas callejeando. ¿Qué haces aquí?

—Ayer hablé con Carlos dos veces por teléfono, están todos en shock.

—Me ha dicho Del Río que era una cena de reencuentro.

—Eso es.

—¿De qué se conocían?

—Todos ellos habían compartido un piso tutelado hace más de veinte años aquí, en Compostela.

—Eso ya lo he oído. Aclárame eso. ¿Qué es exactamente un piso tutelado?

—Lo que dice la palabra: estaban bajo la tutela de la Xunta de Galicia. Ya sabes, chavales cuyos padres están privados de la guardia y custodia o que no tienen a nadie que se haga cargo de ellos.

—Pero ¿esos chavales no están en centros?

—Están en centros residenciales o en hogares de acogida. Pero a medida que se aproximan a los dieciocho años hay otro tipo de medidas. En los pisos tutelados conviven con cuidadores que los preparan para la vida, para ese momento en que llegan a la mayoría de edad.

—Joder, nunca me había planteado que a los dieciocho años se quedan en la calle.

—De eso se trata. Además, la estancia en el piso tutelado se puede prorrogar después de que cumplen los dieciocho, tampoco es que los pongan de patitas en la calle en cuanto son mayores de edad. El caso es que, como te he dicho, todos vivían juntos en un piso de esos.

—El hecho de que los conozcas podría influir en todo esto... ¿Crees que puedes acometer esta investigación con imparcialidad?

—Por supuesto, jefe. Apenas he tenido contacto con ellos. Carlos tiene mi teléfono porque se lo pasé un día que fui a verlo tocar. Es músico. Un tío serio y reservado. Supongo que nunca se recuperó de lo que pasó con Antía.

—¿Antía?

—Su hermana, la que iba a mi clase. Se suicidó cuando yo estaba en primero de carrera. Fue muy traumático, por todo lo que vino después..., el juicio del educador y todo eso.

—¿Qué juicio? ¿No dices que fue un suicidio?

—Sí, sí. No hubo dudas: se cortó las venas en mitad del salón. La investigación inicial no dio resultados, pero un par de años después saltó a la palestra un caso de abusos sexuales en la misma vivienda tutelada por uno de los cuidadores y ahí se destapó que Antía también había sufrido abusos.

—Pediré inmediatamente que nos pasen el expediente del juicio, si lo consideras importante.

—Es fundamental, jefe. Dos compañeros de Antía declararon en el juicio y esto tuvo un efecto de arrastre. Nunca es la primera vez para esos hijos de puta. Muchas de las chicas que habían sufrido abusos en el pasado testificaron. Fue un caso muy mediático. Seguro que lo recuerdas. Uno de los que declararon fue Xabi Cortegoso. Ahí tienes el hilo de unión con el caso.

—¿Cómo se llamaba ese cuidador?

—Héctor. Héctor Vilaboi. Carlos siempre se refiere a él como el hombre que mató a Antía. Y creo que no le falta razón.

Uno menos

—He llamado a Abad —dijo Carlos—, necesitamos ayuda.

—¿Abad? ¿Santiago Abad? —preguntó Iago.

—El mismo. Ahora es inspector de policía aquí, en la comisaría de Compostela.

—¡Es verdad! Era poli. La última vez que supe algo de él creo que andaba por la comisaría de Vilagarcía. Cruzamos un par de correos electrónicos, ya no recuerdo por qué —frunció el ceño Iago.

—Sí, estuvo en Vilagarcía, pero ahora ya lleva un montón de años aquí. Yo lo veo poco. Alguna vez viene a mis conciertos. Es un buen tío.

—¿De quién habláis? —preguntó Eva.

—De Abad —contestó Carlos—. Era compañero de clase de Antía. Alguna vez vino al piso, pero no creo que lo recuerdes.

—¿Por qué dices que necesitamos ayuda?

—¿De verdad no lo ves, Mónica? —le preguntó Carlos, incrédulo.

Estaban en una terraza en la plaza de la Quintana. El recuerdo de la cena era una vorágine nebulosa de horror, miedo e incredulidad.

Cuando los fuegos acabaron, Eva fue la primera en bajar la vista y detenerla en el cuerpo de Xabi, que reposaba sobre la mesa.

Parecía dormido, pero ella se percató enseguida de lo antinatural de su postura. De su brazo derecho estirado sobre el plato del postre. En cuanto lo movió vio el orificio en la sien derecha. Por un instante se quedó paralizada, con la mirada fija en la sangre alrededor del orificio. Sangre. Se le cerró la garganta. Recordó que Xabi le había contado que la muerte de su abuela se había llevado su voz, que estuvo años sin apenas hablar hasta que llegó al piso de la Algalia. En ese instante, esa gota de sangre que se deslizaba por la sien de Xabi le atenazó la garganta. No, no era una sola gota. Bajo la cabeza de Xabi, un enorme charco empapaba el mantel blanco de lino. La sangre salpicaba los platos del postre, los chupitos y las tazas de café. Fijó la vista en una sustancia sanguinolenta junto a su cabeza. Le acometió una náusea, pero fue incapaz de articular palabra. Fue el grito de Mónica el que la sacó de ese estado de aturdimiento. Iago se levantó de un salto y le dio la vuelta al cuerpo. La policía le recriminaría después esa acción. De inmediato intentó reanimarlo, aunque estaba claro que ya no había nada que hacer.

A ese momento de horror le siguió una noche interminable de interrogatorios y declaraciones. Y la sensación de que todos eran sospechosos. La distancia entre la sospecha y la culpabilidad era insignificante. Todos lo sabían. También sucedió cuando murió Antía.

Antía.

La imagen de su cadáver aquella mañana de marzo se superponía a la de Xabi. Todos los cadáveres son iguales. Sus ojos lo son. Los ojos de los muertos son como el hielo flotante. Están ahí, pero ya no están.

Nadie vio nada. Nadie oyó nada. Ni hace veintitrés años ni antes de ayer.

Nadie había escapado al espectáculo de luz, color y ruido.

Pero alguien se acercó a esa mesa y apretó el gatillo.

Alguien había matado a Xabi.

Estaba allí. Muerto. Ante sus ojos. Y sin embargo, todo parecía irreal. El encuentro en sí era casi un sueño. Eran los seis de la Algalia. Habían sido siete. Ahora eran ya solo cinco. Uno menos. Otra vez uno menos. El pasado había llegado a sus vidas y parecía dispuesto a quedarse en ellas. Había regresado para recordarles que no estaban a salvo.

Y allí seguían, apenas cuarenta y ocho horas después, sumidos en la tensión que se había instalado entre ellos.

—¿Os ha llamado la pasma? —Lito rompió el silencio generado tras la intervención de Carlos.

—Sí. Yo voy esta tarde a declarar —dijo Iago.

—Yo también —añadieron los demás al unísono.

—Volverán a hacernos las mismas preguntas que el sábado de madrugada, pero tenemos que ir más allá. He estado pensando mucho en esto. Tenemos que hablar de él —dijo Carlos.

—¿De quién? ¿De Héctor?

—¿De quién si no, Lito? ¿De verdad creéis que esto es casualidad? Ese hijo de puta se ha tirado casi veinte años en la cárcel y acaba de salir a la calle. Lleva tres meses fuera.

—¿Cómo podía saber que nos juntaríamos? —dijo Eva.

—¿Quién publica en Instagram toda su vida? —contestó Carlos.

—Lo que me faltaba por oír —protestó Mónica alzando la voz—, ¿realmente crees que Héctor nos ha estado espiando y se ha plantado en el restaurante para asesinar a uno de nosotros solo porque yo publiqué una vieja foto en mis redes sociales?

—Héctor era un depredador sexual. Se ha pasado media vida a la sombra gracias a los testimonios de algunos de nosotros. Todos sabemos que el suicidio de Antía no le hizo ningún favor en el juicio. Ni el testimonio de dos de nosotros en esa causa.

—No me lo recuerdes, Carlos... —murmuró Eva con la mirada baja, súbitamente encogida sobre sí misma. Saltaba a la vista que tenía miedo: Xabi había muerto; ahora quedaba ella.

—A ver, lo digo como lo siento, es mejor hablar claro —continuó él—. Así que sí, creo que es posible que haya decidido que ya no tiene nada que perder. Posiblemente está más a gusto entre rejas que aquí fuera, pero antes de volver a prisión quiere algo de nosotros. No es una sospecha: Xabi está muerto. Y yo también tengo miedo, no solo por mí: creo que va a por nosotros y así se lo he dicho a Santi.

—¿Que has hecho qué? —dijo Lito alterado—. Lo que me faltaba. Tener a los maderos pegados todo el día a mi culo.

—Si pueden salvártelo, me parece bien —le replicó Carlos—. No sé tú, pero se me ocurren mejores formas de morir que a manos de Héctor Vilaboi. Todos sabemos de lo que es capaz.

—Creo que te estás precipitando —intervino Iago—. Sabemos lo que hizo Héctor, pero nada indica que fuese un asesino.

—Lo fue —insistió Carlos—. Él mató a Antía. Lo que le hizo la mató.

—Que fuera el culpable de su muerte no quiere decir que la matase. Estamos hablando de un asesinato a sangre fría, planificado. Una cosa es ser un abusador y un pederasta, y otra muy distinta ser un asesino —replicó Iago—. Quien mató a Xabi sabía que estaríamos todos y que el estruendo de los fuegos le daría margen para matar y huir.

—Todavía no puedo creerlo —dijo Eva—. Deberíamos ir al funeral. ¿Alguien sabe cuándo es?

—Mañana por la tarde. Hoy están con la autopsia —informó Mónica—. Lo llevarán al tanatorio de Pereiró. He llamado hoy a su novia y está destrozada. Si os parece, podemos ir todos juntos mañana.

—Yo os llevo —dijo Iago—, he alquilado un coche hasta que me compre uno.

—Tengo que irme ya —intervino Eva mientras echaba hacia atrás la silla—, voy a hacer la comida. A las cuatro y media tengo que estar en comisaría.

—No vayas sola, te acompaño —dijo Carlos, al tiempo que se levantaba—, me pilla de camino.

Todos sabían que no era verdad.

Abad y Barroso otra vez

—No puedo creerme que al fin os tenga a los dos de nuevo juntos, aunque no sé qué haces aquí, Ana. Que yo sepa, no te incorporabas hasta el lunes —exclamó Álex Veiga mientras dirigía su mirada hacia la subinspectora Barroso—. Rubén del Río está apoyando a Santi. Sé que no nos crees, pero podemos sobrevivir sin ti.

—He venido a saludar y Abad me ha puesto en antecedentes. Nada impide que me quede a curiosear un poco. Tampoco te creas que me apasiona volver a casa. —Se encogió de hombros—. Lo único que me espera allí son un montón de cajas por abrir y alguna bronca con mi hijo adolescente. No creo que yo fuese tan insoportable a esa edad.

—A esa edad te quedaste embarazada —rio Santi.

—Gracias por recordármelo. Tienes razón, aún me va a tocar darme con un canto en los dientes. En fin, ¿qué tenemos? —preguntó Barroso.

—Pues a una pandilla de seis amigos que se reúne después de veinte años y a alguien que se carga de un tiro a uno de ellos mientras cenan —expuso Veiga—. Ocurrió cuando todos estaban mirando los fuegos del Apóstol, por lo que nadie advirtió lo sucedido.

—Está claro que ha sido uno de ellos, ¿no? —dijo la subinspectora.

Santi meneó la cabeza.

—Evidentemente no vamos a descartarlo, pero el asunto es bastante más complejo. He preparado ya unas notas sobre el caso con la ayuda de Rubén. —Abad señaló una carpeta encima de la mesa del comisario—. Los seis vivían en un piso tutelado cuando eran jóvenes, ya sabes, uno de esos que dependen de Política Social para chavales bajo la custodia de la Administración. Por aquel entonces eran siete. Antía Morgade, la hermana menor de uno de ellos, se suicidó en 1998.

—Y ¿ese dato es relevante? —preguntó Ana.

—Lo es, porque tras la muerte de Antía se descubrió que había sido víctima de abusos sexuales por parte de uno de los cuidadores. Y así llegamos a nuestro principal sospechoso: Héctor Vilaboi.

Extrajo una fotografía de la carpeta.

—Esta foto es bastante reciente. Constaba en su expediente de instituciones penitenciarias. —Santi mostró a Ana la fotografía de un hombre de pelo y barba blanca, que aparentaba unos sesenta años—. Héctor Vilaboi salió de la cárcel a principios de abril, después de una condena de las que ya no se dan en este país. Veinte años. Ya nos hemos puesto a trabajar para intentar localizarlo.

—¿Qué os hace sospechar de él? —replicó Ana—. ¿No sería más fácil pensar que uno de esos amigos tenía una cuenta pendiente con el tal Xabi y aprovechó la cena para tomarse la justicia por su mano?

—Sería muy de gilipollas generar un asesinato de círculo cerrado así, delante de todo el mundo —intervino Álex.

—No es necesario que os recuerde el caso Alén, ¿verdad? —replicó Santi—. Seis personas encerradas en una casa... Bien, ya sabemos que hay asesinos de todos los tipos. Ana, en serio, lárgate. Ya me he reincorporado yo; Rubén es un tipo eficiente, el lunes que viene te pondremos en antecedentes. Además, quiero que sepas que conozco a alguno de ellos. No es que seamos amigos, ni nada que afecte a mi imparcialidad en la investigación, pero coincidí con Iago Silvent y los hermanos Morgade en el instituto.

—¿Iago Silvent? —inquirió Ana—, ¿el biólogo?

—El mismo —asintió Veiga—. Ya han llamado media docena de periodistas. No sé cómo voy a sacármelos de encima.

—Como siempre, soltando datos irrelevantes y callando lo verdaderamente importante; todos los comisarios tenéis un máster en eso. Tenemos citados a los cinco para esta tarde. Serán interrogatorios un poco más exhaustivos que los del sábado, pero me valgo yo solito. Márchate a casa, Ana —reiteró Santi—. No te necesitamos. Aunque te parezca increíble, hemos salido adelante sin ti durante dos años y podremos soportar tu ausencia una semana más.

—Me reincorporaré de forma oficial el lunes que viene, pero déjame estar en esos interrogatorios... No me haré a la idea de a qué nos enfrentamos si me pierdo las primeras entrevistas. —Dirigió su mirada al comisario—. No querrás que dé media vuelta y me vuelva a Ponferrada, ¿verdad?

—Había olvidado lo insistente que puedes llegar a ser. —El comisario soltó una carcajada.

—Yo no —dijo Santi, mientras dibujaba en su rostro una leve sonrisa.

Más declaraciones

Eva Nóvoa tomó asiento mientras dirigía la vista alternativamente hacia los dos policías. No eran los mismos que les habían tomado declaración en el restaurante. El hombre, que se presentó como el inspector Abad, era más o menos de su edad: un tipo con el pelo rapado, de ojos oscuros y mirada esquiva. Vestía unos vaqueros y una camiseta negra, y el tatuaje de una pequeña ancla asomaba en la cara interna de una de sus muñecas. Eva no pudo evitar pensar que no parecía un poli. Carlos le había dicho que solía frecuentar el piso de la Algalia, pero el rostro no le resultó familiar. La mujer era bastante más joven. Una chica morena y de mirada inteligente, con el pelo recogido en un moño. Tenía los ojos algo juntos, todo en ella rezumaba determinación. Dijo ser la subinspectora Barroso. Eva se encogió en su silla, intimidada, y deseó no haber sido la primera; Lito y Carlos ya aguardaban fuera. Carlos la había ido a buscar a casa. Damián estaba trabajando, ella le había asegurado que era algo rutinario y que no necesitaba que la acompañase. Sin embargo, cuando Carlos apareció en su portal le reconfortó saber que no llegaría sola a la comisaría.

—Señora Nóvoa, no tiene que preocuparse por nada. Esto no es más que un trámite necesario.

La voz de la subinspectora Barroso consiguió tranquilizarla al instante. Eva asintió, aliviada.

—No le haremos perder el tiempo preguntándole por su pasado en común, tenemos ya todos los datos de su estancia en el piso tutelado y de lo sucedido allí —la voz del inspector Abad era aún más cortante de lo que había imaginado—, así que vayamos directamente a la cena del sábado. ¿Qué recuerda del momento del disparo?

—No hubo momento del disparo —contestó Eva tras unos segundos de reflexión—. Ninguno de los cinco oímos nada. Apagaron las luces justo antes de que comenzara el espectáculo y con el ruido de los fuegos artificiales... Todos estábamos mirando hacia el cielo..., ya me entiende.

—Sí, claro —asintió Ana—, pero cuando los fuegos acabaron, ¿quién fue el primero en darse cuenta de lo ocurrido?

—Creo que yo. En cuanto bajé la vista, vi a Xabi a mi lado caído sobre el plato. Enseguida le vi la sangre en la sien, el arma sobre la mesa, luego... —Eva rompió a llorar.

—Tranquilícese, por favor. —Ana extendió su mano sobre la mesa y la posó sobre el antebrazo.

Santi le lanzó una mirada reprobatoria.

—Es todo tan horrible. Fue muy distinto a lo de Antía, pero era como revivirlo de nuevo. Uno de nosotros muerto, todos alrededor, la sangre... De nuevo esa sensación de incredulidad, no sé explicarlo.

—¿Recuerda cómo estaban dispuestos en la mesa? —continuó Santi.

—Sí, claro. Era una mesa redonda. Mónica estaba a mi derecha y Iago a su lado, fuimos los primeros en llegar. Al lado de Iago, Lito. Después Xabi y finalmente Carlos, a mi izquierda.

—No lo entiendo —intervino Ana—, el cadáver estaba a su lado.

—Sí, pero solo cuando le dispararon... Después del postre, Carlos se levantó al baño, y Mónica también. Entonces Xabi se sentó en la silla de Carlos para coger su mechero. Encendió un cigarrillo y eso es lo último que recuerdo, luego todos nos concentramos en el espectáculo de luces.

Ana y Santi cruzaron una mirada.

—¿Está diciendo que ni Mónica Prado ni Carlos Morgade estaban en la mesa cuando se produjo el disparo?

—No soy capaz de recordar cuándo volvieron y ya le he dicho que no sé en qué momento le dispararon.

—Pero ¿ya habían regresado cuando se percataron de que alguien había disparado a Xabi?

—Sí, sí. Estábamos los seis en la mesa. Fue Iago el que intentó reanimarlo, pero recuerdo perfectamente a Carlos y a Mónica. Ella gritaba. Fue la única que lo hizo. Los demás nos quedamos casi paralizados. ¿No creerán que Mónica o Carlos lo hicieron?

—Es un poco pronto para creer o dejar de creer nada —dijo Abad, tajante. A Eva, su voz le parecía ahora aún más fría.

—¿Tienen un poco de agua?

Ana le alargó un botellín que estaba en el otro extremo de la mesa.

—Beba tranquila, por hoy creo que es suficiente —afirmó la subinspectora.

Eva suspiró aliviada. Recogió su bolso y se apresuró hacia la puerta.

—Dos años fuera no deberían haberte hecho olvidar que soy yo quien dirige el interrogatorio y por lo tanto el que decide cuándo se acaba —dijo Santi en cuanto Eva cerró la puerta tras sí.

—Estaba demasiado nerviosa para aportar nada más y lo sabes. Hagamos hoy una ronda rápida de preguntas y ya profundizaremos más adelante. Ya nos había dicho lo más importante.

—¿Que Mónica y Carlos no estaban en la mesa? —le cortó Santi—. Sé que vas a centrarte en eso y colocarlos a la cabeza de la lista de sospechosos, pero tienes que escucharme cuando te digo que no podemos perder de vista a Vilaboi. Yo seguí de cerca ese caso y...

—Deja de meterte en mi cabeza, jefe.

—Te conozco.

—Y yo a ti. —Ana lo miró de frente, seria—. Sé que para ti el pederasta es ya el principal sospechoso. Pero vas a hacerme caso, no vamos a descartar a ninguna de esas cinco personas. Como bien me dijiste una vez, nuestra responsabilidad es encontrar a un culpable para que los inocentes puedan seguir con su vida. Leeremos las actas del juicio de Vilaboi e intentaremos dar con él, pero no les quitaremos la vista de encima a los amigos del muerto.

Santi soltó el aire poco a poco y asintió despacio.

—El jefe ya ha puesto a un par de agentes a buscar a Vilaboi —le informó—. En cuanto lo localicen le tomaremos declaración.

—Y me parece bien —convino Ana—. Pero no olvides que lo único que sabemos con seguridad es que esos cinco estaban en la mesa y, por lo tanto, eran los que lo tenían más fácil para matar a Cortegoso. Y lo que nos acaba de decir Eva Nóvoa es muy revelador.

—¿Por qué?

—Porque estaba oscuro y nos ha revelado que Xabi ocupaba una silla que no era la suya, por lo que cabe la posibilidad de que el asesino se equivocara de presa.

—Si eso fuera así —sentenció Santi—, Carlos Morgade está vivo de puro milagro.

Esos pequeños cabrones

La televisión colgada de la pared estaba claramente descentrada respecto de la cama. Los cables descendían hacia la toma de la antena y el enchufe. No podía dejar de pensar que no habría sido tan complicado colocar una regleta blanca, algo que ocultase los dos cables.

Estaba tumbado sobre la cama, vestido. Llevaba así tres horas. De modo intermitente encendía la televisión, buceaba por los canales y volvía a apagarla. Cada vez que lo hacía se prometía no volver a encenderla. Cada vez que se proponía no hacerlo, acababa apretando el botón. La pantalla se iluminaba y la cara de Xabi inundaba la habitación, así que desviaba la vista hacia abajo para concentrarse en la trayectoria de esos dos putos cables.

La cama no llegaba al metro de ancho y aun así era un auténtico lujo si la comparaba con su catre en la celda. Esa celda a la que lo había conducido el hombre que ocupaba la televisión a todas horas.

Y no solo él. Todos y cada uno de esos pequeños cabrones que se habían confabulado contra él veinte años atrás.

Todo pasa por algo.

Él había estado veinte años en la cárcel, pero Xabi estaba muerto.

Presionó el botón del televisor. Subió el volumen. De nuevo la imagen de Xabi Cortegoso. Un rótulo azul rezaba CENA MORTAL EN COMPOSTELA.

«Según hemos podido saber, y aunque no ha sido confirmado aún por medios oficiales, el fallecido y los demás asistentes habían compartido un piso tutelado en la ciudad en la década de los noventa. Esta redacción ha investigado el pasado común de los asistentes, entre los que se encontraba, como ya saben, el reputado biólogo Iago Silvent, y está en condiciones de confirmar la conexión del presente caso con el del pederasta Héctor Vilaboi Lado.

»Héctor Vilaboi fue condenado a veinte años de prisión tras comprobarse que había abusado durante años de varios adolescentes a su cargo dentro del programa de pisos tutelados de la Xunta. Fuentes fidedignas aseguran que el pederasta formaba parte del personal al frente del piso tutelado compartido por Silvent y los demás asistentes a la cena mortal de Compostela. La víctima, Xabi Cortegoso, fue uno de los testigos del juicio que condujo a Vilaboi a la cárcel. Estamos a la espera de las declaraciones del comisario Veiga, de la comisaría de Santiago de Compostela, para ampliar la noticia de la conexión de este crimen con el pederasta. Héctor Vilaboi salió de prisión hace tres meses, tras cumplir condena en la cárcel de...».

El hombre apagó el televisor y se levantó de un salto. Los recuerdos de la noche anterior cayeron como una losa sobre él. Sabía lo que sucedería si lo atrapaban. Abrió el armario y sacó sus escasas pertenencias: un par de pantalones, dos camisas, camisetas, un chándal, un pijama y unas zapatillas deportivas. Juntó los enseres del baño dentro de un neceser azul marino y lo apiló todo en una mochila verde. Se caló una gorra hasta cubrir los ojos. Se miró al espejo. Debería afeitarse la barba. Quizá teñirse el cabello; sabía que buscarían a un hombre de pelo canoso.

Ya lo haría en cuanto cambiase de ciudad.

En nada vendrían a por él.

Pero esta vez no se lo iba a poner fácil. Esta vez no lo iban a atrapar.

Anticiparme y matarlo

En la terraza del Garoa no hay apenas sitio a pesar de que son solo las seis y media de la tarde. Eva da sorbos a una Coca-Cola, Lito mira hacia su agua con gas y se concentra en la leve oscilación de la rodaja de limón atrapada entre dos hielos. Ya hemos declarado los tres. Iago lo está haciendo ahora y Mónica espera su turno dentro de comisaría. Yo me he limitado a repetir lo que le dije a Santi el sábado por la noche: esto es cosa de Vilaboi. Lo repetiré las veces que haga falta, hasta que nos crean, hasta que entiendan la clase de sujeto que es.

—Puta pasma, no voy a estar tranquilo dentro de una comisaría en mi vida.

—Abad es de fiar —le digo a Lito—, me preocupa más la subinspectora. Le he contado todo lo de Héctor y lo que sucedió con Antía. Que Xabi y Eva declararon en ese juicio y también que yo mismo lo habría matado en su momento si hubiera podido. Pero ella se ha limitado a los hechos de la noche del sábado y toda esa parafernalia de interrogatorio policial, como si estuviéramos en una serie de Netflix. ¿Qué hacía cuando sonó el disparo? ¿Cuándo volvió a la mesa? ¿Cuánto tiempo estuvo ausente? Yo creo que está dispersa, que no tiene ni idea de lo que pasa.

—Y ¿qué pasa?

Eva me mira, interrogante. Eva. Sigue siendo la dulce e inocente Eva. Siempre un paso por detrás. Siempre dejándose llevar. Siempre escuchando, nunca hablando. Siempre a los pies de mi cama escuchándome componer. Recuerdo a Mónica corrigiendo mis letras, opinando. Eva, no. Eva siempre estaba en la retaguardia. Hasta que le tocó declarar en contra de Héctor. Y ni siquiera ahora es consciente de que eso la coloca en la diana. Ella puede ser la siguiente. O quizá lo sea Mónica. No lo sé.

—Pasa que creo que viene a por nosotros y que los necesitamos para encontrar a Vilaboi —le contesto.

—Ya deben de estar buscándolo.

—Yo lo he hecho —confieso.

—¿Que has hecho qué? —pregunta Eva.

—Desde que saltó la noticia de su salida de la cárcel he intentado encontrarlo por todos los medios.

—¿Para qué? ¿Para vengarte? —interviene Lito.

—Supongo. Para mirarle a los ojos y preguntarle qué se siente abusando de gente indefensa. Qué sintió al descubrir el cuerpo de Antía. Y sí, me gustaría verlo sufrir. No os voy a mentir. Pagó por los abusos, pero no por la muerte de mi hermana. —Siento ganas de llorar, ira, rabia y pena, mucha pena, tanta, que ya no queda espacio para el dolor—. Por eso necesitamos a la puta pasma, como tú la llamas, Lito. Porque nosotros no lo vamos a encontrar por nuestros medios. Y por eso también es necesario que esa subinspectora listilla se centre y comprenda que es irrelevante que yo estuviera en el baño o en la terraza cuando se cargaron a Xabi. Lo único importante es que necesitamos encontrar a Vilaboi.

—Estás obsesionado, Carlos —dice Eva.

Veo sorpresa en sus ojos. Y desilusión. La veo ahora y soy capaz de recordarla hace veinte años. Su recuerdo me remueve sentimientos que no quiero avivar. Me conectan con el Carlos que fui y no puedo permitirme volver a ser. Imagino que no le gusta lo que la vida ha hecho conmigo. Lo que Héctor Vilaboi ha hecho de mí. Quizá debería aprender a esconder mejor mis sentimientos. Pero con ellos no puedo. Ellos son la memoria viviente de lo que le ocurrió a Antía. Ese hombre nos hizo a todos tanto daño... Ese hombre nos rompió la vida.

—Y ¿qué harás si lo encuentran? —pregunta Lito.

—Anticiparme —confieso—. Y si llego antes que la poli, matarlo.

Silvent

Iago Silvent se acomodó en la silla y buscó la mirada de la subinspectora Barroso. No se le veía incómodo en absoluto. A Ana le
sorprendieron su confianza y su ausencia de nerviosismo, y al
instante su instinto policial se puso alerta.

—Hola, Iago. Lamento que nos reencontremos en estas circunstancias —comenzó Abad.

—Y yo. No te imaginas la ilusión que me hacía volver a casa,
juntarme con los chicos de la Algalia. No sé, cuando uno está
fuera de su hogar, en otro país, lo idealiza todo. Y ahora no puedo dejar de pensar que soy en parte responsable de lo sucedido.

—Aclárame eso.

—Joder, Santi. Si Carlos está en lo cierto, se lo hemos puesto
a Vilaboi en bandeja. Nos juntamos los seis y Mónica se encargó
de anunciarlo en Instagram. Ese tío se ha tirado veinte años en
la cárcel... Y estoy seguro de que, en su cabeza, todos los que vivíamos con Antía somos responsables de eso. Ha sido como poner
una bolsa de caramelos a la puerta de un colegio.

—Lo veo muy seguro de que ninguno de ustedes tenía nada
contra la víctima —intervino Ana.

—¿Qué insinúa?

—No insinúo nada. Se lo pregunto a las claras: ¿existía algún
tipo de rencillas o desavenencias entre ustedes? Todos los presen-

tes tuvieron muchas opciones de matar a Xabier Cortegoso, mientras que no existe el menor indicio de que Héctor Vilaboi entrase en ese restaurante y en esa terraza. Si alguien mató al señor Cortegoso, quizá deberíamos concentrarnos inicialmente en las personas que estaban en esa mesa.

—Eso es ridículo —se defendió Silvent—. Éramos como una familia. Llevábamos años sin vernos, pero guardábamos un gran recuerdo de nuestro pasado en común. Pretender que, a las primeras de cambio, uno de nosotros aprovechase este encuentro para saldar cuentas pendientes es del todo irracional.

—Ya decidiremos nosotros cuáles son las líneas de investigación más plausibles —zanjó Ana el asunto.

—¿Qué saben del arma? ¿Han verificado la existencia de cámaras que nos permitan saber si entró alguien a esa hora en el restaurante? ¿Han interrogado a los miembros de otras mesas? —preguntó un ligeramente alterado Iago.

—Señor Silvent, sabemos hacer nuestro trabajo y, si le parece, nos reservaremos esa información —le cortó Ana, tajante—, deje de especular. De momento nos concentraremos en lo que sí sabemos: que la víctima estaba cenando con ustedes.

Santi le hizo una señal a Ana con la mano.

—Lo que la subinspectora Barroso quiere decir es que no descartaremos ninguna de las líneas de investigación —añadió, conciliador—, pero ahora sería de gran ayuda que nos contaras con exactitud todo lo que sucedió esa noche, centrándote incluso en los detalles más irrelevantes.

Iago realizó un relato conciso de los hechos que coincidía con lo que habían expuesto sus compañeros. Ana no pudo sino agradecer su clarividencia. Se notaba que poseía una mente científica. Respondió con precisión con detalles relativos al menú y a la deriva de las conversaciones mantenidas en la mesa. Describió sin dudar la indumentaria de todos los presentes ante las preguntas de Abad. A ninguno de los tres se le escapaba la importancia de esa información. El asesino, de ser uno de ellos, debía de llevar el arma encima.

—Háblanos de la época del piso de la Algalia —continuó Santi—. ¿Cómo eran las relaciones entre vosotros? Me refiero a si se formaron parejas, si había amistades especiales, rencillas...

—Los chicos estábamos todos un poco enamorados de Mónica, me imagino, pero ella no quería saber nada de nosotros. Siempre salía con tíos mayores y con pasta. Yo compartía habitación con Carlos y fue mi mejor amigo siempre, pero después de lo de Antía..., bueno, no fue fácil. Yo acabé la uni, luego vino el doctorado, la docencia... y después Princeton. Aunque, si pienso en aquella época, él era mi mayor apoyo, ya lo sabes. Y yo el suyo. Pero lo de Antía lo destrozó. Creo que aún no lo ha superado.

Santi hizo un gesto de asentimiento.

—Eva estaba colada por Carlos —continuó Iago— pero él nunca se dio cuenta, o si lo hizo, desde luego nunca movió un dedo al respecto. Recuerdo que él se enrolló una vez con Mónica, en una fiesta de fin de año. Estábamos todos bastante borrachos, no fue nada serio. Lito iba siempre a su bola. Era más bueno que el pan, y precisamente por eso acabó como acabó: nunca era capaz de decir que no a nada. A ver si ahora que se ha desenganchado le va mejor la vida. En cuanto a Xabi, era el más frágil de todos: un chaval tímido y callado que solo quería buscarse un curro, una novia y salir del piso. No se me ocurre que nadie quisiera hacerle daño.

—Excepto Vilaboi —insistió el inspector.

—Y eso nos lleva al principio de la conversación —confirmó Iago.

—¿Dónde te hospedas? —Santi cambió de tema.

—En un hotel en la zona vieja; tengo a una agencia inmobiliaria buscándome piso. Mañana iremos al funeral de Xabi y después me pondré a ello. Tengo tres o cuatro bastante decentes por ver, aunque no es muy buena época.

—Nunca es buena época para buscar piso en Compostela. Entre los estudiantes y los funcionarios, el mercado de alquiler está copado y el de venta está imposible, por lo menos para un poli. Imagino que tú lo tendrás más fácil.

Silvent sonrió sin entrar al trapo de la insinuación de Abad. Tan solo quería sonsacarle respecto de su situación económica. Estaba seguro de que un inspector de policía podía permitirse comprar un piso en la ciudad.

Ante su silencio, Santi dio por terminado el interrogatorio, informando al biólogo de que se pondrían de nuevo en contacto con él.

En cuanto salió por la puerta, Ana se encaró a Abad.

—¿De verdad crees que puedes trabajar en este caso con imparcialidad? Tratas a este tío como si fuera un colega de toda la vida, y eso por no hablar del interrogatorio del músico. Os ha faltado quedar para tomar unas birras.

—Ana, no me jodas. No voy a tratar de usted a un compañero de instituto al que conozco hace veintitantos años. Pero, si te crees que eso va a afectar a mi capacidad para investigar, es que esta ausencia tuya te ha hecho olvidar con quién estás trabajando.

—Esta ausencia mía me ha hecho saber exactamente con quién estoy tratando. Cruzo quince wasaps contigo al día. Te conozco mejor que cuando me quedaba a dormir en tu casa. Y justo por eso sé que no estás tratando a Morgade y a Silvent como sospechosos. Te recuerdo tus famosas lecciones: «Primero los hechos, luego las conclusiones», «Todos, absolutamente todos son sospechosos hasta que se demuestre lo contrario», «No te dejes influir por lo que sientes». ¡Por el amor de Dios, Santi!, esta gente ya ha decidido que Vilaboi es culpable y tú has asumido esa tesis a pies juntillas.

—Ya he estudiado las cámaras de la calle y no tenemos visión del acceso al restaurante. Ana, lo que plantean no es descabellado. Además, no solo tengo a Vilaboi en el punto de mira. Eva llevaba un bolso grande en el que cabría un revólver. Iago llevaba una cazadora vaquera con bolsillos interiores. Mónica llevaba un vestido muy ajustado y Carlos no llevaba cazadora, pero ambos podrían haber escondido el revólver en el baño del restaurante y haberlo cogido antes del asesinato. Lito parece el único que no podía tener acceso a la pistola, ya que su indumentaria no permitía esconder nada y no se alejó de la mesa. Mañana tendremos los datos del arma homicida, aunque te apostaría la vida a que la han comprado en el mercado negro. He estado haciendo mi trabajo, así que, si has venido a ayudar, quédate. Si estás aquí para cuestionarme, vete a casa a desembalar cajas y vuelve el lunes sin ganas de darme por culo.

—Dios, Santi, ni te imaginas el infierno que ha sido la comisaría de Ponferrada —dijo Ana, antes de soltar una carcajada—. ¡Cuánto te he echado de menos!

Y solo quedaron cinco

Eva dio la enésima vuelta en la cama. Hacía calor. Se levantó y abrió la ventana. Damián roncaba ligeramente. La noche anterior tampoco había pegado ojo. Ni la anterior de la anterior, debido a los nervios del interrogatorio que sucedió a la muerte de Xabi. Y por Carlos, por supuesto. Se esforzaba por hacer encajar su recuerdo con el del hombre en que se había convertido. También se esforzaba por no rememorar lo que había sentido por él. No parecía el mismo: su rostro cambiaba en cuanto pensaba en Antía, en Héctor, en el pasado. Y sin embargo, ella no podía olvidar cómo era Carlos en ese pasado. Se recordó a sí misma en el salón del piso de la Algalia, observándolo mientras escribía en su cuaderno, tocaba la guitarra y cantaba sus primeros temas. También recordó haber odiado a Antía por ser el centro de su vida. Y fue por eso por lo que... Desechó el pensamiento, incómoda. No soportaba recordarlo. Volvió a la cama, Damián estiró la mano y rozó sus senos. Eva se apartó al instante y cerró los ojos. Él hizo caso omiso a su amago de rechazo y le levantó el camisón. Sintió los labios de su marido sobre el cuello. Solo cuando recreó el rostro de Carlos, el de antes y el de ahora, logró relajarse lo suficiente para dejarse llevar.

Lito tampoco podía dormir. Era un experto en no hacerlo. Unos meses antes, la causa de ese insomnio era la ansiedad. Y los vómitos, los calambres, los escalofríos, el nerviosismo, los temblores, la piel de gallina, los sudores. Había algo peor que el mono: querer tenerlo. Uno nunca deja de ser un adicto, eso ya se lo habían explicado en la terapia. Un día dejas de temblar, tu cuerpo se estabiliza, te responde y tu sangre vuelve a circular limpia. Pero tu cerebro... tu cerebro y la mierda que lo inunda, eso... eso es otra cosa. Acecha, sobre todo en las noches, y te recuerda que cerrar los ojos no es lo mismo que dormir. Drogarse es lo más cómodo del mundo porque te impide vivir conscientemente. Drogarse le ayudaba a olvidar lo que le habían hecho a Antía. En la terapia lo obligaron a escribir un decálogo de todas las cosas malas que había traído el caballo a su vida. Lo colgó en la puerta de su habitación y recitaba esa lista todos los días. La de las cosas malas, porque las buenas ya las recordaba él a todas horas. Cerró los ojos y pensó en la jeringuilla, en la heroína entrando en su brazo, en la subida vertiginosa, en la luz, en el descanso. Morirse tenía que ser parecido a eso. Abrió los ojos y comenzó a recitar la lista en voz alta.

Mónica se despertó de golpe, empapada en sudor. Sabía que no volvería a dormir, a pesar de que el reloj decía que apenas eran las dos y media de la madrugada. Calculó mentalmente el tiempo que faltaba para reunirse con los demás e ir al tanatorio, a Vigo. La pesadilla era la misma de siempre. La mano. En el sueño, la mano mutaba en una garra peluda. Descendía hasta su cabello rubio y lo agarraba fuerte. Luego empujaba hacia abajo bruscamente haciéndola caer de rodillas, mientras que la otra mano, otra garra, bajaba la cremallera del pantalón. «Cómemela», «Sé buena», «Cómemela, rubia». En el sueño era rubia. Lo fue. Nunca volvió a serlo. Ella ya no era esa Mónica. Era otra. La superviviente que hacía lo que fuera para seguir adelante. No iba a sentir remordimientos ahora, porque hacía tiempo que había asumido que no tuvo más alternativa que actuar como lo hizo. Mentir, callar, manipular. Ella tomó las riendas en aquel momento. Lo hizo y no se arrepentía. Era ella contra el mundo. Se empezó a teñir el pelo después de todo aquello. Morena, castaña, pelirroja, azul, rosa, negro azabache. Estaba orgullosa de sí misma: había sobrevivido a Héctor. Ni Antía ni Xabi podían decir lo mismo.

Iago Silvent llamó al servicio de habitaciones y pidió que le subieran un agua con gas y un ibuprofeno. Estaba preocupado. Según Carlos, Vilaboi iba a por ellos. Nadie en su sano juicio se arriesgaría a entrar en un restaurante atestado para matar a una persona que estaba en una mesa con otras cinco. Era absurdo, temerario e improbable. Su mente científica sabía que era casi imposible que la policía no centrase el foco de la investigación en ellos cinco. Pero cualquiera que indagase en su pasado descubriría que Héctor era capaz de hacer cosas horribles. Tendría que apoyar la tesis de Carlos frente a los detectives, convencer a Santi. Tener a Abad al mando de la investigación los colocaba en una posición de ventaja, aunque tenía claro que la subinspectora iba a seguir escarbando. Recordaba a Santi de la época del instituto. Un tipo introvertido capaz de reventarle la cabeza a cualquier idiota que se metiera con sus amigos. Leal y con buen fondo, no se dejaba llevar por los prejuicios. Los chicos como Iago y Carlos no siempre eran bien acogidos entre sus compañeros de clase. Sin embargo, Abad se acercó a ellos desde el primer día.

Hoy lo había tratado con una camaradería impropia de un inspector de policía en plena investigación y había incomodado profundamente a su compañera; estaba seguro de que eso no le iba a beneficiar. Necesitaba que todo se resolviese. El Gobierno autonómico no iba a mantener a un sospechoso de asesinato al frente de un nuevo organismo. Tenía numerosos contratos publicitarios que se rescindirían si este asunto no se aclaraba pronto. No había pensado en eso antes de organizarlo todo. Llevaba toda la vida luchando por esto. Su popularidad le había proporcionado dinero y prestigio académico. No admitiría jamás que esas eran sus principales preocupaciones en este momento, debía ocultar su indignación. Se tomó el ibuprofeno y encendió el televisor.

Carlos cerró los ojos y probó a soñar despierto, una práctica que había perfeccionado con los años. A veces, volvía a su primer día en el centro de acogida, con Antía aferrada a su mano. Otras, al primer día en el piso de la Algalia. Al primer día en el instituto. El primer concierto. El primer beso. El primer polvo. Las primeras veces eran más gratificantes que las últimas. El último día con su padre, antes de que saliera de viaje a Benavente y se empotrase contra un Opel Kadett a diez kilómetros de Ourense. El último día en que su madre dijo algo coherente, antes de empezar a hablar sola, a llorar a todas horas, a autolesionarse con objetos afilados. El último día en el piso del Ensanche, antes de que la internasen en el psiquiátrico y los servicios sociales se los llevaran a él y a su hermana al centro de acogida. El último día que habló con Antía. «Volveré a las nueve, he quedado con un amigo». Eso fue lo último que le dijo. Esa noche ya no la vio y al día siguiente estaba muerta. Las primeras y las últimas veces estaban sobrevaloradas. Los recuerdos también. Sabía que estancarse en el pasado era inútil, doloroso e improductivo, pero no podía pasar página. Por la misma razón por la que no podía dormir: por Vilaboi. Porque ya solo quedaban cinco. Todos morirían por culpa de él. Y absolutamente nadie le creía.

Insomnio

«¿Estás despierto?».

«Ya sabes que sí, estás viendo que estoy conectado».

«La pregunta correcta era si estás solo».

«Hoy sí».

«¿Esa novia tuya no se va a ir a vivir contigo nunca?».

«¿Estás celosa, Barroso?».

«Locamente».

«Se te nota».

«No puedo dormir. ¿Te llamo?».

Un pulgar hacia arriba. Al instante, el móvil de Santi comenzó a vibrar.

—¿Aún no te has incorporado y el nuevo caso ya te quita el sueño?

—Mi hijo ha salido y tengo que ir a buscarlo a las tres de la madrugada —contestó Ana.

—A lo mejor no era tan mala idea no tener coche.

—Ya, pero me he acostumbrado a hablar contigo cuando no puedo dormir.

—Ahora volveremos a vernos todos los días, Barroso, a lo mejor podemos dejar esto del WhatsApp.

—Déjate de idioteces, nos entendemos mejor por teléfono. He estado pensando que me he portado como una cría con toda esa susceptibilidad por el hecho de que los conozcas. Además, creo que podríamos aprovecharlo en la investigación. A lo que íbamos, quiero que me digas qué grado de veracidad le das a la declaración de Carlos Morgade, ya que sabes cómo son. ¿Crees en la teoría del pederasta recién salido de la cárcel y en busca de venganza?

—No te has portado como una cría, yo tampoco he sido muy profesional. Y respondiendo a tu pregunta: Morgade es un tipo de fiar. Serio, leal, muy amigo de sus amigos.

—Parece que estés hablando de ti.

—Nunca lo había pensado, pero tienes razón, somos de la misma cuerda. Iago era mucho más extrovertido. Un crac en los estudios, en el deporte, con don de gentes. Un tío redondo en todas las facetas de su vida.

—¿Ibais juntos a clase?

—No, soy un año menor. Yo iba a clase con Antía.

—Y sin embargo, andabas con ellos.

—Ya sabes lo poco que soporto las injusticias. Un día encontré a unos gilipollas metiéndose con Silvent en los baños del insti. Silvent había denunciado a dos tíos ante dirección por vender drogas. Siempre fue muy intolerante con ellas, imagino que debe de ser algo relacionado con su infancia. El caso es que me encontré a tres acorralándolo en los baños.

—Y saliste en su defensa.

—Les rompí la nariz a dos. No se volvieron a acercar en lo que quedaba de curso. Mi padre era poli, ellos vivían en un centro de acogida, no éramos muy populares.

—Ganarse el respeto a base de hostias, ¿le has contado esto a tu terapeuta?

—Ana, no me jodas: el insti era una jungla, cada uno se buscaba la vida como podía. Silvent y los Morgade no encajaban ni con el sector macarra ni con el sector pijo. Eran *outsiders*. Y sí, siempre he tenido mala hostia, no hurgues en la herida.

—Usted perdone, jefe —dijo Ana, consciente de que había metido la pata—. O sea que erais bastante amigos y me va a tocar vigilarte para que no pierdas la perspectiva. Me parece un aliciente cojonudo para el caso.

—Ya lo suponía.

—Las tres menos cuarto, salgo hacia el centro para recoger a Martiño.

—¿No te saldría mejor pagarle un taxi? —preguntó Santi.

—Quiero vigilar en qué condiciones viene.

—Madre y policía todo en uno, pobre chaval.

—Déjate de idioteces. Y dile a tu novia que se vaya a vivir contigo.

—Entonces no podrías llamarme a las dos de la madrugada.

—También es verdad.

—¿Nos vemos mañana? Me acercaré al tanatorio de Vigo a presentar mis respetos a la novia de Cortegoso.

—No, me quedo en casa desembalando cajas. Además, he invitado a mi hermano a comer. Llámame cuando vuelvas y ponme al día. De todas formas, me parece poco delicado que te plantes en el tanatorio.

—Ya sabes que nunca he sido un tío delicado.

—Me pregunto qué vi algún día en ti —rio Ana antes de colgar el teléfono y salir pitando hacia el garaje.

El hombre en el agujero

El hombre pensó que el edificio, en la penumbra, resultaba aún más intimidante. El viejo hospital se alzaba en la oscuridad recortando el cielo de Compostela, del mismo modo que unos cientos de metros más arriba lo hacía de forma imponente la catedral.

Justo antes de salir hacia la estación de autobuses había recapacitado. No podía mostrarse en público. Vació parte de la ropa del equipaje. Cambio de planes. Cogió una de las mantas que estaban en el armario y la embutió en la mochila como pudo. Cuando la policía irrumpiera en ese cuarto, tan solo encontraría esa poca ropa y un par de libros. Se demoró en la entrada de la pensión. En la zona común había un ordenador de uso comunitario. Buscó el horario de autobuses de Santiago a Lugo. Su única hermana viva residía allí, resultaría lógico que se dirigiese a esa ciudad. No engañaría a la policía, pero eso le daría algo de tiempo.

Quedarse no era una opción. No tenía ninguna coartada y sabía lo que le esperaba si se quedaba quieto.

Ya en la calle, avanzó en la oscuridad, evitando farolas. Se mezcló con un grupo de turistas y entró tras ellos en un restaurante de comida rápida. Subió al baño. Se encerró en el de discapacitados, necesitaba cierta intimidad. Se afeitó y se caló una gorra negra y roja que le habían regalado al comprar un pack de cervezas. Sacó una camiseta negra del macuto que sustituyó a la roja que traía puesta. Se colocó una mascarilla también negra y observó con satisfacción su imagen en el espejo; si podía engañarse a sí mismo, podría engañar a las cámaras de seguridad.

Se dirigió al campus sur. Había varias máquinas expendedoras de comida. En una bolsa de plástico metió una gran cantidad de productos: galletas, barritas energéticas, patatas fritas, sándwiches de queso con chorizo y bolsas de frutos secos. Compró también varias botellas de agua. Entre la mochila y la bolsa, el peso era considerable.

Eran las tres de la madrugada cuando el hombre llegó al viejo hospital.

Rodeó el centenario edificio buscando un hueco por el que colarse. El Hospital Xeral llevaba más de dos décadas abandonado, desde la inauguración del nuevo complejo hospitalario universitario. Las ventanas del primer piso estaban tapiadas y varios barracones fuera anunciaban obras. Ignoraba la inminencia de estas, pero estaba seguro de que no comenzarían a las puertas del mes de agosto. En la parte de atrás del edificio localizó el hueco que estaba buscando. Primero introdujo la bolsa y el macuto, después reptó hasta entrar en el edificio. A punto estuvo de quedarse atascado.

Ya dentro le acometió una náusea. Apestaba a orines, humedad y vino, pero era la mejor de las soluciones. La otra era que lo atrapase la policía. No, no volvería a pasar por eso.

El hombre se dirigió a los pisos superiores a tientas. La luna se colaba por la ventana. Observó su reflejo en el cristal. Esos pequeños cabrones le estaban robando su vida. De nuevo.

Sin duda merecían morir.

Todos.

Recordó a Xabier en el juicio. A Eva. A Carlos y su mirada de odio. «La mataste», le había gritado. El juez amenazó con expulsar a Carlos de la sala. Volvió a acusarlo a gritos, pero el juez no cumplió su amenaza.

No, no la había matado. Se la había follado una y otra vez. Sintió ganas de decírselo. De decirle que entendía su odio. Él también los odiaba a ellos. A ellas. A todos. Era cuestión de ver quién odiaba más. Quién era el más listo. Quién era capaz de huir y quién era capaz de atrapar a quién. El odio, cuando lo invade todo, no deja espacio para nada más.

Debió haberse cortado las venas en la cárcel, como la estúpida de Antía. Si ella hubiera seguido viva, quién sabe si todos esos cabrones ingratos no se habrían quedado callados para que él pudiera continuar con su vida. De nada servía especular. Había pasado entre rejas veinte años. Había pagado por ello. Ahora tocaba defenderse. Necesitaba hacer un par de llamadas. Tirar de todos sus contactos.

Él estaba en desventaja. La maquinaria, de nuevo, jugaba en su contra. Daba igual lo que dijera. Nadie le creería. Lo tenía muy claro: su vida le importaba tan poco como la de ellos.

Autopsia

Lugar: Santiago de Compostela.

Fecha y hora de realización: lunes, 26 de julio de 2021. 12.00 horas.

Médico legal: Salvador Terceño Raposo.

Certifica que, dando cumplimiento a: requerimiento judicial

realiza la siguiente autopsia:

- Nombre y apellidos: Xabier Cortegoso Rivas.
- Ocupación: operario del sector de automoción.
- Persona que identifica el cadáver: ----
- Edad: 39 años.
- Sexo: hombre.
- Antecedentes: fallecimiento en Restaurante A Horta d'Obradoiro (donde cenaba con unos amigos), en la madrugada del 25 de julio, permanece en el lugar de los hechos hasta el levantamiento del cadáver por la autoridad judicial a las 2.40 de esa misma madrugada.
- Datos obtenidos durante el levantamiento del cadáver: el cadáver se encontró sobre la mesa del restaurante, presentaba impacto de bala en sien derecha. Localizada en escenario del crimen (sobre la mesa) un arma semiautomática Luger GLOCK 17 de 9 mm con silenciador. Locali-

zada una bala incrustada en una pared a la izquierda de
la víctima. Se envía para informe de balística.

EXAMEN EXTERNO

Cadáver en posición decúbito supino, sobre mesa de autopsia del Instituto de Medicina Legal.

- Vestimenta: camisa azul, pantalones vaqueros azules
  (manchados de sangre).
- Complexión física: robusta.
- Talla: 1,83 m.
- Peso: 98 kg.
- Color de piel: claro.
- Cabello: castaño.
- Ojos: marrones.
- Dentadura: encías inflamadas, gingivitis. Ausencia de
  piezas 17 y 36.
- Señales particulares: gran mancha de nacimiento en
  cara interna de muslo izquierdo.

Otras particularidades: tatuaje tribal brazo izquierdo.

EXAMEN CADAVÉRICO

Fenómenos oculares. Córnea: pupilas midriáticas.

Rigidez cadavérica generalizada de intensidad media.

Signos de putrefacción ausentes.

Livideces u otras lesiones: ausentes.

Fauna cadavérica: no evidenciada.

Tiempo aproximado de la muerte: 36 horas.

Cráneo: se describe en EXAMEN TRAUMATOLÓGICO.

Tórax: ligero eritema por presión en zona submamaria que
coincide con zona de apoyo sobre el borde de la mesa.

Abdomen: nada que destacar.

Toma de muestras realizada:

• Tejidos periféricos de la herida de bala.

• Sangre: se envía a toxicología.

• Contenido gástrico: alimentos a medio digerir.

EXAMEN TRAUMATOLÓGICO

Piel y tejidos blandos: piel apergaminada con quemadura en torno a orificio de entrada estrellado y ennegrecido de aprox. 8 mm de diámetro en región parietal derecha. Llama la atención la escasez de tatuaje de restos de pólvora, debido sin duda al uso de silenciador. Orificio de salida de aprox. 12 mm, de bordes anfractuosos y desgarrados, sin restos de pólvora.

Ausencia de residuos de disparo en las manos de la víctima.

Estudio óseo: fracturas primarias y secundarias en ambos lados del cráneo, quedando en evidencia por los biseles primarios internos y externos la direccionalidad del disparo.

Radiología simple de cráneo: confirma los hallazgos macroscópicos.

EXAMEN INTERNO

Estudio encefálico: laceración acanalada rectilínea transfixiante que atraviesa el cerebro de forma completa de derecha a izquierda y con leve trayectoria descendente, desde lóbulo parietal derecho hasta lóbulo temporal izquierdo. En su trayecto atraviesa parcialmente el tálamo y el cuerpo calloso. Signos indirectos de edema y presión intracraneal. Pequeños fragmentos de hueso craneal (partículas óseas, piel y pelo en orificio de lóbulo parietal derecho). Desgarro de meninges. Hematoma subdural extenso. Extrusión de escasa cantidad de masa encefálica por orificio de salida.

CONCLUSIONES

Causa de la muerte: traumatismo craneoencefálico por disparo de arma de fuego.

Causa inicial: laceración cerebral letal.

Causas intermedias: hemorragia cerebral y fracturas craneales múltiples.

Causa inmediata: parada cardiorrespiratoria.

Etiología médico-legal de la muerte: muerte homicida.

COMENTARIO

Existe concordancia entre el traumatismo y las secuelas inmediatas y definitivas. La trayectoria del disparo y las circunstancias situacionales del suceso nos hacen descartar la hipótesis de suicidio. Por ello, la causa homicida es la más plausible y hay suficientes evidencias de que se trata de un disparo simple con salida del proyectil, a quemarropa, con un arma corta de bajo calibre con silenciador, que causó la muerte instantánea a la víctima. Cabe concluir que esta recibió el disparo mientras estaba sentada, por parte de otra persona que se encontraba de pie y que debió de aproximarse hasta una corta distancia por su costado derecho.

Hora de la muerte: entre las 00.00 del 25 de julio (hora en la que fue visto vivo por última vez) y las 00.15 (hora del descubrimiento del cadáver).

El presente informe de necropsia tiene carácter prelimi-
nar y, por consiguiente, provisional, a la espera de com-
pletarse con los resultados de las pruebas encargadas
tras la toma de muestras toxicológicas.

SALVADOR TERCEÑO RAPOSO

El comisario Veiga releyó la autopsia. No iba a revelar nada que
no hubieran deducido del examen superficial del cadáver. No le
gustaba el rumbo que estaba tomando el caso. En circunstancias
normales, los asistentes a la cena serían los principales sospechosos y, a pesar de que seguían el curso normal que marcaba el protocolo en una investigación por homicidio, no era menos cierto
que Abad tenía a la mitad de los efectivos de la comisaría intentando localizar a un pederasta recién salido de la cárcel. Lo entendía. Sería reconfortante volver a meterlo en ella, la sociedad
descansaría más tranquila si un tipo como Vilaboi volvía a dormir
entre rejas. Los recursos humanos y materiales eran limitados y
era a él al que correspondía sacar el máximo partido de ellos, y en
su fuero interno sabía que buscar a Vilaboi era una apuesta demasiado arriesgada.

Las primeras indagaciones se habían centrado en el arma. Esta
no presentaba huellas y no habían localizado guantes en la escena del crimen. Dada la afluencia de clientes en el establecimiento, las primeras acciones policiales se habían limitado a pequeños
interrogatorios. El registro exhaustivo del local, llevado a cabo
apenas unas horas después, no había arrojado ningún resultado positivo. La autopsia aclaraba que el asesino se había acercado
mucho a la víctima, lo cual evidenciaba una gran sangre fría.
Visto desde una distancia prudente, podría parecer un camarero
sirviendo a un cliente. De todas formas, habían elegido bien el

momento, todo el mundo estaba pendiente de los fuegos del Apóstol.

El comisario se sentía incómodo con el desarrollo de la investigación. No tenían la menor prueba de que Vilaboi estuviera involucrado en la muerte de Cortegoso, más allá de la insistencia de los amigos de la víctima y la intuición de Abad. Sentía un profundo respeto por esa intuición. Casi tres años en esa comisaría le habían enseñado que el inspector nunca tomaba decisiones que no estuvieran bien fundamentadas. Sabía que no sentiría ese estúpido presentimiento de que algo iba mal si Abad no le hubiera confesado su relación con dos de los sospechosos.

Por el momento lo dejaría actuar libremente, pero se mantendría alerta y al más mínimo atisbo de que esa circunstancia estuviera interfiriendo en su imparcialidad tomaría medidas; si era necesario, lo apartaría de la investigación. Ahora tenían a Ana, y eso lo cambiaba todo. En todos los sentidos.

En el tanatorio

—La acompaño en el sentimiento.

Vanesa Omil observó al hombre que le daba el pésame. Llevaba todo el día saludando a gente que hacía años que no veía. Parientes lejanos, compañeros de trabajo suyos y de Xabi, sus amigas... Todos le preguntaban qué había sucedido y ella no tenía ni idea de qué responder. Eso era lo peor: no saber nada. No encontrar una explicación al hecho de estar a estas horas en la sala 6 del tanatorio de Pereiró en lugar de en una playa del Algarve. Ella le habría pedido que saliese de debajo de la sombrilla y él no le habría hecho ni caso. Se habría quedado sentado en su silla, untado de los pies a la cabeza con protector solar y haciendo autodefinidos o leyendo en el móvil los periódicos deportivos. Ella habría paseado por las kilométricas playas mientras escuchaba música. Después habría leído un poco.

En lugar de eso, Xabi estaba en un ataúd que ella había elegido en un catálogo de tapas negras mientras un empleado de la funeraria hablaba de nichos, lápidas, esquelas, transporte y coronas de flores. Y ella no podía hacer nada más que pensar que alguien lo había matado y que eso había coincidido con la irrupción en su vida de toda esa gente de su pasado. No podía ser una casualidad. Ese hombre rapado casi al cero debía de ser uno de ellos.

—Gracias. ¿Quién es usted? —preguntó Vanesa con cierto recelo.

—Soy el inspector Abad, de la comisaría de Santiago de Compostela.

La cara de ella se contrajo.

—Por el amor de Dios —intervino la madre de Vanesa—, es que acaso...

—No, no, no es lo que piensan —se disculpó Santi—, tan solo he venido a presentarle mis condolencias. No tengo intención de interrogarles a ustedes en estos momentos tan delicados.

—Está bien, mamá —dijo Vanesa—, a fin de cuentas estamos deseando saber quién mató a Xabi.

—Desde luego —corroboró Santi, agradecido—, pero habrá tiempo de hablar de esto en los próximos días.

—Claro. ¿Quiere un café?

—No, no. Ya me marcho. Aprovecho para dejarle mi tarjeta. En cuanto esté en disposición de hablar haga el favor de llamarme.

—Van a hacer todo lo posible para atrapar a quien le hizo esto a Xabi, ¿verdad?

—No les quepa duda —asintió el inspector—. No las molesto más.

A las puertas de la sala del tanatorio se habían formado varios corros y la mirada de Santi saltó de uno a otro. Los cinco de la Algalia no habían llegado todavía. Carlos le había confirmado que todos acudirían al velatorio.

Santi había mentido a Vanesa. Estaba allí por trabajo. Lo que lo había llevado al tanatorio era el deseo de observar a los cinco más de cerca y fuera de la presión de un interrogatorio policial, pero, sobre todo, mantenía la absurda esperanza de que Héctor Vilaboi merodease por allí. Si la teoría de Carlos era cierta, ese hombre había salido de la cárcel dispuesto a vengarse. El tanatorio era un lugar en el que todos confluirían. No le gustaba la idea de que estuvieran juntos de nuevo en un lugar público.

El comisario Veiga no compartía sus sospechas, aunque esa era la dinámica habitual en su comisaría. Le había comprado la teoría de la conexión del caso con Héctor y había filtrado a los medios la noticia, pero Santi sabía que eran los asistentes a la cena los que estaban en su punto de mira. Así se lo había hecho saber esa mañana, antes de salir hacia el tanatorio. Si era cierto que Vilaboi estaba tras la muerte de Xabi, y aquello era una venganza contra todos ellos, tendría que darse prisa para demostrarlo, antes de que muriese alguien más.

Se dirigió hacia la cafetería del tanatorio. Pidió una tónica. Ojeó un periódico que habían abandonado sobre la mesa. La «cena mortal» de Santiago de Compostela había abandonado ya las portadas, que se centraban en la subida desmedida del precio de la luz y en los Juegos Olímpicos de Tokio.

Alzó la vista y vio a Lito en la barra, casi a su lado. Le hizo una señal. Él le devolvió el saludo, reticente.

—¿Trabajando en los entierros? —Había un ligero tono de reproche en la voz de Lito.

—Incluso la policía va a funerales. Recuerda que conocía a Xabi de la época del instituto.

—A otro perro con ese hueso, Abad. Estás aquí para meter tus narices de policía en nuestros asuntos.

—No te gusto mucho, ¿verdad?

—No me gustas ni una pizca. Aún no he conocido a un poli que no desconfíe de un yonqui o un tirado como yo. Me he comido vuestra mierda muchas veces. Me habéis dado hostias, me habéis metido en el talego y me habéis presionado para que cante lo que os daba la gana cuando convenía.

—Algo harías.

—Siempre hacemos algo, sobrevivir en la calle no es fácil. Pero a los que hacen las cosas verdaderamente chungas no les tocáis los cojones como a nosotros, los que nos metemos.

—Vamos, Lito, tú sabes que no es así. No solo os metéis. Pasáis en pequeñas cantidades; si estáis muy desesperados, dais el palo a los turistas. Nos conocemos.

—Deja de hablar como si fuéramos un grupo. —Lito levantó la voz—. Estás hablando conmigo. Estoy limpio, colega. Limpio. Y no voy a dejar que me cargues el muerto de Xabi.

—No tengo ninguna intención de cargarte un muerto.

—Está claro que el yonqui del grupo es el sospechoso número uno.

—El sospechoso número uno es Héctor Vilaboi.

—¿Te has creído esa historia de Carlos? Ese tío está obsesionado con lo que le pasó a su hermana.

—Cuéntame lo que le pasó a su hermana —le pidió Santi, indicándole con un gesto que se sentase.

Lito hizo caso omiso y permaneció de pie.

—Sabes de sobra lo que pasó. Y, además, sucedió hace un millón de años.

—No, no lo sé. Sé que hubo abusos, sé que Antía se suicidó. Y ya no sé nada más, excepto lo que dicen los papeles y actas judiciales. No nos vamos a quedar quietos, vamos a escarbar en vuestro pasado, Lito. Si sabes algo, más vale que cantes ahora.

—Ayer me tuviste en comisaría media hora preguntándome por la cena y por todo lo que os dio la gana. Si quieres interrogarme de nuevo, vuelve a citarme —le replicó Lito, incómodo.

—Vamos, Lito, estamos fuera de comisaría. Esta es una charla de viejos conocidos. Solo te estoy preguntando por lo que pasó en el piso de la Algalia antes de la muerte de Antía. Sé lo que sucedió a grandes rasgos, pero necesito detalles.

—¿Detalles? ¿Qué detalles? ¿Quieres saber lo que le hacía el cabrón de Héctor a Antía? ¿Si se lo hacía de noche o de día? ¿Si se la tiraba o si la obligaba a chupársela? ¿Si Antía se cortó las venas con una cuchilla de afeitar o con un cuchillo de cocina? ¿Qué importan los detalles? La realidad es que todos sabíamos lo que pasaba allí. Todos sabíamos cómo ese cabrón miraba a las chicas, sobre todo a Mónica y a Antía. Antía se lo contó a Mónica. Mónica y Iago lo sabían. Al día siguiente de la muerte de Antía todos excepto Carlos nos reunimos y confesamos lo que sabíamos. El que no lo sabía lo sospechaba. Pero está claro que nadie dijo nada, ni dio la voz de alarma. Y por supuesto, ninguno nos atrevimos a decírselo a Carlos. Pero Carlos debía de intuirlo, o al menos eso creo yo. Era imposible vivir en esa casa y no oír a Antía llorar por las noches, no darse cuenta de que había adelgazado diez kilos en dos meses, no observar sus ojeras y cómo temblaba como un conejo asustado cada vez que un cuidador entraba en la casa. Si me preguntas, creo que Vilaboi también se tiraba a Mónica, claro que nunca lo dirá. Mónica nunca iba de cara. Nunca fue de fiar y no creo que haya cambiado. No hay detalles. Héctor es culpable de la muerte de Antía, aunque no apretase el gatillo de una pistola como hizo con Xabi, si es que lo hizo él.

—¿Y qué sentido tiene que Vilaboi venga ahora a por vosotros?

—Pregúntaselo a Carlos, ya te he dicho que sigue obsesionado con el tipo. Personalmente, no tengo ni idea de si fue Vilaboi el que disparó a Xabi. Lo único que sé es que yo no lo hice.

—Xabi y Eva declararon en el juicio que lo llevó a la cárcel —insistió Santi.

—Han pasado veinte años. Si yo fuera ese tipo, no querría volver a cruzarme con la gente que me mandó al talego.

—¿Cómo lo sabes, Lito? Tú no eres un depredador sexual. Tú solo eres un adicto. Es posible que Héctor Vilaboi lleve años planeando una venganza contra quienes hicieron posible su condena.

—Sé la clase de tipo que es. Conviví con él. Pero créeme, si yo fuera Héctor, sería yo el que tendría miedo.

—¿Por qué? —preguntó Santi.

—Porque la cárcel es el único lugar seguro para alguien como él.

—La cárcel es un infierno para los pederastas.

—Puede, pero aquí fuera hay muchas personas que le tienen ganas. Héctor le jodió la vida a mucha gente.

—¿Te la jodió a ti?

Lito se sentó al lado de Santi. Bajó la vista.

—A mí puedes contármelo —insistió Santi.

—Me la jodió de todas las maneras posibles —confesó al fin, con la mirada fija en el suelo de la cafetería—, él y todos los que vivían conmigo en ese piso.

Algalia 30

7 de febrero de 1998

La chica entró en el baño y pasó el pestillo. Ojalá las habitaciones tuvieran un cerrojo también, pero estaban prohibidos. Esa era una de esas normas no escritas del piso. Había multitud de normas que ellos incumplían recurrentemente. A veces, los educadores hacían la vista gorda. Otras, ni se enteraban de lo que pasaba entre esas cuatro paredes.

Antía sacó el pequeño paquete del bolsillo de su sudadera. Leyó las instrucciones. Lavarse las manos, orinar y esperar. Entre uno y cinco minutos.

Antes de que transcurrieran dos tuvo la respuesta.

Va por vosotros, tíos

Cuando la vida se detuvo, la música continuó. Antía murió y yo la resucité en cada canción. La mayoría de las veces toco versiones, es más fácil prestar mi voz para exponer los sentimientos de otro que contar lo que siento, que enseñar cómo soy, pero a veces, cuando solo quedamos unas pocas personas en el pub, le canto a ella.

Pienso que por eso elegí la música como forma de vida. Es la única manera de mostrar tu dolor sin que nadie te juzgue. Mientras todos se esfuerzan en parecer felices, a mí, en las canciones, se me permite ser públicamente infeliz. Casi se me exige desnudarme sin pudor alguno, aunque, al mismo tiempo, me escondo detrás de cada nota, de cada verso.

Dicen que el arte, en su mejor versión, nace del dolor. Es cierto, pero también nace de todos los factores externos que lo provocan. Nace del amor, del odio, del despecho, de la morriña. Nace de la nostalgia, de lo que fue y ya nunca será, de lo que pudo ser. El arte es nuestro pasado encontrando un hueco en nuestro presente en el que nos limitamos a ser lo que fuimos. Algunos no nos conformamos con lo que la vida nos ofrece.

La vida ahora me ofrece una sucesión de ayeres sentados en la primera fila de este pub. Mónica y Iago me saludan con un gesto de la mano. Los demás no han venido, pero tampoco me extraña después del infierno del velatorio. La novia de Xabi apenas nos dirigió la palabra; se limitó a recibir nuestras condolencias, sin sostenernos la mirada. Sé lo que piensa. Que somos culpables, que hemos vuelto del pasado y que ese pasado se ha llevado a Xabi por delante. Nos culpa para evitar sentirse ella culpable. Del mismo modo que yo culpo a Vilaboi.

Sin embargo, en mi fuero interno sé que debí hacer algo. Me limité a pensar que Antía estaba mal por las notas, porque estaba enamorada de Iago y él no le hacía caso, porque mamá había muerto hacía unos meses, porque tenía un miedo terrorífico a que cuando yo acabase la estancia en el piso tutelado no la llevase conmigo. Teníamos mil preocupaciones. Yo daba clases de guitarra a universitarios pijos y cantaba en las calles, escapando de los municipales. Ella acababa de empezar a trabajar en una pizzería los fines de semana. Fantaseábamos con tener dinero suficiente para vivir solos. «¿Me sacarás de aquí, To? ¿Me llevarás contigo?». Siempre me llamaba así, To: Toto por aquí, Toto por allá. Debí decirle que sí, que seguiríamos juntos, pero le insistía en que debía quedarse en el piso un año más, mientras yo salía al mundo, conseguía un lugar para los dos, me buscaba la vida.

No lo vi. No vi lo que Vilaboi le estaba haciendo. En qué medida soy culpable. En qué medida la culpa y la tristeza se entrelazan en una espiral de dolor que solo se deshace en un pub a la una de la madrugada, ante un público que aplaude tu amargura y tu tristeza.

Sé que todos piensan que debo superarlo, como hicieron ellos. Resulta que se puede. Puedes levantarte una mañana y ser biólogo, peluquera o yonqui, y olvidarte de que tuviste en tu mano salvarle la vida a alguien a quien querías y te limitaste a mirar hacia otro lado. Vale, ella no era su hermana, pero se les llena la boca al decir que éramos una familia. Mentira.

Mónica agita sus rizos pelirrojos y da un trago a su cerveza.

Iago me guiña un ojo. Dale, colega. Tócate otra.

Una de las mías. Va por vosotros, tíos, digo señalando hacia su mesa. Todas las miradas se fijan en ellos.

Arranco unos acordes a mi guitarra.

—Esta canción se titula «Malditas las ganas que tengo de olvidar».

Aplauden. Hay que joderse.

Comienza la caza

—Abad y Barroso vuelven a las calles de Compostela.

—Da gusto verte de tan buen humor, jefe —dijo Ana.

—Este asunto se ha llevado por delante mis vacaciones, pero por lo menos te tengo de vuelta. En fin, comencemos —contestó el comisario Veiga.

Su alegría era sincera. Cuando llegó a la comisaría de Santiago de Compostela, casi tres años antes, Ana se había convertido en un gran apoyo. Era intuitiva y una investigadora incansable, que formaba con Abad un sólido equipo de investigación en el que confiaba a ciegas. También era divertida, inteligente y la única amiga que había hecho en sus primeros meses en esa comisaría. Le reconfortaba tenerla de vuelta.

—Ponedme al día —dijo Ana—. Ya llevamos más de una semana buscando a Vilaboi. ¿Sabemos algo de él?

—Tenemos a todos los efectivos de Lugo en alerta, pero me temo que no se fue allí, a pesar de las búsquedas que hizo en el ordenador de su pensión —afirmó Santi.

—Si hizo esa búsqueda para despistarnos, eso indicaría que planificó su huida —indicó Ana—. Y si está huyendo, la teoría de que es él quien está tras la muerte de Xabi Cortegoso cobra fuerza.

—O que este hombre está muerto de miedo y ha decidido esconderse. Desde el principio nos están intentando hacer creer que es culpable, aunque no voy a perder de vista a los otros cinco que estaban en esa cena. Sé que Santi no comparte esto conmigo, pero la lógica nos dice que los que estaban en esa mesa son los principales sospechosos. Hoy he hablado con el juez. Quiero escuchar sus llamadas. Se lo está pensando, ya sabéis lo reacio que es Calviño a las escuchas. Y quiero una patrulla siguiéndolos y un reporte de sus movimientos —dijo el comisario Veiga, con un tono que dejaba claro que no admitiría réplica.

Aun así, la tuvo:

—Y ¿qué móvil podrían tener ellos? —preguntó Santi.

—Eso es lo que tendréis que averiguar —dijo el comisario—. El biólogo youtuber y la modelo fueron los que organizaron la cena. Eso es importante. Fueron los que eligieron el lugar, sabían que en el transcurso de la cena los fuegos artificiales les darían cobertura para ese disparo. Ellos lo decidieron. Adivinad si fue idea de él o de ella.

—Iago Silvent no saca ningún beneficio viéndose envuelto en un escándalo. —Santi no lo veía claro.

—Pero Mónica sí —intervino Ana—: No para de salir en los medios, este follón le va de cine para su popularidad. Ya sabéis lo que dicen, que hablen de uno, aunque sea mal.

Santi los miró desconcertado. Estaban obviando su principal línea de investigación.

—Héctor Vilaboi es una rata —insistió—. En el funeral de Xabi tuve una charla muy productiva con Lito Villaverde. Héctor controlaba todo lo que sucedía en el piso tutelado y se encargaba de mantenerlos a todos callados. Lito empezó fumando chinos porque Vilaboi se los pasaba. El precio era mantener la boca cerrada con lo que sucedía en esa casa. Tengo que ganarme la confianza de Villaverde. Sabe más. Está claro que se calla cosas. Silvent interrumpió una conversación que estoy seguro de que hubiera dado más de sí.

—¿Para mantener la boca cerrada por qué? ¿Por los abusos? ¿Qué más pasaba en esa casa? No tiene pinta de haber sido un hogar muy idílico —preguntó Ana.

—He repasado las actas del juicio, tal y como quedamos —dijo Santi—. Xabi declaró que vio a Héctor salir de la habitación de Antía en plena noche un par de veces. Y que Eva le había contado que sabía que algo le estaba sucediendo a Antía, que esta le había confesado que estaba pasando algo malo con Héctor. La expresión «algo malo» estaba entrecomillada.

—«Algo malo» no es exactamente un abuso sexual —dijo Ana.

—Héctor abusó de doce chicas a lo largo de su trayectoria como educador —insistió Santi—. Esto quedó probado en el juicio. Antía se suicidó. A estas alturas de la película, lo que sucedió no es cuestionable. Lo que tenemos que averiguar es si Héctor ha vuelto para hacerle pagar a Xabi Cortegoso y quizá a Eva Nóvoa su testimonio. Carlos está convencido de que viene a por ellos.

—Y ¿qué tiene contra los demás?

—Los demás apoyaron a Eva y a Xabi en el juicio.

—Demasiado simple —sentenció Ana.

—Coincido. No es suficiente para descartar nuestra principal línea de investigación, que se centra en esa mesa del restaurante y en los asistentes a la cena —zanjó la cuestión el comisario—. Y poneos ya con el tema del arma.

—¿Sabemos algo? —preguntó Ana.

—Tras cruzar en vano nuestros datos con los de la Guardia Civil, acudimos a la base de datos de la Interpol, y el viernes a última hora nos llegó el resultado —le informó el comisario—. Según el IARMS, parece ser que la robaron en Toulouse, en una armería. La denuncia es de 2019. No sé si tendremos algún recorrido por ahí.

—Será complicado. De ahí seguro que saltó al mercado negro y allí le perderemos la pista. Me encargaré yo de investigar eso, Santi —apuntó Ana—. Pongámonos manos a la obra con los compañeros de mesa de Cortegoso y el arma.

—Estoy de acuerdo con Ana, Santi —insistió Veiga, al ver que él negaba con la cabeza—. El plan para hoy es que vayáis a visitar a Xulio Penas, el antiguo gerente de la asociación que gestionaba los pisos tutelados en esa época —ordenó el comisario—. Él contrató a Vilaboi. Yo coordinaré la parte documental con Del Río y Cajide. Desde la Xunta nos han mandado ya todo lo relativo a ese piso tutelado en el año del suicidio de Antía Morgade, sin necesidad de requerimiento judicial. Están muy colaboradores en la Consellería, temen que esto no deje en buen lugar su gestión, aunque se escudarán en que el programa de pisos tutelados lo llevaba una ONG. También voy a ordenar un estudio de las redes sociales de los cinco. Escarbaremos un poco en sus personalidades digitales. Os pondré al día cuando volváis. De momento esto es todo, creo que podemos dar por terminada la reunión. Tenemos claro que lo que sucedió en ese piso es la clave. Salid ahí fuera y traedme todos los detalles de ese pasado.

—Comienza la caza —dijo Ana.

—Ahora toca descubrir cuál es el objetivo de esta cacería —apuntó Santi.

—El de siempre, jefe —sentenció ella—: La verdad.

Mentor

—Inserción laboral. Esa es la finalidad última del programa. Que los chavales puedan vivir con plena independencia e incorporados al mercado laboral. Que sean autónomos. Que cuando salgan al mundo hayan adquirido las habilidades suficientes para evitar el riesgo de exclusión social.

—Suena bien. —Ana observó al hombre con curiosidad.

Xulio Penas tendría unos sesenta años y un cierto aire de profesor universitario: pelo y barba salpicados de abundantes canas, gafas de pasta y chaqueta de tweed. Los había recibido en su domicilio particular. Hacía cinco años que había abandonado la gerencia de la ONG, pero aún se percibía entusiasmo en su voz cuando hablaba del proyecto que los había llevado hasta allí.

—Ellos fueron los primeros. El programa Mentor arrancó en el curso 1997-1998. Lo que pasó con Antía... fue traumático. Sufrimos una auditoría interna. Estuvieron a punto de cancelarlo. Por suerte nos recuperamos del caso Vilaboi y, dos décadas después, el programa Mentor continúa con enorme éxito, financiado por la Unión Europea. La edad de asistencia va de los dieciséis a los veintiún años y en ocasiones excepcionales se prorroga hasta los veinticinco. Tenemos dos tipos de viviendas, las tuteladas, para menores de edad, y las asistidas, para los mayores. Solo en las primeras hay un adulto permanentemente. El piso de la Algalia no obedecía exactamente esas reglas ya que era un proyecto piloto con chicos de todas las edades dentro de ese rango pero tenía el carácter de tutelada, ahora las cosas no son exactamente así. Estoy muy orgulloso de lo que hacemos por esos chicos, y lo que pasó con Vilaboi no enturbia esta realidad. Imagino que es como considerar que todos ustedes son unos corruptos solo porque su gente de Asuntos Internos descubre algún guisante negro de vez en cuando.

Santi torció el gesto, contrariado.

—No estamos cuestionando su trabajo —intercedió Ana, apaciguadora—. Entienda que es un mundo desconocido para la mayoría de la gente.

—Señor Penas, ¿contrató usted a Vilaboi? —preguntó Santi.

—Sí —contestó el hombre con rotundidad—. A él y a todos los educadores que trabajaron durante años con responsabilidad y dedicación.

—¿No tenía antecedentes de ningún tipo?

—La obligación de acreditar la ausencia de antecedentes penales por delitos sexuales para trabajar con menores entró en vigor en 2015. Vilaboi presentaba un currículum impecable.

—¿Qué requisitos debían tener los chicos para acceder a las viviendas tuteladas?

—Acogemos a chavales de entre dieciséis y veintiún años que se encuentran bajo la protección de la Xunta. En ocasiones muy excepcionales puede prorrogarse hasta los veinticinco años.

—¿Qué recuerda de los chicos de esa primera promoción? —habló Ana de nuevo.

—Me han preguntado mucho por ellos últimamente a raíz del repentino éxito de Iago Silvent. La verdad es que el ejemplo de Iago es muy esperanzador para la sociedad en general y para nuestros chavales en particular. El nuevo gerente me dijo el otro día que habían acordado una serie de charlas en nuestros centros a cargo de Silvent. Respecto de los demás, al que más recuerdo es a Carlos, por razones obvias. Perdió a su hermana. Tras su muerte se marchó del piso y se buscó la vida tocando en garitos. Volví a verlo en el juicio de Vilaboi. No se perdió ni una sesión. Héctor tuvo suerte de estar custodiado, creo que el chico habría sido capaz de matarlo.

—Y no lo culpo —dijo Santi.

—¿Es usted del club del ojo por ojo, inspector? —preguntó Xulio Penas, algo sorprendido.

Santi se revolvió incómodo en su silla.

—¿Qué puede decirnos de Xabi? —intervino Ana rápidamente.

—Casi nada. Son muchos años, muchos chavales. Sí que me acuerdo de que tenía un problema serio de comunicación. Apenas hablaba. Si les preguntan a los educadores, ellos les podrán contar algo de esa época.

—¿Había más de uno?

—En cada vivienda tutelada hay cuatro educadores, uno de mañana, otro de tarde y otro de noche. Luego tenemos uno de fin de semana. Y a mayores tenemos otro que cubre bajas y vacaciones. Después de la vivienda tutelada pasamos a la vivienda asistida, adonde acceden de manera voluntaria y donde ya no viven con el educador. En aquel momento, Eva y Xabi eran menores. Iago pasó a una vivienda asistida después. Era muy brillante y estudió becado, aunque imagino que ya conocen toda su trayectoria pública. Los hermanos Morgade estaban en un punto de inflexión extraño: Carlos ya tenía veinte años y su hermana se negaba a separarse de él. Estaban muy unidos.

—Y si estaban tan unidos, ¿cómo fue que no se dio cuenta de lo que estaba sucediendo bajo ese techo? —preguntó Ana al instante.

Santi se mordió la lengua. Eso no era justo. Él sabía que Carlos no se había perdonado por no haberse percatado de lo que Héctor le estaba haciendo a Antía, pero no podía permitirse perder su imparcialidad de una forma tan flagrante. Xulio Penas fijó la mirada en él.

—Para ustedes es fácil juzgar. A toro pasado, todos somos Manolete. Qué quieren que les diga, Héctor era un excelente profesional. El monstruo que habitaba dentro de él lo mantenía bien agazapado. Yo tampoco me di cuenta.

Santi pensó que, en efecto, cada uno esconde sus propios monstruos, pero le resultaba difícil creerle. Ese hombre parecía capaz de desenmascararlos a todos.

—¿Nos puede facilitar el nombre de los cuidadores? —preguntó, cambiando de tema.

—Uno ha fallecido y a alguno le he perdido la pista. Pero Xurxo y Rosa siguen trabajando como educadores. Les facilitaré sus teléfonos.

Ana sonrió agradecida. Santi permaneció impertérrito. No le gustaba ese hombre. Parecía leer dentro de él.

—Debe de ser muy gratificante trabajar en una labor social tan encomiable —dijo Ana.

—Supongo que lo mismo puede decirse de ustedes —contestó Penas, clavando su mirada en el inspector Abad.

Santi no consiguió sostenerle la mirada.

Raro

—Estás raro.

—Siempre he sido raro —dijo Santi mientras daba cuenta de la pizza y le servía vino a Lorena—. Está muy buena. ¿Has hecho tú la masa?

—No, la he comprado en una panadería. ¿No me vas a contar nada?

—No me gusta hablar de los casos, ya lo sabes —la cortó Santi.

—No estoy hablando del caso.

—Entonces ¿de qué estamos hablando? ¿De Ana?

—Ya sabes que sí.

—No, no sé nada. Nunca has sido celosa, ¿no es un poco tarde para empezar a serlo?

—Vamos, Santi, no te pongas a la defensiva. Sé lo que tuviste con Ana y sé que estás conmigo. Pero no estoy ciega. Te pasas el día y parte de la noche hablando con ella. Y lo respeto. Yo también tengo amigos con los que comparto cosas que mantengo al margen de nuestra relación. Pero ella ha vuelto y tengo ojos en la cara.

—Y ¿qué ven tus ojos?

—No voy a discutir. Eso no va conmigo. Y no, no estoy celosa, pero te noto raro, nervioso, no duermes y cada diez minutos revisas tu móvil. Y me doy perfecta cuenta de cómo te cambia la cara cuando ves un mensaje de Ana.

—¿Estás revisando mi móvil? —Santi alzó la voz.

Lorena se levantó y recogió los platos. Estaban en casa de ella. Acostumbraban a comer juntos entre semana. Los fines de semana los pasaban en casa de Santi o viajaban, una rutina que ninguno de los dos se había planteado cambiar. Las cosas entre ellos siempre habían transcurrido así, con pactos implícitos exentos de negociaciones y crispación. Hasta ese momento.

—Santi, no reviso tu móvil, te lo pregunto todo a la cara. Claro que encarar las cosas de frente te cuesta. Los dos lo sabemos.

—Eso es un golpe bajo. Siempre he ido de frente contigo. Te hablé abiertamente de mi pasado con Sam. Sabes de sobra lo que me costó asumir lo sucedido. Mi mujer me dejó porque le partí dos costillas de una paliza. Te lo dije. Nunca te lo oculté. No ha vuelto a suceder, pero sabes el lastre emocional que arrastro a raíz de ese episodio. La depresión que siguió a mi relación con Ana. Creí que nunca volvería a tener una relación con nadie, pero la terapia y tú me demostrasteis que es posible salir de ese infierno. Nunca te he mentido y desde luego no te he ocultado nada. No es justo que me acuses de no encarar mis problemas de frente. Llevo casi cuatro años haciéndolo. Día a día. No entiendo que ahora cuestiones mi relación con Ana. Es mi mejor amiga. Solo eso: mi amiga. Hablamos mucho y es agradable tener a alguien al otro lado del teléfono que te conoce, no te juzga, comparte tu sentido del humor y entiende tu trabajo.

—Creí que esa persona era yo. Pero ya me has contestado.

—Lorena... —Santi extendió la mano y cogió la de ella—. Lo que tengo contigo no tiene que ver con lo que tengo con ella. Ana y yo somos policías, compartimos trabajo e intereses. Tú eres mi pareja. Son cosas distintas.

Lorena se desasió y se dirigió al fregadero.

—Déjame fregar a mí. Sabes que siempre lo hago yo. Vete haciendo el café si quieres —le dijo Santi.

—No hay tiempo para cafés —dijo Lorena sin dirigirle la mirada—, es muy tarde, tienes que irte a comisaría. Y no te dejes el móvil.

Raro

—Te encuentro raro.

—Es porque tengo el pelo más largo —dijo Álex.

—Estuve en Semana Santa contigo, ni que llevara dos años sin verte —rio Ana—. En fin, ¿a qué viene esta comida?

—A que es el primer lunes de agosto y tu primer día en comisaría, a que estoy contento de que estés de vuelta y a que quiero que tratemos un asunto sin que Abad esté delante.

—¿Conspirando contra tu inspector?

—Si quisiera conspirar contra él, no te elegiría a ti. Sé que es tu debilidad.

Ana encajó el comentario con una sonrisa.

—No sé qué piensas que hay entre Santi y yo, pero te aseguro que...

—... solo sois amigos. Llevo oyendo esa cantinela desde que llegué a esta comisaría, y de eso hace casi tres años. Lo sé, no te preocupes. De todas formas, yo también me considero tu amigo y no voy por ahí —aclaró Álex—. Quiero pedirte que estés alerta. Veo a Santi descentrado, bastante influido por lo que opina Carlos Morgade. Está dirigiendo la investigación en función de lo que le comenta un tío que es amigo suyo.

—Eso no es así. Santi está centrando los esfuerzos en encontrar a Vilaboi es porque considera que lo que dice Morgade tiene visos de credibilidad. Y es verdad que yo estoy en modo abogado del diablo, cuestionándolo, pero me parece muy importante el detalle de que Xabi Cortegoso estuviera sentado en la silla de Carlos. No paro de pensar en eso.

—Si fue Vilaboi el que disparó, los distinguiría perfectamente.

—No creas, con las luces apagadas, quizá. Además, ¿y si se lo encargó a alguien? En la cárcel se conoce a todo tipo de gente.

—Y ¿qué puede tener Vilaboi contra Morgade? —preguntó Álex—. Es más bien al revés, ¿no?

—Precisamente —afirmó Ana—. A lo mejor se está anticipando. La mejor defensa es un buen ataque.

—¿Crees que Morgade sería capaz de hacerle algo a Vilaboi?

—Ese tío no se ha recuperado de la muerte de su hermana.

—De ahí a matar hay un trecho. Sea como sea, no necesito que hables de esto con Santi, pero tengo que pedirte que lo vigiles de cerca.

—Santi es mi mejor amigo. Y no solo eso. Es mi compañero y mi jefe. Acabo de volver a esta comisaría. Lo que me estás pidiendo no es justo. Santi puede tener muchos defectos. Es impulsivo y tozudo, pero sabes tan bien como yo que por encima de todo es un profesional. De los mejores. Lo va a dar todo para saber quién ha matado a Cortegoso. No me hagas sentir como una Mata Hari infiltrada.

—No te pongas dramática. Mi trabajo como comisario implica que tengo que estar alerta, ver las *red flags*. Y no me gusta ni un pelo esa camaradería que se gasta con dos sospechosos de asesinato. Eres lo suficientemente lista para entenderme. Sé que lo que te estoy pidiendo no es muy profesional. Soy consciente. Pero a lo mejor es que esta es la única excusa que tenía para invitarte a comer.

Ana lo miró a los ojos. Era el mismo Veiga que le pidió una cita hace algo más de dos años porque se sentía solo en Compostela. Fijó su mirada en sus ojos verdes. Sonreía con ellos. Se estaba divirtiendo. Se preguntó cómo sería salir con un tipo así, tan transparente en sus sentimientos. Le sonrió de oreja a oreja, mientras se prometía a sí misma que, esta vez, se lo pondría más fácil.

—Te entiendo y esto te va a costar otra comida —dijo Ana mientras se levantaba, cogía su bolso y le alargaba al comisario la cuenta.

—O una cena —dijo Álex, mientras se apresuraba a seguirla tras dejar un par de billetes sobre la mesa.

Raro

—Esto es raro.

—¿El qué?

—Que me cites en un bar en lugar de la comisaría. Que estemos dentro del bar en lugar de en la terraza. Estamos en pleno verano, esto solo significa que no quieres que nos vean.

Santi revuelve su café con hielo y me sonríe.

—Mira, Carlos, voy a serte sincero: a mi jefe y a la subinspectora Barroso no les hace ni pizca de gracia que nos conozcamos. Y no les falta razón.

—No lo entiendo. Llevábamos años sin hablar. Tampoco es que seamos íntimos. Además, ya sabes que soy el más interesado en que encontréis a Héctor. —Cada vez que pronuncio su nombre siento una náusea en la boca del estómago—. ¿Tenéis alguna pista?

—Aún no. Según el encargado de la pensión, salió por la puerta llevando consigo tan solo una mochila verde. Nada parecía indicar que no volvería.

—Algo es algo.

—Mierda. De esto se trata precisamente. No debería estar aquí comentando detalles contigo. Y no debemos dar por hecho que es Vilaboi el que está tras la muerte de Xabi.

No puedo creer lo que estoy escuchando.

—Una vez cometí el error de no ver venir lo que Héctor podía hacernos. Esta vez no me voy a quedar de brazos cruzados viendo cómo acaba con nosotros. Te recuerdo que éramos siete y quedamos cinco.

—Te entiendo. Pero entiéndeme tú a mí, Carlos. Eres tan sospechoso como él y como cada uno de los que estaban en ese restaurante y en especial en esa mesa. Que yo abra una línea de investigación porque tú me transmitas tus temores no me deja bien parado. Que estemos aquí hablando del caso no está bien. No está nada bien.

—Eres tú el que me ha llamado.

—Para decirte que necesito coger distancia con el caso. Mejor dicho, con quien necesito coger distancia es con vosotros.

Distancia. Ojalá yo pudiera cogerla. Ojalá pudiera explicarle, hacerle entender lo que me hizo. Lo que nos hizo.

—Tú no estuviste en ese juicio —digo al fin—. Y voy a contarte algo que no he contado a nadie: fui a verlo a la cárcel. Fue un par de años después de que lo condenasen. Siempre pensé que verlo entre rejas me daría paz, pero no. Pasaban los meses y cada vez me sentía peor. Sé que vas a entenderme. No sé si es odio u obsesión, pero él me arrebató lo último que me quedaba en la vida. Y no es solo eso. Se trata del hecho de que él hizo sufrir muchísimo a Antía. Yo tenía que haberla cuidado. Era mi obligación, mi deber.

—Y la cuidaste. Lo que pasó no fue culpa tuya.

—Por supuesto que no, tengo claro de quién fue culpa. Por eso fui a verlo. Y me encontré un tío lúcido y profundamente resentido que nos culpaba a todos por haber acabado en la cárcel.

—Eso es ridículo. Él era el culpable. Los testimonios de Xabi y de Eva lo dejaron muy claro.

—Eva no quería declarar. Yo la convencí. Cuando llegó el juicio yo llevaba un par de años fuera del piso. Iago ya estaba acabando la carrera y se había mudado a una vivienda asistida, y los demás ya habían volado, estaban haciendo su vida. Y nos reunimos porque yo los busqué. La causa saltó por una denuncia de una chica nueva que se incorporó a la vivienda tutelada, una tal Jessica Jiménez. A Xabi y Eva ya los habían llamado a declarar en su caso porque eran los únicos que seguían en el piso. Eran los más pequeños. Antes del juicio nos reunimos todos y los convencimos de que esta era la oportunidad para hacerle pagar a Héctor por lo que le había hecho a mi hermana.

—¿Cuándo te enteraste tú de lo de Antía?

—Mucho después de su muerte. Cuando saltó la denuncia de esa chica. Al instante lo vi todo claro. Busqué a Iago y le pregunté si sabía algo. Solo me dijo que creía que Héctor le había hecho algo de ese calibre a Antía, pero que calló por falta de pruebas. Fue doloroso, aunque al menos comprendí que ella tenía un motivo para suicidarse. Durante un tiempo temí que mi hermana hubiera heredado algo de lo de mi madre, ya sabes.

—Y ¿los demás lo sabían?

No quiero contestar a esa pregunta. No quiero decir en voz alta que todos en esa casa sabían que Antía estaba sufriendo y no hicieron absolutamente nada.

—Esa no es la cuestión. La cuestión es que yo fui a esa cárcel y le dije que entre todos habíamos convencido a Eva y a Xabi para que dijesen la verdad. Que si estaba en la cárcel era por los chicos de la Algalia. Fue exactamente así. El juicio trajo consigo una cascada de denuncias. Diez más. El resto ya lo sabes. Una pena ejemplificante de veinte años. Y unas semanas después de que ese cabrón salga de la cárcel se cargan a Xabi. Me da igual lo que opinen la subinspectora y tu jefe. Tú y yo ya no somos amigos, pero nos conocemos desde hace muchos años. El Santi Abad que yo conocí no soportaba una injusticia. Ayúdame a coger a ese tipo.

—Tú no vas a cogerlo. Ese es nuestro trabajo. Pero te agradezco los pormenores de la historia. Ahora sé que Vilaboi tiene una cuenta pendiente con todos vosotros.

Corre, Lito

Lito subió las escaleras del mirador de Fontiñas al trote. En cuanto llegó arriba, sin disfrutar de las vistas, descendió las escaleras a la misma velocidad. Siguió corriendo y enfiló hacia la Ciudad de la Cultura. A mitad de camino paró y se llevó la mano al costado. El deporte formaba parte de la terapia. Sudar, sudar y sudar. Cuando corría ponía la mente en blanco y no pensaba. Si no pensaba, no echaba de menos el caballo. Sentía que limpiaba su sangre.

Hoy no era su día. Notaba pinchazos en el muslo izquierdo. Dio media vuelta y se dirigió hacia su piso en la rúa de San Pedro. Cuarenta metros cuadrados de libertad al módico precio de trescientos euros y un trabajo de reponedor en el supermercado en Concheiros. Esa era su nueva vida.

Los escasos cientos de metros entre su casa y el trabajo también los hacía corriendo. Para no mirar a su alrededor. Para no saludar a nadie. Para no pasar por los bares donde sabía que estaba el puto caballo.

Por eso corría. Para sentir que huía. Que hacía lo que tenía que hacer. A veces pensaba en qué habría sido de su vida si no hubiera acabado como sus padres. Si hubiera tenido un trabajo normal, como Xabi, como Eva.

Nunca lo sabría. Nunca fue normal. Alcohol, hachís, pastillas, coca.

Heroína.

Su primer chino se lo fumó en la casa de la Algalia días después de descubrir aquello.

Había oído llorar a Antía en su habitación. Se levantó y vio a Héctor salir de allí. Se quedaron en silencio, en el pasillo. Los demás habían salido. Tenían que estar a las diez en casa, pero Antía no había ido porque tenía migraña, como tantas veces. Él había regresado antes porque le dolía el estómago. La comida le había sentado mal y tenía ganas de vomitar.

Vomitó. Vomitó cuando llegó y vomitó luego, cuando entendió lo que estaba pasando.

Durante un par de días se quedó en su habitación con la excusa de la gastroenteritis.

El tercer día entró Héctor y le dijo que entendía que hubiera pensado lo que no era, pero que en él tenía a un amigo. Y que los amigos están para ayudarse. Lo que necesitaba era relajarse.

Heroína.

Héctor era el culpable de la muerte de Antía.

Héctor casi lo había matado a él. Y quizá había matado a Xabi.

Héctor sí que tenía motivos para odiarlos. Cuando aquella Jessica lo denunció, todos se habían vuelto a juntar. Carlos los buscó y los reunió en el piso de la Algalia, donde aún vivían Eva y Xabi. Todos hicieron un juramento. Por Antía. Tenían que meterlo en la cárcel. No podía seguir libre. Fue la última vez que estuvieron juntos antes de la cena de hacía diez días. Pero él no quería contar esto, no quería declarar en un juicio. No quería que le preguntasen si sabía lo que Héctor les había hecho a Antía o a Mónica. Lo sabía. Claro que lo sabía. Eso le había perseguido durante mucho tiempo. Y casi había conseguido olvidarlo. Ahora tenía una nueva vida, necesitaba no mirar hacia atrás, no estar en el ojo del huracán. Pero quizá debiera contárselo a ese poli. Si

Abad tuviese claro que Héctor tenía motivos para matar a Xabi, quizá dejaría de sospechar de ellos. A lo mejor Carlos tenía razón y el tío era legal.

A lo mejor sí había sido uno de ellos. Él tenía sus sospechas, pero no se atrevía a compartirlas porque sabía que la opción de que fuese Vilaboi el que iba a por ellos era real. Y una opción mucho más reconfortante. Él sabía quién era la persona realmente culpable de la muerte de Antía. Quizá todos lo eran.

Llamaría al inspector. Le contaría todo lo que sabía.

Abrió la puerta de su apartamento. Al instante vio la ventana abierta. No recordaba haberla dejado así. Le asaltó un miedo súbito. En el apartamento no había lugar para que nadie se escondiese. No, no había nadie.

Era peor.

Mucho peor.

Se acercó despacio a la mesa, aunque sabía que lo que debía hacer era correr.

Una brisa estival entraba por la ventana.

Date la vuelta, Lito, se dijo. Corre. Corre, Lito.

Pero no lo hizo, fijó la vista en la mesa.

En la jeringuilla.

En la cuchara.

En el mechero.

En la papelina de heroína.

True love

—¿Te habías imaginado esto alguna vez?

—Por supuesto que sí, creo que me pasé años imaginándolo —contestó Iago soltando una carcajada.

Mónica también se echó a reír mientras se incorporaba y se sentaba en la cama.

—¿Dónde vas? —Él alargó la mano para retenerla.

—A mi casa.

—Vaya, nunca habían salido de mi cama a tal velocidad. ¿Tan desastroso ha sido?

—Sabes que no. Pero no estoy registrada en el hotel. Además, mañana tengo una entrevista importante que no puedo dejar pasar, porque resulta que yo no tengo un sueldo como el tuyo y tengo que aprovechar todas las puertas que se abran ahora. Soy muy consciente de lo efímera que es la popularidad y todo esto me está dando la oportunidad de salir en medios nacionales.

—Levanto el teléfono y te registro en dos minutos —insistió él—. No quiero que te vayas.

Mónica comenzó a vestirse. Iago observó la pequeña inscripción que tenía tatuada en la ingle: *True love.*

—Llevamos veinte años sin vernos, podremos sobrevivir unas horas —afirmó Mónica.

—Vale. Pero contéstame a una cosa.

—Dime.

Iago demoró la pregunta mientras se recreaba en sus piernas infinitas, su rostro casi perfecto. Mónica era pura proporción y simetría. Recordaba haberla deseado desde la primera vez que la vio, pero ella siempre se iba con otra clase de tipos. Tipos que eran como él ahora, con pasta, con cierta posición. Así que lo que quería preguntarle es si esa era la razón por la que a una copa en un bar cualquiera le había seguido otra. Por qué se le había insinuado. Por qué lo había besado cuando llegaron a la altura de su antigua casa.

—Nada —dijo Iago finalmente—. Que estás preciosa y no me creo lo que acaba de pasar.

—Lo que acaba de pasar es que me he acostado con el hombre más inteligente que he conocido jamás —dijo Mónica—. Que tenías razón. Que nuestro sitio es estar los unos con los otros. Y yo contigo. Desde que has vuelto lo tengo claro.

Iago completó las frases mentalmente. Desde que sé que acabas de firmar un montón de contratos publicitarios y que eres un hombre de éxito y famoso. Desde que me he dado cuenta de que ya no eres el chaval sin un duro que me perseguía con veinte años. Desde que sé que estar contigo me dará estabilidad económica. Las borró enseguida de su cabeza. Daba igual lo que consiguiese en la vida, siempre le asaltaba esa idea de que nunca estaba a la altura. Toda su seguridad y autosuficiencia escondían ese sentimiento común al de todos los chicos que habían sufrido una situación similar a la suya: nunca se es lo bastante bueno. Su vida era una constante lucha por demostrar que alguien había cometido un error al abandonarlo.

—Lo entiendo —dijo él besándola en el hombro—, ya seguiremos mañana donde lo hemos dejado.

Daban igual las razones. Mónica estaba a su lado y era una de los suyos.

—Yo creo que estábamos predestinados a que esto ocurriese. Tú y yo tenemos mucho que perder si lo que pasó en el piso de la Algalia sale a la luz —le recordó Mónica—. Somos aliados naturales.

—No creo que a nadie le importe esa vieja historia —le recriminó Iago. La vibración de su teléfono lo interrumpió—. ¿Qué demonios...? Son las tres de la madrugada.

Se quedó mirando la pantalla fijamente.

—Es de Abad.

—Y ¿qué quiere?

—No quiere nada. Solo me dice que han encontrado a Lito en su casa. Una sobredosis.

—Joder. Pero si...

—Ha muerto —la interrumpió Iago.

—¿Cómo que ha muerto? No puede ser.

—Tienes razón. No ha muerto. Lo han matado.

—¿Qué es eso de que lo han matado? —preguntó Mónica visiblemente alterada—. ¿Te lo ha dicho él?

Iago extendió el móvil y le mostró el mensaje: «Acaban de encontrar a Lito muerto en su casa. Parece una sobredosis».

—¿De dónde sacas que lo han matado? A lo mejor es solo eso, una sobredosis. Lleva años siendo adicto.

—«Parece una sobredosis». Eso dice Abad. No dice que lo sea.

Iago se levantó y empezó a vestirse.

—¿Qué haces?

—Voy a acompañarte a casa. Ni loco voy a permitir que atravieses Santiago de madrugada, sabiendo que un pederasta reconvertido en asesino está yendo a por los chicos de la Algalia.

—No te adelantes —lo tranquilizó Mónica—. Vilaboi no ha aparecido. Y, además, lo de Antía fue un suicidio.

Iago negó con la cabeza.

—O parafraseando a Abad, eso pareció.

Algalia 30

22 de febrero de 1998

—Pase lo que pase, no puedes contárselo a los demás. Y menos que nadie, a Carlos —dijo Mónica.

—¿No vas a preguntarme de quién es? —preguntó Antía.

—Sé de quién es.

Antía alzó la vista sorprendida.

Mónica se acercó a ella y la abrazó.

—Sé lo que te hace. Sé el tipo de cerdo que es.

—¿Quién te lo ha dicho?

Se miraron.

—Tengo siempre los ojos bien abiertos —confesó Mónica.

Antía pensó que no los tenía tan abiertos; si no, se habría dado cuenta de lo que había sucedido en las últimas semanas. Decidió cambiar de tema:

—Yo también los tengo. Sé que también entra en tu habitación y por eso te he contado esto. Tenemos que hacer un frente común. Deberíamos denunciarlo.

Mónica entró en pánico. Sintió que se le cerraba la garganta. Pensó en la entrevista que había hecho la semana pasada. En ese tipo de treinta y cinco años que fingía no estar casado y con el que se acostaba en un hotel de las afueras a cambio de un casting y un *book*. No iba a dejar que todo se fuera a la mierda porque Antía Morgade tuviera ganas de montar un escándalo.

—Antía, no me jodas. Tienes que aguantar. Piensa en Carlos, en cómo se pondría. Podría hacer una barbaridad, sería capaz de matarlo. Y tú tienes que solucionar este problema.

La chica la miró desconcertada. A lo mejor esto no era un problema. Era la oportunidad de ser feliz por primera vez en muchos años. De olvidar lo que estaba pasando. De dejar de sentirse sucia.

Mónica estaba desesperada. Antía tenía que guardar silencio. No cabía otra posibilidad.

Nadie va a morir

—Lo de Antía fue un suicidio. Lo de Xabi, un asesinato en el que los únicos sospechosos somos los que estábamos en esa cena. La muerte de Lito ha sido un accidente. Está claro que la versión oficial no conduce nunca a Vilaboi.

El que hablaba era Carlos. Estaban los cuatro en casa del músico. Los había convocado esa misma mañana.

—Ahora te creo —dijo Iago—. Reconozco que, al principio, toda tu insistencia a la policía para que buscasen a Héctor me resultaba un poco exagerada, pero a la vista de los acontecimientos voy a tener que darte la razón.

—Ojalá no tuvieras que dármela. Si os he pedido que vinierais es porque quiero contaros algo —confesó Carlos, cabizbajo.

—Tú dirás —dijo Eva.

—Yo tengo la culpa. No me conformé con la condena de Vilaboi. Fui a verlo a la cárcel y le conté que si Xabi y tú habíais declarado era porque todos os habíamos empujado a ello.

—¿Le dijiste que mentí? —preguntó Eva con un hilo de voz.

Carlos asintió.

—Se lo confesé todo. Que tú no habías visto nada y que lo que dijiste en el juicio sobre los gritos en la noche y las marcas en el brazo que te había enseñado Antía te lo habías inventado. Que todos nos habíamos reunido en el piso antes del juicio y que en el mismo salón donde Antía se había suicidado juramos vengarnos por lo que les había hecho a ella, a Jessica y a sabe Dios cuántas chicas más. Y no te arrepientas de lo que hiciste, puede que tu declaración no fuera cierta, pero lo que le hizo a Antía fue real. Ella se lo contó a Mónica.

—Es verdad que Antía estaba hundida, pero podía ser por otra cosa. ¿Y si no era verdad? ¿Y si se lo inventó? —Eva rompió a llorar.

—No digas eso —intervino Mónica—. Era verdad. Recuerdo muy bien el día en que me lo contó todo. Estaba destrozada, pero lo único que me pidió fue que se lo ocultase a Carlos. Sabía que se volvería loco si se enteraba.

—Lo habría matado. Y ojalá me lo hubieras dicho y lo hubiese hecho —se lamentó Carlos.

—Era imposible que se lo hubiera inventado —continuó Mónica—. Además, yo sé de lo que era capaz Héctor. Nunca os lo conté y no creo que lo cuente fuera de aquí, pero no voy a consentir que tengáis ninguna duda sobre la clase de cerdo que es. A mí me hizo lo mismo que a Antía. Esa fue la razón por la que ella se confesó conmigo, porque adiviné lo que le estaba haciendo y se lo pregunté directamente.

Los tres la miraron boquiabiertos. La revelación de Mónica los había dejado sin habla. No se esperaban un golpe así.

—No me miréis así, no quiero vuestra lástima. La única razón por la que os lo cuento ahora es porque no quiero que os planteéis que no hicimos lo correcto. Lo que juramos en ese salón se cumplió. Nos vengamos. Lo encerramos veinte años y hemos dormido tranquilos sabiendo que no seguía haciéndole lo mismo a otras chicas. Si te hubieras quedado callada cuando esa otra chica denunció, en vez de doce habrían sido docenas. Tú las salvaste, Eva. Yo no declaré porque no me llamaron. No sé si habría sido capaz de confesar lo que sufrí a manos de ese cerdo.

Eva se quedó atónita.

—¿Me estás diciendo que nos utilizasteis a Xabi y a mí para encerrar a Héctor porque éramos los pequeños? —preguntó incrédula.

—No os utilizamos —se defendió Mónica—. Fue a vosotros a los que llamaron a declarar por el caso de Jessica, porque aún vivíais en ese piso. Nosotros no pintábamos nada en ese juicio.

—Diez chicas más se presentaron con denuncias después de mi declaración. ¿Dónde estabas tú? —le recriminó Eva.

—¿Que dónde estaba? En la tele, intentando hacerme un hueco. No quería que nada me uniese a un escándalo. En este momento hay mucha empatía, el movimiento Me Too y todo eso, pero hace veinte años me habrían puesto de patitas en la calle, me habrían humillado delante de todo el mundo, porque los delitos sexuales eran siempre culpa de las víctimas. Y acerté: ¿os tengo que recordar lo que pasó poco después con el caso de Nevenka Fernández? No quería verme envuelta en toda esa mierda.

—¡Y dejaste que lo hiciera yo —gritó Eva—, me dictaste una declaración que juré que era cierta ante un juez y por culpa de eso voy a morir!

—Nadie va a morir —le cortó Iago—. Calmémonos. Tenemos claro que la mano de Héctor está detrás de todo esto. No discutamos entre nosotros, lo que pasó, pasó. Nuestra prioridad ahora es cuidar los unos de los otros. Tal y como nos ha ordenado la policía, no podemos marcharnos de Santiago, pero podemos permanecer lo más juntos posible. Mónica, te vienes a vivir conmigo o yo contigo, y no admito réplica. Eva, tu marido haría bien en no dejarte un minuto a solas. Carlos, ¿cómo lo ves?

—«Nadie va a morir» es una bonita afirmación, pero ahora mismo estamos todos muertos de miedo. Ahora no tiene sentido discutir, el pasado ya no lo podemos cambiar —intervino Carlos—. Siento haber hecho lo que hice, me siento muy responsable. Creo que no es buena idea que hagamos vida normal. La policía nos cree a medias. Santi cree en nuestra teoría de la venganza de Vilaboi, pero su jefe y esa tal Barroso, no.

—¿A qué te refieres con no hacer vida normal? —preguntó Iago.

—Vayámonos los cuatro a un piso —dijo Carlos—. Cuidemos los unos de los otros.

—¡Estás loco! —exclamó Eva.

—No, no lo estoy. Me ha llamado un periodista para preguntarme qué pienso de la muerte de Lito y he dicho la verdad: que creo que Vilaboi viene a por nosotros. Saldrá publicado mañana. No sé dónde se esconde ese cerdo, aunque os aseguro que le va a costar salir de su escondite. Puede que la poli no nos crea, pero la opinión pública lo tendrá muy claro.

—¿Estás loco? —repitió Iago.

—Dejad de decir eso. Hagámosle frente. Contemos nuestra verdad. Medio mundo te sigue en redes sociales, Iago. Utilicémoslas. Que todos sepan la clase de alimaña que es Héctor. Y si tú te atrevieras a contar lo tuyo, Mónica, eso sería definitivo.

—No metas a Mónica en esto —dijo Iago—, aunque creo que lo del piso no es mala idea. Voy a llamar a la agencia para que me busquen con urgencia uno con cuatro habitaciones. Yo creo que en unos días estará hecho. En cuanto estemos instalados subiré un vídeo a redes sociales. Diré que somos los cuatro supervivientes del piso de la Algalia.

—Haré ese vídeo contigo —intervino Mónica—. Y contaré toda la verdad. Eva tiene razón: lo que hice hace veinte años no fue justo. Daré la cara.

Lo soltó con convicción. Ahora más que nunca necesitaban desviar el foco de la policía y hacer que todas las miradas se dirigieran a Vilaboi.

—No tienes por qué pasar por esto. —Iago la cogió de la mano. A ninguno de los otros dos les pasó desapercibido el gesto.

—En serio, lo haré. Como dije antes, los tiempos han cambiado. Creo que nadie me juzgará. Además, con un poco de suerte, me hacen tertuliana en algún programa de esos amarillos.

—No bromees —insistió Iago—, no tienes por qué hacerlo.

—Os lo debo. Se lo debo a Antía, a Xabi y a Lito. Y también a ti, Eva.

—Eva, ¿tú puedes ausentarte de casa?

—Hablaré con Damián. Le diré que lo hago para protegerlo. En cuanto al trabajo..., acabo de coger la baja. No puedo con la tensión emocional que me supone el acoso mediático y saber que Xabi y Lito... —Rompió a llorar de nuevo.

Carlos se acercó a ella y le pasó el brazo alrededor de los hombros.

—Estás haciendo lo correcto. Y hace veinte años también lo hiciste. Era necesario hacerlo. El único que se ha portado como un gilipollas aquí he sido yo. Nunca debí ir a esa cárcel. Pero te juro, Eva, que os voy a proteger.

—Pues entonces está hecho. Volveremos a vivir juntos, como en los viejos tiempos —resolvió Iago, observando a Carlos con suspicacia. A Mónica no se le escapó el gesto del biólogo.

—Aunque ahora solo somos cuatro. Estoy segura de que Vilaboi está escondido, decidiendo quién de nosotros será el siguiente en morir —dijo Eva mientras se enjugaba las lágrimas.

—Pues nos encontrará esperándolo —afirmó Carlos, estrechándola aún más fuerte y aguantándole a Iago la mirada—. Y esta vez estaremos todos juntos.

Loko

Se despertó de golpe, desubicado. El teléfono vibraba en la mesilla. Se revolvió en la cama intentando mover sus casi ciento cincuenta kilos. De un golpe, tiró el móvil al suelo y refunfuñó unas palabras ininteligibles.

Recogió el móvil y al instante este volvió a vibrar. Nadie lo llamaba nunca, exceptuando su madre, su abogado y la trabajadora social del Ayuntamiento. Su madre roncaba en la habitación de al lado, podía oírla con claridad. Los otros dos no trabajaban a las seis de la madrugada.

Descolgó el móvil con más desconfianza que curiosidad.

—Loko, soy yo, Vila.

—Hostia, Vila —se incorporó en la cama a duras penas—, te está buscando todo el mundo. Eres un tío famoso. Mooola.

El funcionamiento de la mente de Lorenzo Cobo, más conocido como Loko, era semejante al de un chaval de diez años. Vilaboi lo había comprendido en cuanto lo vio el primer día en el patio del centro penitenciario de A Lama. También comprendió que un gigante de casi dos metros y ciento cincuenta kilos era un seguro de vida en prisión. A Héctor se le daba bien manipular los sentimientos de la gente. Convencer a Loko de que lo necesitaba a él para sobrevivir allí dentro no fue complicado. Solo había alguien que fuese más impopular en la cárcel que un pederasta: un pederasta asesino de niños. Para cuando Loko llegó al talego, Vilaboi ya tenía controlado el cotarro. En la calle era un tipo caviloso, templado y que evitaba las confrontaciones; la violencia le resultaba repulsiva. Pero en la cárcel se convirtió en otro hombre. Era lo bastante inteligente para saber que si no se adaptaba al medio, el medio lo devoraría.

Así que sobrevivió a base de no meterse con nadie, pero dejando claro que no consentiría que nadie se metiese con él. Tenía mano con un par de funcionarios, hacía pequeños favores a cambio de paz y tranquilidad. Tampoco le temblaba el pulso a la hora de hacer valer su autoridad frente a quien se atreviese a perturbar esa bien ganada paz, siempre a través de otros, ya que no era amigo de ensuciarse las manos. La llegada de Loko fue una pieza más que añadir a su engranaje de supervivencia. Fue un simple *quid pro quo*. Loko se convirtió en la sombra de Héctor mientras duró su prisión preventiva. Vilaboi le prestó el dinero para un abogado que sustituyó al que le habían asignado de oficio. Un abogado lo bastante competente para conseguir un veredicto de inocencia por un error en la cadena de custodia de los rastros de ADN encontrados en el cuerpo de la niña de tres años a la que Loko violó hasta reventarla por dentro.

Quid pro quo.

—Oye, Loko, no mola mucho. Necesito que me hagas un favor.

—Lo que tú digas, *meu.*

—Nada complicado. Me ocuparía yo mismo, pero ando escondido, aunque sé que puedo contar contigo. Se trata de que calles a alguien.

—Ya sabes que hago lo que mandes, Vila.

—Ayer salieron en el periódico las declaraciones de uno de los tíos que me enviaron a chirona. Un tal Carlos Morgade. Te pasaré el enlace por correo. Así nos comunicaremos. No tengo móvil, te estoy llamando desde una cabina.

—¿Aún hay cabinas?

—Alguna queda. —Por suerte, estaban en una ciudad universitaria—. Oye, el tipo vive en Vista Alegre. Si lo quieres localizar, toca en un pub, en el Momo. Necesito que lo calles.

—Joder, pues sí que debe de cantar mal. —El grandullón estalló en carcajadas.

—Eres un cachondo. Sé que lo harás bien.

—Lo haré bien —repitió Loko.

—Cuando esté hecho dímelo por correo electrónico. No te pillarán, tranquilo. No te une nada a él. Y lo más importante: no le cuentes nada a nadie. ¿Lo has entendido?

—Lo he entendido.

—Eres un colega, Loko. Sabía que podía contar contigo.

—Claro, *meu*.

—Si alguien te pregunta, no sabes nada de mí.

—No. No sé nada de ti. Carlos Morgade. Pub Momo —recitó el gigante—. Te escribiré cuando esté hecho.

—Buen chico. Adiós.

Loko colgó y se arrebujó entre las sábanas. Para cuando le llegó el enlace con la foto de Carlos Morgade, sus ronquidos ya sonaban más altos que los de su madre.

Mi vida ante mí

Leí en el periódico que en un hospital de Estonia un hombre falleció de un infarto mientras le hacían un electroencefalograma. El aparato grabó sus últimas ondas cerebrales y comprobaron que estas respondían al patrón que activaba los recuerdos. Quizá sea verdad que antes de morir toda nuestra vida pasa por delante de nosotros. Parece ser que ahora ya hay una evidencia científica que lo respalda.

Encuentro fascinantes todos los misterios que rodean a la muerte. Al fin y al cabo, todos sabemos que vamos a morir, pero solo unos pocos conocen con certeza los detalles que rodean a ese hecho. Saben exactamente cuándo, cómo e incluso algunos afortunados conocen el porqué.

Así sucedió con Antía y con mi madre.

No imagino lo que pasa por la mente de alguien que sabe con certeza cuánto tiempo le queda de vida. No sé si se cuestionan su decisión, si deciden despedirse de alguien, si piensan en si sufrirán o en lo que harán aquellos que los aman. Desconozco si la mente del suicida funciona igual que la del preso del corredor de la muerte.

Otros, sin embargo, lo ignoran todo.

Mi padre se levantó un lunes de junio. Bromeó con mamá; ella insistía en que se pusiese una corbata azul. Él se ajustó una roja con finas rayas grises para hacerla rabiar. Besó a Antía y le prometió que le traería un peluche de su viaje. A mí me revolvió el pelo a modo de despedida. En ese instante no sabía que moriría una hora después, con el volante de su Citroën BX incrustado en el pecho. Seguramente unos segundos antes del impacto, cuando el Kadett se desvió de su carril y se dirigió a más de cien kilómetros por hora hacia él, papá comprendió que era el fin. Quizá fueron solo unas milésimas de segundo. Clic. Su cerebro procesó que ya no volvería a nuestro piso, a la vida familiar, a los desayunos con Antía y a su armario con corbatas de mil colores.

Yo me levanté hoy expectante por saber qué habrían descubierto en el piso de Lito: si había alguna huella olvidada o algún indicio. También me moría por saber si habían encontrado alguna pista del paradero de Héctor. Reprimí el ansia de plantarme en comisaría y gritar que necesitaba saber dónde estaba el hombre que mató a Antía.

No sabía que hoy era el día elegido para que yo muriera.

De nuevo subestimé a Héctor. Pensé que no tendría capacidad para pillarme desprevenido. Pasé un par de horas en casa, metiendo en una maleta las cosas que me llevaría al piso compartido. Ese piso que, esta vez, no estaba en la Algalia, sino en el barrio de San Lázaro. Dejé la maleta y la mochila junto a la puerta. Al día siguiente, a primera hora, me mudaría. Iago y Mónica dormirían esta noche ya allí.

Me acerqué a casa de Eva y me tomé una cerveza con su marido. Le expliqué como pude que no tenía de qué preocuparse, que yo cuidaría de ella. Me entendió. Él sabía que Eva era de ese tipo de personas. De las que necesitan que alguien las proteja. Como Antía, como mi madre. Y Damián, el tipo de hombre al que no le gusta que otro tío cuide de su mujer, lo percibí al instante. Sutilmente le dejé caer que éramos como hermanos y que conmigo estaría segura. No era cierto, pero me creyó.

Dejé a Eva en su casa, preparando sus cosas, y me dirigí al pub. Los jueves hay más gente. Observé que en la mesa más cercana estaban un par de universitarias a las que daba clases de guitarra en el centro sociocultural. Soltaban risitas nerviosas. Los cantantes melancólicos tenemos nuestro encanto. Era la una y media de la madrugada cuando abandoné el pub. Atravesé la zona vieja. Caminé ligero, con la guitarra a mi espalda. Me gusta Santiago de noche. Siempre vuelvo a casa andando. Esta vez no elegí la ruta más corta, sino la más segura. Miré varias veces hacia atrás. Nadie me seguía. Ya en casa, mientras sacaba la llave del bolsillo, la farola cercana proyectó una enorme sombra sobre mi portal. Me giré muy rápido. Fueron apenas unos segundos. Quizá unas milésimas. Clic. Pude ver el bate de béisbol caer sobre mí, como un Kadett abandonando el carril contrario a mil kilómetros por hora. Vi más cosas. Vi el sexto cumpleaños de Antía. Vi a mis padres besarse en el balcón del Ensanche. Vi a mi hermana patinando. Vi un atardecer en el Gaiás. Un baño en la playa de Loira con papá. Vi mi primera guitarra. Vi mi vida pasar delante de mí. Y supe que era mi turno de morir.

Supe cómo.

Supe cuándo.

Supe por qué.

Barroso y Barroso

Ana cargó con tres bolsas hasta el ascensor. Martiño seguía con la mirada fija en el móvil.

—¿Quieres hacer el favor de apurar? No tengo todo el día. He tenido que pedir la tarde libre.

El chico se dirigió hacia el ascensor sin levantar la vista del móvil.

—Y puedes coger alguna maleta —dijo ella en cuanto llegaron abajo—. Tampoco sé por qué tienes que llevar tantas cosas. Solo son un par de semanas.

Martiño continuó en silencio, sin inmutarse. Por un momento, Ana pensó que, si salía del ascensor y no le advertía que ya estaban abajo, él era capaz de pasarse horas subiendo y bajando sin despegar la vista de la maldita pantalla. Le arrancó el móvil de cuajo.

—Eeeh —gritó el chaval.

—Ni eh ni oh. Hazme el favor de mover el culo, coger alguna maleta y ayudarme a cargar con todo esto.

Martiño cogió la maleta más pequeña y se dirigió, remoloneando, a la plaza del garaje donde Ana guardaba su nuevo coche.

Ella lo observó de reojo. Pasaba del metro ochenta y estaba hecho casi un hombre, aunque solo físicamente. A veces tenía que esforzarse en recordar que ese corpachón escondía al niño que se abrazaba a ella cuando tenía una pesadilla. Lo quería como nunca había querido a nadie, y sentir tantas ganas de perderlo de vista hacía que le invadiese una sensación de absoluto fracaso. Era una realidad que era incapaz de entender, quizá porque ella nunca fue adolescente. La maternidad había devorado esa etapa de su vida. Solo fue una madre que no podía permitirse ser simplemente eso: una joven de dieciséis años.

—No quiero ni una llamada de la tía Yoli diciendo que no haces tu cama, no ayudas en casa o te pasas el día durmiendo.

Por toda respuesta, Martiño sopló, apartando el flequillo rubio de su frente. Se parecía tanto a Toni que a veces dudaba de que llevase un solo gen de los Barroso.

Cuando la desquiciaba hasta ese punto también lo pensaba.

Lo mandaba al piso de verano de su hermano y su cuñada, en Louro; un viaje que hacía todos los veranos. La playa le gustaba y se llevaba bien con sus primos; sin embargo, este año no parecía tener muchas ganas de ir.

—Y mándame al menos un wasap todos los días.

Más silencio.

—¿Para qué? —dijo él finalmente.

Ana sintió ganas de parar el coche y bajarlo.

—Escúchame bien, Martiño Barroso, puede que tú no tengas nada que hacer más que colgar historias en Instagram, pero yo me deslomo con un trabajo muy exigente, estudio una carrera y lavo tus calzoncillos. Lo único que te pido es un «buenos días, mamá».

—No sé para qué has vuelto, si lo único que haces es gritar. Y ya te dije que este año prefería quedarme en casa en lugar de ir a la playa.

—Acabo de comenzar la investigación de un caso muy complicado. Estarás mejor con los tíos.

—Siempre hay un caso muy complicado o un examen muy difícil. Si tú puedes hacer lo que te dé la gana, no entiendo por qué yo no puedo.

—Porque tienes quince años —gritó Ana exasperada—. Y deja de echarme en cara que me dedique a trabajar como una burra para sacar esta familia adelante.

—¿Qué familia?

Ana frenó el coche en seco y aparcó en el arcén.

—Tú y yo. Yo y tú. Eso somos, una familia. Y no te pido mucho, solo que te comportes como un hombre responsable, que yo no puedo hacerlo todo sola y la abuela lleva cuidando de ti toda la vida. Ya va siendo hora de que empieces a tomar conciencia de tus responsabilidades.

—No me ralles.

No me ralles. Tenía ganas de darle una bofetada, de esas sonoras que dejan la marca de los dedos en la mejilla. Estuvo a punto de dársela. Respiró profundamente y arrancó el coche de nuevo.

Condujo en silencio durante el resto del trayecto. Cuando llegó a casa de su hermano, no bajó ni una de las maletas del coche. Martiño se encargó de subirlas todas. Solo ella lo besó.

Ya de vuelta en su hogar observó desolada la cantidad de cajas que aún tenía por desempaquetar. Ya lo haría mañana, era la reina de la procrastinación. Se quedó dormida en el sofá, tras cenar una ensalada y una porción de pizza que les había sobrado del mediodía. Le despertó la vibración del móvil.

«¿Hablamos?».

«Son las dos de la mañana».

«Lo sé. Tengo ojos. Repito pregunta. ¿Hablamos?».

Ana sonrió, envió un emoticono con el pulgar hacia arriba y esperó la llamada. Tardó apenas unos segundos.

—No te he visto el pelo en toda la tarde —dijo Santi a modo de saludo en cuanto ella descolgó.

—Avisé al jefe de que no estaría. Fui a llevar a Martiño a Louro —se explicó Ana—, se va a quedar en casa de mi hermano unos días. Le vendrá bien pasar una temporada en la playa con sus primos y de paso dejar de dar por saco un rato.

—Se te ve contenta por estar de vuelta en casa, sí...

—La adolescencia, ya sabes... En fin, ¿qué me he perdido?

—No sé por dónde empezar. He estado en el Instituto de Medicina Legal para que me adelantasen algo de la autopsia de Lito Villaverde. Nada especial: una sobredosis y no hay signos de violencia en el cuerpo. El jefe me ha echado la bronca del siglo porque he duplicado el número de agentes que están peinando la ciudad buscando a Héctor Vilaboi. Yo me he enfadado con él porque no quiere pedir a la jueza una autorización para revisar las cámaras de la vía pública cercanas a la casa de Lito. Todo paz y amor.

—Las cámaras de la calle ya no sirven para nada. Si un tío se pone una gorra y una mascarilla no lo reconoce ni su madre. El jefe tiene razón, no tiene sentido aburrir a los jueces con peticiones que no conducen a ningún sitio.

—Utilizas sus mismas palabras, ¿estáis conspirando a mis espaldas?

Ana no supo si hablaba en serio o no.

—No seas idiota, Santi. Venga, ¿cuál es el plan para mañana?

—Reunión de equipo con el jefe y con Rubén. Quiero ir a hablar con Jessica Jiménez, la chica que denunció a Vilaboi hace años y cuya declaración dio lugar a que lo metieran en la cárcel. Me preocupa que vaya a por ella y necesito que me cuente lo que sucedió en esa casa. Y además, tenemos que ver si el laboratorio ha conseguido analizar los restos de la droga que mató a Lito.

Villaverde llevaba mucha heroína en las venas desde hacía años, necesito saber qué mierda le dieron para cargárselo... Estoy seguro de que adulteraron esa heroína.

Ana guardó silencio durante unos instantes. Sabía que, si le confesaba a Santi lo que estaba pensando, no lo encajaría bien.

—¿Te has quedado dormida?

—Ya sabes que no duermo. De todas formas, hoy eres tú el que me ha despertado.

—Tu insomnio te pasará factura, Barroso. Ahora en serio, ¿en qué piensas?, te noto muy callada, no es normal en ti.

—No te enfades, ¿vale? Te voy a decir esto de la forma más amable posible. —Cogió aire y lo soltó despacio—. Te estás apresurando. Estás asumiendo la tesis de que Vilaboi está detrás de la muerte de Xabi Cortegoso, desechando otras líneas de investigación. Creo que no le falta razón al jefe cuando dice que has perdido tu objetividad.

—¿Que no me enfade? —estalló Santi—. Para empezar, ya veo que este es un tema que el jefe y tú tenéis hablado y no sé por qué demonios no me habéis incluido en esa conversación. Para seguir, mi objetividad me importa una mierda, lo que realmente me importa es que de los seis que se sentaron a cenar hace un par de semanas en A Horta d'Obradoiro ya solo quedan cuatro.

—No puedo con esto. ¿Quieres hacer el favor de escucharme? Esto no tiene que ver contigo —dijo Ana, en un intento vano de apaciguarlo.

—Y ¿con quién tiene que ver? Tenemos sospechoso, tenemos móvil y tenemos dos muertos. A lo mejor os queréis quedar esperando a que se mueran los seis. Y entonces sí, entonces peinaremos la ciudad en busca de un pederasta de sesenta años que ha salido de la cárcel con la única intención de cargarse a quien lo metió allí. Entonces tu querido Álex Veiga saldrá a hablar con los periodistas y veremos qué versión se inventa para explicar el hecho de que seis personas han muerto ante nuestras narices mientras nos dedicábamos a investigar a las propias víctimas. ¿No habéis escuchado nada de lo que me contó Morgade? Tenemos móvil. Carlos fue a la cárcel y le dijo a Vilaboi que ellos lo habían encerrado allí.

—Respira —insistió Ana.

—Al *carallo* con tu condescendencia. En diecisiete años de carrera profesional nunca he beneficiado a nadie ni me he dejado llevar por amistades ni por relaciones personales, y tú más que nadie deberías saberlo.

—¿Sigues yendo a la consulta de Adela?

—¿De qué vas?

—Te noto enfadado, creo que volver a la psicóloga te ayudaría a gestionar esto un poco mejor.

—No tengo nada que gestionar. Estoy enfadado y con razón. Eres tú la que espera hasta la madrugada para cuestionar mi trabajo.

—Eres el mejor poli que conozco, pero también el más tozudo e irascible. Sabía que te pondrías así. El jefe te tiene en el punto de mira, no le gusta el rumbo que están tomando las cosas —confesó Ana.

—¿Qué quieres decir?

Ana maldijo su incapacidad para quedarse callada.

—Lo que has oído. Que no cree que estés siendo objetivo. Te lo digo por tu bien. Puede apartarte del caso y lo sabes. No me he vuelto de Ponferrada para recorrer las calles de Compostela con nadie que no seas tú. Y si eres la mitad de listo de lo que sé que eres, te guardarás esta información y la utilizarás en tu propio beneficio. Estoy a tu lado, ¿vale? Puedo entender que te sientas cerca de Carlos y de los demás, que sientas empatía por lo que les sucedió en el pasado. Buscaremos juntos a Vilaboi, pero, por favor, no descartes otras vías de investigación. Tan solo sé un poco más discreto delante del jefe.

Ahora fue Santi el que guardó silencio. Luego colgó sin siquiera despedirse.

El infierno

El infierno es blanco, casi luminiscente. Recuerdo ver mi vida pasar ante mí, como esas diapositivas que veíamos en clase cuando éramos pequeños. Resulta que todo eso no son patrañas, sucede realmente. O quizá lo imaginé. Mis sienes laten. Mi pulso late. Mi miedo late. Cojo aire, como el náufrago que emerge entre las olas y se aferra a los restos de su embarcación.

Inspiro.

Espiro.

Vuelvo a inspirar.

Tomo conciencia de ese mero acto mecánico y al instante me percato de lo que eso significa: estoy vivo. Observó ahora lo que me rodea, con esa nueva conciencia. Techo blanco, paredes blancas, sábanas blancas, cortinas blancas rodeando la cama.

Un hospital. Eso es. He sobrevivido. No es extraño, llevo sobreviviendo desde el día en que murió mi padre. Soy un superviviente. He sobrevivido a él, a mamá, a Antía. A la vida en centros de acogida y pisos tutelados. A Vilaboi.

Intento moverme, pero todo me pesa. Me conformo con saber que no estoy muerto, que ese infierno al que me quiere arrastrar Héctor aún me está esperando.

Un ruido interrumpe el silencio. Tras las cortinas blancas observo la sombra que se acerca hacia a mí. Quizá sea él. Quizá acabe conmigo. Creo que no tengo fuerzas ni para gritar. Me abaten un terror y un cansancio absolutos. Mis párpados caen contra mi voluntad.

El infierno es negro, muy negro, pienso mientras escucho el sonido de las cortinas que me rodean discurriendo sobre los rieles y pierdo la conciencia.

Barroso y Abad. Abad y Barroso

—Gabriel Villaverde murió de sobredosis —dijo el comisario—, esa es la versión oficial y no me voy a mover ni un milímetro de ahí.

—No sé por qué hablas como si eso no fuera la verdad —replicó Santi—. Ayer por la tarde estuve en el Instituto de Medicina Legal y eso fue también lo que me dijeron.

—Santi, sabes bien lo que quiero decir. No voy a dar pábulo a especulaciones sobre venganzas y asesinatos en cadena. Eso solo atraerá la atención de los medios. Presión, presión y más presión.

—No acostumbro a estar pendiente de los medios —replicó el inspector—. Eso te lo dejo a ti. En el fondo echas de menos el trabajo de campo, ¿no?

—Y no tan en el fondo —confesó Álex mientras miraba a Santi con suspicacia.

—Vamos a esperar los resultados del laboratorio. Así sabremos cuál era el grado de adulteración de la heroína.

—Eso no probará nada —tanteó el comisario.

—Ni dejará de probarlo. ¿Calviño ha autorizado las escuchas a Silvent y compañía?

—Las ha denegado —contestó Álex, contrariado—, parece que comienza a calar en él la idea de que esa gente tiene más de víctima que de sospechosa.

—Es una opción —recalcó Abad.

Se quedaron en silencio, pues sabían que continuar con la conversación no acercaría posturas. Ana irrumpió en despacho.

—*Ready.*

—¿Adónde vais? —preguntó Veiga.

—A ver a Jessica Jiménez —dijo Ana—, la chica de la que abusó Vilaboi y dio lugar al juicio que lo llevó a la cárcel. ¿No tenemos reunión de equipo?

—La pospondremos hasta la tarde. —Veiga hizo un gesto con la barbilla hacia Santi—: Le estaba comentando que nos han denegado las escuchas. No tendremos los resultados de la autopsia hasta dentro de unas horas. Por cierto, hemos estado siguiendo a los cuatro, no de forma exhaustiva, pero sí unas cuantas horas al día. Y me informan de que todos nuestros sospechosos se reunieron en casa del músico tras la muerte de Villaverde. Y Silvent ha alquilado un piso en San Lázaro. En la inmobiliaria le han confirmado a Del Río que el piso tiene cuatro habitaciones. Así que hacedle una visita a Silvent y preguntadle si le ha salido una novia embarazada de trillizos o nos estamos perdiendo algo.

—De acuerdo. Lo haremos después de la visita a Jessica y a Guillermo Queiruga —añadió Santi.

El comisario y Barroso lo miraron con sorpresa

—Y ¿se puede saber quién es ese? —preguntó Veiga.

—Un camarero de A Horta d'Obradoiro. El que contrataron como refuerzo en el mes de julio. Creo que debemos retomar esa línea de investigación.

—Me parece una gran idea —afirmó Álex con sorpresa mientras los despedía.

Ana y Santi abandonaron el despacho.

—Jessica Jiménez vive en Bertamiráns —afirmó Santi—. Me ha costado un poco localizarla.

—No tienes ninguna intención de ir a ver a Queiruga, ¿verdad?

—Me pediste ayer que contentase al jefe.

—Te pedí que no descartases ninguna línea de investigación, no que le mintieses. No deberías subestimarlo. ¿Qué le vas a decir cuando te pregunte por el camarero?

—Que no vio nada y que tiene unas estupendas referencias; trabajó cinco años en A Quinta da Auga, en Vidán. He hablado con él esta mañana por teléfono, eso nos da unas horas de margen para ampliar nuestra visión de ese personaje que es Vilaboi. También tenemos que hablar con los otros dos educadores que convivían con los chicos de la Algalia. Tenemos un día movidito por delante.

El móvil de Santi sonó en cuanto entraron en el coche patrulla. Ana se percató de que algo iba mal.

—Tira para el hospital —le informó Santi—. Se trata de Morgade. Esta madrugada han intentado matarlo.

—¿Cómo?

—No sé mucho. Me ha llamado Iago. Parece ser que lo echaron de menos hoy, les entró el pánico y llamaron a los hospitales para ver si alguien de sus características había ingresado en las últimas horas. Lo han localizado en la UCI del Hospital Universitario. Si se confirma, creo que deberíamos dejarnos de gilipolleces y ponerle vigilancia de veinticuatro horas a esta gente.

—No me cuadra. Vilaboi está desaparecido desde hace casi dos semanas. Nadie lo ha visto. Le va a ser muy difícil moverse sin que lo atrapemos.

—Ya lo está haciendo. No necesito los resultados del laboratorio para saber que hay gato encerrado detrás de la muerte de Lito. En ese piso no había huellas, excepto las de Villaverde. No hay absolutamente ningún registro que enviar a la unidad central de identificación. Lo habían limpiado todo. Solo encontramos las de Lito en la puerta, en el sobre de la droga y en la jeringuilla. Aquello estaba más limpio que un quirófano en época pandémica.

—No es tan raro.

—Explícame cómo puede no haber huellas en una ventana que está abierta, si en la habitación solo está un tipo muerto.

—¿Por qué no me dijiste esto ayer por la noche?

—Porque tu querido Veiga ya te había convencido de que la única razón por la que creo en la teoría de que alguien quiere matar a Morgade y compañía es porque he perdido la cabeza. Nunca pierdo la cabeza en el trabajo.

—Salvo por mí —bromeó Ana.

—Perdí la cabeza por ti y te alejaste más de doscientos kilómetros.

—Punto número uno, el jefe no es mi querido Veiga —aclaró Ana—. Punto número dos, aprobé promoción interna y mi destino definitivo estaba en Ponferrada. Punto número tres, poner distancia entre nosotros ha sido lo mejor que nos ha pasado. Recuerdo cuando cada conversación nuestra era como un capítulo de un culebrón atormentado.

—El jefe se metería en tu cama sin dudarlo, yo lo sé y tú lo sabes. Él no lo tiene tan claro, pero prueba a darle pie. Respecto a lo demás..., te fuiste a Ponferrada porque te acojonaste, eso ya lo hemos hablado muchas veces. Y es verdad que ahora somos amigos y que Lorena es una tía estupenda, estoy feliz con ella y blablablá... Pero no me niegues que te acojonaste.

—Me acojoné, ya te lo he confesado mil veces, ¡deja de echármelo en cara!

—Y tienes razón, la vida es más fácil ahora que somos sinceros y hemos dejado de ponernos intensitos el uno con el otro. Supongo que tengo que agradecerte que hayas entrado en mi vida sin juzgarme, has hecho más por mí que todas las horas de terapeuta que me comí durante la baja.

—¿Ya no vas a terapia? —insistió Ana—. Te he hecho esta pregunta una docena de veces y me esquivas siempre.

—Mi situación mental no es mi tema de conversación favorito, ya lo sabes —confesó Santi—. No, no estoy yendo a consulta. Aprendí mil técnicas de control y gestión de la ira. Adela se jubiló hace seis meses. Soy consciente de que tengo que buscar otro psicólogo, no necesito que me lo recuerdes, pero no me veo con fuerzas. Es como volver a revolcarse en la propia mierda una y otra vez. He aprendido que mi problema tiene que ver sobre todo con la pulsión de la violencia. Supongo que deberé retomarlo en breve, aunque me da pereza. Además, ahora que has vuelto, te tengo a ti para cuadrarme cuando me pongo como un loco.

—No soy tu madre ni tu novia. No me cargues con eso —dijo Ana mientras aparcaba el coche delante de la puerta de urgencias y salía del coche.

—Eres mi mejor amiga, no te queda otra que cargar conmigo.

—Puede que sea así, pero partir de ahora voy a pedirte por favor que no tengamos más este tipo de conversaciones, y menos en horario de trabajo. Creo que ambos debemos pasar página; hubo una época en la que se nos daba bien ser solo Abad y Barroso, por lo menos en horario laboral —sentenció ella, incómoda, camino de la puerta del hospital.

—No lo haré —dijo Santi mientras la miraba y pensaba lo difícil que eran de cumplir algunas promesas.

Urgencias

—¿Cómo está? —preguntó Iago en cuanto Eva salió de urgencias.

—Dormido. Le he cogido la mano y le he hablado al oído, aunque no ha reaccionado. El doctor dice que tiene un fuerte traumatismo y que si despierta estará confuso. Pero está vivo y eso es lo que importa. En función de los resultados del TAC lo subirán a planta, salvo que tenga algún tipo de hemorragia, algo que parece improbable en función de las primeras pruebas. Pase lo que pase, lo mantendrán en observación.

—Santi está a punto de llegar, lo he avisado —le comunicó Iago.

Eva asintió y se sentó al lado de Mónica. Se dejó abrazar por ella.

—Es una pesadilla. Ahora sí me creo eso de que vamos a morir todos —se lamentó Eva.

—Intentaremos que eso no suceda. —Iago trató de esbozar una sonrisa. Él también estaba muerto de miedo, pero no permitiría que ellas se dieran cuenta. Lo peor que les podía ocurrir era dejarse dominar por el pánico.

—Podría ser una casualidad. Las probabilidades de que Lito se haya metido un chute son bastante altas. Llevaba muy poco tiempo fuera del centro de desintoxicación y todo este estrés no ayudaba. Y lo de Carlos ha podido ser un atraco o algo así —sugirió Mónica

—Y lo de Xabi ¿qué fue?, ¿una bala que pasaba por allí? —preguntó Eva—. Podemos intentar autoconvencernos, pero la realidad es que, uno a uno, están yendo a por nosotros.

—Sí es así, la buena noticia es que, a la vista de lo sucedido, la policía creerá por fin que es una cuestión personal contra nosotros, y Héctor es el denominador común, el que acumula más papeletas. Después de esto, por fin creerán que es él quien está detrás de todo.

—No lo dudéis.

El que hablaba era Santi, que acababa de entrar en la sala de espera acompañado de Ana. Los tres se levantaron de un salto.

—Acabo de mandar una patrulla a su domicilio y a interrogar a la ambulancia que lo asistió ayer. No me explico cómo nadie dio la voz de alarma —dijo el inspector.

—No es extraño —replicó Silvent—. Lo encontraron desvanecido en la calle. No llevaba encima su documentación, así que nadie lo había identificado. Le habían golpeado con un objeto contundente. Aún no ha despertado, pero parece que saldrá de esta. No te lo hemos comentado, pero estábamos pensando en irnos a vivir todos juntos.

—¿Están seguros de eso? —apuntó Ana.

—Ahora más que nunca. De hecho, Iago y yo ya hemos pasado esta noche allí —dijo Mónica, tomando la mano de este.

—Es importante que esto no trascienda. No digáis a vuestros familiares o amigos dónde estaréis —les ordenó Santi.

—De acuerdo —asintió Iago—. Por lo que a mí respecta no hay ningún riesgo, ya sabéis que no tengo familia ni nadie cercano aquí, exceptuando a vosotros.

—Yo solo tengo unas cuantas amigas y compañeros de trabajo —dijo Mónica—. Les diré que me he mudado a Vigo por un proyecto profesional.

—Yo ya se lo he dicho a mi marido —confesó Eva—, pero le advertiré que no diga nada, es consciente de que esto es muy peligroso. Ayer tuvo una conversación con Carlos y, aunque en principio no nos tomaba en serio, tras lo sucedido estoy convencida de que hará todo lo que le pida. Sabe que estoy muy asustada.

—En cuanto Carlos se recupere, os encerráis los cuatro a cal y canto en ese piso —advirtió Abad—. Apostaré una patrulla cerca.

—Dormiremos más tranquilos sabiendo que alguien vigila —dijo Iago.

—No salgáis —continuó el inspector—. Haced la compra por internet. Teletrabajad. No os quiero circulando por las calles de Compostela a merced de un asesino.

—No estoy segura de que eso sea viable —dijo Mónica—, yo tengo compromisos profesionales.

—Yo te acompañaré cuando sea necesario —se ofreció Iago—. Pero estoy de acuerdo con ella, todos tenemos asuntos que atender.

—Pues reducidlos a la mínima expresión. Cuanto más tiempo permanezcáis juntos, más difícil se lo pondremos a Vilaboi.

—Y ¿si no es él? —se aventuró a decir Eva.

—Si no es él —dijo Mónica—, no tendremos ni idea de quién quiere matarnos y, créeme, eso da muchísimo más miedo.

Lo que surja

—¿No te ibas con Abad a ver al camarero de A Horta d'Obradoiro? ¿Qué haces aquí?

—Devolverte la invitación a comer, jefe —dijo Ana desde la
puerta del despacho del comisario—. Te espero en el vestíbulo.

Álex Veiga cerró el ordenador y se apresuró a coger su cazadora. Luego se lo pensó mejor y la dejó en el perchero. A las ocho
de la mañana se necesitaba algo sobre la espalda, incluso en agosto. A las dos y media, el sol apretaba fuerte.

—¿Adónde vamos? —preguntó al unirse a ella.

—A cualquier sitio con terraza y sombra.

—¿A Moa?

—Me parece bien. He quedado a las tres y media con Santi.
Y no quiero que me vea contigo.

—¿Y eso?

—Se me fue la lengua. Era algo probable, ya sabes qué relación
tenemos. Es mi ex, es mi jefe, es mi amigo. No hay muchos resquicios
para los secretos. Se me escapó que no creías en su teoría de Vilaboi.

—Y hoy va y me suelta lo del Queiruga ese. —Álex puso los
ojos en blanco—. Nunca tuvo intención de seguir esa línea de
investigación, ¿verdad?

—No voy a contestar a eso. Esta noche han atacado a Carlos
Morgade. Está en la UCI.

—Nadie ha dado aviso.

—No lo han identificado hasta hace un rato —le explicó Ana—. A lo mejor las especulaciones de Abad sí tienen fundamento. Al menos podemos considerarlas. Si Santi no tiene razón, no perderemos nada por seguir esa línea de investigación, excepto tiempo.

—El tiempo es primordial en el curso de una investigación —replicó Álex.

—Tienes razón, pero no es menos cierto que será más grave que nos equivoquemos. Si Santi tiene razón respecto de Vilaboi y no haces nada, es posible que alguien más muera. Y yo no quiero cargar con esa responsabilidad, por no hablar de la imagen del Cuerpo si eso sucede.

Álex guardo silencio unos instantes.

—Cuéntame qué le ha pasado a Morgade —dijo finalmente.

—Apareció en su portal, le habían dado una paliza. Tiene un traumatismo craneal severo. Creo que ha llegado el momento de que vayas a hablar con el juez. A lo mejor podemos sacar algo de las cámaras de videovigilancia. Esto no te lo negará.

Álex asintió, rindiéndose ante los hechos.

—Serías una estupenda comisaria.

—Por ahora me conformo con ir aprobando mis asignaturas de Criminología. Yo voy lenta.

—¿Cuál es exactamente tu propuesta, Barroso? —preguntó el comisario.

—Danos unos días más para investigar a Vilaboi, indagar en el pasado —se sinceró ella—. Tenemos que averiguar qué sucedió en esa casa tutelada de la Algalia. Y pongamos vigilancia a los cuatro supervivientes, pero de forma continua, está claro que corren peligro. Tenías razón, se van a ir juntos a vivir a un piso.

—Eso no parece lo más lógico, si uno de ellos es culpable...

—Pues parece ser que ellos no barajan esa hipótesis, al menos de puertas afuera. Tienes que creerme, vengo del hospital y esa gente está muerta de miedo. Hazme caso, Álex, por favor.

—Bueno, ya has desvelado tus cartas, ahora ya sé lo que quieres de mí. ¿Y el precio que estás dispuesta a pagar para que te haga caso es una comida? —dijo Álex, al tiempo que abría la puerta del restaurante.

El camarero les dijo que no quedaba sitio en la terraza y aceptaron comer en el interior. Por suerte, el local estaba climatizado.

—Desconfío de los menús en los que aparecen palabras como quinoa o chía —dijo Álex mientras repasaba la carta.

—Hay vida más allá del pulpo *á feira*, ya verás lo bueno que está todo —replicó Ana. Al instante acudió a su recuerdo la primera cita con Santi en ese mismo restaurante. Desechó el pensamiento y pidió una Coca-Cola Zero—. Y contestando a tu pregunta, te invito a comer porque la última vez invitaste tú. Y porque esto es trabajo y no lo es. Me pediste que marcara de cerca a Santi y me siento mal haciéndolo.

—Tenías razón. No fue muy profesional.

—No, no lo fue. Pero me gustó que lo hicieses para comer conmigo. —Ana le sonrió.

—Y ¿eso significa que puedo volver a invitarte? —preguntó Álex, recogiendo el guante.

—Fuera de comisaría no eres mi jefe. Soy de lo más capaz de tomar yo la iniciativa —le contestó ella, levantando una ceja y alzando su copa a modo de brindis—. Es más, si eres bueno, estoy dispuesta a invitarte a cenar mañana, si no tienes planes.

—Bueno, eso confirma mi teoría de que me queda mucho mejor el pelo más largo.

Ana soltó una carcajada.

—Quedemos mañana sábado —dijo ella—, pero te lo advierto: si vuelves a nombrar tu flequillo, te juro que cojo a mi hijo, a mi madre y esas doscientas veinte cajas que siguen en mi salón y me planto en Ponferrada de vuelta.

Ahora fue Álex el que se rio.

—Quiero salir contigo desde hace mucho, Ana, nunca te lo he ocultado. Dame la oportunidad de demostrarte que soy algo más que el jefe insoportable. Y no tienes de qué preocuparte, no te voy a pedir matrimonio, solo quiero salir a cenar y tomar una copa.

—¿Solo eso? Me estás decepcionando. Dejémoslo en cena, copa y lo que surja —bromeó Ana mientras dirigía la mirada al móvil.

Era un mensaje de Santi. Lo abrió al instante.

—Y lo que surja —repitió Veiga.

Ana ya no lo escuchaba.

Y solo quedaron cuatro

Ana recogió la cocina y revisó el móvil para ver si tenía algún mensaje de su hijo. Nada. No era extraño. Tampoco tenía ninguno de Santi y eso sí lo era. El último era el de ese mediodía. «Misión cancelada». Santi nunca cancelaba una visita de trabajo. No había nada más importante para él. Había dos posibilidades: o no quería investigar o no la quería a ella a su lado mientras investigaba. Ninguna de las dos resultaba tranquilizadora. No había sido del todo sincera con Álex. Al comisario no le fallaba el instinto: Santi seguía muy influido por su relación con Morgade y Silvent, pero no podía insistir en ello, necesitaban que se relajase el ambiente de esa investigación, que estaba muy enrarecido. El ritmo de los acontecimientos era frenético. Los hechos les caían encima como una lluvia de meteoritos. Xabi, Lito y ahora Carlos. Y en medio de todo, el jefe insistiendo en salir con ella. No era una buena idea, pero le gustaba cómo la miraba y, aún más, cómo la escuchaba. Álex Veiga no se había topado en su vida con muchas mujeres capaces de desarmarlo dialécticamente. Era consciente de que para él era una *rara avis*. Se preguntó cómo sería su exmujer, aunque eso era irrelevante. Una pija, seguro. Eso también le daba igual. Lo único importante es que mañana quedaría con él porque era un hombre guapo, inteligente y la hacía reír. Y porque sabía que la única manera de comprobar si Santi estaba realmente fuera de su vida era dejando a Álex entrar de lleno en ella.

En su piso de Los Tilos, el comisario Veiga solo podía pensar en que su cita con Ana no era profesional. Lo sabía. No, no era profesional salir con Ana y más teniendo en cuenta que él era el comisario. Tenía tiempo de dar marcha atrás. Decirle a Ana que ya se verían el lunes en comisaría. Podía llamar a su madre y decirle que mañana iría a Lugo a comer con ella. Quedar con Rocío, la mujer con la que había salido muy esporádicamente durante los últimos meses; llevaba sin llamarla desde mayo, pero siempre encontraba un hueco para él. Profesional. Él era un profesional. Cogió el móvil y buscó de nuevo el contacto de Ana. Comprobó que ella se le había adelantado. «¿Quedamos de nuevo en el Atlántico?».

«Estás muy callado», dijo Lorena y lo abrazó por detrás. No contestó. No habló. Se giró. Cerró los ojos. La besó. Visualizó a Álex y Ana a la puerta de comisaría. La desnudó. Abrió los ojos para borrar la imagen de Álex y Ana marchándose juntos. Agarró fuerte las muñecas de Lorena. «Me haces daño». La empujó contra la pared. Misión cancelada. Se estaba portando de forma irracional. Irracional. «Me haces daño», dijo Lorena. Le quitó las bragas y la empujó contra la pared. La folló duro. «Estás muy callado».

En el hospital, Eva decidió que se quedaría a dormir en la sala de espera por si Carlos despertaba. Damián insistió en no dejarla sola, aduciendo que al día siguiente no trabajaba. Ella se lo agradeció. Comieron un sándwich que sacaron de la máquina del vestíbulo de urgencias. Eva contestaba con monosílabos, no podía apartar de su cabeza ese temor que la sobrevolaba desde hacía horas. El miedo a perder a Carlos definitivamente. Si Carlos moría, ya nada tendría sentido. Si Carlos moría, ya no podría contarle eso que la estaba matando y que había decidido ocultarle a la policía. Si Carlos moría, ya nadie sabría lo que había visto la noche en la que murió Xabi.

En el otro extremo de la ciudad, en San Lázaro, Iago ayudó a Mónica a subir el resto de sus maletas y completar así la mudanza que habían iniciado el día anterior. Habían escogido un piso luminoso con cuatro habitaciones, una para cada uno, pero guardaba la esperanza de que la de Mónica se quedara vacía y también esa noche la compartiese con él. Claro que a lo mejor eran dos las que quedaban vacías. Desterró el pensamiento, Carlos tenía que ponerse bien. Cuatro. Ya solo quedaban cuatro. Todavía quedaban cuatro. «Las próximas veinticuatro horas serán críticas», había apuntado el médico de la UCI. Si Carlos no superaba esa noche, solo quedarían tres. No podía dejar de pensar en eso, en que la lista de sospechosos disminuiría. Si Carlos moría, desaparecería el que había sido su mejor amigo, el mejor que había tenido nunca, y con él, el miedo a que Carlos adivinase lo que le había hecho a Antía hacía veintitrés años.

En su cama de la UCI, Carlos Morgade despertó. La cabeza le dolía a rabiar. El silencio solo se veía roto por el rítmico sonido de las máquinas de respiración asistida de los boxes contiguos. Apenas recordaba nada de la otra noche. El concierto en el Momo.

Dos chicas que querían invitarlo a una cerveza. Él rehusando. Salir del pub, acompañado de Selina, la camarera. Recorrer la zona vieja. La sensación de alarma que no le abandonaba porque sabía que Vilaboi acabaría yendo a por él. Las infructuosas miradas hacia atrás, por encima del hombro. La sensación de peligro. Y finalmente, al llegar a su casa, una última y difusa imagen. Un instante, una fracción de segundo, pero una seguridad aplastante. El hombre que lo atacó no era Héctor Vilaboi. Pero no le diría eso a la policía. Diría que lo atacó un hombre cuya descripción encajaba exactamente con la de Héctor. Necesitaba que Abad atrapase a ese malnacido.

Mónica le dijo a Iago que quería deshacer el resto de las maletas y dormir en su habitación. El cuerpo le estaba pidiendo descanso a gritos. A fin de cuentas, el descanso formaba parte de todos los rituales de belleza. Mañana seguro que algún medio se pondría en contacto con ellos. Debía ofrecer su mejor imagen. Vio la decepción en sus ojos. Los hombres como Iago Silvent llevaban toda la vida huyendo del fracaso y no acostumbraban a aceptar un no como respuesta. Pero él encajó el golpe. Mónica entró en su habitación. Era muy amplia. Estaba decorada con muebles de Ikea. Todo era blanco, casi profiláctico. Eso era lo que necesitaban. Luz. Claridad. Abrió la maleta y comenzó a colocar su ropa dentro del armario. El orden le proporcionaba más serenidad que el Orfidal que la esperaba en la mesilla de noche. No le gustaban las pastillas, pero toda ayuda para dormir era poca. Quizá fuera buena idea ir hasta la habitación de Iago para pasar el rato. Para intentar olvidar que ella había mentido y engañado. Lo que le había hecho a Antía. Para intentar olvidar que ella era capaz de cualquier cosa cuando su futuro estaba amenazado. Y esta vez no sería distinto.

Atlántico

—Me ha encantado la cena —dijo Ana.

—Y aquí estamos, en el Atlántico, como en nuestra primera cita.

—No lo llames cita, que me sale un sarpullido. Aquello no fue una cita. Fueron dos colegas tomándose una copa porque uno de ellos está más solo que la una en su nueva ciudad de residencia.

—Hombre, gracias —se quejó Álex.

—Ya me entiendes. Además, tengo muy buen recuerdo de ese día. Esa fue la primera vez que te vi como a un amigo y no como a un jefe. Cuando llegaste a la comisaría me imponías bastante.

—Y vosotros a mí, pero nunca lo confesaré. No es fácil ser nuevo y ser jefe, todo a la vez.

—¡Anda ya! Siempre has tenido claro cómo tenías que organizar esta comisaría. Nunca te he visto dudar; y no te creas que esto es un reproche. Personalmente me gustan los jefes como tú, de los que escuchan, pero que al mismo tiempo tienen criterio.

—Y eso sin obviar lo guapo que soy —bromeó él.

—Eres guapo, eres listo, me has llevado a un restaurante cojonudo, ¿estás ligando conmigo, jefe?

—Sabes que sí, así que deja de llamarme jefe y llámame Álex.

—Ya veo que me has echado de menos.

—Todos los días, Barroso —confesó Álex—. Pero ahora estás de vuelta. Yo soy un tío libre. Tú también, y por lo tanto no me voy a andar por las ramas: me gustas desde hace mucho, Ana, y nada impide que nos veamos fuera de comisaría.

—Efectivamente, no te andas por las ramas —repitió ella.

Álex se echó a reír.

—Llevo esperándote mucho tiempo, Barroso.

—¿Sabes qué pienso, jefe?, pienso que lo que más te gusta de mí es el hecho de que he estado saliendo con Santi.

—Pues yo pienso que te quieres muy poco. —Álex negó con la cabeza—. No tengo ningún tipo de competición con Abad. Ni siquiera sé qué pasó realmente entre vosotros. Lo único que sé es que tuvisteis una relación, cortasteis y lo dejaste para el arrastre. Tanto que estuvo un año y medio de baja psiquiátrica. Y que cuando volvió a trabajar contigo había tal tensión en ese equipo que renunciaste a una comisión de servicios en tu ciudad para acabar en Ponferrada.

—Eso es lo que se vio desde fuera.

—Pues cuéntame cómo lo viviste por dentro —le pidió Álex.

Ana se encogió de hombros.

—No se puede contar rápido. Pero, sobre todo, es una historia que no solo me pertenece a mí.

—No me importa Santi.

—Pues a mí sí. Puede que ya no estemos juntos, pero es mi mejor amigo. Y no voy a traicionar su confianza desgranando los detalles de nuestra intimidad contigo.

—Y ¿no puedes al menos decirme cuánto queda de esa intimidad vuestra?

—Sigue siendo muy importante en mi vida, y creo que yo también en la suya, y no voy a moverme de ahí, por mucho que lo intentéis tú y esa bibliotecaria que es su novia ahora.

—¿Detecto cierta animosidad?

—En absoluto. Lorena es justo lo que Santi necesita, una mujer tranquila y comprensiva que le aporta serenidad y estabilidad. Sam, su exmujer, no entendía su vida en comisaría, y yo no entendía su vida fuera de ella. Lorena es el tipo de mujer que debe tener a su lado un hombre como Santi.

—Y llegados a este punto, ¿hay sitio en tu vida para un comisario de cuarenta y dos años, atractivo gracias a este pelo largo que me he dejado solo para ti?

Ahora fue Ana la que rompió en carcajadas.

—En mi vida hay sitio para una madre, un hijo, un trabajo y una carrera de Criminología. ¿Quieres ponerte a la cola?

Álex se inclinó sobre ella y la besó. Ana se apartó tras unos segundos.

—¿Responde esto a tu pregunta? —dijo él.

Ana hizo un ademán de asentimiento.

—¿Sabes lo que de verdad me está apeteciendo ahora? —le susurró ella.

—¿Qué?

—Que me lleves a tomar la siguiente copa al Momo —dijo Ana mientras se ponía en pie y le pasaba la mano por el flequillo.

Los ojos de Eva

—¿Qué haces aquí?

Me resulta extraño escuchar mi voz, casi tanto como ver a Eva a los pies de mi cama.

—Nos estamos turnando para no dejarte solo.

—La policía debería ser la encargada de protegerme.

—Hay dos policías apostados en la puerta, aunque no creo que a Vilaboi le dé por venir al hospital. Y si viniera, dudo mucho que yo fuera capaz de defenderte. Sabes que siempre fui la más débil de todos.

—¿Qué hora es?

—Medianoche —dice ella tras consultar su móvil.

—¿Dónde están los demás?

Pregunto eso, aunque quisiera preguntar otras cosas. ¿Dónde está tu marido? ¿Por qué estás conmigo en lugar de estar con él? ¿Quién ha ordenado a esos policías que hagan guardia al otro lado de la puerta? ¿El comisario Veiga cree por fin que estamos todos en peligro?

—En el piso nuevo. La verdad es que es un lugar muy agradable, ya lo verás. Damián me ha acompañado a llevar mis cosas allí esta mañana. No te hemos dejado solo en ningún momento. Mónica ha trabajado por la mañana y se ha pasado aquí toda la tarde, tras cogerle el relevo a Iago.

Solo. Me entran ganas de decirle que llevo solo tantos años que no pasaría nada por quedarme así un par de días más. Que no entiendo qué resorte se ha activado en el cerebro de todos ellos para que el simple hecho de que Iago haya vuelto nos haya convertido otra vez en una unidad indisoluble, en ese núcleo pseudofamiliar marcado nuevamente por Vilaboi, por lo que nos hizo, por lo que le hizo a Antía.

—Me duele la cabeza —gimo.

—Lo imagino. Te atizaron fuerte.

—Fue Vilaboi.

—¿Llegaste a verlo?

Asiento.

—Y ¿no te dio tiempo a defenderte?

—Fue todo muy rápido.

—Y aun así lo reconociste —replica Eva.

No me está preguntando, pero soy consciente al instante de que, si quiero que la poli busque a Héctor, no debo mostrarme tan seguro. Si Eva, tan inocente e ingenua, se cuestiona mi versión, Abad también lo hará. No sé quién era el hombre que me atacó, pero estoy seguro de dos cosas: que lo envía Héctor y que nadie me creerá. Por eso debo mantenerme firme. Construir una versión sólida que me ayude a hacer ver a Abad y Barroso que Héctor está detrás de esto.

—Lo reconocería en cualquier sitio. Él es el hombre que mató a Antía. Fueron unos segundos, pero me dio tiempo a ver su rostro. Incluso alcancé a cubrirme la cara.

—Imagino que eso te salvó. Por cierto, ¿te has dado cuenta de que hay algo entre Iago y Mónica?

—Por supuesto. Y lo veo lógico. Están en un momento de la vida en que cada uno es para el otro justo lo que habían soñado.

—Mónica es muy transparente.

—Siempre se me dio bien analizar los sentimientos ajenos —confieso.

Eva enrojece al instante. No sé por qué lo he dicho. Con carácter general yo soy el reservado del grupo. El que observa y calla. El que sabe y no juzga. El espectador.

—Supongo que siempre lo supiste todo —dice ella finalmente.

—Por supuesto que sí. Y tú también sabías que yo nunca estuve dispuesto a tener pareja. Y me alegro de que hayas encontrado a Damián. Parece un buen tío.

Eva sonríe.

—Nunca pensé que acabaría hablando de esto contigo. Siempre fui la idiota que se sentaba a oírte tocar la guitarra. No creí que te hubieras dado cuenta de que... estaba enamorada de ti.

Se calla.

Me callo.

Claro que lo sabía. Cómo no darse cuenta. Siempre me hizo sentir como alguien que valía la pena. Si yo fuera un tipo normal, habría salido con Eva. Ahora yo sería mecánico como Damián y la esperaría a la vuelta de la peluquería. Incluso puede que hubiéramos tenido hijos. Y quizá nuestros hijos heredasen esa extraña locura que se llevó a mi madre por delante. No, no los hubiéramos tenido. Habríamos sucumbido a un aplastante estado de normalidad. Eva no sería más feliz de lo que es ahora, pero ella no lo sabe. Para Eva solo soy algo que deseó y nunca tuvo. Si lo pienso bien, no hay estado mejor. El del deseo insatisfecho, el anhelo expectante. Ninguna materialización de lo que ella esperaba de mí alcanzaría nunca las expectativas que se había forjado. Por eso aún me recuerda, porque esa expectativa es más excitante que lo que nunca tuvo y siempre quiso tener. Supongo que a mí me pasa lo mismo con Héctor. No somos tan distintos. Me pregunto por qué ella nunca me buscó. Imagino que siguió adelante y yo me quedé anclado en el pasado. Vivíamos en la misma ciudad, aunque a veinte años de distancia. Eva no lo sabe, pero fue más valiente que yo. Ella fue capaz de continuar con su vida.

—Yo era un gilipollas. Y ha sido mejor para ti. Yo sería un novio horrible. Me acuesto muy tarde, me paso la vida componiendo de madrugada y soy un desastre en la casa. Además, soy taciturno y aburrido.

—Nunca me lo pareciste. ¡Dios! No me puedo creer que haya dicho en voz alta eso de que estaba enamorada de ti.

—Lo raro sería que no lo estuvieras. —Los dos rompemos a reír ante mi afirmación—. Ahora en serio, te libraste de una buena. Los artistas tenemos un punto interesante, pero a la hora de la verdad nuestro día a día es un caos absoluto.

Eva sonríe.

Nunca habíamos estado así, tan cerca. Resulta curioso que casi haya tenido que morir para mirarla a los ojos y comprender que seguramente es la mujer que más me ha querido después de Antía y mi madre. Miento. Siempre lo supe. Utilicé sus sentimientos cuando la manipulé y le pedí, hace veinte años, que testificara en el juicio contra Vilaboi. No voy a ponerme sentimental, no puedo permitírmelo.

—El lunes pediré el alta voluntaria —digo, cambiando de tema.

Y cierro los ojos, para no volver a mirar los suyos.

Momo

Ana y Álex entraron en el Momo a las doce de la noche. A la una, el pub cerraría sus puertas teniendo en cuenta las restricciones hosteleras que aún persistían. El lugar era posiblemente el más concurrido de la ciudad. Sus jardines eran zona segura en los tiempos que corrían. Era un pub atípico que los turistas incluían dentro de sus rutas obligadas. Tanto servía para leer un libro al atardecer, mientras uno se tomaba algo tranquilamente arrullado por el sonido de la fuente, como para unas copas a altas horas de la madrugada.

También tenía música en directo. El cartel anunciando a Carlos Morgade estaba fijado en la puerta. Ana se lo señaló a Álex.

—¿De verdad vas a convertir esta cita en una reunión de trabajo?

—Estoy aprovechando el tiempo. ¿No eras tú el que siempre se quejaba de que su mujer no entendía su profesión?

—Siempre encuentras la frase adecuada para salirte con la tuya. Eres insufrible. Bien, ¿qué se supone que hacemos ahora? —preguntó Veiga.

—Tomarnos una copa a la que invitaré yo, porque tú has pagado la anterior, preguntar por el encargado y averiguar quién estaba aquí el jueves por la noche. A lo mejor alguien vio algo que nos pueda ser de utilidad.

—Y ¿eso no lo podéis hacer Abad y tú el lunes?

—Déjame a mí, jefe.

Ana se acercó a una camarera rubia y pidió dos gin-tonics. Luego le dijo algo al oído. La chica le contestó brevemente y se puso a servir las copas. Después de cobrarle, le señaló a un tipo que estaba en la zona donde tenían ubicado el billar.

Álex la observó en la distancia. Sentía curiosidad por saber adónde le llevaría esta incursión totalmente extraoficial de Ana. Como comisario, no debía consentir métodos tan poco ortodoxos, pero sabía por experiencia que a Ana se le daba bien sacar información a la gente, sobre todo fuera del marco de los interrogatorios oficiales.

Ana se volvió y le hizo una señal. Álex se acercó de mala gana.

—Estamos buscando a un amigo que trabaja aquí. Carlos Morgade —dijo ella cuando llegó a la altura del tipo que le había indicado la camarera.

El encargado estaba retirando vasos. Los miró de arriba abajo con cierta desconfianza.

—No os he visto nunca por aquí.

Ana sonrió con seguridad.

—No vivimos aquí.

—Carlos tuvo un accidente esta semana. Está de baja.

—¿Qué tipo de accidente? —preguntó con asombro fingido.

El encargado guardó silencio unos instantes.

—Un accidente —dijo al fin.

Veiga sonrió para sus adentros. Ese tipo era un hueso duro de roer. No le iban a sacar ni una palabra. Y era lógico; había muy pocos negocios que saliesen ganando con un escándalo y a ningún empresario le gustaría ver su nombre vinculado al de Héctor Vilaboi.

—¿Son periodistas? —añadió el hombre con suspicacia.

—Está bien —confesó Ana—, somos policías. Pero no quiero que piense que esto es un interrogatorio. Estamos fuera de servicio. Pasábamos por aquí a tomar una copa y se me ha ocurrido preguntar. A fin de cuentas, a ustedes también les conviene que este asunto se aclare lo antes posible. Imagino que no le gustará que su pub sea considerado un sitio poco seguro.

—No sé por dónde va. Nuestro pub no tiene nada qué ver con lo que le pasó a Carlos. Si es cierto que son ustedes polis, ya sabrán que lo atacaron a las puertas de su casa. Carlos es un tío serio, lo conozco desde hace un montón de años y nunca se ha metido en jaleos. Viene, canta y se va. Tiene un público fiel. Si alguien lo ha atacado para robarle, no entiendo qué tiene que ver con nuestro pub.

—Perdón, tiene usted razón —reculó Ana—. Lo diré de otra forma: estoy segura de que, como jefe de Carlos, y teniendo en cuenta que lleva muchos años aquí, usted estará interesado en saber qué le ha ocurrido. Me refiero a nivel personal, más allá de lo profesional.

El hombre asintió.

—Carlos es muy buen tío. Sensible, muy sensible, y la gente lo percibe cuando canta. Está muy cómodo trabajando aquí, no le pagamos mucho, pero lo compagina con clases de guitarra particulares y alguna colaboración aquí y allá en el mundillo del espectáculo. No somos amigos, y de toda esta historia de Vilaboi me he enterado a raíz de lo del hombre muerto el día de los fuegos del Apóstol. El otro día nos tomamos una cerveza y me explicó lo de su hermana y lo del hombre que abusó de ella. En ese momento, comprendí muchas cosas. Hay mucho de él en sus canciones. Imagino que eso es lo que le hace auténtico, que todo en él es de verdad.

—¿El jueves pasado vieron algo raro? ¿Alguien en el público que pareciera sospechoso? —Ana aprovechó la puerta que el otro le había abierto.

—No, claro que no. Lo habríamos puesto en conocimiento de la policía. Pero pueden hablar con Selina, creo que esa noche salieron a la misma hora. —El hombre señaló a una chica morena que salía hacia el jardín con una bandeja repleta de copas.

—Gracias —dijo Ana.

—Guárdese sus agradecimientos. Y no vuelva a insinuar que tuvimos nada que ver con lo que le pasó a Carlos. Aquí se le aprecia mucho.

Ana asintió sin atreverse a replicar. Álex pensó que había pocos hombres capaces de dejarla sin palabras.

—No has estado muy fina, Barroso —dijo Álex mientras se dirigían al exterior para hablar con la camarera.

—Puede que no, pero sabemos más que hace media hora.

Esperaron a que la camarera terminase de servir una mesa de seis personas mientras apuraban sus gin-tonics.

—Selina —llamó Ana cuando la chica pasó a su lado.

Esta los miró desconcertada

—¿Te conozco?

—No, no —se explicó Ana—. El encargado nos ha dicho tu nombre. Soy la subinspectora Barroso. Estaba aquí tomándome algo y se me ha ocurrido preguntarle a tu encargado quién estaba el jueves en el pub cuando agredieron a tu compañero Carlos.

—¡Qué fuerte!, aún no me lo creo. Es horrible lo que le está pasando. Si yo tuviera a un loco persiguiéndome estaría histérica. No sé cómo se le ocurrió venir a trabajar e irse a su casa de noche como si nada. Y tampoco entiendo cómo no tiene una patrulla protegiéndole o algo así.

—Nuestros recursos son limitados —se excusó ella, haciendo un gesto de asentimiento que daba la razón a la camarera—. Y dime, ¿viste algo raro?

—Nada. Todo normal.

—¿Has visto la foto de Vilaboi en los periódicos? ¿Viste a alguien que se pareciera a él en el pub o a la salida?

—Qué va. El público de Carlos es casi fijo. Hay gente que viene casi todas las semanas. El jueves hubo bastante gente. En verano además vienen los turistas, y este año ya hay más gente que el pasado, sobre todo ahora que el horario de cierre en hostelería se ha retrasado un poco y hemos retomado el tema de la música en directo, aunque la hemos tenido que trasladar al jardín. Carlos aún tardó en marcharse. Se quedó dentro cuando bajamos la persiana. Un par de chicas se quedaron hablando con él.

—¿Las conocías?

—Conocerlas, no, pero son de las que vienen a menudo.

—Nos ha dicho tu encargado que el jueves os fuisteis juntos.

—Sí, se quedó hasta que cerramos y los dos fuimos charlando hasta la entrada de la zona vieja. Yo cogí por la rúa de San Pedro y él por la Puerta del Camino. Había bastante gente por la calle. Acababan de cerrar los bares y los chavales andaban desperdigados por las calles. Recuerdo haberlo comentado con él antes de despedirnos.

—Imagino entonces que nada te llamó la atención. Cualquier cosa que se saliese de lo normal puede sernos de utilidad.

—Ahora que lo dices, llevo desde que me enteré dándole vueltas a algo. Tras despedirme de Carlos vi a un hombre de aspecto extraño. Me giré para seguirlo con la mirada y se fue tras él, aunque a una distancia prudente.

—Extraño ¿en qué sentido? —intervino Álex.

—Era enorme. Un gigante.

Viral

«Hola a todos.

»Lo primero que quiero hacer es daros las gracias por vuestros mensajes y vuestro apoyo.

»En estos momentos, nuestro compañero Carlos Morgade está en el hospital tras haber sido atacado la madrugada del pasado jueves por un desconocido que casi lo mata.

»Lito Villaverde falleció hace unos días, víctima de una sobredosis. Supongo que puede parecer normal si tenemos en cuenta el pasado de Lito: fue adicto durante muchos años a la heroína. Sin embargo, los que lo conocemos sabemos que llevaba meses limpio y a pesar de ello apareció muerto en su casa. Aparentemente había recaído. Y quiero subrayar la palabra "aparentemente". Después del asesinato de Xabi, del que todos habéis tenido conocimiento por los medios, a los supervivientes de esa cena nos queda claro que alguien está yendo a por nosotros.

»Os explicaré quiénes somos. Quiénes fuimos.

»Éramos siete chicos que vivían en un piso tutelado, bajo la custodia de la Administración. Xabi, Eva, Lito, Carlos, Antía, Iago y yo compartimos uno de esos pisos hace más de veinte años. Ya sabéis por la prensa lo que sucedió allí, pero estoy haciendo este vídeo para que lo oigáis de mi boca.

»Llevo muchos años callada, con remordimientos por no haber hablado cuando debí hacerlo. Fueron mis compañeros los que lo hicieron en el juicio contra Héctor Vilaboi. Yo no lo hice en aquel momento. Callé. Callé porque tenía miedo de que me juzgasen. Ahora ese miedo ha desaparecido y ha sido sustituido por otro miedo: el miedo a morir. Y este miedo no es un miedo irracional, es un miedo fundado y que me paraliza cada mañana. A medida que cada uno de nosotros está siendo atacado sé que es posible que la siguiente sea yo, por eso necesito que hagáis viral este vídeo.

»Héctor Vilaboi es un monstruo que nos arrebató nuestra adolescencia. Si eso ya es grave de por sí, hay que tener en cuenta que nosotros éramos chavales a los que la vida ya había castigado mucho. Éramos solo unos chicos que no tenían padres, que siempre nos habíamos sentido indefensos y muy solos. Y él se aprovechó de eso porque sabía que no había nadie para defendernos, porque la persona a la que el sistema encomendó defendernos era él. Sabía que no tendríamos a nadie a quien acudir.

»Antía Morgade se suicidó en el piso que compartía con nosotros y lo hizo porque no pudo soportar más los abusos a los que estaba siendo sometida por Héctor. Os preguntaréis cómo lo sé.

»Lo sé porque Héctor me hizo lo mismo a mí.

»No imagináis el horror que sentía cada vez que veía el picaporte de mi puerta girar en mitad de la noche; recuerdo aferrarme a las sábanas deseando que me protegieran. Han pasado mil años y a veces creo que todavía puedo olerlo. No he olvidado nada: sus susurros en la madrugada, exigiendo mi silencio. Chisss. Me mandaba callar. A veces su mano tapaba mi boca, siempre sabía anticiparse a mis gritos, a mis llantos. Recuerdo temblar bajo su cuerpo.

»Lo recuerdo todo y sin embargo nunca lo he contado. He sido una cobarde. Permití que mis compañeras lo denunciasen y yo miré hacia otro lado. Si lo pienso bien, eso es lo más grave que me hizo Héctor: silenciarme, acabar con mi voluntad, con mi capacidad de denuncia, hacerme creer que lo que pasó era culpa mía, por sentir que yo era cómplice de sus abusos. Durante años he sentido que merecía lo que me hizo.

»Hoy me siento libre para contarle al mundo quién es Héctor Vilaboi.

»La sociedad y la justicia han decidido que él ya está preparado para vivir fuera de la cárcel, pero hay otro tipo de cárcel: esa en la que nos encerró a mí y a todas las chicas de las que abusó, y os aseguro que de esa cárcel ya no se sale jamás.

»Por eso quiero pedir vuestra ayuda. Quiero que compartáis este vídeo en todas vuestras redes, quiero ser *trending topic*. Quiero que no seáis cómplices de Héctor Vilaboi. Quiero que la policía nos crea y que nos proteja a los cuatro de la Algalia que seguimos vivos. Quiero su foto en las redes sociales de todo el mundo con un "SE BUSCA" debajo. Quiero que abráis los ojos por la calle y nos ayudéis a encontrarlo.

»Quiero dejar de tener miedo».

Iago paró de grabar y se apresuró a abrazarla. Mónica tardó más de media hora en dejar de llorar.

Por la tarde, el vídeo tenía más de medio millón de retuits.

Acorralado

El hombre de la mochila verde atravesó la calle Galeras a las doce de la noche y se dirigió al pabellón deportivo de Santa Isabel. Vestía todo de negro: ropa, visera calada y mascarilla. Rodeó el edificio y pasó de largo. Atravesó el puente y se quedó al borde del camino, aprovechando la oscuridad.

El otro hombre no llegó hasta pasados diez minutos de la medianoche.

—Lo siento, Vila —murmuró el gigante mientras el de la mochila le palmeaba la espalda—. Te juro que pensé que lo había rematado. Lo tumbé de un buen golpe; no me dio tiempo a asegurarme de que estaba muerto porque un coche patrulla se acercó a toda pastilla con sus luces y su sirena, y me abrí.

—Está bien, Loko. No pasa nada. Sé que hiciste lo que pudiste. ¿Lo has traído? —preguntó Vilaboi.

El gigante asintió. Del bolsillo trasero de sus vaqueros sacó un móvil.

—¿Se lo has pillado a Flaco?

—Sí. Han sido seiscientos.

Vilaboi negó con la cabeza, contrariado.

—Toma, aquí van cuatrocientos. De momento tengo efectivo, pero necesito ser prudente, no sé cuánto puede durar esta situación. En cuanto pueda te paso el resto.

—Tranquilo, Vila, Flaco me ha fiado. Le he dicho que era para ti.

—Joder, Loko, te dije que no dijeras ni una palabra.

El gigante se encogió.

—Es que no tenía tanta pasta y sabes que Flaco es de fiar.

—Está bien, está bien. Es solo que no quiero que me pillen. ¿Me has conseguido todos los contactos que te pedí?

—Sí, los tienes grabados. De eso también se encargó Flaco, dice que por eso no cobra, que invita la casa.

—Me debe un par de favores —dijo Héctor.

—Todo el mundo te debe un par de favores. ¿Quieres que vaya a por el músico? Seguro que está en el hospital. Puedo acabar con él. Solo tienes que decirlo.

—Por ahora, no. Tampoco quiero que te pillen a ti. El hospital no es un sitio en el que puedas pasar desapercibido.

—Tienes razón —afirmó el gigante—, siempre tienes razón.

—Eres un colega, Loko. —Vilaboi volvió a palmearle la espalda.

—Haría cualquier cosa que me pidieses, ya lo sabes. Yo te debo algo más que un par de favores.

Vilaboi asintió.

—¿Necesitas algo más? —preguntó Loko.

—De momento nada, tengo comida, bebida y un escondite.

—¿Dónde?

Vilaboi negó con la cabeza.

—Es mejor que no sepas más. Ahora puedo comunicarme contigo. Necesito que seas mis ojos aquí fuera. Debo acabar con esos cabrones. Sobre todo con Morgade.

—¿Es al que más odias?

—No. Pero yo sí soy lo que más odia él.

—Te prometo que en cuanto salga de ese hospital...

—Lo sé, Loko, lo sé. Pero no hagas nada que yo no te ordene. Los dos sabemos que organizar se me da mejor a mí.

—Tú eres el listo, Vila.

—No tanto. Márchate. Estaremos en contacto.

Vilaboi esperó a que Lorenzo se marchase antes de volver al fantasmagórico edificio. No sabía cuánto podría resistir escondido. Tendría que intentar huir en cuanto se despejase un poco el panorama. En estos momentos era imposible, los periódicos no hablaban de otra cosa. Durante los últimos días había diseñado un plan. Debería conseguir un vehículo y abandonar el país. Francia era la salida más segura. Una vez allí podría pasar a Alemania.

Pero Alemania todavía quedaba muy lejos. Antes tenía que saldar sus cuentas pendientes con esos pequeños cabrones.

En la soledad de la planta tercera del viejo hospital, Héctor Vilaboi se tumbó sobre la manta y colocó la mochila a modo de almohada. Sacó el móvil y realizó una búsqueda en Google con su nombre.

Miles de resultados. «Eres un tío famoso, Vila». Recordó las palabras de Loko. A juzgar por los resultados en la red, era el hombre más famoso de España, de Europa y de medio mundo.

Tuits virales. Su imagen enmarcada bajo las letras de «Se busca» emulando un cartel del lejano Oeste. Titulares, muchos titulares online de ese mismo día.

«El emotivo vídeo de Mónica Prado desata en redes la indignación contra Héctor Vilaboi y la policía de Santiago de Compostela».

«Quiero dejar de tener miedo».

«Héctor Vilaboi nos arrebató nuestra adolescencia».

«Quiero que la policía nos crea».

Héctor pulsó el botón de reproducción del vídeo, aunque sabía lo que había contado Mónica. Observó su cabello pelirrojo.

En su recuerdo era una chica rubia de cuerpo escultural. Seguía siendo hermosa, aunque a él siempre le habían gustado jovencitas.

Lo vio tres veces.

Luego se levantó y se apoyó tembloroso en la sucia pared. Todo le daba vueltas. Le acometió una náusea. Se arrodilló, incapaz de sostenerse sobre las piernas. Sintió un dolor en la rodilla y notó que unos cristales le habían atravesado el chándal. Al instante el pantalón se empapó de sangre y un latigazo de dolor le corrió muslo arriba.

Ahogó un grito, aunque eso era lo único que quería: gritar, pese a que solo fue capaz de emitir un sollozo lastimero de perro viejo. Se sentía dolorido, vencido, cansado y muy muy furioso.

Esta vez tenía claro cuál sería su siguiente paso. Iría a por esa zorra. Lo había acorralado.

La muy puta.

Tatuajes

—¿Qué pasó el viernes? ¿Qué significaba eso de misión cancelada, jefe?

—Estaba liado.

Ana miró a Santi con suspicacia mientras arrancaba el coche.

—¿Tan liado como para no contestar a mis mensajes en todo el fin de semana?

—El sábado estuve en Ikea con Lorena —se explicó Santi—. Y ayer comí con ella en casa de mi suegro. Luego fuimos un rato a la playa y apagué el móvil. Tenía ganas de evadirme un poco. Todo ese asunto del mensaje de Mónica Prado en redes es una mierda, esto se nos está yendo de las manos. La gente está más indignada con la policía que con Vilaboi, es de locos.

Ana condujo hacia la salida de la ciudad y cogió el desvío hacia Noia. Iban a hablar con Jessica Jiménez, toda vez que el atentado contra Carlos Morgade había frustrado la entrevista anterior.

—¿«Mi suegro»? ¿Me he perdido algo? —preguntó Ana, al tiempo que enarcaba una ceja.

Santi se encogió de hombros.

—Llevo dos años y medio saliendo con Lorena.

—Sé contar desde los cuatro años —ironizó Ana—. Sabes bien a qué me refiero. Nunca te había oído hablar así del padre de Lorena. ¿Debería ir comprándome un vestido elegante?

—No seas idiota. Me ha salido así. Y ¿qué has hecho tú? —se obligó a preguntarle Santi, aunque conocía la respuesta.

—El viernes comí con el jefe y le pedí que te diera un margen con la investigación. Creo que lo convencí.

—No dice mucho de mí como inspector que tengas que interceder así ante el comisario. Creí que me había ganado su confianza en este tiempo. Ya veo que me equivoqué.

—No digas chorradas. ¿Vas a tener celos de mí a estas alturas de la película?

«Tengo celos de él», pensó Santi. Reconocerlo en su fuero interno no le hacía sentirse mejor. La ira había vuelto. Las técnicas de autocontrol que le había enseñado Adela Ballesteros en su consulta le parecían ahora pueriles e ineficaces. Serénate. Controla tu voz y tu lenguaje corporal. Practica la comunicación asertiva. Stop. Frena. Respira hondo como haces cada noche antes de dormir. Infla el abdomen, expande los pulmones, exhala poco a poco. Serénate. Sé flexible contigo mismo. Baja el tono de voz. «Serénate, Santi», se repitió para sus adentros una y otra vez.

Cerró los ojos.

—¿Estás bien? —preguntó Ana.

Santi los abrió y la observó detenidamente. Llevaba el característico moño con el que acostumbraba a recoger su melena cuando estaba de servicio. Estaba muy morena. Apretaba con fuerza el volante, sabía que estaba tensa. La conocía demasiado.

Ante su silenció, Ana desvió un instante su mirada de la carretera y lo miró.

—¿Qué coño pasa, Santi?

—No tengo ganas de hablar. Creo que necesito volver a terapia. Eso es todo.

—¿Ha pasado algo con Lorena?

—No, no. Tranquila. Cambiemos de tema, por favor.

Allí estaba, pensó Ana, ese Santi que tan bien conocía. El que escurría el bulto, el que no se enfrentaba a sus problemas, sino que abría un inmenso agujero en el suelo y hundía la cabeza dentro de él como un avestruz para aislarse del mundo. Ella no entendía a ese hombre, y hacía mucho que no se encontraba con él. En el móvil, en la distancia, no había lugar para ese Santi. Tenía ganas de contarle lo del Momo, e incluso lo de Álex. El sábado se lo había pasado muy bien con él. Por un instante se le pasó por la cabeza que de verdad estuviera celoso. Ese pensamiento la enfadó. Él continuaba con su vida, tenía pareja, compartía su intimidad con ella, pero ella no podía salir con quien le diera la gana. No, no podía ser eso. Tenía que ver con el hecho de que Álex andaba por medio y que este era su jefe. Tenía que ver más con lo profesional que con lo personal, estaba segura. Guardó silencio; no iba a caer en los errores del pasado. No iba a dejar que Santi monopolizase su vida dentro y fuera de comisaría. Ahora tocaba interrogar a Jessica Jiménez y eso era lo que iban a hacer.

Aparcaron en la avenida de la Mahía, en pleno centro de Bertamiráns. Ana comprobó con sorpresa que la dirección que tenían anotada era la de un local comercial: un estudio de tatuaje.

—Pensé que íbamos a su casa.

—La localicé y me dio esta dirección —comentó Santi—. De entrada, pensé en hacerla venir a comisaría, pero al final decidí que era mejor opción que viniésemos nosotros. La comisaría a veces intimida demasiado.

Ana asintió mientras abría la puerta del local.

—Estamos buscando a Jessica Jiménez. Soy el inspector Abad —se presentó Santi a la mujer que estaba tras el mostrador.

—Soy yo —contestó ella.

No parecía de las que se intimidaban ni dentro ni fuera de la comisaría. Ana pensó que debía de tener más o menos la edad de

Xabi Cortegoso, aunque parecía más joven. Tenía el pelo rapado y múltiples piercings: cejas, labios, boca, orejas. Bajo la camiseta negra de tirantes se adivinaban los de los pezones, y bajo esta debía de esconderse también el cuerpo de la serpiente tatuada cuya cabeza ocupaba todo su escote. El brazo izquierdo estaba cubierto de rosas rojas, y el derecho, de una hiedra que descendía hasta cubrir la totalidad del reverso de la mano.

—¿Van a preguntarme algo o han venido hasta aquí para ver mis tatuajes? —preguntó ella.

—Disculpe, resultan muy...

—¿Sorprendentes? —dijo Jessica.

—Abrumadores —respondió Abad—. ¿Podemos sentarnos en algún sitio a charlar?

Ella les indicó que la siguieran. Entró en una sala anexa y le pidió a un compañero que la sustituyese en el mostrador. Los condujo a una estancia al fondo del local que hacía las veces de despacho. Era minúsculo. Tan solo había una silla tras la mesa.

—Me temo que no es un lugar muy cómodo, pero aquí no nos molestarán —dijo Jessica Jiménez—. Es por el asunto ese de Vilaboi, ¿verdad?

Ana asintió.

—Necesitamos que nos cuente los detalles de lo que sucedió en el piso tutelado de la Algalia —dijo Santi.

—Miren, no tengo nada que decir, todo lo que pasó está en el expediente judicial.

—Entendemos que es doloroso, pero...

—¿Dolor? —le interrumpió la mujer—. No es dolor, es indignación. Ese tío se creía que podía hacer lo que le daba la gana con nosotras, que nos quedaríamos calladas. Pero no fue así conmigo. Yo aprendí a salir adelante a base de rebelarme, de enfadarme con lo que me pasaba. Cuando eres hija de un gitano y una paya que te abandonan cuando tienes tres años, solo sobrevives a base de devolver las hostias que recibes. Y no piensen que es fácil vivir así, en los márgenes, superando los convencionalismos. Héctor creyó que me comportaría como las demás, igual que ustedes pensaban que encontrarían a una gitana de treinta y siete años, casada, con hijos y que vende bragas en la feria. Así va el mundo. Pero Héctor no evaluó bien los riesgos conmigo. Yo no tenía vergüenza ni nada que perder. Yo tenía algo que no es común en las víctimas de abusos sexuales: la conciencia de que era solamente eso, una víctima, y de que no había nada malo en mí. Tenía claro que él podía forzarme una vez, pero que no iba a hacerlo dos. Me violó un solo día, y lo consiguió porque era más fuerte que yo. Me refiero a fuerza física, por supuesto. Al día siguiente me fui a la comisaría, aunque sabía lo que se me venía encima.

—No entiendo lo que quiere decir. Era lo correcto.

—Por supuesto que lo era. Pero no imaginan lo que vino después. Fiscales que me preguntaban qué había hecho para darle pie a Héctor. Presiones desde la Consellería para que reconsiderase mi denuncia. Me acusaron de poner en riesgo el programa de viviendas tuteladas. Me hicieron test psicológicos. Las preguntas que me hacían eran del calibre: ¿con qué ropa solías andar por casa?, ¿alguna vez te insinuaste ante Héctor?, ¿por qué lo dejaste entrar en tu habitación?, ¿eras virgen?, ¿a qué edad perdiste la virginidad?

—No puedo creerlo —se indignó Ana.

—Pues créalo. ¿Han visto el vídeo de la modelo esa en redes? Se llena la boca hablando de dignidad y en mi juicio se calló como una puta. Eva y Xabi declararon, pero estaban acojonados. Lo más triste de este asunto es que a ellos les creyeron antes que a mí. Así va la cosa. El juez creyó antes a Eva, que no era más que una paya que contó que oyó ruidos en la habitación de una compañera, antes que a una gitana punki que declaró sin titubear y sin moverse un ápice de su versión inicial que la habían violado tras atarla a una cama. Así que esto no es doloroso. Han pasado veinte años y sigo enfadada, con Héctor, pero sobre todo con el sistema. Ellos pusieron al lobo a cuidar de las ovejas. ¿Quién te protege del que te tiene que proteger? No hay respuesta.

Ana y Santi asintieron con la cabeza.

—¿No ha vuelto a tener contacto con Eva, Xabi o con cualquiera de los otros habitantes del piso que fueron compañeros de ellos? ¿Con Iago Silvent, Carlos Morgade o Mónica Prado, o con alguno de los fallecidos, Xabi o Lito?

Jessica negó con la cabeza.

—Nunca miro atrás. Es la única manera de avanzar.

—¿Cómo está viviendo todo este asunto de los asesinatos? ¿No tiene miedo?

—¿Miedo de quién? ¿De Héctor? Vilaboi era un malnacido y un violador obsesionado con las jovencitas, aunque no era especialmente violento. No creo que reuniera el valor para enfrentarse a nadie de igual a igual. Se atrevía con chavalas indefensas, pero nunca con un adulto en igualdad de condiciones, y ahora yo soy una adulta, ya no tengo dieciséis años. No va a venir a por mí. Y si viene, no tendrá huevos de atacarme. No se crean todo lo que les digan. Vilaboi era un violador, pero también era un cobarde. Un mierda, vamos. Es más, pondría la mano en el fuego a que no era ningún asesino.

Una situación incómoda

—¿Cómo va la investigación policial? —preguntó el que sería pronto su futuro jefe.

—La policía no nos cuenta mucho —contestó Iago, midiendo mucho sus palabras—. En principio el de Xabi está claro que fue un asesinato, eso está fuera de toda duda, pero con Lito ya no lo tienen tan claro. Tras el ataque a Carlos Morgade parece ser que se han tomado en serio la hipótesis de que estamos en peligro. Nos han dicho que a lo largo del día de hoy nos pondrán algún tipo de escolta para protegernos. Tienes que creerme cuando te digo que esta situación es igual de incómoda para mí que para vosotros. De todas formas, nada impide que me incorpore al puesto el 1 de septiembre, tal y como habíamos acordado.

Roberto Hernández era el encargado de poner en marcha el nuevo organismo de Innovación. Se habían reunido en la Facultad de Medicina para intentar cerrar un protocolo de colaboración entre la universidad y el organismo que dirigiría Iago. El consejero del ramo había delegado en su director general su proyecto estrella para esta legislatura. Los fondos europeos habían hecho posible la creación de un nuevo organismo de investigación e innovación centrado en la rama de la inmunología: el Inmunogal. El fichaje de Iago Silvent había sido un gran golpe de efecto. Todas las comunidades autónomas y el Gobierno central se disputaban al científico, pero Hernández sabía que jugaba con ventaja: el biólogo era gallego. La opinión pública había acogido con entusiasmo el refuerzo de la innovación en un área que importaba tanto en plena pandemia; así lo confirmaban todas las encuestas del Instituto Gallego de Estadística. La elección del candidato para dirigirlo estaba fuera de toda duda. Silvent presentaba el mejor currículum de todos los que optaban a la dirección, un puesto de estas características tenía que recaer sin duda alguna en el científico más brillante de la última década en el país. El Gobierno se había anotado un triunfo mediático al acabar con el exilio académico de Iago Silvent. Pero ahora todo el asunto de los asesinatos había enturbiado el proceso de selección. La oposición ya había hecho declaraciones al respecto, cuestionando la integridad moral del nuevo director del Inmunogal. Por fortuna para ellos, el biólogo era inmensamente popular en redes y las declaraciones habían tenido el efecto contrario para los intereses de la oposición.

—Iago, no te voy a ocultar la verdad, los jefes están preocupados por la deriva de este asunto. El hecho de que exista la posibilidad de que seas sospechoso de asesinato no te deja en buen lugar.

—Lo entiendo y he pensado en ello. Si queréis podemos retrasar mi incorporación hasta que todo se aclare. Lamentaría que el Instituto de Inmunología naciera lastrado por rumores y malentendidos por mi culpa.

—No me malinterpretes, estoy seguro de que no tienes nada que ver con este asunto, pero ya sabes cómo son estas cosas.

Iago era consciente de lo delicado de su situación. Pensó en lo paradójico que era que una misma realidad acarrease consecuencias tan distintas en función del área laboral. A Mónica le llovían las ofertas en tertulias y magacines, y a él se le desmoronaba el futuro ante sus ojos sin que pudiera hacer nada para evitarlo. Los contratos publicitarios se mantenían, eso sí, pero no sabía por cuánto tiempo. Nadie se compraría los yogures fermentados que refuerzan tus defensas si el que los anuncia es un supuesto asesino.

—Fíjate que, por unos segundos, lo único que ha pasado por mi cabeza es que toda mi carrera se ve afectada por este asunto —se sinceró Iago—. Pero la realidad, Roberto, es que temo por mi vida y por la de mis amigos, y eso es infinitamente más grave.

—¿Realmente crees que ese Héctor Vilaboi va a por vosotros? —dijo Roberto.

—Por supuesto que lo creo, porque la otra posibilidad, la de que sea uno de mis compañeros, no puedo ni considerarla.

—Hablas con mucha convicción y a fin de cuentas llevas décadas sin ver a esa gente.

—Veinte años.

—En ese tiempo pueden haber pasado muchas cosas, incluso que uno se haya convertido en un asesino.

—Sé que es difícil de entender el vínculo que se creó entre nosotros, me refiero a que no éramos compañeros en una residencia universitaria. Aquel era nuestro hogar. Éramos como una familia. Una familia peculiar y extraña, no forjada con vínculos de sangre, pero una familia al fin al cabo.

—Pues sí, es difícil de entender, aunque me hago cargo —dijo el político—. Y, si te parece bien, esperaremos un par de semanas para ver si se aclara este asunto. Si no es así, llegado el momento te cojo la palabra y demoramos un poco tu incorporación.

Iago asintió manteniendo el gesto impasible. Abandonó el despacho tras darle un apretón de manos a Roberto y acordar una nueva cita para dentro de tres semanas, cuando el director general se reincorporase de sus vacaciones.

Tras salir de la Facultad de Medicina, le mandó un mensaje a Mónica para decirle que la reunión de trabajo ya había acabado. Ella le contestó que lo esperaba a la entrada de la zona vieja. Él se encaminó hacia allí. Comprobó los mensajes del grupo de Whats-App que habían creado la noche anterior y que habían bautizado con el nombre de Algalia 30. Eva estaba en el hospital con Carlos y había enviado una foto de este con el pulgar hacia arriba. Tenía un aspecto pésimo: la cabeza completamente vendada y un hematoma enorme que le cubría media cara. «Juntos», decía el mensaje de Eva.

Caminó deprisa y no pudo evitar mirar hacia atrás en un par de ocasiones. Deseó estar ya con Mónica y salir pitando hacia su nueva casa. Se arrepintió de haber bajado al centro andando. El paseo de vuelta hasta su casa les llevaría unos cuarenta y cinco minutos. Cogerían un taxi. Desechó el pensamiento. Se dijo a sí mismo que no podía permitir que Vilaboi dirigiese sus vidas, pero la realidad era que tenía más miedo del que se atrevía a confesar. Se debatía entre la duda sobre si ese miedo les impediría vivir con normalidad o si sería lo que los mantendría con vida.

Esas eran las cosas que pensaba mientras el hombre de la mochila verde con el que se acababa de cruzar lo observaba estupefacto.

El hombre fuera de su escondite

Sabía que era muy arriesgado abandonar su escondite a plena luz del día, pero necesitaba hacerlo. La herida que se había hecho la pasada noche no presentaba muy buen aspecto. Tenía varios cortes, pero el que le preocupaba era el que estaba justo encima de la rodilla izquierda. Era bastante profundo, algunos trozos de cristal seguían dentro de la herida y no tenía nada para extraerlos.

Se puso la misma camiseta negra de siempre y se caló la gorra hasta ocultar buena parte de su cara. La mascarilla hacía el resto.

Caminar por las calles de Compostela no era tan arriesgado como había imaginado. Nadie le prestaba atención. En el escaparate de la farmacia descubrió el porqué: con la gorra, las gafas de sol y la mascarilla no era más que un viandante idéntico a todos los demás. La pandemia les había robado todo, incluso su identidad.

Compró unas pinzas para extraer los cristales, analgésicos, antiséptico y vendas. Su mirada se dirigió hacia el estante donde estaban los productos de cosmética natural y comprobó que había tintes para el cabello. Le preguntó a la farmacéutica si podría devolverlo en el caso de que no fuera el que usaba su mujer, ya que no estaba seguro del tono. Ella, muy amable, le contestó que tan solo debía guardar el tíquet de compra.

Salió a la calle y respiró el aire puro bajo la mascarilla. Chequeó de nuevo su imagen en el escaparate. Se sintió seguro. No, no lo iban a reconocer.

Y sin embargo, él sí había reconocido a Iago.

En la solapa del traje oscuro llevaba prendido un pin del escudo del Capitán América. No había duda. Tras un primer momento de alarma, en el que se sintió vulnerable, Héctor comprendió que jugaba con ventaja. Exceptuando una foto sacada de su expediente de instituciones penitenciarias que habían publicado los periódicos en los últimos días, Iago no tenía ni idea de su aspecto actual. Seguramente el biólogo había interiorizado la imagen de su tutor, un hombre de treinta y muchos años, de cabello negro, entradas incipientes, barba descuidada y cuerpo atlético. Héctor ya no era ese hombre. Ahora era un señor de sesenta años y cabello blanco, con una barriga generosa fruto de la edad y el sedentarismo. El peso de los años, de la cárcel, de la vida, había borrado todos los vestigios del Héctor con el que Iago había convivido.

Por el contrario, la imagen del Iago actual había entrado en su vida, como en la de todos los habitantes del país, a todas horas y por todos los canales de comunicación posibles durante el último año: informativos, periódicos, publicidad... Solo se hablaba de una cosa: de la pandemia, y nadie sabía tanto de la pandemia como Iago Silvent.

No, no estaban en igualdad de condiciones. Lo tenía ahí delante, a su alcance, y sabía que Iago no lo había reconocido y no lo iba a reconocer. Inspeccionó rápidamente su entorno para asegurarse de que nadie los seguía. Imaginaba que la policía habría dispuesto alguna patrulla para protegerlos, pero Iago caminaba por la rúa Galeras hacia el Pombal sin que nadie le guardase la espalda. Sin pensarlo, caminó detrás de él a una distancia prudencial, apretando los dientes. El analgésico que acababa de comprar estaba en su mochila. No se arriesgaría a tomarlo en público. No podía bajarse la mascarilla. Aguantaría.

Allí estaba ella. Lo esperaba en una terraza de Porta Faxeira. La muy zorra. Claro que era ella. Su melena pelirroja, que antes fue rubia. Su cuerpo alto y delgado. Esas piernas esbeltas y larguísimas.

La recordó de joven. La recordó desnuda. La recordó asustada. Sintió una erección.

Iago se sentó a su lado y la besó en los labios. Así que estaban liados. La erección desapareció de golpe.

Cruzó la acera y se adentró en la alameda. Se sentó en un banco cercano desde donde podía observarlos a distancia. Numerosos turistas se hacían fotografías junto a la figura conmemorativa de las dos Marías, uno de los atractivos turísticos de la ciudad. Miró a su alrededor. No había pasma alrededor. Ni siquiera de paisano. Eso quería decir que la policía no los estaba protegiendo y esa era una noticia cojonuda. Eso quería decir que para la pasma ellos eran sospechosos, que no solo lo buscaban a él.

Aprovecharía esa ventaja.

Iago siempre había estado pillado por Mónica. Héctor conocía todos los secretos de esos chavales. Sabía incluso cosas que ellos no imaginaban de sí mismos. Era el observador neutral. Eva estaba loca por Carlos y él no podía pasar más de ella. Carlos era un cabrón introspectivo totalmente traumatizado porque su madre estaba pirada. Podía culparlo a él de lo que había ocurrido con Antía, pero la única culpable de eso había sido ella, que estaba chalada también. Luego estaba Lito, que era maricón y yonqui. Lo primero no lo sabían sus compañeros. Una lástima que a él no le fueran los tíos, porque podría haber conseguido algo más que su silencio por la droga que le pasaba por mantenerlo callado.

Eva, esa estúpida mosquita muerta a la que habían manipulado para que mintiera en el juicio. La había subestimado. Al final fue ella la que lo metió en chirona, y eso que él nunca la habría tocado ni con un palo, no le iban las monjitas. Xabi era un superviviente que solo quería huir sin mirar atrás. Y habían sido sus compañeros los que le habían obligado a implicarse, a mentir, a vengar una muerte que todos le achacaban. Para ellos, él era el hombre que había matado a Antía Morgade y nadie los iba a mover de ahí. Le daba igual. Ahora tenía muy poco que perder. Haría un par de llamadas, tenía que protegerse de alguna forma. Iba a encontrarlos e iba a acabar con ellos, porque sabía que, si no lo hacía, ellos acabarían con él. Prefería la cárcel que morir a manos de la poli o de uno de esos pequeños cabrones. Y no iba a ser fácil. Ellos tenían a la pasma de su lado, tenían dinero, libertad, apoyo público y mucho odio dentro. Él solo tenía dos cosas: la firme determinación de acabar con ellos y a Loko.

Bueno, y si todo iba bien, cuando acabase el día también tendría la dirección donde se escondían esos pequeños cabrones, pensó mientras se ponía en pie y se situaba a una distancia prudente de Iago y Mónica, que acababan de abandonar la terraza del Tokio.

La puta culpa

—¿Qué es lo que ha cambiado? —preguntó Connor.

—No lo sé, pero estoy perdiendo el control. Necesito ayuda —dijo Santi.

Su voz sonaba apagada. El psiquiatra lo observó clínicamente. No parecía el mismo Santi de hacía un par de meses. Parecía el de hacía cuatro años, cuando se conocieron en el marco de la investigación de la muerte de la niña Xiana Alén. Durante esta, ambos habían desarrollado un respeto profesional mutuo que había desembocado en una sólida relación de amistad, quizá por el hecho de que ambos eran seres semejantes, heridos. Connor, debido a la pérdida de su hija de tres años y al sentimiento de culpa que eso le generaba. Santi, porque era consciente de que algo dentro de él no funcionaba de forma correcta. Desde entonces, los dos habían luchado para superar sus demonios y, lo más importante, habían aprendido a respetarse por ello.

—¿Tiene que ver con Ana? —dijo Connor.

—No lo creo.

—No lo crees, pero hace apenas unos días que está de vuelta y ya te has desestabilizado.

—Hablas como si no fuese capaz de controlar lo que siento por ella.

—¿Qué sientes por ella? —incidió Connor.

—Es una buena pregunta. Primero fue mi compañera de trabajo, luego mi novia, después mi amante y ahora es mi amiga. Nos hemos alejado el uno del otro cuando lo hemos considerado necesario. Primero fui yo el que me encerré en mi casa. Luego fue ella la que huyó a Ponferrada. A cada paso que hemos ido dando nos hemos ido conociendo más. A veces creo que lo hicimos todo al revés y me pregunto qué habría pasado si primero hubiera sido mi amiga y después mi pareja. Pero esa reflexión ya no tiene cabida porque, por encima de todo, seguimos siendo compañeros de trabajo. Y ahora es todo más difícil porque salgo con una mujer estupenda que me quiere y me entiende, y ni siquiera soy capaz de pedirle que se venga a vivir conmigo. Sin embargo, la mujer que me conoce de verdad es Ana, y no deja de maravillarme que no salga corriendo a pesar de que sabe cómo soy. Te juro que pensé que podría manejar esto, trabajar con ella como en el pasado, pero me mentiría mucho a mí mismo si no confesase que creo que aún la quiero.

—Me importa un pimiento que la quieras o no. Como profesional, lo que me parece preocupante es el hecho de que asocies el sentimiento del amor a la posesión y que eso te conduzca directamente a la ira. Santi, querer no es eso y lo sabes. Tienes que volver a terapia; intentaré ver quién te puede echar una mano y ya decidirás luego si quieres o dejas de querer a Ana. Dejando el plano profesional a un lado, quizá deberías ser sincero con Lorena justo por eso, por lo buena tía que es. Explícame ahora con detalle qué es lo que sientes, por qué crees que te estás desestabilizando.

—No es nada concreto. Pero sé que Ana se está viendo con Veiga y solo de pensarlo... No paro de repetirme que ambos son libres, que el hecho de que trabajen juntos no es un obstáculo; sería muy hipócrita por mi parte considerarlo así. Aplico todas esas técnicas que me enseñó Adela en su consulta para relativizar esto que siento, pero a la hora de la verdad lo único que quiero es plantarme delante de Veiga y partirle su puta cara de pijo lugués.

—Entonces sí es algo concreto. Tienes celos, y lo resuelves a hostias. Acabas de retroceder dos años.

—No lo he resuelto a hostias. Estoy aquí, contigo, pidiendo ayuda.

—Tienes razón. Pero vas a tener que esforzarte mucho.

—¿Cómo se sale adelante sabiendo que eres un monstruo? ¿Puedes ayudarme con esto?

—Basta con la primera parte de la frase. Salir adelante. No sabes la de días en las que me levanté en mi casa solo pensando eso. *Go on*, Connor. Ese era mi mantra. Daba igual lo que hiciera. Consultas, deporte, comidas con mis padres. Cuando te duele todo tanto, la vida se convierte en una sucesión de acontecimientos sin sentido. Vas hacia delante, mirando siempre hacia atrás. Yo solo podía pensar en Mary, en Allison, sin asumir que la muerte de Mary se había llevado por delante mi pasado y todo mi futuro. El futuro que yo hubiera debido tener a su lado. Y lo peor era la culpa, la puta culpa, día tras día, pensando que yo pude haberlo evitado. Esa culpa me ha lastrado a todos los niveles, no he sido capaz de tener una relación seria desde entonces. Tú lo sabes, y mira que estuve a punto de intentarlo después del caso Alén. Pero no pude. Hay muchas secuelas que no se ven. No eres un monstruo, Santi. Si lo fueras, no estaríamos aquí sentados hablando de tu problema. Pero, como te he repetido siempre hasta la saciedad, no le voy a quitar importancia: es verdad que te comportas como si lo fueras, y cuando eso sucede, destruyes todo lo que tienes a tu alrededor. La diferencia entre tú y yo es que tú aún estás a tiempo de ponerle remedio.

—La puta culpa, día tras día. Creo que eso es lo que me impide irme a vivir con Lorena.

—No, Santi. Lo que te impide ir a vivir con Lorena es que todavía quieres a Ana. Y cuanto antes lo enfrentes, mejor.

Un agente normal

Rubén del Río entró en el gimnasio y se dirigió a los vestuarios. De manera inconsciente su mirada se clavó en el chico rubio que se encaminaba a la ducha. Era el típico fofisano que se había apuntado al gimnasio antes de tiempo. La mayoría de los tíos con ese perfil no lo hacían hasta septiembre. Aun así, tenía un buen culo. Le gustaban los chicos así, con esa barba y ese aire de *indie* listo. Seguro que estudiaba una carrera como Filosofía o Antropología.

Enfiló hacia la sala de máquinas antes de que el rubito saliese de la ducha. El gimnasio era un sitio de mierda para ligar. Incluso así, Santiago era una ciudad infinitamente más abierta que la suya. Estaba feliz en su nuevo destino. Le gustaba el trabajo y el equipo de detectives con los que colaboraba. Sabía que le había causado una buena impresión al comisario Veiga. No era para menos. Le estaba metiendo muchas horas al caso. Por encargo de Veiga, había profundizado mucho en los perfiles de todos los habitantes de la Algalia 30. Tenía unos dosieres muy completos que entregaría en la próxima reunión de equipo. Un compendio de información sacado de las redes sociales y de unas cuantas llamadas a los centros de menores donde habían estado durante su infancia y adolescencia, y a los centros de trabajo actuales. Incluso había cruzado correos con gente de Princeton. Sabía que el inspector Abad estaba más centrado en buscar al pederasta, pero a él se le daba bien elegir bandos, y el bando del comisario era, sin duda, el ganador. Tenía que demostrar que él no se limitaba a ser un agente más. Quería ayudar a resolver ese caso y que el comisario fuera consciente de ello. Esa misma mañana se le había ocurrido una nueva línea de investigación. Para profundizar en ella necesitaría autorización de sus superiores y una orden judicial. Y estaba seguro de que no se la negarían.

Durante cuarenta minutos realizó la rutina de ejercicios que le garantizaban esos abdominales de los que presumía en las aplicaciones de citas. En ellas, su perfil estaba siempre sin cara. No la necesitaba. Además, en las citas en directo nunca defraudaba. Moreno, ojos negros, metro ochenta y dos, y un cuerpo que no mentía en su perfil.

De vuelta al vestuario pensó que era una pena que el *indie* listo se hubiera marchado ya a casa. Se duchó rápido. Tenía que pasar por el súper. Le sonó el teléfono. Estaba seguro de que sería su madre. No lo era.

Un número larguísimo. Quizá era publicidad.

Dos horas después aún se arrepentía de haber descolgado el teléfono.

Verdades

—¿Has comido con Lorena?

—No, con Connor.

El calor apretaba dentro del coche patrulla. Ana puso el aire acondicionado al máximo.

—¿Todo bien? —preguntó.

—Todo bien —contestó Santi, impasible.

—¿Vamos primero a Sigüeiro o a Pontepedriña?

—Tira para Sigüeiro. Rubén nos ha concertado las citas. Veremos a Rosa Gómez a las cinco. Xurxo Villanueva llamó a comisaría al mediodía. Le ha surgido una cita médica. Lo he pospuesto hasta mañana.

—Podríamos ir más tarde —insistió Ana—. ¿O estás muy ocupado?

—Prefiero que vayamos a comisaría y pongamos las ideas en común con el jefe.

—¿Desde cuándo quieres que el comisario baje a la arena con los leones?

—Desde que mi profesionalidad está en tela de juicio.

—Este caso está enrarecido. Tienes que relajarte, Santi.

—Me relajaré cuando deje de morir gente.

Ana se encogió de hombros y desistió. Cuando Santi se ponía terco no había quien lo sacara de su enroque.

—Tengo ganas de hablar con los compañeros de Vilaboi —dijo Ana, cambiando de tercio—. Me resulta extraño que alguien trabaje al lado de un monstruo de ese calibre durante años y no se dé cuenta de nada.

—A algunos se nos da bien esconder nuestros propios demonios.

Ana desvió la vista de la carretera.

—Vaya, a lo mejor deberíamos cancelar la charla con el jefe e irnos tú y yo a tomarnos una cerveza después de trabajar.

—Prefiero que me llames a las dos de la madrugada.

—¿Y ahora que estoy aquí de nuevo no podríamos combinar la modalidad virtual con la presencial?

Santi se encogió de hombros y le señaló a Ana un edificio blanco. No se dirigieron la palabra en el corto trayecto del ascensor. Santi se sentía como un idiota. A lo mejor no era mala idea lo de esa cerveza para relajar el ambiente, aunque no pensaba cancelar la reunión con Veiga, pues tenía claro que necesitaba implicarlo en el caso, traerlo a su terreno.

Les abrió la puerta una mujer de cuarenta y tantos años, morena y de aspecto muy juvenil. Ana la observó sin disimular su sorpresa. Pensaba que los compañeros de Vilaboi estarían ya próximos a jubilarse.

—Buenas tardes —dijo Rosa Gómez mientras los conducía a un salón enorme y terriblemente desordenado.

Santi observó la mesa central, en la que había libros, un portátil, facturas, una taza de café vacía, una caja de costura, otra de acuarelas y varias láminas de dibujo.

—Bonito cuadro —dijo Ana, desviando la vista hacia la pared.

—*A derradeira lección do mestre* —observó Rosa—. Castelao.

—Lo sé. Pero es una réplica muy buena.

—Era de mi padre. Era pintor. Y sí, de los buenos, como usted dice. Yo lo intento de vez en cuando, pero solo como hobby. Bien, imagino que no han venido aquí a hablar de arte, sino de Héctor Vilaboi.

Ana hizo un gesto de asentimiento.

—¿Qué nos puede contar? ¿Qué recuerda de esa época?

—Siéntense en el sofá. Si vamos a charlar un rato es mejor que nos acomodemos. ¿Quieren un café o algo fresco?

—Estamos bien así —la cortó Santi.

—Siéntense al menos —reiteró ella, señalando el sofá.

Santi cedió de mala gana.

—Fui compañera de Héctor durante tres años, hasta que lo encarcelaron. El piso de la Algalia arrancó en el curso 1997-1998, iniciando el programa Mentor. Yo era nueva. Fue mi primer empleo. Y el último, ya que sigo trabajando con estos chavales.

—¿Qué recuerda de Héctor?

—No teníamos mucho trato, tengan en cuenta que trabajábamos a turnos y no coincidíamos, más allá de alguna reunión de coordinación. A veces nos intercambiábamos los turnos en función de nuestras necesidades personales, dábamos recados, comentábamos cosillas que nos preocupaban de los chicos, pero no tenía ningún tipo de relación personal y tampoco nos veíamos fuera del trabajo. Además, yo en aquella época estaba en otra onda. Acababa de empezar a trabajar, era muy joven, salía mucho. Él en cambio era un hombre de casi cuarenta años. Lo recuerdo como un tipo callado y culto. De los que siempre llevan un libro debajo del brazo y leen en las terrazas de los bares.

—¿Nunca sospechó los abusos? —preguntó Santi.

Rosa lo miró alarmada.

—¡Por supuesto que no! Lo habría denunciado. Es un tema demasiado serio como para no ponerlo en conocimiento de nuestros jefes. Nuestros chicos vienen ya muy dañados por la vida; de saber que algo de ese calibre estaba sucediendo en el piso, me habría ido directa a comisaría.

—¿Le extrañó saber lo que Héctor les hacía a las chicas?

—Totalmente. Era un tipo muy implicado con su trabajo. En un primer momento me negué a creerlo y aún ahora tengo dudas.

—¿Dudas? ¿De qué tipo?

—Cuando saltó el escándalo de Jessica no la creí. Esa chica era puro problema. Recuerdo una vez en la que la descubrí borracha y me amenazó con denunciarme por maltrato físico si la castigaba o daba cuenta de ello a la dirección. Cuando pasó lo de Héctor, estaba convencida de que era algo de ese calibre.

—Pero luego hablaron Eva y Xabi —intervino Ana.

—Y muchas más —claudicó Rosa—, por lo que quedó demostrado, al menos con pruebas testificales, que era cierto. Que Héctor abusaba de ellas.

—«Al menos con pruebas testificales». Curioso matiz —incidió Santi—. Se lo preguntaré claramente: ¿tiene algún motivo para sospechar que Héctor Vilaboi no era culpable?

Rosa se quedó callada unos segundos, con la boca fruncida.

—No tengo nada que aportar a un caso que está juzgado y sentenciado —dijo al fin al tiempo que negaba con la cabeza—. Pero lo cierto es que a Héctor se le condenó única y exclusivamente a causa de los testimonios de esas chicas.

—Once mujeres entre dieciséis y veinte años acusaron a Héctor de haberlas violado y vejado sexualmente y de haberlas extorsionado para que guardaran silencio. Dos compañeros de Antía Morgade confirmaron esos mismos hechos con relación a ella cuando por desgracia Antía ya no podía hablar. Le recuerdo que se suicidó a los diecinueve años. —Ana Barroso relató los datos del juicio de manera implacable—. No entiendo sus reticencias.

—Claro que tengo reticencias —se defendió ella—. Vilaboi era un hombre culto, educado y con un gran sentido de la responsabilidad. Amaba su trabajo. Cuando comencé a trabajar con él me enseñó muchísimo. Me prestaba libros, compartía conmigo todos los materiales de los seminarios a los que asistía. Puso toda su experiencia profesional a mi disposición cuando yo acababa de terminar la carrera y me enfrentaba a mi primer trabajo —repitió—. Es cierto que no coincidíamos mucho, como ya les he dicho, pero nunca sospeché nada... Y yo también voy a permitirme recordarle que en nuestra carrera adquirimos bastantes conocimientos de psicología, sociología y antropología. Durante mi dilatada experiencia profesional he aprendido a juzgar a las personas. Nunca sospeché de Vilaboi, pero sin embargo estoy segura de que Jessi vendería a su madre con tal de salirse con la suya. No la he vuelto a ver, aunque estoy segura de que es una *outsider* incapaz de aceptar ninguna regla social. Y los hermanos Morgade..., en fin, no sé cómo decirlo, siempre me dieron mala espina. Al fin y al cabo, su madre estaba loca. Y no me equivocaba, la chica estaba completamente desequilibrada. Ya saben cómo acabó.

—Antía Morgade fue violada de manera sistemática por Héctor Vilaboi. Creo que tildarla de desequilibrada porque decidió acabar con su vida no dice mucho de su humanidad —dijo Ana sin poder disimular su enfado—. Y me dan igual todos los conocimientos de psicología o sociología que diga usted tener.

Santi miró a Ana con reprobación. No le gustaba que perdiera su imparcialidad durante los interrogatorios, aunque la entendía. El testimonio de esa mujer le resultaba desconcertante e indignante a partes iguales.

Rosa negó con la cabeza.

—Ustedes no estaban allí. No sé lo que pasó con las demás chicas, pero lo de Antía no fue culpa de Héctor. Estoy segura de que él no tuvo nada que ver con ella. Era ella la que estaba obsesionada con él. Estaba enamorada de él. Héctor me confesó en aquella época que ella lo acosaba y que lo ponía en una situación muy difícil. Él estaba a punto de pedir el traslado, la situación era muy violenta. La chica amenazó con suicidarse si él no le hacía caso. Él me lo contó antes de la muerte de Antía. Y ya saben lo que pasó: al final cumplió su amenaza solo porque Héctor no hizo caso de una chica desquiciada que creía estar enamorada de su tutor.

—Es la primera noticia que tenemos de estos hechos. No hay en el sumario ni una alusión a esta circunstancia —dijo Ana, incrédula.

—Pues son hechos reales. Yo encontré poemas y cartas de Antía a Héctor; sin embargo, tras la muerte de Antía no apareció nada en su habitación. Tampoco dejó ninguna carta. Creo que quería proteger a Héctor, que no se sintiese culpable. Lo adoraba. Héctor se rindió en el juicio. No tenía ni una sola prueba de esos hechos, salvo mi palabra.

—Y ¿por qué no declaró a su favor en el juicio? —preguntó Abad.

—Me avergüenza decirlo, pero recibí muchas presiones para callar estos hechos y eso fue lo que hice.

—¿Presiones de quién?

—Ni lo recuerdo. Creo que fue alguien de la Consellería de Servicios Sociales. Han pasado muchos años. Se nos dijo que una sentencia ejemplar redundaría en beneficio del programa de viviendas tuteladas y yo temía por mi puesto de trabajo. No estoy orgullosa de esto, pero en el fondo me autoconvencía diciéndome que había más testimonios, que Héctor debía de ser culpable si tantas chicas lo afirmaban. Con el paso de los años no he parado de repetirme que a lo mejor debería haber hablado. A veces pienso que quizá todas estaban confabuladas contra él. Incluso solicitaron una indemnización por responsabilidad patrimonial a la Administración. No sé si prosperó, pero ahí tienen un móvil. Los hechos no son siempre como los cuentan los periódicos.

—Pero Eva Nóvoa y Xabi Cortegoso declararon que habían sido testigos de maniobras de acoso de Vilaboi a Antía —la contradijo Santi.

—Pues mintieron. Puede que yo callase, pero ellos mintieron. No sé por qué, pero lo hicieron. Antía Morgade se suicidó porque estaba enamorada de Héctor Vilaboi y él estaba a punto de cambiar de destino. Y esa, inspector, es la única verdad.

Insomnes

Mientras la ciudad dormía, en el viejo hospital abandonado el hombre se revolvió sobre la manta, intentando decidir cuál sería su próximo movimiento. Si debía huir o si debía matarlos. Si debía hacerlo él o dejarlo todo en manos de Loko. Observó en el móvil la foto del edificio de San Lázaro en el que Iago y Mónica habían entrado esa tarde. Era una zona muy concurrida, transitada a todas horas por los peregrinos que entraban en la ciudad para culminar el Camino. Eso le proporcionaría cierta invisibilidad a la hora de acercarse a ellos, con su mochila podía pasar perfectamente por un caminante. Además, estaban haciendo obras en la fachada, por lo que habría obreros alrededor del edificio. Lo cierto es que era una buena ubicación para sus intereses. A lo mejor esos pequeños cabrones habían dejado de tener suerte y esta empezaba a sonreírle a él. Ahora solo tenía que decidir quién de ellos sería el siguiente en morir. Quién. Cómo. Cuándo.

Mientras esa misma ciudad dormía, en el nuevo hospital universitario, Carlos también se revolvía en su cama. Esta noche estaba solo, había insistido en que Eva debía trasladarse al piso nuevo. A fin de cuentas, le darían el alta al día siguiente y los calmantes le proporcionarían una noche plácida. Pero no estaba siendo así.

Pensó en sus tres compañeros encerrados en un piso. Eran como la carnaza que se tiraba a los tiburones en los documentales de La 2. Allí estarían ellos, esperándolo, en sus jaulas de seguridad. Para los demás, la finalidad de ese encierro era alejarse de Héctor. Para Carlos, el objetivo final era atraerlo. Y cuando estuviera a su alcance, matarlo. Claro que nadie podía saberlo. En realidad, había pocas diferencias entre Vilaboi y él. Le invadieron las náuseas.

Mientras Iago dormía, Mónica lo observaba en la penumbra. Probablemente la gente pensaría que estaba con él por su dinero. Y era cierto, aunque solo en parte. No iba a negar que todo lo que Iago le podía proporcionar desde el punto de vista material le resultaba muy atractivo, pero había algo más. Reencontrarlo le había recordado quién era ella, de dónde venía y cómo la había tratado la vida. Solo Iago podía comprenderla sin juzgarla. Él la conocía y la quería tal como era. Con él no tenía que disimular, no había fingimiento, ni juego de seducción, ni falsas esperanzas. Aun así, debían aprender a estar juntos. No eran más que viejos desconocidos. Sintió ganas de abrazarlo, aunque no quiso perturbar su sueño. Era un buen amante, experimentado, que se esforzaba para que ella disfrutase. La trataba como un diamante, como un objeto largamente codiciado. Era maravilloso sentirse así de segura. Observó que Iago se revolvía inquieto. Comenzó a murmurar en sueños. Emitía palabras inconexas.

Antía.

Sangre.

Perdón.

Carlos.

No, no, no.

Lo siento.

Yo no quería.

No fue Héctor.

No.

Perdón.

Fue todo culpa mía.

Iago se incorporó de golpe. Estaba empapado en sudor. Las pesadillas habían vuelto. Con ellas los remordimientos y el sentimiento de culpa, ese que creía desterrado y que ahora lo golpeaba con furia renovada. Mónica estaba despierta. Encendió la luz de la mesilla. El cabello pelirrojo le caía sobre los hombros. Se abrazó a ella. Le dijo que había tenido un mal sueño. Le preguntó si había hablado en voz alta. Ella contestó que no. La sintió temblar entre sus brazos. Mentía. Lo supo al instante. Ambos llevaban años haciéndolo; parecían olvidar que entre ellos no era necesario ese fingimiento. Solo la fuerza de la costumbre los hacía comportarse como si fuesen inocentes.

Ana Barroso sabía que tenía que hablar con Santi. Habían pospuesto la reunión con el jefe hasta el martes por la mañana y se habían ido cada uno a sus respectivas casas, tras un trayecto de veinte minutos en el coche rumiando su propio silencio. Pero eso no era propio de ellos; su relación había superado ya esa fase en la que no eran capaces de decirse con sinceridad todo lo que sentían.

Cogió el móvil y comenzó a grabar el audio. «Sí, he empezado a salir con Álex, y tengo que contártelo porque si no dormiré aún peor de lo que suelo hacerlo. Y también sé que no te gustará, por ese rollito que ambos os traéis. Tienes que prometerme que esto no va a afectar al trabajo. Quiero que lo sepas no por lo que tú y yo tuvimos en el pasado, sino por lo que tenemos ahora.

Eres mi mejor amigo, y a un mejor amigo se le cuentan estas cosas. Sé que Álex es un poco chulo y un poco pijo, pero también es verdad que es guapo, inteligente y muy divertido. Necesito algo más que un polvo esporádico de fin de semana y tener a alguien que me escuche sin pensar cómo le sentará eso a su novia (sí, me doy cuenta de cómo te cambia la voz cuando Lorena anda cerca). Acabo de cumplir treinta y dos años, y me apetece empezar una relación normal, con un tío normal. No te ofendas, no es que tú no lo seas. Es nuestra relación la que nunca lo fue. Así que mañana, cuando entres en el coche, me dirás eso de "Todo ok, Barroso" y seguiremos a la caza de Vilaboi. Y si no lo haces, volveré a marcharme o lo harás tú. Y continuaremos con esta relación a distancia. Pero eso no es lo que nos merecemos. Tienes que ponérmelo fácil, Santi. Yo también necesito ser feliz fuera de la comisaría. Prométemelo».

Envió el mensaje. Luego se lo pensó mejor y volvió a pulsar el botón del audio. «Y todavía no me he acostado con él, que conste en acta». Soltó una carcajada y mandó el segundo mensaje. Satisfecha, apagó el teléfono. Durmió del tirón las seis horas y media que faltaban para que sonase la alarma de su móvil.

Santi Abad escuchó el audio en el baño y volvió a la cama que ocupaba Lorena. No pegó ojo durante las seis horas y media que faltaban para que sonase la alarma de su móvil.

Todo ok, Barroso

—Dos semanas y media después de la muerte de Xabi Cortegoso no solo no hemos avanzado ni un milímetro, sino que creo que hemos retrocedido.

La voz del comisario no se esforzaba en disimular el reproche. Santi conocía bien ese tono en la voz del jefe, de todos los jefes. Significaba «no estáis haciendo bien vuestro trabajo y me toca dar la cara por vosotros».

—Tampoco es así, Álex —se defendió—. El asunto se ha liado un montón. A estas alturas de la película, ya no tengo claro si Vilaboi es un monstruo o una víctima del sistema. Cuando logremos dilucidar eso, creo que seremos capaces de avanzar en la investigación.

—La realidad es que tenemos la declaración de una de las víctimas de Vilaboi diciendo que era un cerdo violador pero que no era un tipo violento —intervino Ana—. Jessica Jiménez ha llegado a calificarlo de cobarde. Y luego tenemos la declaración de una de las trabajadoras sociales, que no da credibilidad a la acusación de Jessica y asegura que Héctor Vilaboi no acosaba a Antía Morgade, sino que la situación era la contraria. Tenemos que intentar cerciorarnos del grado de verosimilitud de estas declaraciones. Si esto es así, los chicos de la Algalia habrían mentido.

—Como se descubra ahora que Héctor Vilaboi era inocente se puede montar una buena —afirmó Veiga.

—Yo creo que la posibilidad de que tantas personas se confabulen en un juicio es bastante remota —dijo Santi.

—Pero ¿y si fuera así? —insistió el comisario—. Si ese hombre se ha pasado media vida en la cárcel siendo inocente, estoy dispuesto a creer por primera vez que está yendo a por los chicos que lo metieron allí.

—Eso supondría que las demás chicas que lo denunciaron también están en peligro y no tenemos constancia de que haya ido a por ellas —constató Santi.

—¿Qué sabemos de esas mujeres? —preguntó Ana.

—Aquí las tenéis. —Santi sacó de su maletín una carpeta—. Pedí a Rubén que les hiciera un seguimiento y me acaba de entregar este informe. Además de Jessica Jiménez y Antía Morgade, hay diez denunciantes. De esas diez, una está muerta, Lidia Balseiro; falleció de cáncer hace tres años. Dos viven en Madrid, una en León y otra en Barcelona. Otra está en la cárcel de Teixeiro por tráfico y, además de esa, en Galicia viven otras cuatro: una en Santiago, otra en Lalín y dos en Vigo.

—Mandaremos a Rubén a hablar con ellas para ver si han notado algo raro —dijo el comisario—. Estaréis conmigo que resultaría extraño que Vilaboi vaya a por los chicos del piso de la Algalia y no haga nada con las mujeres que lo acusaron directamente.

—A lo mejor solo va a por quienes mintieron entonces —dijo Ana, mirando a Veiga.

—Explícate.

—Pues que a lo mejor todo su odio se concentra en Morgade y compañía porque ellos iniciaron el proceso junto con Jessica, y ese rencor igual se ha ido agravando con los años si, como afirma la trabajadora social, no fue cierto que él abusase de Antía. A lo mejor utilizaron la denuncia de Jessica para hacerle pagar por el suicidio de Antía. Y si, como dice Rosa, Jessica también mintió, no descarto que vaya a por ella también. No estaría de más que una patrulla la protegiese, igual que a los demás

—Lo pensaré. Si tenéis razón, Héctor habría ido a por ellos desde el principio —dijo el jefe dirigiéndose a Santi.

—Y tal vez eso explica por qué disparó casi a oscuras en ese jardín —reflexionó Ana—. Le daba igual cuál de ellos muriese, iba a por todos. Mataba a uno y les infundía el terror de saber que cualquiera de ellos podía ser el siguiente en caer.

—Pues lo consiguió. Dos han muerto, uno está vivo de milagro y los otros tres están encerrados en un piso a cal y canto —afirmó Santi.

—Esta hipótesis no casa para nada con la imagen del hombre cobarde que retrató Jessica Jiménez.

—Dos décadas en la cárcel pueden convertir en un asesino a la Madre Teresa de Calcuta, jefe —dijo Ana—. Además, eso me recuerda que Vilaboi puede estar recabando ayuda para acabar con ellos. El otro día, la camarera del Momo nos habló de un hombre sospechoso que merodeaba a las afueras del pub la noche de la agresión a Carlos Morgade. Lo definió como un gigante.

A Santi no le pasó desapercibido ese «nos» que incluía al comisario. Si habían salido juntos el fin de semana, habían tenido tiempo para todo, incluso para ir al Momo e interrogar a la camarera. Se abstuvo de hacer ningún comentario.

—Ya he dado orden de que analicen los archivos —añadió el comisario—. Quiero ver si tenemos fichado a alguien que encaje con esa descripción. He pedido autorización judicial para examinar las cámaras de las inmediaciones de la casa de Morgade. Si vemos a algún tipo de gran estatura merodeando, podemos lanzar un globo sonda para recabar la colaboración ciudadana y poner nervioso al responsable.

—Jefe —añadió Santi, conciliador—, respecto a la muerte de Lito Villaverde, ya le he comentado a Barroso que el piso estaba limpio de huellas; no es que no hubiera una muestra decente, es que no había ni siquiera una muestra parcial: lo habían limpiado todo cuidadosamente. La ventana apareció abierta, pero limpia. Eso no fue un accidente.

—Ya he visto la autopsia; la droga estaba muy adulterada, se hubiera llevado por delante a un elefante. Supongo que ahora es cuando toca que el comisario diga «Tenías razón».

—Exactamente —dijo Santi—. Me morderé la lengua para no decir «Te lo dije».

—Ya lo has dicho —rio Ana—. Yo también he hecho los deberes. Es un hecho que algunas de las armas que robaron en Toulouse en 2019 recalaron en Compostela. Hemos identificado algunas en diversos delitos; la última, en el atraco a una joyería en General Pardiñas. Creo que el Ruso y los suyos andan detrás de esa partida de armas, pero no tenemos pruebas. No sé si podríamos conseguir alguna información tirando de eso.

—No puedo detener a nadie sin pruebas, y sabemos de sobra que, aunque los traigamos a comisaría, no dirán nada —se lamentó Veiga.

—Si te parece, jefe —continuó Ana—, mientras Rubén localiza a las cinco mujeres que denunciaron a Vilaboi y siguen en Galicia, iremos a hablar con el otro trabajador del piso de la Algalia, para ver si nos confirma la tesis de Rosa Gómez sobre Antía y Vilaboi. Si no es así, habrá que volver a hablar con ella y la amenazaremos con una acusación por obstrucción a la justicia. Su testimonio me parece muy forzado, la verdad. Ni siquiera nos pudo decir quién la había presionado para no contar todo esto en el juicio de Vilaboi.

—Rubén me ha pedido que solicite una orden para rastrear el pasado médico de Antía Morgade —les informó Veiga—. Se lo he concedido.

—¿Qué espera encontrar? —preguntó Abad, sorprendido.

—Un embarazo, una venérea, yo qué sé. Deberías estar de acuerdo —le recriminó el comisario—, estoy profundizando en ese pasado que, según tú, es la clave de estos asesinatos.

—Y me parece bien, es solo que no entiendo por qué no lo ha compartido conmigo.

—Y ¿eso no se investigó después de la muerte de la propia Antía? —intervino Ana.

—No, recordad que fue un suicidio y si leéis la autopsia veréis que se limitaron a comprobar las causas de la muerte. Una vez aclaradas, se cerró la investigación. En aquel momento no había motivos para sospechar de los abusos. Veremos si consigue algo, no seré yo el que coarte la iniciativa de un agente, pero no me opongo a que le leas la cartilla por haber obviado quién dirige esta investigación. En cuanto a vosotros, volved también a hablar con Xulio Penas —ordenó el comisario—. Presionadlo para ver si recuerda algún tipo de amenaza por parte de la ONG o la Consellería para tapar el escándalo del suicidio y los abusos.

—Ese hombre no dirá nada —dijo Santi convencido—, a pesar de que es de los que van dando lecciones de moral; mucha paja en ojo ajeno, pero estoy seguro de que no sería capaz de ver la viga en el propio.

—Me pregunto por qué te cae tan mal —dijo Ana.

Porque lee a la gente por dentro, estuvo a punto de confesar Abad, pero se calló a tiempo.

—Nos vamos, Veiga. Te mantendremos al tanto.

—Me parece bien. Mientras, yo emitiré un comunicado posicionando a Vilaboi como principal sospechoso de la investigación; eso añadirá más presión social a su búsqueda y lo limitará en sus movimientos y, de paso, nosotros nos sacudiremos un poco ese aire de incompetencia que ha caído sobre todas las autoridades tras el vídeo viral de Mónica Prado. Si estáis con ellos, deberíais pedirles que se abstuviesen de manifestarse en redes sociales.

—Iago Silvent necesita las redes sociales y Mónica Prado intenta vivir de ellas, no podemos menoscabar su libertad de expresión —los defendió Santi.

—Me importa un *carallo* su libertad de expresión —sentenció el comisario—. Nada limita más la libertad de expresión que un tiro en la frente, y eso es lo que van a tener si no conseguimos atrapar al asesino. Que paren de provocar a ese loco gratuitamente y nos dejen hacer nuestro trabajo. Yo no le digo al biólogo cómo tiene que explicar en Instagram los efectos de las vacunas o la inmunidad de rebaño.

Abad asintió.

—Lo haré, jefe —dijo mientras abandonaba el despacho del comisario seguido de Ana Barroso.

Caminaron en silencio hasta el coche patrulla. Esta vez fue Santi el que se sentó al volante. Necesitaba conducir para abstraerse de la presencia de Ana.

—Todo ok, Barroso —dijo Santi—, pero debo decirte que tu gusto por los hombres empeora a pasos agigantados.

Besos

Eva se despertó sobresaltada. Extrañaba su cama y a su marido. Llevaba muchos años durmiendo acompañada, tranquila. Tranquilidad, eso era lo que Damián siempre le había aportado. Una vida sin sobresaltos, seguridad. Lo que ella esperaba de un matrimonio no era lo mismo que esperaba el resto de la humanidad. Ella no deseaba un amor de novela ni una pasión desbordante. Quería un hogar, una casa, estabilidad. Quería lo que nunca había tenido. Y ahora volvía Carlos y le hacía cuestionárselo todo. Porque lo cierto era que quería estar a su lado. Pero para que eso fuera posible tendrían que aclarar muchas cosas. Él tendría que aprender a vivir sin el fantasma de su hermana pegado a su espalda. Y ella tendría que contarle lo que vio en la cena. Solo él podría decirle qué hacer; había callado hasta ahora porque compartía su convicción de que era Vilaboi quien iba a por ellos. Necesitaban que la policía lo encontrase y lo encerrase de nuevo, y entonces ambos podrían darse una oportunidad y buscar en la vida algo más que calma. Ambos podrían retirar la red de seguridad y comenzar a vivir.

Para eso debía dejar de ser la estúpida Eva, a la que todos subestimaban y protegían. Era una mujer de cuarenta años que quería dirigir su propia vida y decirle a su gran amor que no lo había olvidado. Coger el toro por los cuernos. Nunca se le había dado bien, pero tenía la conciencia de que la vida debía de ser algo más que lavar cabezas, hacer manicuras y echar un polvo los sábados por la noche después del partido del Real Madrid.

Se duchó y se vistió. Les pidió a Mónica y a Iago que le permitieran ir sola al hospital para acompañar a Carlos hasta casa. Mónica la miró, primero con sorpresa y luego con comprensión. Iago solo accedió cuando ella le prometió que dejaría que la escoltase una patrulla. Acto seguido llamó a Santi para indicarle que Eva iría sola al hospital y disponer la escolta.

Eva se subió a un taxi y comprobó por el retrovisor que la seguía la policía. La asaltó una sensación de seguridad; era un día luminoso y todo el país buscaba a Héctor. Era imposible que consiguiese hacerles daño.

Entró en el hospital con urgencia. Carlos ya la esperaba vestido y sentado en la silla azul de acompañante. Presentaba un aspecto deplorable. A ella le dio igual. Se acercó a él y lo besó. Una vez. Dos. Muchas. Se besaron como ella siempre había imaginado que se besarían. Sintió ganas de llorar. «Te quiero». Se lo dijo una y otra vez, entre besos y lágrimas. «Te quiero», repitió. Y luego le dijo todo lo demás. Todo.

¡Ay, Rosiña, Rosiña!

Xurxo Villanueva los esperaba en su piso de Pontepedriña, desayunando, en chándal y leyendo el periódico. Su esposa los hizo pasar a un salón luminoso, donde el tutor los esperaba. Xurxo los saludó efusivamente y los invitó a sentarse y a tomar un café. Parecía que estuviera recibiendo a dos colegas en el bufet de un hotel de vacaciones. No mostraba ningún síntoma de turbación, y tanto Abad como Barroso sabían que esto no era común. La gente adoptaba ante la policía una posición de defensa, como cuando se pasa ante un perro de presa. Y era así, la gente los veía como un elemento potencialmente peligroso, por lo que toda esa camaradería resultaba desconcertante.

—No tomaremos nada, gracias —dijo Santi.

—Vamos, nadie cuestionará que se tomen un café. Hay dos formas de sobrellevar el trabajo: como se debe o como esperan que lo llevemos. Y, créanme, tengo una edad en la que ya me importa poco lo que opinen los demás sobre mí, deberían tomar nota. Siempre he hecho mi trabajo como yo consideraba que debía hacerlo.

—Me ha convencido, póngame un café.

Ana sonrió a sabiendas de que a la salida la esperaba una buena reprimenda sobre la distancia que había que mantener con los interrogados. Ese tema ya había sido fuente de grandes desavenencias con Santi en el pasado. Lo cierto es que el educador era un hombre agradable y cercano que invitaba a la charla. Ana sentía que debía bajar un escalón y que eso sería provechoso para la investigación. También era consciente de que Santi no lo entendería.

Xurxo aparentaba estar próximo a los setenta años, aunque Ana sabía que debía de ser más joven, en tanto que aún estaba en activo. Era completamente calvo y llevaba gafas de pasta. Le recordaba un poco a un actor de cine, pero no era capaz de ubicarlo. Lo cierto es que tenía ese aire de eterno secundario de Hollywood que igual hace de judío en campo de concentración que de oficinista en Manhattan.

—En vacaciones empleo más tiempo en desayunar que el resto del año en comer y cenar —les explicó Xurxo mientras les servía café a ambos, a pesar de que Santi no se había pronunciado al respecto—. Me levanto, doy un paseo y luego mi Concha y yo nos tomamos un café, un cruasán y leemos, debatimos la actualidad y, cuando nos damos cuenta, ya estamos listos para el vermut.

—Suena muy bien —comentó Ana—. Debería pedir más vacaciones.

—A partir de octubre tendré todas las del mundo. Me jubilo.

—Enhorabuena —intervino Santi por primera vez—. ¿Qué está leyendo?

—A Maggie O'Farrell, se la recomiendo. Pero imagino que no han venido aquí para tomar café y hablar de literatura. Quieren que hablemos de Héctor.

—Por supuesto. Si me lo permite, ayer tuvimos una desconcertante charla con su compañera Rosa Gómez, que ha abierto una nueva línea de investigación. Ella afirma que Antía Morgade estaba enamorada de Héctor Vilaboi y que se suicidó porque él no la correspondía.

—¿Rosa ha dicho eso? —se sorprendió Xurxo—. Ay, Rosiña, Rosiña. No sé en qué anda mi Rosa, pero no anda bien.

—¿Qué quiere decir?

—Que eso es un disparate. Pero si son inteligentes, y no dudo que lo serán, no le darán importancia a lo que dijo, sino que intentarán averiguar por qué lo dijo.

—Explíquese.

—Yo también vivía en esa casa. Antía era una chiquilla muy sensible, devastada por la muerte de su madre y totalmente apegada a su hermano. Diría que su desarrollo emocional iba por detrás del de los demás chavales que vivían con ella. Con dieciocho años era como una chica de catorce. Todos nuestros chicos tienen pasados duros y difíciles. El entorno donde se han criado está lleno de carencias afectivas y materiales. Sin embargo, el caso de los Morgade era distinto. Habían crecido en un hogar estructurado, feliz y acomodado, y un día todo se vino abajo y esos dos niños se quedaron solos. Les aseguro que es mucho más complejo asimilar para un niño un cambio de hogar en esas circunstancias. Los demás chavales tenían en las residencias de acogida su hábitat de crecimiento natural. Para los Morgade, fue una realidad que les cayó encima como una losa cuando estaban a punto de ingresar en la adolescencia.

—¿Esa realidad no es incompatible con el hecho de que Antía Morgade hubiera podido sentirse atraída por su tutor? A fin de cuentas, un educador representa muchas veces esa figura paterna de la que carecen y todos sabemos lo fácilmente que se confunden los afectos en la adolescencia —incidió Ana.

—Tiene razón, pero sí es incompatible con el hecho de que Antía era una niña bastante inmadura para su edad. Su hermano la sobreprotegía en exceso. Y, además, era un secreto a voces que ella estaba coladita por Iago Silvent, aunque él públicamente la trataba siempre como a una hermana pequeña.

—Entonces volvamos a su reacción inicial. ¿Qué ha querido decir con eso de «Ay, Rosiña, Rosiña»? —preguntó Santi.

—Que quede claro que aquí no se está juzgando a Rosa Gómez. Llevo muchos años trabajando con ella... Ahora ya no estamos en el mismo piso tutelado, pero la conocí justo en el de la Algalia, era su primer empleo. Héctor y yo ya estábamos muy bregados de trabajar en los centros de acogida con los chavales, aunque el Mentor era entonces un programa experimental que se inició en 1997, e íbamos a ciegas. Héctor era un excelente profesional. Imagino que, de todos los perfiles que han investigado de él, este será el que menos les importe, pero lo era. Siempre se estaba actualizando, leía mucho, participaba en seminarios y además era buen compañero: ponía toda la información en común con el equipo. A este tipo de profesiones se llega por vocación. Todos sabemos que no nos haremos ricos con nuestro trabajo.

—Y este hombre al que usted define como un santo violó sistemáticamente a doce mujeres, según afirma una sentencia judicial firme —dijo Santi.

—Yo no he dicho en ningún momento que fuera un santo. Lo que he dicho es que era un excelente profesional. Nunca he dudado de lo que se dijo en ese juicio. He dicho que a este trabajo se viene por vocación. Pero en este trabajo también desarrollamos una notable capacidad de observación, así que yo creí a esas chicas. Nunca tuve una sospecha firme, aunque veía cómo Héctor perseguía con la mirada a esas mujeres, sobre todo a Mónica Prado... Qué quieren que les diga, era una mujer espectacular ya en aquel entonces.

—Y no dijo nada —le reprochó Ana.

—No, no lo hice. Y no tengo ni el más mínimo remordimiento. Que no me extrañase saber lo que sucedía en el piso no quiere decir que hubiera tenido la menor sospecha o prueba.

Cuando saltaron las otras denuncias, llegué a reunirme con alguna de esas chicas que ya eran mujeres. Algunas tenían catorce o quince años cuando Héctor abusó de ellas. Me relataron verdaderos horrores. No me culpo por no haberme dado cuenta. Ya se habrán percatado de que soy un hombre pragmático y optimista. No vi nada, no sospeché nada. Pero cuando la vida te obliga a rebobinar, entonces eres capaz de ver las cosas desde otra perspectiva: una mano en un brazo, una caricia en el pelo, todo adquiere otra dimensión si lo examinas bajo la luz de esos hechos aterradores. Si me preguntan si alguna vez vi algo extraño, la respuesta es no. Si me preguntan si creo a esas chicas, la respuesta es sí. Pero da igual que las crea yo o no, ya las creyó un juez.

—No ha respondido a mi pregunta. ¿Qué opina de las declaraciones de su compañera Rosa?

—Opino que está igual de perdida hoy que hace veinte años. No es relevante lo que les haya dicho Rosa. Pregúntense por qué está defendiendo a Vilaboi y quizá eso, en alguna medida, los conducirá a él. No estamos hablando de ella, y su vida y privacidad no creo que afecten al caso, pero es bueno que sepan que tiene muchos problemas. De adicciones. Los que la queremos lo sabemos. A lo mejor Héctor la está presionando. Todo eso de que Antía estaba enamorada de él es un despropósito.

—Lo cierto es que la versión de su compañera resulta un tanto inverosímil. Y una vez que ese supuesto amor no correspondido con Silvent es la versión que gana fuerza, veremos qué recuerdan sus compañeros de eso.

—¿Quién ha hablado de amor no correspondido? He dicho que Iago la trataba públicamente como una hermana, pero Silvent y Antía estaban juntos. O si no lo estaban, al menos tenían relaciones. Yo los pillé una vez juntos en la habitación de ella. Fue un par de meses antes de su muerte. Pregúntenle a Iago. ¿Quieren otro café?

Algalia 30

26 de febrero de 1998

Mónica tocó con los nudillos en la puerta del baño.

—Ocupado —dijo una voz desde dentro.

—Ábreme, Iago.

Iago abrió la puerta del baño. Estaba en pijama, a punto de desnudarse para meterse en la ducha.

Mónica se metió dentro y echó el pestillo.

—¿Qué quieres? ¿Meterte en la ducha conmigo?

—No seas idiota. Necesito ayuda.

—¿Qué quieres? —dijo Iago sin rodeos. Sabía que con Mónica no cabía otra forma de trato.

—Necesito que Antía mantenga la boca cerrada y tú eres el único capaz de ayudarme a conseguirlo.

—No sé por qué lo dices.

—No te hagas el tonto. Sabes que hará todo lo que le pidas. Escúchame bien. Está a punto de montarse un gran escándalo. Si eso pasa, el programa Mentor se irá a la mierda. A mí no me contratará nadie. Y yo no sé cómo te vas a buscar la vida para seguir estudiando la carrera si te tienes que pagar un piso.

—¿Qué dices? —se alarmó Iago—. ¿Qué escándalo?

Mónica le contó a qué se dedicaba Vilaboi por las noches, obviando el hecho de que la habitación de Antía no era la única en la que entraba. Tenían que callarla. Tenían que conseguir silenciar el asunto. La convencerían de que era lo mejor para que Carlos no sufriese. Para ella, Carlos era lo más importante. «Junto contigo», concluyó Mónica.

—Lo que haga Vilaboi no tiene por qué afectarme a mí y, si le está haciendo eso a Antía, deberíamos denunciarlo —dijo él.

—¿No me has escuchado? Yo no quiero ser la chica del caso Vilaboi y tú necesitas que se mantenga el programa de pisos tutelados. Puede que no te afecte lo que haga Vilaboi, pero sí te afecta lo que haga Antía, sí. Está embarazada y los dos sabemos que no es de Héctor. Tú encárgate de que mantenga la boca cerrada y yo me encargaré de que no te joda la vida.

—Eso no es verdad. —Iago negó con la cabeza, intentando asimilar lo que Mónica le decía.

—Puedes negarlo todo lo que quieras, pero yo sé todo lo que pasa en esta casa —dijo Mónica—. Deberías hacerme caso y hacer exactamente lo que yo te ordene. Me quedan unos meses en este piso, me iré y me buscaré la vida y no voy a permitir que un escándalo me cierre un montón de puertas que me ha costado mucho abrir. Y lo mismo te pasa a ti. No puedes estudiar una carrera y cargar con un bebé. Antía es muy infantil en muchos aspectos, podremos persuadirla. Tenemos que deshacernos de ese niño y cerrarle la boca a ella.

Iago la miró y se limitó a asentir. Sintió que la deseaba más que nunca.

Pobre Eva

Según el neurocientífico Moran Cerf, cuando dos personas pasan mucho tiempo juntas, sus ondas cerebrales comienzan a parecerse y pueden acabar siendo casi idénticas. Se produce lo que él denomina «alienación de cerebros». Me pregunto si el amor es eso, un mero proceso de interacción neurológica, un proceso de sincronización cerebral. Amor y mimetismo. Antía y yo vivíamos mimetizados. Nunca he vuelto a compartir mi vida con nadie. Y sí, la quería; no como se quiere a una pareja, obviamente, pero ella dependía de mí. Yo la cuidaba, la mimaba, la protegía. Y fracasé.

Siempre he considerado el matrimonio, y la vida de pareja en general, como un estado de renuncia de la propia individualidad. He aprendido que amar tiene el coste de sufrir la pérdida. Que vivir no es más que crear y recrear recuerdos, y que, cuando la vida se tuerce, los recuerdos duelen, la felicidad duele. La vida se empeñó en arrebatarme a todas las personas que había amado, y yo hice lo que se espera en estos casos: tomar la firme determinación de no volver a querer a nadie. La ciencia y toda esa charla de ondas cerebrales no son capaces de explicar cómo me siento. No soy un estúpido, el amor es algo más que un experimento científico y el matrimonio es algo más que amor. No he vuelto a sentir la necesidad de tener ese nivel de implicación con nadie y no me planteo renunciar a mi particular escudo protector.

Eso es lo que pienso mientras Eva me besa. Pobre Eva. Es demasiado tarde para mí y eso significa que también lo es para ambos.

Después de la muerte de Antía, me ofrecieron ayuda psicológica a través de la Consellería de Servicios Sociales. No quería ir. Los psicólogos son solo gente que te cobra por hacerte preguntas que no te gustan. Así se lo dije al mío en la primera sesión. Se llamaba Eduardo. Me respondió que lo que no les gustaba a sus pacientes no eran sus preguntas, sino sus propias respuestas. Tenía razón. Es exactamente así. Un tío te cobra por hacerte decir en voz alta todo lo que ya sabes, para acabar descubriendo lo que no sabes. Abandoné en la tercera sesión.

Decidí que quería estar solo para siempre.

Y aquí está Eva, dispuesta a renunciar a todo su pasado y presente y a incluirme en todo su futuro. Al final ha resultado ser la única capaz de seguir adelante. Nos equivocamos al pensar que era la más débil. Me equivoqué.

Qué fácil sería dejarse llevar.

Pobre Eva, confesándome su amor, dispuesta a todo. A todo. Está tan feliz que no entiende que cualquier pequeño indicio que no conduzca a Vilaboi nos pone en peligro a todos. Sé que aún no ha hablado con la policía, ellos habrían hecho algo ya. Es normal que haya callado. Está en nuestro ADN: protegernos los unos a los otros. Así es Eva, todo amor e inocencia, incapaz de comprender la importancia de ese detalle.

La importancia de los detalles.

La beso, la acaricio, aunque sé que no estoy preparado para querer a nadie. Que también eso me lo arrebató Héctor. Que con

Antía se fueron todas mis ganas de amar. Ojalá pudiera amarla como merece.

Pobre Eva.

Pobres todos.

Recortar distancias

—Nunca me imaginé que tu casa sería así —dijo Ana.

—Y ¿cómo te la imaginabas? —preguntó Álex.

—Como recién salida de un catálogo de Ikea. Y me equivoqué.

El piso de Los Tilos tenía más de cien metros cuadrados. Estaba reformado y era cómodo y funcional, pero a Ana le llamó la atención la cantidad de muebles de madera y de estilo colonial. Álex Veiga era una caja de sorpresas.

—Bueno, lo cierto es que este viejo piso era de mi abuela. Recién llegado, estuve unos meses de alquiler en un apartamento, justo en el piso de arriba, mientras reformaba la cocina, y reconozco que este se me hace un poco grande.

—Ya me extrañaba que vivieras aquí. Esto está lleno de familias con niños.

—Nada de comisarios divorciados que trabajan quince horas al día, tienes razón. Pero me parecía bastante estúpido irme de alquiler cuando el piso de la abuela Geluca estaba vacío.

—Y ¿la abuela Geluca aún vive?

—Sí, con mis padres, en Lugo. Tiene noventa y dos años.

—Nunca hablas de tu familia.

—Bueno, no hay mucho que contar. Mis padres están jubilados. Mi madre era profesora, mi padre era abogado. Tengo un hermano que sigue con el despacho de Veiga y Asociados, en Lugo, aunque todos sabemos que nunca ha habido asociados de ningún tipo. Mi padre lo puso en la placa porque decía que le daba prestigio al bufete. Mi hermana pequeña es jueza. En fin, tengo una familia muy normal.

—¿Normal? Siempre pensé que eras un poco pijo y no me equivocaba. Mi madre es cocinera en el colegio de la Ramallosa y mi padre era un alcohólico que nunca tuvo oficio ni beneficio.

—Pues explícame cómo se mide el nivel de normalidad de una familia. ¿Lo reduces todo a lo económico? ¿Hay un *rating* que evalúa a las familias en función de sus estudios, ingresos o posición social? Eres más esnob que yo, Ana. Reconócelo. Y ¿qué es eso de un poco pijo? Define pijo. Nunca me ha faltado de nada, aunque tampoco me lo han regalado. Puede que no haya tenido que ponerme a trabajar a los dieciocho años como tú, pero eso no me convierte automáticamente en un idiota malcriado que solo sabe ir de regatas a Sanxenxo.

—¿Veraneabas en Sanxenxo? —preguntó Ana.

—Por supuesto que sí, la duda ofende —confesó Álex entre risas.

—Somos víctimas de los estereotipos.

—Los estereotipos son tremendamente útiles en nuestra profesión —apuntó el comisario—. Observa nuestro caso actual: el cantante triste y maldito, el biólogo brillante y triunfador, la modelo a la caza del marido rico, la pobre peluquera que no tiene carácter para plantarle cara a la vida, el chaval tímido que solo quería olvidar su pasado, el yonqui en cuya rehabilitación nadie cree... Inconscientemente colgamos etiquetas a todo el mundo.

—Y en eso consiste una investigación policial, en ir destruyendo esos estereotipos uno a uno. En apartar lo superficial y descubrir la parte real que habita en cada uno de los sospechosos.

—Y no te olvides de esa parte apasionante de nuestro trabajo que consiste en descubrir las mentiras de todo el mundo e interpretar el porqué de estas. Este caso me preocupa y mucho. Nos está costando estrechar el cerco —dijo Alex mientras la atraía hacia así—, y recortar distancias es esencial, ¿no te parece?

Ana lo besó. Él comenzó a desabrocharle la blusa.

—Nunca en horario de trabajo.

—Esto no es horario de trabajo —protestó él mientras ella se separaba—. Hemos parado para comer.

—¿Esa frase tiene doble sentido?

—Esa frase significa lo que tú quieras que signifique.

—Pues lo que de verdad quiero que signifique es que prefiero que nos limitemos a acabar estos espaguetis carbonara y salir hacia la comisaría. No me malinterpretes. Me apetece lo mismo que a ti, pero lo que quiero es volver a esta casa en nuestro día libre, con la perspectiva de una cena, una buena botella de vino y doce horas de tranquilidad por delante.

—Parece un buen plan.

—Lo es. —Ana echó una ojeada a su móvil—. Santi me pregunta a qué hora estaré en comisaría. ¿Le digo que en treinta minutos?

—Me encanta cuando haces preguntas sabiendo de antemano cuál es la respuesta. Ni para ti, ni para mí: dile que en una hora. He recibido las grabaciones de las inmediaciones de la casa de Morgade. Tenemos algo que hacer.

—Y ¿qué es? —dijo Ana, maliciosa.

—Un comunicado.

A la mierda, Santiago Abad

«El comisario Alejandro Veiga, de Santiago de Compostela, ha emitido un comunicado esta tarde confirmando que la Policía Nacional considera a Héctor Vilaboi Lado el principal sospechoso del asesinato cometido en A Horta d'Obradoiro el pasado 24 de julio, durante la celebración de los tradicionales fuegos del Apóstol, que se cobró la vida de Xabier Cortegoso Rivas cuando asistía a una cena de reencuentro con los compañeros de la vivienda tutelada en la que coincidieron hace más de veinte años con el pederasta Héctor Vilaboi.

»La modelo Mónica Prado ha protagonizado un vídeo viral en el que confesó los abusos sexuales a los que fue sometida por Vilaboi durante su estancia en la citada vivienda, donde también residía el reputado inmunólogo Iago Silvent, recién llegado a nuestro país para ponerse al frente del organismo autonómico Inmunogal. En dicho vídeo, la modelo denunció públicamente el temor de todos los supervivientes a ser objeto de un ajuste de cuentas por parte del pederasta.

»Con relación a estos hechos, el comisario Veiga ha confirmado que Héctor Vilaboi podría estar detrás, asimismo, de la posterior muerte de Gabriel Villaverde, que en un primer momento se achacó a una sobredosis. Hoy por hoy, Vilaboi continúa en paradero desconocido tras huir de la pensión en la que se alojaba hasta el pasado 26 de julio.

»De igual modo, la Policía Nacional ha puesto en conocimiento de la opinión pública que Carlos Morgade fue víctima de una agresión la pasada semana cuando salía del pub Momo, donde celebra conciertos desde hace más de dos décadas. El cantautor ha sido dado de alta esta mañana, y si bien no hay que lamentar un fatídico desenlace, el comisario ha hecho hincapié en la circunstancia de que el incidente ha estado a punto de costarle la vida. Aunque Vilaboi es el principal sospechoso de dicho ataque, la policía considera que puede haber recibido ayuda. El comisario ha destacado la presencia de un individuo de gran altura y complexión fuerte en las inmediaciones del pub Momo la noche de autos. Se solicita la colaboración ciudadana para localizarlo. El ataque tuvo lugar en el barrio de Vista Alegre, alrededor de la una y media de la madrugada del ya viernes 6 de agosto. Cualquier comunicación podrán hacerla llegar a través del teléfono 112, la página www.policia.es, la cuenta de Twitter @policía...».

—¿Qué mierda es esta, Ana? —preguntó Santi, indignado.

Estaban en su despacho, repasando el enorme volumen de documentación que se les había acumulado tras dos días fuera de las dependencias policiales haciendo trabajo de campo. La científica, la unidad de informática y los forenses habían hecho un minucioso trabajo que ahora les tocaba a ellos desentrañar.

—Esa pregunta házsela al comisario. ¿Tengo cara de llamarme Alejandro Veiga? —contestó Ana, mientras subrayaba la autopsia de Lito Villaverde.

—Tú estabas con él cuando hizo el comunicado, ¿no?

—Cuando lo hizo, he ahí el matiz. Él lo hizo, no yo. Si tienes un problema con el comisario, abres la puerta, cruzas el pasillo, entras en su despacho y se lo dices, pero a mí mantenme al margen.

—No voy a mantenerte al margen. Esta investigación nos afecta a ambos. ¿Se puede saber qué coño le ha pasado por la cabeza a tu novio para decidir hacer público el dato de ese gigante que se supone es sospechoso del ataque a Carlos Morgade? Y, por cierto, ya que estamos, ¿me explicas por qué Veiga y tú estuvisteis interrogando al personal del Momo por vuestra cuenta y no me contasteis nada hasta ayer?

—Vaya, vaya. Baja la voz. De tu despacho al del jefe no hay tanta distancia. No quiero que te oiga y sepa lo gilipollas que puedes llegar a ser. Y sí, he dicho jefe, porque entre estas cuatro paredes Álex Veiga es mi jefe, igual que lo eras tú cuando estuvimos juntos. Reduce marchas y relájate. Y si quieres perder los nervios, vete dándome un par de hostias. O dáselas a él. Deja salir al tío violento que llevas dentro. Y luego cúlpame a mí por salir con el jefe o por hacer lo que me sale de mis santos ovarios. Pero si todo este camino que has recorrido al lado de tu terapeuta ha servido de algo, pararás, respirarás y te portarás como un hombre y policía íntegro, me respetarás como compañera y mujer y, sobre todo, te respetarás a ti mismo. Recuérdame por un momento qué vi en ti algún día.

Ana se calló, exhausta.

Santi retrocedió y se sentó a la mesa. Observó el comunicado en el ordenador. Se cubrió el rostro con las manos. Ana se apoyó en la pared. Parecía guardar una prudente distancia de seguridad. Santi recordó aquella vez en que le dio un empujón en ese mismo despacho solo porque ella, igual que en este preciso instante, se había atrevido a decirle la verdad a la cara.

—Creo que aún te quiero —confesó él al fin con un hilo de voz.

Ana lo observó estupefacta.

—Vete a la mierda, Santiago Abad —dijo ella antes de salir dando un portazo.

Juntos

Nunca imaginé que Mónica cocinase ni que lo hiciera tan bien. En el piso siempre delegaba en quien podía. Bueno, lo delegaba todo: la cocina, la limpieza y la plancha. Y sin embargo, ahora aquí está, enfundada en un delantal y jugando al ama de casa feliz.

—Hace muchísimo calor, abre las ventanas, por favor.

—Quita, Iago, que se va a colar todo el polvo —protesta la cocinera.

—Prefiero el polvo de las obras de fuera a este bochorno. ¿No había un piso normal, sin andamios y obreros?

—De cuatro habitaciones, relativamente nuevo y céntrico, no. Tranquila, en la inmobiliaria me han asegurado que acabarán en dos semanas a lo sumo.

—Déjate de excusas, que a ti lo que te ha dado calor es el albariño —digo yo, y los tres se ríen conmigo. Miro a Mónica, que ya está abriendo la ventana, y le guiño un ojo—. Este lenguado está de muerte. ¿Lo has comprado en la plaza de abastos?

—¿Y arriesgarme a salir de la fortaleza para que Héctor me ataque con una ballesta o un cóctel Molotov? —dice Mónica, y los cuatro estallamos en carcajadas.

—¿Cómo podemos reírnos? —pregunta Eva, y al instante rompe a reír nuevamente.

Se la ve tan feliz. Es curioso saber que uno es el artífice de la felicidad ajena. Nadie debería ser consciente de ese poder.

—Porque, si pensamos bien lo que nos está pasando, el miedo nos paralizará —contesta Iago.

—¿Creéis que lo logrará? —digo.

—¿El qué? —pregunta Mónica.

—Matarnos. —Mi voz suena tranquila—. Imaginad que lo consigue. Que va acabando con nosotros uno a uno. Me pregunto cómo se sentirá el último. Si lo va a lograr. Si nos va a ir matando a todos, yo quiero plantarle cara. Quiero esperarlo, mirarle a los ojos y defenderme.

—¿Crees que hay posibilidad de que podamos defendernos? —replica Iago—. Ha resultado ser más listo de lo que parecía. Quiero decir, pensad en la cena, disparó a uno de nosotros. He pensado mucho en ello y he llegado a la conclusión de que a lo mejor iba a por Xabi el primero porque él testificó en el juicio, sí, pero también es posible que le diese igual quien fuera. Le tocó a Xabi, que se había cambiado de silla, pero podías haber sido tú. O yo. Le daba igual. Va a por todos nosotros.

Eva me mira y veo que quiere contarlo. Decir lo que vio. Le hago una señal con la cabeza. Un leve e imperceptible ademán de negación. Me entiende. Se calla. Nadie debería ser consciente del poder que tiene sobre otro. Pero es bueno saberlo. Es bueno utilizar ese poder justo en este momento.

—Después —continúa Iago— organizó un asesinato casi perfecto. Una papelina de droga adulterada al alcance de un exdrogadicto en proceso de rehabilitación. La propia policía dudó de nosotros y tenemos que agradecer mucho la labor de Abad, que nunca ha dejado de defendernos y confiar en nuestra versión de los hechos.

—Bueno —interviene Mónica—, el comisario guaperas no habría salido hoy a darnos la razón si no hubiéramos hecho ese vídeo viral. Este puto país va así. Nadie te hace caso si no es a golpe de escándalo o de dar pena. Tenemos protección policial gracias a tus casi dos millones de seguidores en Twitter e Instagram. Y si Carlos hubiera tenido protección oficial, no habría estado a punto de morir.

—Y ¿qué es eso de un tío enorme que merodeaba por el pub? —Iago me mira con suspicacia—. ¿La poli anda muy perdida o te has olvidado de contarnos algo, Morgade?

Siempre fue el más listo. No tiene sentido ocultarles la verdad. Ya hay muchas mentiras entre nosotros. Demasiadas.

—Mentí —admito tras pensarlo brevemente—. Es cierto que me atacó un tipo enorme. No tengo ni idea de cómo han llegado hasta él. No sabría decir mucho, solo recuerdo una sombra enorme y un bate de béisbol.

—Mentiste. —La voz de Iago rezuma desconfianza—. Me pregunto por qué.

—Porque estaba convencido de que Héctor estaba detrás de todo y necesitábamos que la poli también lo creyera. Fui un idiota —confieso.

—Lo fuiste —dice Iago. No hay dureza en su voz, pero sé que esta información no le hace gracia. Como si él no estuviera mintiendo también.

—En fin, ahora ya no tiene remedio, mañana llamaré a Abad y le contaré la verdad.

—No quedaremos en buen lugar —insiste Iago.

—No pluralices. He sido yo el gilipollas. Explicaré que temía por nuestras vidas y que lo hice para que nos pusieran protección policial.

—Fue exactamente así, ¿no?

Las preguntas de Iago comienzan a incomodarme. No me gusta sentirme interpelado. Me duele la cabeza y estoy agotado, pero siento que tengo que hacer algo para volver a establecer el buen ambiente que había al principio de la cena. Le pido a Eva que me acerque la guitarra. Saco el brazo del cabestrillo y con dolor me dispongo a arrancar unas notas. Toco la canción favorita de cada una de las chicas, todavía recuerdo cuáles eran. Toco después aquella que compusimos Iago y yo un día de resaca. Nos reímos recordándolo.

Toca «Agua», me pide Eva.

«Agua. Te escurres como el agua entre mis manos y solo me queda tu rastro húmedo, mi llanto salado. Agua, que moja la tierra, tu cuerpo de niña. Agua». La primera canción que escribí tras la muerte de Antía.

Se me quiebra la voz.

«Estoy cansado», digo.

Todos lo estamos.

Lo que Eva imaginó

Eva había imaginado muchísimas veces cómo sería hacer el amor con Carlos. Lo había imaginado cuando era una chica de dieciséis años virgen y la primera vez que se acostó con un chico en el asiento trasero de un Ford Fiesta azul en un camino del Monte Pedroso. No siempre, pero muchas de las veces, al hacer el amor con Damián, cerraba los ojos y recreaba el rostro de Carlos, su perfil, sus labios gruesos. Imaginaba su voz ronca susurrándole. Con los años, esas recreaciones se habían ido espaciando en el tiempo.

Eva nunca imaginó que la primera vez que se acostase con Carlos ella tomaría toda la iniciativa. Que sería ella la que lo desnudase con cuidado, para evitar hacerle daño en el brazo que llevaba en cabestrillo, y que la mitad de su torso estaría cubierto con vendas, que lo besaría, lo excitaría, montaría sobre él y juntos llegarían a un orgasmo que había tardado más de veinte años en producirse.

Eva siempre imaginó que fumarían un cigarrillo después, pero transcurridas dos décadas, ella había dejado de fumar. Carlos sonrió cuando se lo dijo. Sudados, exhaustos y casi sin aliento, abrieron la ventana y respiraron el aire de la cálida noche compostelana. Y hablaron. Hablaron de lo que Eva había visto y decidieron que sería él el encargado de contárselo a Abad para evitar malentendidos. También decidieron que compartir cama no era lo más sensato porque Carlos debía descansar. Y se despidieron. Se besaron. Se despidieron. Se volvieron a besar y a despedir.

Eva siempre imaginó que besaría así cuando en su habitación de la Algalia 30 emulaba falsos besos con la almohada de su cama.

Eva nunca imaginó que sería precisamente una almohada la que aplastaría su rostro justo dos horas después de que Carlos abandonase su habitación. Abrió los ojos y no vio nada. La almohada entraba en su boca. Se revolvió e intentó pedir ayuda, pero todos sus gritos quedaron ahogados por esa almohada en la que unas horas antes descansaba la cabeza del único hombre al que había amado en su vida. Le faltó el aire, ese que hasta hacía unos minutos entraba por la ventana. Le faltó la vida, esa que, hasta el último aliento, soñó compartir con Carlos. Ese fue su último pensamiento, mientras se debatía entre espasmos y una mano poderosa apretaba y apretaba y apretaba.

Eva nunca había imaginado que moriría así.

Andamios

Carlos estaba en shock. Santi lo percibió en cuanto escuchó su voz. Parecía un sonámbulo. A pesar de sus sollozos y con el telón de los gritos de Mónica de fondo, había entendido lo esencial: Eva había aparecido muerta.

Llamó a Ana, pero se lo pensó mejor y colgó antes de que ella contestase. Le puso un wasap para decirle que en veinte minutos la recogería en su casa. Ella le respondió que no estaba allí. Santi se abstuvo de preguntarle dónde estaba. Lo sabía. Le preguntó cuánto tardaría en presentarse en comisaría. «Eva Nóvoa ha aparecido muerta», añadió. «Veinte minutos», contestó ella al instante.

Veinte minutos, un tiempo factible desde Los Tilos. Bueno, ya le quedaba claro que estaba en casa de Veiga. También sabía que eso no era de su incumbencia.

Llegó recién duchada, con el pelo húmedo, apretado en su consabido moño.

Santi no fue capaz de mirarla a la cara.

—Siento lo de ayer, Barroso. No volverá a suceder. No perdamos más el tiempo. Necesito dos cosas: centrarme en encontrar a Vilaboi y recuperar lo nuestro.

—Lo nuestro es irrecuperable —le espetó Ana.

—Perdón, no me he explicado bien; me refería a nuestra amistad. Lo necesito de verdad, Ana, pero ya nos tomaremos algo con calma y me excusaré por todo lo de ayer. Tranquila, tenías razón en todo, dejaré que me vapulees a gusto. No es ahora el momento —dijo él mientras subían la avenida de Lugo a toda velocidad.

Ana se quedó en silencio.

—¿Cómo te has enterado de lo de Eva? —dijo al fin.

—Me ha llamado Carlos. Estaba muy aturdido. Dieron aviso a la patrulla que hacía guardia frente al edificio hace un rato, luego me llamaron a mí. La científica, el juez y la forense tienen que estar llegando, si es que no están allí ya.

—¿Qué te dijeron exactamente?

—«Eva ha muerto, no respira. Ven pronto, Santi», algo así. No sé, me dio la sensación de que Carlos iba como a cámara lenta.

—Seguramente estaría dopado. Recuerda que está convaleciente. ¿Te dijo algo más? ¿Cómo había sido?

—No, nada. Colgué y te avisé enseguida —dijo Santi, mientras aparcaba el coche patrulla delante de La Taberna de San Lázaro.

—Ya ha llegado la científica. Veremos qué juez nos ha tocado.

—Imagino que Calviño.

Subieron los cuatro pisos a pie porque los ascensores estaban bloqueados. Ana supuso que la científica estaría sacando muestras. Los vecinos se asomaban a los descansillos. «Despejen la zona, por favor», fue diciendo Santi a medida que se cruzaban con ellos. Varios agentes habían acordonado ya la entrada de la casa. Ana y Santi entraron en el piso apartando las cintas de precinto policial.

Los tres supervivientes estaban en el salón. Mónica lloraba desconsolada, abrazada por Iago. Carlos presentaba un aspecto muy maltrecho, con la cabeza vendada, el rostro amoratado y el brazo izquierdo en cabestrillo. «Al menos está vivo», pensó Ana.

—Santi —dijo Iago y también rompió a llorar.

Parecían tres náufragos en una lancha salvavidas que iba perdiendo aire. Santi se sintió impotente.

Ana miró a su compañero, frenándolo.

—El inspector Abad y yo charlaremos brevemente con ustedes por separado, si les parece. Pero primero queremos ver el cadáver.

—Está en su habitación —hipó Mónica.

—Espero que no hayan tocado nada.

—Por desgracia, ya hemos aprendido lo que hay que hacer —dijo Iago.

—Creo que necesito tomar un ansiolítico —pidió Mónica.

Ana asintió y le indicó que fuera a su habitación. La siguió.

Santi observó a Carlos, que continuaba impasible con la mirada fija en el televisor, un enorme agujero negro de cincuenta y cinco pulgadas.

—Está muerta —musitó Carlos finalmente. Parecía querer convencerse de que era real.

—Vengo ahora —dijo Santi y salió del salón.

Se acercó a la habitación del fondo. Dos compañeros estaban haciendo el trabajo de extracción de muestras. Sobre la cama yacía el cuerpo inerte de Eva Nóvoa.

Asfixiada, pensó Santi al instante. Observó que estaba desnuda y que las ventanas permanecían abiertas.

—Y ¿todos esos andamios que rodean el edificio? —preguntó Santi a sus compañeros.

—Ya lo hemos preguntado. El edificio presentaba un fallo estructural y unas grietas descomunales, aunque todas las construcciones de esta zona son relativamente nuevas. Llevan casi un mes reparándolo.

—La ventana estaba abierta —observó el inspector.

—Lo que significa que cualquiera pudo escalar por esos andamios y entrar por la ventana —concluyó Ana, que acababa de llegar a la habitación.

—¿Quién estaba de guardia en la patrulla de vigilancia delante del portal esta madrugada? —quiso saber Santi.

—Cajide y López, pero eran plenamente conscientes de esa circunstancia, por lo que alternaron las rondas en la parte anterior y posterior del edificio.

Ana le pidió a Santi que saliese al pasillo.

—Sabes que cabe la posibilidad de que haya sido uno de los tres, ¿verdad? —le susurró.

—O los tres juntos —contestó Santi—, pero me gustaría saber por qué nadie les prohibió abrir las ventanas. Esos andamios eran una invitación para que cualquiera en un estado de forma mínimamente decente escalase al amparo de la oscuridad y se colara en esta puta casa.

—No les prohibieron nada porque no son prisioneros —le espetó Ana—. Y porque confiaron en la presencia de la patrulla. Incluso a mí me cuesta creer que alguien se haya atrevido a trepar. Además, nadie sabía que estaban aquí, excepto nosotros.

—Y los de la inmobiliaria. Y el marido de Eva. No sé, estoy seguro de que los agentes han hecho bien su trabajo, pero no se me quita esa sensación de que Eva Nóvoa ha muerto porque somos todos gilipollas.

—Eva ha muerto porque alguien la ha matado —sentenció Carlos, que acababa de llegar a su lado tan silenciosamente que ninguno se había dado cuenta—. Necesito contarte algo Santi. Algo que Eva vio el día de la cena.

Lo que Eva vio

—No sé cómo empezar, Santi. Pero lo primero es lo primero. Si tus compañeros están haciendo extracción de muestras, imagino que os daréis cuenta de que Eva tuvo relaciones ayer por la noche. No hace falta que especuléis mucho: me acosté con ella. Tenéis a vuestra disposición mi ADN y absolutamente todo lo que necesitéis.

Carlos se tambaleó ligeramente y Santi le sujetó por el codo, preocupado.

—¿Estás bien? —preguntó—. ¿Estás medicado?

Le obligó a sentarse y también él se sentó, uno al frente del otro en la cocina que los supervivientes de Algalia habían llenado de risas la noche previa. Ana permaneció de pie, apoyada en la encimera.

—Estoy en shock, Santi. Y también estoy muy medicado, sí. Ayer tenía mucho dolor, así que cuando salí de la habitación de Eva, justo antes de acostarme, me tomé los analgésicos y relajantes musculares que me habían recetado; creo que aún estoy un poco grogui. Estamos todos igual, debe de ser el cansancio emocional. Iago dice que ha dormido del tirón toda la noche. Nadie ha oído nada.

—¿Eva y tú teníais una relación?

—Ella llevaba toda la vida enamorada de mí y yo llevo toda mi vida evitando tener una relación, pero supongo que esto que está pasando nos ha puesto al borde del precipicio y me ha hecho reconsiderar muchas cosas. Ayer cenamos juntos, como en los viejos tiempos. No sé si resulta obsceno decir que incluso nos reímos bastante. Fue como si el tiempo no hubiese pasado y me di cuenta de que Eva era parte de ese momento de mi vida en el que yo aún tenía esperanzas. No es ningún secreto que lo de Antía me ha dejado marcado de por vida, y por eso ayer entendí que la única posibilidad que tenía de seguir adelante era con alguien que entendiese por lo que habíamos pasado. Y esa persona solo podía ser Eva. Para mí, siempre fue ella, ¿sabes? Es solo que me di cuenta demasiado tarde.

Carlos bebió un sorbo de agua. Santi miró a su alrededor y observó restos de pescado dentro del horno y la luz del lavavajillas parpadeando, señales inequívocas de esa velada que Carlos acababa de describir.

—No teníamos una relación, pero ayer me acosté con ella y te juro que fue maravilloso a pesar de que soy una piltrafa humana, y lo fue porque ella fue feliz, ambos lo fuimos. Consiguió que por un instante olvidase que el hombre que mató a Antía nos quiere matar a todos y que lo está consiguiendo.

—Nos ocuparemos luego de los detalles de ese encuentro —dijo Santi, pero Ana no parecía dispuesta a esperar.

—¿Usasteis preservativo? —preguntó a bocajarro.

—Sí, creo que lo encontraréis en la basura. Pero también... —Carlos la miró con reticencia.

—Continúe, no se preocupe —dijo ella.

—También me hizo una felación sin condón.

—¿Se corrió dentro o fuera? —incidió la subinspectora.

—¿Acaso importa? —replicó Carlos.

—Todo importa —le replicó Ana—. De todas formas, podremos averiguarlo con los resultados de la policía científica.

—Dentro.

Santi observó a Ana con estupefacción. No la reconocía. Con carácter general era él quien mantenía esa actitud cortante e incisiva, precisamente para contrarrestar la costumbre de ella de tratar a los interrogados con una complacencia que él consideraba impropia de un interrogatorio policial. No era ningún idiota; desde que había comenzado este caso, Ana había adoptado esa actitud, parecía querer dotar a la investigación de un plus de imparcialidad para compensar el hecho de que él conocía a parte de los sospechosos. «Más bien, víctimas», pensó Santi.

—Dices que quieres contarnos algo que Eva vio el día de la cena —intervino Santi.

Carlos asintió.

—Me lo contó ayer antes de salir del hospital, te juro que no supe nada hasta entonces. Al principio le pedí que callara, le dije que yo te lo explicaría. Tenía miedo de que, si era ella la que te lo contaba, lo malinterpretaseis. Sabía que tú y yo podríamos encontrar una explicación a lo que ella vio.

—Qué bonito *mansplaining* —intervino Ana—. «Ya cuento yo lo que viste, que tú no estás preparada para hacerlo».

—Usted no tiene ni idea, agente —protestó Carlos.

—Subinspectora Barroso —le matizó Ana.

—Pues permítame decirle que usted no tiene ni idea, subinspectora Barroso —continuó Carlos, visiblemente molesto—, de lo que supone crecer sin padres y que tu única familia sean un puñado de chavales en iguales condiciones que tú. Usted no tiene ni idea de lo que supone que todo el mundo sospeche sistemáticamente de uno, pase lo que pase, por la única razón de que vienes de un hogar o de una residencia de acogida. Pregúntele a Santi cómo nos trataban en el instituto. Cuando eres uno de nosotros aprendes pronto que todos los dedos acusadores irán hacia ti y también aprendes a defender a los tuyos, y eso es lo que hizo Eva: callar para defender a uno de los nuestros.

—¿Qué vio Eva?

—Vio a uno de nosotros acercarse a Xabi cuando apagaron las luces, mientras los fuegos artificiales explotaban sobre nuestras cabezas. Ella estaba a su lado. En un primer momento no le dio importancia, pero luego asimiló lo que eso podía significar. Pero también entendió que, si lo decía, sería como acusar a uno de los nuestros. Y por la misma razón, yo también me callé; porque sabía que ustedes pensaban que uno de nosotros era el culpable y yo sé que el culpable de toda esta mierda es Héctor, que no va a parar hasta encontrarnos y matarnos uno tras otro, uno tras otro.

—A mí no me venga con discursos de niño desamparado —replicó Ana con dureza—. Ocultar hechos en el marco de una investigación judicial puede ser constitutivo de un tipo delictivo. Su amigo el inspector Abad puede explicárselo.

—Ana —le cortó Santi—, ya está bien. Carlos ya ha comprendido que debe hablar. No pensé nunca que tendría que apelar a tu humanidad, pero voy a tener que recordarte que el cadáver de Eva aún está caliente en la habitación de al lado.

—Gracias, Santi —dijo Carlos.

—Nada de gracias —continuó Ana—. Hable de una vez. ¿Cuál de los dos fue: Mónica o Iago?

Subinspectora Barroso

No es cierto que el tiempo lo cure todo. De hecho, duele más. Alguien debería explicarme por qué sucede así en mi caso, cuando según todo el mundo tendría que ir desapareciendo, debilitándose. Leí mucho sobre el dolor en el pasado. Manuales que detallaban minuciosamente las fases del duelo.

Negación.

Enfado.

Negociación.

Miedo o depresión.

Aceptación.

Me da igual lo que digan todos esos libros de psicología. No avanzo. El dolor no es un videojuego. Ni siquiera estoy seguro de querer avanzar. El pasado quizá no fue mejor, pero su recuerdo sí lo es. Es un territorio seguro, donde todo permanece incólume. Primero murió mi padre, luego mi madre, después Antía. Pero yo no. ¿Por qué coño yo no? ¿Qué sentido tiene esta existencia en la que me he limitado a seguir aquí para componer canciones tristes, enseñar a chicos a tocar la guitarra o dar conciertos minoritarios? Siempre solo, para esquivar la pérdida y el dolor asociado a ella. He seguido con mi vida de la única manera que he podido. Ni siquiera me he muerto cuando Héctor o, mejor dicho, el tipo ese que mandó a matarme, me aplastó la cabeza. Supongo que algún extraño designio o ese Dios en el que no creo han decidido que yo no muera. Lo tengo claro: lo esperaré aquí o donde tenga que esperarlo. Y será él o seré yo.

Deja de escudriñar mi rostro, subinspectora Barroso. Oculto cosas. Ambos lo sabemos. No es ahora el momento de confesar que no fue Héctor el que me atacó porque eso hará que vuelvas a mirarme con desconfianza, aunque a estas alturas ya me da igual. Lo único que quiero es tener a Héctor frente a frente y matarlo. Tenéis que encontrarlo, sacarlo de su escondite. Haced vuestro trabajo. Estoy seguro de que Santi me entendería si le explicase que solo quiero acabar con Héctor. Incluso tú, con ese aire de superioridad moral, estarías de mi lado si bajases un escalón, si descendieses a los infiernos de alguien que lleva masticando un duelo veintitrés años.

¿Qué pasaría por tu cabeza, subinspectora Barroso, si alguien torturase a la persona que más quieres, tu hija, tu madre o tu marido, hasta hacerle insoportable vivir? ¿Qué harías si encontrases su cuerpo desangrado en un salón y supieses que tú también eres responsable por no haber sido capaz de verlo venir? Esto último es lo que no le perdono y jamás le perdonaré a Héctor: que haya contaminado mi conciencia hasta hacerme creer que yo pude haber hecho algo. Que pude haberlo evitado. Si eso pasase, subinspectora Barroso, te quitarías tu uniforme de policía, cogerías tu arma reglamentaria y se la meterías por la boca al cabrón que hizo eso. Pero eso no ha pasado: tus hijos, tu marido o tu madre no han sido víctimas de un monstruo, y por eso cuestionas a tu jefe; porque sabe que tengo razón, que Héctor Vilaboi se merece morir y que todos acabaremos muertos por su culpa.

Por eso, subinspectora Barroso, sí, no temas, no me olvido de que eres subinspectora, te plantas delante de mí con ese aire de «soy el brazo armado de la ley y vengo a recordarte lo que está bien y lo que está mal». La gente como yo no creemos en el Código Penal, ni en la Ley de Enjuiciamiento Criminal, ni en las instituciones penitenciarias. El sistema cayó con toda su fuerza sobre Héctor Vilaboi. Se hizo toda la justicia que el sistema podía proporcionar, funcionaron los engranajes de la ley. Juicio justo, pena máxima. Sin embargo, aquí estamos, veinte años después, masticando el mismo duelo, la misma culpa y la misma rabia. Todos moriremos, pero tú te limitarás a tomar huellas, a hacer informes y a colaborar con el juez que está en la habitación de al lado levantando el cadáver de esa mujer que cometió el error de quererme. Porque es exactamente así: todos los que me quieren mueren. Eso también lo tengo claro.

Deja de escudriñar mi rostro, subinspectora Barroso. No tienes ni idea. Además, no importa lo que yo responda. Todos vamos a morir y nada cambiará esa realidad.

—No sé qué significará, pero Iago se levantó durante los fuegos, rodeó la mesa y se acercó a Xabi. Luego volvió a su sitio. Eso es lo que Eva vio —digo finalmente.

La cara de Santi se contrae.

Tú no bajas la guardia, subinspectora.

—Yo sé que él no fue —añado—. Lo sé. Santi, díselo, dile que es imposible.

Y no me crees, subinspectora Barroso. Pero no miento.

Parar, respirar, pensar

—Subamos de nuevo e interroguemos a Iago —dijo Ana mientras arrancaba el coche patrulla.

—No —replicó Santi—, ya te he dicho que quiero ir a hablar con el jefe y poner todos los datos encima de la mesa. Paremos, respiremos, ordenemos toda nuestra información y cuando hayamos pensado con calma decidiremos nuestro siguiente movimiento. Todas estas muertes nos pasan por encima como si fueran un tsunami, tenemos tantos escenarios y autopsias que repasar que nos falta tiempo de procesar nada.

—Lo que yo proceso es que solo quedan vivas tres personas de las seis que hace casi veinte días se sentaron a cenar en A Horta d'Obradoiro. Proceso que uno de ellos acaba de decir que Iago Silvent se acercó al muerto antes de que le disparasen, y proceso que tu amigo Carlos acababa de acostarse con la última víctima y, por lo que a mí respecta, eso lo convierte en el principal sospechoso de su muerte.

—Los andamios... —comenzó Santi.

—Los andamios, pufff, no me vengas con los andamios. Eso está muy traído por los pelos y lo sabes. Piensa, Santi, piensa. Si esa gente no fuera tu amiga, si esa gente no te estuviera dirigiendo hacia Héctor Vilaboi inexorablemente, tú y yo estaríamos pensando que a lo mejor el tío cuyo semen aparece en la cama de la víctima tiene algo que ver con su muerte.

—Pero Eva vio...

—No sabemos lo que Eva vio y ya nunca lo sabremos. ¿De verdad no vas a cuestionarte un testimonio indirecto? Lo único que sabemos es lo que Carlos nos ha contado, que no es necesariamente lo que Eva vio, si es que vio algo. Tampoco sabemos cómo era ese testimonio de fiable, cuánto tiempo transcurrió desde que presuntamente vio a Silvent acercarse a Xabi y este apareció muerto. No sabemos nada. Y si te doy la razón, si resulta que lo que dice Carlos es cierto, el Santi Abad con el que yo trabajaba antes de pasar dos años en Ponferrada ya estaría barajando nuevas hipótesis. Por ejemplo, que Iago, el hombre al que Eva podía acusar de haberse acercado a Xabi antes de que le disparasen, tenía un móvil firme para querer silenciarla bajo una almohada de plumón de oca. O quizá Mónica quiso proteger a Silvent, que se ha convertido sin duda en un salvavidas para ella. Lo que me preocupa no son las hipótesis en las que tú y yo vamos a tener que ponernos a trabajar. Lo que me preocupa es tener que estar permanentemente recordándote cómo se hace tu trabajo. No te estás haciendo las preguntas adecuadas, no estás analizando los hechos con imparcialidad. Estás dando por buenas solo las hipótesis que se adaptan a lo que tú has decidido que está sucediendo. Son los hechos los que nos deben conducir a las hipótesis, no al revés.

Ana se calló de golpe y encendió la radio del coche para no tener que escuchar a Santi. No le confesaría que la opción de Vilaboi era plausible, e incluso que podía ser la más probable. No lo haría, porque ella solo lo admitiría tras analizar todos los hechos.

Las noticias de las once de la mañana abrieron con la muerte de Eva Nóvoa.

—Los buitres caen en picado sobre la carroña —dijo Santi.

—Hacen su trabajo y nosotros el nuestro, es así de simple.

—Según tú no lo hago —apuntó el inspector.

—Lo siento. Siento haberte hablado así, pero creo que tienes que reaccionar.

—Supongo que es tarde para recordarte quién dirige esta investigación. Las jerarquías no son tu fuerte y ambos lo sabemos. La culpa es mía, imagino que en algún momento te he hecho creer que podías saltártelas. Hay algo que no entiendes: el hecho de que los conozca no juega en nuestra contra, sino todo lo contrario. Lo que sé de Silvent y Carlos Morgade me ayuda a ponerlo todo en perspectiva. Fui el primero en creer que Vilaboi iba a por ellos. Me tachasteis de loco y ahora la mitad de ellos han sido asesinados. Tenía razón, pero esto no va de quién tiene o no tiene razón. Va de que debemos protegerlos. Prefiero sentirme engañado por esa gente que ser mínimamente responsable de la muerte de uno de ellos.

—Veremos qué dice el jefe —dijo Ana con reticencia.

—El jefe estará de tu lado, lo sabemos los dos.

Ana aparcó el coche.

—Una sola insinuación más en ese sentido y dejo de trabajar contigo. Escúchame bien, con quién salgo o dejo de salir no es de tu incumbencia. Quiero que vuelva el Santi que era mi amigo y mi confidente, que ha desaparecido en cuarenta y ocho horas como por arte de magia. Si no te importa si me tiro a un tío en Ponferrada, no te tiene que importar si duermo o no en mi casa. Tú tienes tu vida con Lorena, la chica de la eterna sonrisa y las camisetas molonas, ¿qué esperas que haga? ¿Que me quede en casa viendo Netflix mientras tú juegas a la familia feliz con la bibliotecaria?

—Me importa tu felicidad y me importa mucho. Y con quién estoy yo no afecta a tu felicidad. Me lo dejaste claro hace tiempo. Y justamente por eso, porque me importa con quién estás, no quiero que te lo hagan pasar mal. Ya has estado con suficientes gilipollas en tu vida que te han hecho daño. Tienes a uno delante.

Ana sonrió sin abrir aún la puerta.

—Vale, así ya te pareces más a mi amigo. A mi mejor amigo. Exactamente ¿qué es lo que no te gusta de él?

—Respeto mucho a Álex Veiga. Es un tío listo. Supongo que odio que sea más guapo que yo y que tenga un buen pelo. Acostumbra a escucharme, y hay muy poca gente que practique ese noble arte. Es concienzudo, sabe trabajar en equipo, le gusta imponer su autoridad, pero lo hace siempre en el tono adecuado y en la forma correcta. Supongo que es muy buen comisario, y sé que es buena persona fuera del trabajo. Las pocas veces que he coincidido con él tras las puertas de la comisaría me ha parecido un tío decente. Es mejor tipo que yo, o por lo menos me lo parece. Ahí tienes lo que no me gusta de él: que permanentemente me recuerde cuánto la cagué contigo, lo que pudo ser y no fue. Tengo mi corazoncito, Barroso.

—Vale, te lo compro. Puestos a ser sinceros, es muy importante para mí que tú lo aceptes. Y cuando todo salga mal, que así será porque todas mis relaciones se van a la mierda, tú y yo nos pondremos ciegos a whisky, nos cagaremos en el comisario y tienes que prometerme que no dirás «Te lo dije».

—Me parece un buen plan, que dejaremos aparcado hasta que se resuelva este caso. Por ahora, solo Abad y Barroso, como en los viejos tiempos.

Ana asintió, agradecida. Entraron en comisaría y se fueron derechos al despacho del jefe. En cuanto entraron se dieron cuenta de que estaba de un humor de perros.

—¿Quién ha hablado con la prensa? —les preguntó a bocajarro.

—Imagino que los vecinos. Venimos de allí y hay un buen jaleo montado.

—Hay que aislar a los tres. Los quiero en hoteles de la ciudad e incomunicados. Y, por supuesto, separados.

—¿Separados? —repitió Santi.

—Exacto. Ya sea Vilaboi, ya sea uno de ellos, no quiero más muertos. No mientras yo sea responsable de esto. Cajide y López ya han estado aquí para decirme que absolutamente nadie ajeno al edificio entró en ese portal esta madrugada, que advirtieron del tema de los andamios y que les pidieron a los habitantes del piso que no abrieran las ventanas. Asimismo, me confirman que hicieron diversas rondas alrededor del edificio. Hicimos todo lo posible para evitar esta muerte, pero os apuesto la vida a que la prensa nos va a crujir, porque aunque no sea cierto insistirán en el hecho de que era más fácil entrar en esa casa que en El Corte Inglés en Nochebuena. Y yo tendré que aguantar el tipo y confirmar que Vilaboi consiguió burlar la vigilancia policial.

—Vilaboi o cualquiera de los tres que estaban en ese piso —le corrigió Ana.

—Para el público será Vilaboi, sin perjuicio de que sigamos teniendo un ojo encima de esa gente. Después del vídeo de Mónica Prado, si acusamos a cualquiera de ellos, solo conseguiremos generar polémica, y eso es lo que queremos evitar a toda costa. En fin, resumidme lo que ha pasado esta noche en esa casa.

—Eva ha aparecido asfixiada en su habitación —dijo Ana—. Solo hay dos opciones: o uno de sus compañeros de piso la ha silenciado, o alguien entró en el piso, y ya sabemos que esa es una opción viable. La ventana de su habitación estaba abierta. Eva y Carlos Morgade pasaron la noche juntos y, además de tener sexo, según Carlos, ella le confesó que Iago Silvent se había acercado a Xabi Cortegoso la noche de la cena durante el espectáculo de fuegos. Además, hay que tener en cuenta que Iago Silvent quizá nos haya mentido. Según Xurxo Villanueva mantenía una relación con Antía Morgade. De ser cierto, nadie en esa casa lo sabía, y eso coloca a Silvent en una posición complicada.

—Supongo que deberíamos hablar con Silvent para que nos lo aclare. Venís de allí. ¿Por qué no lo habéis hecho?

—Preferíamos esperar a contártelo todo —habló Ana por ambos antes de que Santi pudiese meter baza.

—Pues ya lo habéis hecho. Id a interrogar a Silvent cagando leches. No entiendo a qué estáis esperando. —Veiga parecía enfadado.

—Prefería que nos dieras órdenes explícitas —dijo Santi—. Ahora que ya sé que quieres aislarlos, los someteremos a un interrogatorio exhaustivo. Pero me preguntaba si veías indicios para detenerlo y yo no quería tomar esa decisión, por razones obvias. Lo dejo en tus manos. Si quieres saber mi opinión —intervino Santi—, creo que debemos detenerlo. Tiene muchas cosas que explicar y no estaría de más que lo hiciera con todas las garantías, sobre todo si luego decidimos ponerlo a disposición judicial.

Y si uno de nosotros es un asesino

—¿Qué será lo siguiente? —preguntó Mónica.

—La pregunta correcta es quién será el siguiente —dijo Iago.

Continuaban en el salón. Dos policías custodiaban la entrada. La policía científica seguía haciendo su trabajo en la habitación de al lado.

—Me extraña que no nos hayan interrogado —apuntó Mónica.

—Sí lo han hecho. Por lo menos a uno de nosotros lo han interrogado, y acto y seguido los dos policías han salido pitando —apuntó Iago con suspicacia—. ¿Qué ha pasado en la cocina, Morgade?

Carlos lo miró fijamente.

—Les dije algo que Eva me contó. Y ya que lo dices, hablando de preguntas correctas, la mía es: ¿te levantaste de la mesa y te acercaste a Xabi mientras todos veíamos los fuegos del Apóstol? O si vamos un poco más allá, igual tengo que preguntarte si mataste tú a Xabi. O si mataste a Eva porque ella te vio. O si pusiste un sobre de droga adulterada al alcance de Lito o si contrataste a un gigante para que me abriese la cabeza.

Iago lo miró atónito.

—Pero qué cojones... ¿No eras tú el que mantenía que Héctor venía a por nosotros? —acertó a decir el biólogo.

—¿Te has vuelto loco? —preguntó Mónica.

—No, no me he vuelto loco. Hasta hoy estaba firmemente convencido de que Vilaboi venía a por nosotros. Incluso cuando ayer Eva me contó lo que vio en la cena la convencí para que callase, porque no puedo concebir que uno de nosotros sea el responsable de esta pesadilla. Quería hablar contigo antes de hacerlo con Santi. Pero resulta que hoy Eva está muerta y me pregunto si es por eso que vio.

—Eso es mentira —gritó Iago, exaltado—. No me acerqué a Xabi. Nadie podrá afirmar lo contrario.

—Sobre todo porque la única persona que te vio está muerta —le espetó Carlos.

—Carlos, no puedes creer que yo os haría daño. Piensa con lógica, hasta que Héctor salió de la cárcel nadie nos atacó —se defendió el biólogo.

—Con la misma lógica, hasta que tú volviste a Galicia, nadie lo hizo.

—No voy a consentir que traslades hacia mí toda tu psicosis de estos años. Llevas dos décadas obsesionado con la muerte de tu hermana. No has sido capaz de hacer nada desde su muerte más que alimentar odio y escupirlo. Supongo que el hecho de que el objeto de ese odio fuera Héctor Vilaboi me parecía normal. No puedo creer que me pongas a mí, tu mejor amigo de la adolescencia y juventud, a la altura de ese cabrón... Dios mío, Carlos, ¿de verdad crees que sería capaz de haceros daño? ¿Que uno de nosotros es un asesino? ¿Por qué motivo?

—Da miedo pensar eso. ¿Se te ha pasado por la cabeza esa pregunta? ¿Y si uno de nosotros es un asesino? ¿Es una hipótesis descabellada? No lo sé —dijo Morgade—, dínoslo tú.

—Mira, no voy a dudar de que Eva te dijera eso, pero te aseguro que no es verdad. Vi los fuegos artificiales y cuando volvieron a encender las luces del jardín vi a Xabi caído sobre la mesa. Recuerda que fui el primero que quiso reanimarlo. No estás pensando con lógica.

—No me ataques. Lo único que sé es que Eva sabía algo que te comprometería ante la policía y ahora está muerta.

—Mónica estuvo conmigo la noche que te atacaron —apuntó Iago—, y también esta noche. Tengo una coartada.

—Mónica toma pastillas para dormir, ¿no es cierto? —indicó Carlos.

—La noche que te atacaron fue nuestra primera noche en este piso. Apenas dormimos y no voy a entrar en detalles, pero ya te imaginarás que no pegamos ojo. Y te puedo asegurar que Iago no se movió de aquí, lo juraré delante de un tribunal si hace falta —dijo Mónica saliendo en defensa de Iago—. ¿Por qué echas mierda sobre nosotros? ¿No serás tú el que tiene algo que ocultar? Si como dices uno de nosotros es un asesino, ese bien puedes ser tú.

—Todos tenemos algo que ocultar, Mónica —le reprochó Carlos—. Tú la primera.

—No sé a qué te refieres —titubeó Mónica.

—Nada —dijo Carlos al tiempo que se levantaba y abandonaba el salón—. No quiero decir nada.

Iago miró a Mónica alarmado. Ella esquivó su mirada.

—Exactamente, ¿qué sabe Carlos? —preguntó él, mientras la cogía con fuerza por el antebrazo.

Ella nunca lo había visto así. Así de enfadado. Así de violento.

Algalia 30

28 de febrero de 1998

—Mira, no sé qué te has creído que hay entre nosotros, pero no somos más que compañeros que de vez en cuando pasan un buen rato juntos.

Antía lo miró desconcertada. Ella había acudido a su habitación porque Mónica, tras confesarle ella su relación con Iago, la había convencido de dos cosas: nadie debía saber lo que Héctor le había hecho y debía contarle a Iago lo del niño.

—Estoy embarazada —repitió.

—No lo dudo, pero eso no me incumbe. —La voz de Iago sonaba tan fría que no lo reconocía—. Si te acuestas con Vilaboi y con Lito, ese niño podría ser de cualquiera.

—Yo no me acuesto con Lito —se defendió ella.

—Y con Héctor, ¿sí?

—Yo no he dicho eso. Tú no sabes nada. Él nos...

—¿«Nos»? Sé lo que hay. Todos lo sabemos.

—Él me obliga, abusa de mí, me amenaza con hacernos daño a Carlos y a mí, con dejarnos en la calle.

—Ya he visto con qué facilidad te vas a la cama con cualquiera, no tengo por qué creerte. —Iago era deliberadamente cruel, como Mónica le había indicado—. Pero escúchame bien, si no te deshaces de ese niño, contaré que te acostabas con Vilaboi y, si lo denuncias, diré que esa relación era consentida. Si eres lista, harás lo que tienes que hacer, te desharás de ese bebé y todos continuaremos con nuestras vidas como si nada hubiera pasado. A nadie le conviene que este proyecto piloto no funcione. Necesitamos vivir en paz. No voy a dejar que la vida de todos se vaya a la mierda porque tú no has sabido cerrar las piernas a tiempo.

—Iago...

—Nada de Iago. He ahorrado algo de dinero con el curro de los fines de semana. Te ayudaré a pagar el aborto. Pídele ayuda a Mónica. Ella sabrá lo que hay que hacer. Pero recuerda: si abres la boca, lo negaré todo. Y Vilaboi, Mónica y los demás me apoyarán.

Antía retrocedió poco a poco. Luego se giró y salió corriendo sin mirar atrás.

Y solo quedaron tres

Ese mediodía, Ana Barroso le pidió al comisario Veiga que la acompañase a comer a casa de su madre. Le aclaró al instante que eso era justo lo que parecía: una encerrona. Su madre siempre criticaba a sus novios y quería darle la oportunidad de hacerlo, en esta ocasión, desde el comienzo. Álex sonrió y se limitó a preguntarle si a su madre le gustaba más el vino tinto o el blanco. Mientras se dirigían a casa de Ángela, tras parar a comprar el vino y una cesta de fruta, Ana no pudo evitar pensar en lo poco acostumbrada que estaba a que se lo pusiesen fácil. Y que algo no funcionaba bien dentro de ella si sentía que eso no era normal y, aun peor, si creía que ella no lo merecía.

A la misma hora, en casa de Santi, Lorena y él daban cuenta de una empanada de berberechos mientras ella hablaba de la última exposición sobre literatura ambientada en el Camino de Santiago que se inauguraría esa tarde en la Biblioteca Ánxel Casal. Llevaban más de dos años saliendo. Él la admiraba, la encontraba divertida, era inteligente, cariñosa, se entendían en la cama. Y ella lo quería. Era perfecta. Tanto que no se merecía a alguien que no la quisiese de la misma manera. Esperó a después del café para decírselo.

En lugar de salir a comer, Rubén del Río se quedó revisando los resultados de la orden judicial que les daba acceso a los datos médicos de Antía Morgade. Se habían demorado bastante, no había sido fácil localizarlos; en aquel momento no había aún historia clínica digital. Rubén observó las analíticas de Antía. Eran de apenas un mes antes de su muerte. No sabía de qué se extrañaba. Era lo que esperaba. Cuando se disponía a escanear los documentos, le entró un correo electrónico. Era de una antigua compañera de colegio: Marina trabajaba desde hacía unos años en la cárcel de A Lama y Rubén se había acordado de ella hacía unos días; se le había ocurrido que, dado que Vilaboi no tenía muchos amigos fuera tras llevar dos décadas encerrado, alguien debía de estar ayudándolo. Y de ser así, lo más probable es que esa persona hubiera coincidido con Héctor en la cárcel. Rubén se lo había comentado a la subinspectora Barroso y esta le había animado a continuar con esa línea de investigación, aunque le pidió que lo guardase en secreto; el inspector Abad no era muy dado a pesquisas extraoficiales. En efecto, allí estaba la respuesta de Marina. Anotó el nombre que le había proporcionado su amiga y acto seguido lo buscó en el sistema: Lorenzo Cobo García. Leyó sus antecedentes. Le asaltó una arcada mientras les enviaba un correo electrónico a sus jefes con toda la información. También le asaltó la convicción de que estaba haciendo un esfuerzo titánico para avanzar en la investigación y acabar con Héctor. Él mejor que nadie sabía de lo que era capaz. Solo esperaba que, cuando todo se descubriese, alguien reconociese ese esfuerzo.

Mónica cocinaba en silencio. La policía científica se acababa de marchar y el juez ya había acordado el levantamiento del cadáver. Por la tarde los trasladarían a un lugar seguro, eso es lo único que les habían comunicado. Dos agentes custodiaban la puerta del piso. Debería ponerse a hacer las maletas y marcharse para huir de Vilaboi. Tenía miedo, mucho. No le gustaba lo que había visto en la mirada de Carlos y menos aún en la de Iago. Veintitrés años atrás, ella había callado para que no se supiera que también era una víctima y había hecho lo que estaba en su mano para evitar que todos sus proyectos saltaran por los aires. Ahora, como entonces, un Morgade estaba poniendo en peligro todo su proyecto vital. Necesitaban callar a Carlos.

Iago estaba en su habitación haciendo una llamada. El director general del que dependía el Inmunogal seguía de vacaciones. Le pidió a su secretaria que le transmitiese que tenía que hablar con él. Su vida se iba a la mierda. Su amistad con Carlos, también. Había dejado claro que lo creía capaz de todo: de matar a Eva, a Xabi, a Lito. Delante de Carlos no podía jugar a ser el científico íntegro, él sabía muchas cosas. Hoy le había quedado claro. Necesitaba que Carlos permaneciese callado. Que todos callasen. Otro escándalo más y le rescindirían sus contratos. Vilaboi tenía que seguir siendo el principal sospechoso. Todo era más fácil cuando Carlos vivía obsesionado con Héctor. Cuando no intuía que él se había acostado con Antía. Nadie debía saber que él era el principal responsable de que Antía Morgade se hubiera abierto las venas en mitad del salón, y él iba encargarse de eso.

El hombre encerrado en las entrañas del viejo hospital escuchaba las noticias en la radio, tras realizar una infructuosa excursión al exterior. El círculo se cerraba. Debía acabar con ellos y hacerlo rápido. Acababa de recibir un revés inesperado. Necesitaba más ayuda o se pudriría allí dentro. Marcó el número de Flaco. Loko era un tío leal, pero la poli ya había hecho público que andaba detrás de un gigante; tenía las horas contadas. Por suerte no conocía su escondite. Tendría que confiar en Flaco, no le quedaban muchas más opciones. Necesitaba muchas cosas. Necesitaba a alguien capaz de sacarle información a algún miembro de la policía, porque su contacto allí dentro acababa de darle la espalda. Necesitaba saber adónde llevarían a los tres supervivientes. Y una vez supiese eso, que alguien lo ayudase a acabar de una vez con ellos. Uno a uno.

En el cuarto de baño del piso de San Lázaro, Carlos pensaba en que no se podía estar más agotado. Abrió el grifo del agua caliente y observó cómo se llenaba la bañera y el calor ascendía hasta cubrir el espejo con una densa capa de vaho. Recordó que su madre había intentado una vez suicidarse en la bañera. La había encontrado él. Lo limpió todo y la acostó en la cama para que Antía no se enterase de nada. Sin embargo, unos años después, Antía lo había conseguido. A la primera. Un par de cortes limpios. Carlos abrió el cajón del mueble y sacó la cuchilla. Le dolía todo el cuerpo. El cabestrillo le resultaba muy incómodo, las sienes le latían y le costaba respirar por la opresión de las vendas. Pensó en tomarse de una sentada todos los analgésicos que le habían recetado en el hospital y recostarse en el agua caliente. Dejar que el agua empapase los vendajes. Sentir su cuerpo ablandarse, relajarse. Pensar en Antía y en su madre, y reunir el valor necesario. Abrirse las muñecas y dejar salir toda la sangre de su cuerpo. Gota a gota. Como ellas. Y Héctor Vilaboi, una vez más, habría vencido.

Un favor

—Necesito un favor, Flaco.

—No me llames, colega. Eres el tío más buscado del país. Voy a colgar. No quiero líos. Es más, olvídate de la pasta que me debes.

—No me jodas, Flaco —insistió Héctor—. Necesito un favor, solo uno. Esa gente quiere matarme.

—No pienso volver al trullo por ti.

—Me debes una y lo sabes, acuérdate de cuando te avisé de aquel registro y de cuando conseguí que hicieran la vista gorda con lo que guardabas en la biblioteca.

Un silencio de varios segundos cayó al otro lado de la línea. Luego un suspiro apagado, y una pregunta:

—¿Qué necesitas?, y rapidito. Colgaré en un minuto.

—Quiero que averigües adónde llevan a los tres que estaban en San Lázaro, me quieren joder y tengo que anticiparme. Ahora mismo siguen en el edificio que está encima de La Taberna de San Lázaro, el de los andamios, podrás verlo en todos los telediarios.

—No me acercaré por allí ni de broma. ¿Tú no tenías un contacto en comisaría?

—Tenía —dijo Vilaboi—, tú lo has dicho. Pero no puedo tirar más de él.

—Conozco a un agente que me debe alguna. Si solo es eso, creo que puedo conseguírtelo.

—Solo eso. Gracias, Flaco.

—No me las des —dijo el hombre.

Colgó sin despedirse.

El hombre que mató a Carlos Morgade

—Santi, acaba de ingresar Carlos Morgade —dijo Connor Brennan en cuanto el inspector contestó a la llamada.

—¿Carlos? —exclamó Santi, alterado—. Lo han atacado, lo sabía, yo...

—No es lo que crees —le interrumpió el psiquiatra—. De hecho, me han avisado a mí porque es un intento de suicidio. De momento está en la UCI, pero no se teme por su vida; lo subirán a psiquiatría en cuanto comprueben que está fuera de peligro.

—Joder —maldijo Santi—. Joder. Me cago en Vilaboi. Voy para allá.

—Santi, si en los próximos días voy a ocuparme de su caso...

—Lo sé, lo sé, ya pasamos por esto cuando nos conocimos. ¿Cómo ha sido?

—Se cortó las venas. Iago lo encontró y actuó muy rápido. Le ha salvado la vida.

—Supongo que eso quiere decir que no quiere matarlo —dijo Santi.

—No te entiendo. Conozco el trabajo de Silvent y lo admiro profundamente...

—De la misma forma que tú harás tu trabajo con Carlos, yo también tengo que hacer el mío, y tampoco voy a comentarlo con alguien ajeno al equipo de investigación —lo cortó el policía—.

La investigación da veinte giros al día, no puedo contarte nada, pero el caso es infernal. Me paso ahora por ahí. Te dejo, que me está sonando el fijo, seguro que es el equipo de San Lázaro para avisarme.

—Ok —dijo Brennan a modo de despedida.

En efecto, la llamada era para informarle de lo ocurrido. Pensó en contárselo a Ana, pero esa tarde libraba. No sabía dónde estaba, aunque sabía con quién. Tenía que asimilarlo. Se dijo a sí mismo que lo llevaría mejor si la persona con quien estaba Ana no fuera Veiga. Sabía que se engañaba a sí mismo: el problema no era Veiga, el problema radicaba en él. Se le daba bien asumir culpas y responsabilidades. La había cagado con Ana desde el principio. Primero le había ocultado la paliza que le dio a su exmujer, Sam, y luego por no entender sus temores, por no ser sincero al cien por cien, por no acompañarla. A veces hay que entrar en acción y no sentarse en un banco a esperar que suceda algo. *Too late*, como acostumbraba a decir Ana. Siempre llegaba tarde. Por lo menos esta vez había aprendido la lección, estaba ordenando su vida sin pensar en lo que Ana haría con la suya.

Revisó los papeles encima de su mesa. Acababan de llegar las imágenes de las inmediaciones de la casa de Morgade. La luz no era buena y el ángulo aún era peor. No se reconocía al atacante pero se confirmaba que era un hombre de gran envergadura. Luego abrió una carpeta que le había dejado el agente Del Río. Había hecho un estupendo trabajo. Tenía que comentárselo a Veiga: ese chico le estaba metiendo un montón de horas. En cierta medida le recordaba a Barroso. Había redactado un minucioso informe con un breve resumen de sus entrevistas con las cinco mujeres de las que Vilaboi había abusado y que aún estaban en Galicia. Los relatos eran casi idénticos. Lo que le quedaba claro es que Héctor

Vilaboi se merecía todos y cada uno de los días que había pasado en prisión, y no iba a descansar hasta devolverlo allí.

Rubén había revisado también el historial médico de Antía Morgade. Las analíticas eran claras. En febrero de 1998 Antía estaba embarazada y sin embargo la autopsia realizada tras el suicidio no lo reflejaba. Eso quería decir que Antía había abortado antes de morir. Tendrían que investigar cómo y cuándo lo había hecho.

Su mirada saltó al siguiente documento. Había localizado al sospechoso de la agresión. El agente Del Río en solitario estaba avanzando en la investigación más que Ana y él juntos. Los reproches del comisario Veiga se hicieron eco en su conciencia. Desterró el pensamiento, eran un equipo. Se concentró en el informe. Lorenzo Cobo García, más conocido como Loko. Cuadraba con el resultado de las imágenes que había obtenido cerca de la casa de Morgade. Leyó sus antecedentes. Se acordaba del caso y de cómo había quedado en libertad por un error de forma en la instrucción. Sin duda, su descripción bien podía encajar con la de un gigante. Bien por Rubén al haber encontrado esa conexión entre Vilaboi y Loko. Al parecer eran inseparables en el trullo. Bueno, tendrían que hacerle una visita. Tendrían que hacer un montón de cosas. Quería ir a ver al forense. Quería hablar con Silvent y Mónica. No sabía si ahora tenía mucho sentido detener a Iago. Había tenido una oportunidad cojonuda de acabar con Carlos y le había salvado la vida. Nada en este caso era lo que parecía. Lo cierto es que todos escondían un montón de cosas. Sabía que con carácter general siempre sucedía así, pero lo que iban descubriendo, en lugar de arrojar algo de luz sobre el caso, lo complicaba más. Y lo peor eran los muertos. Tres, casi cuatro.

Si Carlos Morgade hubiera muerto hoy, no le habría cabido ninguna duda de que el culpable moral de esa muerte sería Héctor Vilaboi. Pero el sistema no condenaba a los culpables morales, así que tenía que atrapar a Héctor por aquellos actos que había ejecutado materialmente. Disparar a Xabi, asfixiar a Eva y dejar la heroína adulterada en casa de Lito. Tenía serias dudas sobre el tipo penal que se aplicaría a este último delito, pero él era el inductor de esa muerte. En cualquier caso, ya lo decidirían los abogados y fiscales. Él solo tenía que echarle el guante a Héctor.

Cogió el móvil para llamar a Rubén. No le contestó. Le mandó un mensaje con solo dos palabras: «Buen trabajo». Después buscó el contacto de Ana. El teléfono al que llama está apagado o fuera de cobertura. Deje su mensaje después de la señal.

Ana estaba ocupada. Pensó en dejarle un mensaje. Estoy desbordado. No tengo ni idea de por dónde tirar. Te echo de menos. He dejado a Lorena. Las palabras se agolpaban. Por una vez en la vida quería hablar y por una vez en la vida sabía que no podía hacerlo.

No dejó ningún mensaje.

Rompió a llorar.

Juan 11:35

—Jesús lloró —dijo el hombre.

—¿Cómo dice? —preguntó Connor.

—Me ha preguntado en qué estaba pensando. Estaba pensando que «Jesús lloró» es el versículo más corto de la Biblia. ¿Sabe cuándo aparece esta frase en la Biblia?, cuando Marta y María le mostraron el cuerpo de Lázaro. Siempre me ha parecido un ejercicio de elocuencia maravilloso. No se puede expresar más con menos. A lo largo de todo el Nuevo Testamento, Jesús solo llora tres veces. Esta es una de ellas.

—¿Es usted religioso, señor Morgade? —quiso saber el psiquiatra.

—Tutéeme, por favor. Uno no habla de estas cosas con alguien que lo trata de usted.

Connor asintió.

—Fui al psicólogo después de la muerte de Antía —continuó Carlos—, duré tres sesiones.

—Yo no soy psicólogo, soy psiquiatra. Y tienes que asumir que estás enfermo, Carlos. Has estado a punto de morir.

—No creo que esté enfermo. Creo... Creo que estaba tratando de facilitarle el terreno a Vilaboi. A veces uno se cansa, ¿sabes?

—Uno se cansa —asintió Connor—, es exactamente así. Lo has resumido muy bien.

Se quedaron en silencio.

—No soy religioso. Uno no puede vivir rodeado de tanta mierda y creer en Dios —dijo Carlos.

—Eres tú el que ha invocado un versículo de la Biblia.

—La Biblia tiene más connotaciones que las religiosas. Es el reflejo de toda nuestra sociedad, la cultura europea se asienta sobre fuertes raíces judeocristianas.

Connor enarcó una ceja y esperó a que su interlocutor continuase hablando.

—Siempre me ha interesado la muerte —siguió Carlos tras unos instantes—, supongo que es normal, ha condicionado toda mi vida. Perdí a mi padre en un accidente. Mi madre se suicidó cuando yo tenía diecinueve años. Para entonces mi hermana Antía y yo llevábamos varios años en residencias de acogida, porque mi madre estaba ingresada en Conxo. Un año después, Antía se suicidó. No voy a entrar en detalles, ya los conocerá todos por la prensa.

—Quiero que me lo cuentes tú —insistió Connor.

—Se suicidó en la vivienda tutelada de la Algalia que compartíamos con otros cinco compañeros. Tres de esos cinco compañeros han muerto en las últimas tres semanas. Me parecen suficientes razones para interesarme por la muerte, ¿no crees?

—No he cuestionado esas razones en ningún momento. Me has dicho que fuiste al psicólogo. ¿Cuándo fue?

—Poco después de la muerte de Antía, hace unos veintitrés años.

—¿Estuviste medicado?

—Solo los psiquiatras pueden recetar, ya lo sabes.

—El médico de cabecera pudo haberte pautado algún antidepresivo o ansiolítico.

—No.

—A partir de ahora tendrás que tomar medicación.

—¿Es estrictamente necesario?

—Te repito lo que te he dicho al comenzar la sesión —insistió Connor—: Has estado a punto de morir.

—Lo sé. Fue un acto consciente. No estaba enajenado, ni fuera de mis cabales. A veces uno puede decidir acabar con su vida tras una decisión meditada.

—Hay un estudio muy interesante que habla de la relación entre el suicidio y la enfermedad mental. Aborda y cuestiona la simplicidad de ese titular por todos conocido que dice que el 90 por ciento de los suicidios se deben a un trastorno mental. Como bien dices, sería muy reduccionista dejarnos llevar por el dato numérico. Te lo pasaré si quieres leerlo, tengo la sensación de que te gusta investigar.

—No tengo estudios superiores, ni siquiera en el ámbito de la música. Supongo que he suplido esa carencia a base de lectura.

—Pues, si lees este estudio, verás el suicidio desde múltiples perspectivas. El suicidio como síntoma o el suicidio como trastorno mental en sí mismo. Cada individuo manifiesta sus propias peculiaridades mediatizadas por sus alteraciones neurológicas, bioquímicas o incluso genético-hereditarias. Mi trabajo consiste en analizar tu situación, saber por qué intentaste suicidarte y evitar que vuelva a suceder.

—No has entendido nada de lo que te he dicho. Hace tres días me acosté con una mujer que llevaba toda la vida enamorada de mí. Ocho horas después estaba muerta. Toda la gente a la que quiero muere.

—Eso es lo que estaba tratando de decir, que a veces el suicidio no es más que una opción límite ante una situación de sufrimiento trágico.

—Puedes seguir con esa charla científica todo el tiempo que quieras, doctor. No estoy loco, pero me tomaré todas las pastillas que quieras, vendré aquí a hablar contigo en cronometradas sesiones de cincuenta minutos. Hablaremos de mi madre, de la muerte de mi padre y del estrés postraumático que me produjo ver a mi hermana con las venas abiertas en el salón de nuestra casa. Haremos todo eso. Te contaré mi desgraciada vida, aunque ni siquiera podemos achacarlo todo a la mala suerte o a la estúpida ley de Murphy, porque la única realidad es que a los que no desayunamos tostadas nunca se nos caen boca abajo. Puede que no vuelva a intentar suicidarme o puede que lo intente la próxima vez que alguien a quien quiero muera. Saca todos tus manuales y escribe en esa libreta todo lo que me dé por hablar. Pero ambos sabemos que esto es muy sencillo. Es solo que, ya sabes... —Carlos se calló de golpe, como si ya estuviera todo dicho.

—Lo sé, a veces uno simplemente se cansa —concluyó Connor, cerrando su libreta y dando por terminada la sesión.

Lo único que había sacado en limpio es que necesitaría tiempo y terapia para determinar qué tipo de trastorno padecía Carlos Morgade.

Y que, aunque se le daba bien, a él no podía engañarlo. Ese hombre estaba mintiendo.

Dos favores

—Lo tengo —dijo Flaco—, la mujer está en el hotel Gelmírez; el biólogo, en el Eurostars San Lázaro. Morgade sigue en el hospital, pero me dicen que lo van a mandar al hotel Peregrino.

—¿Separados?

—Sí, separados —confirmó Flaco—. Mi contacto dice que lo hacen para vigilarlos mejor.

—Y para protegerlos los unos de los otros —reflexionó Héctor en voz alta—. Tal vez ese comisario Veiga está barajando otras opciones.

—Déjate de cháchara, Vila, ya he cumplido. No me llames más.

—Espera un minuto —gritó Héctor—. Necesito otro móvil. Al mío llegarán pronto a través del registro de llamadas de Loko.

—Te dije que solo un favor, no me jodas, Vila.

—Lo sé, lo sé. Y no sé si llegarán hasta Loko, aunque no las tengo todas conmigo. Necesito otro móvil. De verdad. Te devolveré el mío.

—¿Para qué?, ¿para que lleguen a mí?

—Tráemelo esta noche, Flaco.

—Necesitaré un par de días.

—Que sea uno. Mañana, a la una y media de la madrugada. En el camino que hay tras el pabellón polideportivo de Santa Isabel.

—El último favor que te hago. Y te va a costar quinientos euros.

—Hecho.

Algalia 30

12 de marzo de 1998

—¿Cómo te encuentras? —Iago entró en la habitación.

Antía estaba en su cama. Llevaba desde el lunes sin ir a clase.

Ella se giró hacia la pared. No se veía capaz de sostenerle la mirada.

—¿Te duele?

Negó con la cabeza.

—Pronto lo habrás olvidado.

Ella volvió a girarse, esta vez para mirarlo a la cara.

—¿Cómo puedes estar tan tranquilo y hacer como si nada hubiera pasado?

—Es que no ha pasado nada. Miles de mujeres abortan todos los años.

—¿Cómo supiste lo de Héctor?

—Mónica me lo dijo. No te lo conté antes para no hacerte daño, pero Mónica y yo estamos saliendo. No te lo dijimos para que no te sintieses mal. Ya sabes que siempre he estado loco por ella. Y ahora lo tenemos claro.

Antía lo miró incrédula.

—Ella siempre dice que todos los de este piso no sois más que niñatos sin futuro —acertó a decir.

—Antía, este año dejaré este piso, me voy a una vivienda asistida. Mónica y Carlos también se irán. Ya no somos niñatos, y el futuro está ahí fuera. Mónica se ha dado cuenta de lo que siente por mí. Has hecho lo correcto. Héctor será pronto pasado y no podemos consentir que nos joda ese futuro. Eres una cría dulce y ya sabes que te quiero como a una hermana. Y lo que pasó fue un accidente. Yo estaba borracho, Mónica se había liado con otro... Tienes que seguir adelante.

—Contaré lo de Héctor. No se puede salir con la suya.

—Hazlo —dijo Iago, antes de abandonar la habitación de Antía—, y entre Mónica y yo te destrozaremos en cuanto empiecen a investigar.

¿Quién mató a Antía Morgade?

—No. Ya os he dicho que no una y mil veces —insistió Iago Silvent—. No me acerqué a Xabi durante la cena y mucho menos durante el espectáculo de fuegos. No sé por qué Eva dijo eso. Y, ya puestos, la única prueba que tenéis de ello son las declaraciones de Carlos.

—Señor Silvent, concuerdo con todo lo que dice, pero perder los nervios no ayudará a que creamos su versión —dijo Ana.

Estaban en su habitación de hotel, muy cerca del piso que habían abandonado hacía un par de días tras la muerte de Eva y el intento de suicidio de Carlos, que había retrasado sus planes: de pronto, interrogar al hombre que había salvado la vida a Carlos Morgade no parecía tan prioritario.

—Miren, nos han separado. Lo entiendo, ahora de repente son capaces de considerar el hecho de que nos estemos atacando los unos a los otros. Pero eso es ridículo y yo necesito estar con Mónica. Ella y yo, en fin, ya saben, estamos comenzando una relación y queremos estar juntos. No estamos detenidos, ¿no?, pues en ese caso me iré al hotel de ella y confío en que no me lo impedirán.

—No están detenidos, pero ustedes han exigido protección policial y estas son nuestras condiciones para dársela.

—¿Cómo está Carlos? —dijo Iago, aparcando momentáneamente su demanda.

—Vivo, y todo gracias a ti —respondió Santi.

—Menos mal. Fue horrible. Ya te imaginarás que fue como revivir lo de Antía.

—Precisamente queríamos hablar con usted de ella, señor Silvent —dijo Ana.

—Creí que ya sabían todo lo que había que saber respecto de lo que sucedió con Antía.

—Sabemos todo lo que se dijo en el juicio. Pero hemos estado hablando con mucha gente que la conoció en aquella época. —Ana lo miró fijamente.

—Iago —intervino Santi—, lo que la subinspectora Barroso quiere decir es que, según varios testimonios que hemos recabado, Antía estaba enamorada de ti.

—Bueno, creo que no era un secreto —admitió Iago—. Ella era una chica introvertida, romántica, y era fácil que con la convivencia se confundieran los sentimientos.

—Lo que la subinspectora Barroso quiere decir —dijo Ana con retintín— solo lo sabe la subinspectora Barroso. Y me parece muy bien toda esa charla sobre el amor romántico, pero ya que estamos entre amiguetes voy a empezar a tutearte, al igual que hace mi jefe, y preguntarte una sola vez y sin miramientos lo que creo que sucedió. Y espero que no me mientas. Ahí va: ¿te estabas tirando a Antía Morgade cuando murió?

—¡Ana! —le gritó Santi.

—¿Qué pasa?, ¿tú puedes mantener tu rollo de colegas del insti durante todos los interrogatorios y yo tengo que guardar las formas? —replicó ella.

—Salgamos —dijo Santi en un tono que no admitía réplica.

Abandonaron la habitación. En el pasillo del hotel había dos señoras de la limpieza empujando los carritos con la ropa sucia. Esperaron prudentemente a que se perdieran al fondo del pasillo.

—Vas a entrar ahí y vas a disculparte con Iago Silvent. Es cierto que no lo trato de usted, pero ahí se acaba toda mi camaradería. Te vas a disculpar y vas a estar a la altura del Cuerpo al que perteneces.

—Estoy harta, Santi, harta de que me trates como si fuera idiota, hablando en mi nombre y riéndote de mis intentos de hacer de esta una investigación seria. He perdido los nervios, lo sé —añadió Ana más calmada—. Entraré y me disculparé. Pero no me digas que estás actuando como se espera de un inspector jefe porque no lo estás haciendo, y alguien tenía que decírtelo. Siento haber sido yo.

—Es verdad. —La voz de Iago a sus espaldas los sobresaltó a ambos.

—Entremos —dijo Santi—. Aquí no.

—Es verdad. Me acosté con Antía —confesó Iago al tiempo que Santi lo tomaba del codo y lo empujaba—. Un par de veces. Estaba enfadado con Carlos.

Silvent se sentó en el sillón de la habitación y rompió a llorar. Abad y Barroso esperaron pacientemente a que se tranquilizase.

—Ella estaba loca por mí —hipó Iago— y fui un cabrón. Yo estaba colado por Mónica, siempre he estado enamorado de ella. Pero Mónica en aquel entonces buscaba otra cosa. El caso es que, en una fiesta de fin de año, Carlos se lio con Mónica. No recuerdo haberme sentido tan mal en mi vida. Para él no significó nada, pero a mí me dejó hecho polvo. Él era mi mejor amigo. Sabía lo que yo sentía por ella y no le importó. Al día siguiente se limitó a decirme que había bebido mucho, que no se acordaba de casi nada y que lo sentía. Que no me agobiase, que ella estaba igual de pedo que él.

—Y usted se acostó con su hermana. —Ana retomó el tono formal del interrogatorio.

—Solo me acosté con ella un par de veces, luego le dejé claro que todo había sido un error. Dos días después se abrió las venas en el salón.

—Eso cambia sustancialmente todas las hipótesis que se barajaron sobre la causa del suicidio de Antía. Antía Morgade se quedó embarazada. ¿Lo sabía usted?

Iago irguió la cabeza, sorprendido. No emitió un sonido. Se limitó a negarlo.

—Eso no cambia el hecho de que Héctor abusó de ella —acertó a decir finalmente.

—¿Estamos seguros de eso? —inquirió Barroso.

—Lito vio algo, nunca nos confirmó el qué, pero estaba convencido de la culpabilidad de Héctor, pero se negó a declarar, siempre huyó de polis y jueces como de la peste —afirmó Iago—. Es el único que vio algo, de hecho. Pero Antía se lo dijo a Mónica. Y ella a todos los demás.

—A todos menos a Carlos —concluyó Santi.

—Carlos lo habría matado —continuó Iago—. Lo hicimos por su bien. Cuando saltó el asunto de Jessica, Carlos dio por hecho que esa era la causa del suicidio. Nos buscó, nos reunió y nos hizo jurar que haríamos que Héctor pagase por ello. Xabi y Eva testificaron en ese juicio y... les diré la verdad: cometieron perjurio. Ninguno había visto nada. Pero daba igual. Necesitábamos encerrarlo. Hacerle pagar por lo que le había hecho a Antía. Y yo me sentí redimido. Muy en el fondo llevo toda la vida culpándome por lo que le hice.

—Y luego Carlos se plantó en la cárcel y le contó a Héctor que todos habíais conspirado para encerrarlo, y esa es la razón por la que él os está matando —concluyó Santi.

—Uno a uno —asintió Iago—. Pero quiero que quede claro que Héctor era culpable. Lo que les hizo a esas chicas era real. Lo que le hizo a Mónica fue terrorífico, y hablo de ella porque la he visto narrarlo en primera persona. Sabemos la cantidad de chicas que lo denunciaron, pero ignoramos cuántas, como Mónica, lo sufrieron y no hablaron. Es un degenerado. Le hicimos un favor a la sociedad.

—Imagino que te repites eso cada día para sentirte mejor —comentó Santi.

—Cada día, desde hace veinte años.

El topo

—Otro tanatorio —dijo Santi mientras aparcaba el coche patrulla a las puertas del tanatorio de Boisaca.

—¿Tus amigos no vienen? —preguntó Ana.

Santi le dedicó una mirada torcida, pero esta vez no le entró al trapo.

—Mónica y Iago han decidido no venir por motivos de seguridad —se limitó a contestar—. Carlos salía hoy del hospital y ha comunicado a la patrulla que lo escolta que quería venir. Llegará en un rato, imagino.

—Entonces ¿por qué estamos aquí?

—Porque creo que hay muchas probabilidades de que Vilaboi, o alguien en quien Vilaboi confíe, venga. En estos momentos tenemos a los tres supervivientes desperdigados por Compostela. El asesino tiene que jugar sus cartas y salir de su escondite si quiere encontrarlos.

—¿Conoces al viudo?

—No. Imagino que estará destrozado. Y no hablo solo de la pérdida de su mujer.

—¿Sabrá lo de Eva con Morgade? —dijo Ana.

—Supongo que no, aunque seguro que lo acabará sabiendo. No me imagino qué cara se le va a quedar.

—De viudo gilipollas.

—Un poco de respeto, Barroso.

—Estoy intentando resucitar tu sentido del humor. ¿Es aquel de allí?

Él asintió. Damián Herrero atendía a sus conocidos con gesto serio. Cuando alguien lo abrazaba o le daba el pésame, se emocionaba y rompía a llorar. Santi pensó que en nada toda su pena mudaría en rabia y que esa rabia sería más insoportable que toda la nostalgia y sentimiento de pérdida que ahora lo abatían.

Echó una ojeada a su alrededor. Nadie sospechoso. Ana tenía razón: no sabía qué estaba esperando; Héctor no iba a ser tan idiota como para plantarse allí.

—¿Nos acercamos a darle el pésame? —preguntó ella.

—Ni de coña, para ese hombre no somos más que los inútiles que no pudieron salvar a su esposa.

—Y ¿os vais a poner las pilas definitivamente? —les interrumpió una voz a sus espaldas.

Santi y Ana se giraron al unísono. Carlos Morgade presentaba un aspecto deplorable. Los hematomas de su cara habían adquirido ya tonos amarillentos. Seguía llevando el brazo en cabestrillo. Ana desvió la mirada hacia sus muñecas, que permanecían ocultas por las mangas de una camisa negra, apropiada para el funeral, pero no para las altas temperaturas que caían a plomo sobre Compostela. Hacía apenas tres días que Iago Silvent lo había encontrado medio muerto en la bañera. El funeral se había demorado como consecuencia de la autopsia. Se compadeció de Morgade. Recordó las palabras de Santi respecto a él. Lo había calificado como un superviviente. Lo era. Tenía que luchar contra un asesino en serie y, algo aún peor: contra sí mismo.

—Ya te han dado el alta.

—Tengo que ir a hablar con el loquero un par de días a la semana, pero por lo de las heridas del brazo, sí. En principio, de esto estoy curado —dijo Carlos, llevándose la mano izquierda a la muñeca contraria en un gesto que a ella no le pareció intencionado.

—¿Estás con Brennan? —preguntó Santi—. Suele colaborar con nosotros cuando necesitamos que nos asesoren sobre perfiles psicológicos. Además de ser mi amigo es un gran psiquiatra.

—No lo dudo, pero toda esa cháchara freudiana llega tarde para mí. —Carlos parecía totalmente vencido—. Creo que no hay psiquiatra en el mundo que nos pueda hacer sobrellevar lo que estamos sufriendo.

—Sé que es duro, pero lo cogeremos, te lo prometo —le aseguró Santi.

Ana se giró hacia él con sorpresa. Nunca hagas promesas que no sabes si podrás cumplir a las víctimas o a sus familiares. Esa lección la tenían grabada a fuego todos los miembros del Cuerpo. Decididamente, ese no era el Santi Abad con el que ella había trabajado antes de marcharse a Ponferrada.

—Eso decís, pero ya han muerto la mitad de los que estábamos en esa cena. Bueno, supongo que tendré que ir a dar el pésame a Damián, aunque lo único que quiero es despedir a Eva en condiciones.

Ana lo siguió con la mirada. Carlos se acercó al viudo y extendió su mano sana a modo de saludo. Damián se lo quedó mirando. Adivinó al instante lo que iba a suceder.

La gente se arremolinó alrededor de ellos tras el puñetazo que cogió por sorpresa a todos los presentes. Santi y Ana se acercaron y separaron a los dos hombres.

—¡Maldito cabrón! —gritó el viudo.

Hay palabras que uno nunca espera escuchar en un tanatorio.

—Vamos, Damián —trató de mediar Santi—. Piense en su esposa. Estoy seguro de que, con independencia de lo que haya sucedido, no quiere usted faltarle así al respeto en su propio funeral.

—Esto no tiene que ver con Eva. Ella está muerta. Pero este cabrón está vivo y tiene la desfachatez de venir aquí y darme el pésame.

—Vayamos fuera —le pidió Santi mientras le hacía un ademán a Ana para que se hiciera cargo de Morgade.

—¿Quién demonios es usted? —preguntó el viudo.

—Soy el inspector Abad.

Damián lo escrutó buscando una pista que lo identificase como policía. Finalmente, lo siguió al exterior. Una vez allí, se quitó la chaqueta.

—No se puede tener más desfachatez.

—No sé a qué se refiere, señor Herrero —lo tanteó Santi con prudencia—, pero no merece la pena ponerse en evidencia en un día tan señalado.

—¿Ponerme en evidencia? —le gritó Damián, perdiendo los estribos—. ¿Cree que me importa? En evidencia se han puesto ustedes y su mierda de vigilancia que le ha costado la vida a mi mujer. Dijeron que cuidarían de ellos tras el ataque a Morgade y ese hombre se coló en el piso y la asesinó. Eso si la versión oficial es la buena. Porque, una vez que sé que ese hombre se estaba acostando con mi mujer, nada me impide imaginar que decidió asfixiarla después.

—No sé de dónde ha sacado eso.

—De aquí —dijo Damián mostrándole su móvil.

Un mensaje de wasap breve pero muy claro.

«Carlos Morgade se acostó con tu mujer antes de que la mataran. Pregunta a los forenses».

—¿Van a darme los datos de la autopsia? ¿Qué tienen que decir los forenses?

—Si se persona en la causa ejerciendo su derecho a la acusación particular, tendrá acceso a toda la documentación. Por ahora los datos de las autopsias están bajo secreto de sumario. Estamos investigando y el juez de instrucción determinará en su caso la veracidad de los hechos que se desprendan de todas las pruebas, incluidas las periciales.

—¿De verdad se va a quedar tan tranquilo soltándome todo ese rollo judicial? Lo único que quiero saber es quién mató a mi mujer y lo que me han dicho es que Carlos Morgade se la estaba tirando, así que me da igual que diga que esto es una falta de respeto hacia ella. Ese tío se merecía que le partiera la cara.

Santi estuvo a punto de decirle que no debería dar por buena cualquier información y menos una anónima, pero teniendo en cuenta lo que sabía prefirió guardar silencio.

—¿Quién le ha enviado ese mensaje, señor Herrero?

—Eso no es asunto suyo.

—¿Quiere usted colaborar o va a obligarme a pedir una orden judicial?

—Y ¿a quién le importa quién me ha enviado ese mensaje?

—Nos importa y mucho, ¿no se da cuenta de que Héctor Vilaboi puede estar detrás de esa información?

—Le daré el número —aceptó Damián, aún reticente.

—¿Podría darnos ahora su móvil? Necesitamos que nuestros agentes de la división tecnológica lo revisen.

Damián lo miró dubitativo. Después le entregó el móvil a Santi.

—Entre y despida a su mujer, eso es lo más importante ahora mismo. La subinspectora Barroso ya se ha llevado a Carlos Morgade, no tema.

Santi lo observó mientras entraba en el tanatorio. Lo entendía, pero no podía decirlo en voz alta. Se dirigió al coche patrulla y espero allí a Ana. La puso en antecedentes en cuanto llegó.

—¿Crees que el mensaje es de Vilaboi?

—Solo el asesino puede intentar desestabilizarlos de esta manera.

—Pues sí que es retorcido.

—Hay algo mucho más grave.

—¿El qué, jefe?

—Que lo que le dijo es verdad —le contestó Santi—. Y eso solo lo sabíamos nosotros, Morgade y los forenses. Quizá Iago y Mónica. Nadie más. Y eso significa...

—Que tenemos un topo —concluyó Ana.

Tres favores

—¿Te ha seguido alguien?

—Por la cuenta que me trae, no. Aquí tienes el móvil.

—Te voy a pedir que destruyas este. A ser posible fuera de Compostela —dijo Vilaboi entregándole su dispositivo.

—¿No te cansas de pedirme cosas?

—No tengo a nadie más. Aquí tienes tu dinero, Flaco. Me estoy quedando sin efectivo. Quizá te pida ayuda más adelante para conseguir algo de pasta, en cuanto esté preparado para salir del país.

—¿Tienes un plan de huida?

—Más o menos, pero antes tengo que asegurarme de que dejo saldado todo este asunto.

—¿Estamos en paz?

—Nunca has estado en deuda conmigo —dijo Héctor.

—Todo el mundo tenía alguna deuda pendiente contigo, Vila.

—Necesitaría otro favor —se atrevió a pedirle Vilaboi.

—Tres son multitud, también en lo que se refiere a los favores.

—Tres son los cabrones que están ahí fuera jodiéndome vivo. Si me dices que no, me buscaré la vida.

Flaco se apoyó contra el murete de piedra. La noche era oscura. Solo reconocía a Vilaboi por su timbre de voz. No era más que una sombra negra con gorra y mascarilla. Había hecho un buen trabajo, pasaba totalmente desapercibido.

—No quiero volver al trullo. Esto es serio, Vila. No estamos hablando de trapicheo, ni de drogas o de armas. Estamos hablando de asesinato, me puede caer una buena.

—Solo necesito una copia de la llave de la habitación de alguno de esos tres desgraciados.

—No sé si podré. En serio, Vila. No quiero nada que me conecte con esa gente ni con esos hoteles. Esta no es una ciudad grande. Todo el mundo se conoce. Y siempre hay alguien dispuesto a hablar.

—¿Puedes conseguir al menos algo de información? Sobre la logística de esos hoteles, horarios de limpieza, planos, entradas y salidas de emergencia, cámaras de seguridad, turnos de los empleados, en fin, ya sabes. Algo que me ayude a llegar hasta ellos.

—Conozco a alguien que trabaja en la cafetería del Gelmírez y que tiene una cuenta pendiente conmigo. Veré qué puedo hacer. Intentaré decirte algo, aunque no te prometo que sea muy útil. Siempre hay algo que rascar, pero no te esperes gran cosa. Y hasta aquí, Vila.

—Hasta aquí —prometió el hombre de negro.

Hablando claro

—Una Coca-Cola estará bien —dijo Ana.

—¿No quieres una cerveza? —le ofreció Santi.

—Tengo que conducir.

—Puedes tomar una cerveza, y puede que hasta dos si cenas bien, lo que espero que hagas, porque te he preparado una cena increíble. Gentileza del chef Abad.

—Me reservo para tomarme una copa de vino en la cena. ¿Qué vas a prepararme?

—Rodaballo al horno.

—Y ¿me cuentas de qué va esta invitación a tu casa?

—Quería enseñarte mis nuevas cortinas de Ikea —bromeó él.

—Sigues siendo el tío más ordenado del mundo —dijo Ana mientras se sentaba en el sofá. Efectivamente, lo era.

—Dos años en Ponferrada no iban a cambiarme la personalidad.

—Y ¿ahora me vas a contar el porqué de la invitación? —insistió Ana.

—Quiero que hablemos relajados. Del caso, de nuestra amistad. Quiero que bebamos y nos riamos.

—Acabaré volviendo en taxi, lo veo.

Santi sacó dos cervezas de la nevera.

—Dímelo sinceramente, ¿cómo ves el caso?

—Estoy muy perdida —confesó Ana—. Por momentos creo que Vilaboi está gestando una venganza implacable y cruel. No quisiera estar en la piel de esa gente. Debe de ser terrible ver morir a todos a tu alrededor sin saber cuándo llegará tu turno. Pero, por otro lado, tengo muy claro que todos ellos nos están mintiendo. Tu amigo Carlos, sin ir más lejos: nos dijo que un hombre que encajaba con la descripción de Héctor la había atacado y sabemos que fue Lorenzo Cobo; el jefe me enseñó los vídeos de esa noche tomados cerca de su casa en Vista Alegre. Iago Silvent se acostaba con Antía Morgade, lleva años mintiendo al que era su mejor amigo. No me creo eso de que no supiera nada del embarazo de Antía; nos ocultó la relación y ahora tampoco nos dice la verdad. Se supone que Eva vio algo en esa cena y no nos lo contó, aunque ya nunca sabremos si esto era verdad. Mónica Prado sufrió abusos y lo ocultó durante años. Absolutamente ninguno es sincero.

—Todos tendemos a mantener a buen recaudo nuestros secretos.

—Es un ejercicio inútil. Siempre acaban saliendo a la luz —reflexionó Ana.

—He dejado a Lorena —confesó Santi de pronto, dando un vuelco a la conversación.

—¿Que has hecho qué? —Ana casi se atraganta con la cerveza.

—Ni más ni menos lo que tenía que hacer. No te alteres. Esto no tiene que ver contigo. Tiene que ver solo con ella y conmigo. Ella se merece algo mejor. Y te lo cuento porque, según tú, los amigos se cuentan estas cosas.

Ana barrió con la mirada el salón del apartamento de Santi buscando algún vestigio de Lorena. No lo encontró.

—Esto no es justo —alcanzó a decir finalmente.

—No te confundas, te he dicho que esto no tiene que ver contigo. Y es así. Simplemente he analizado lo que siento por Lorena y he decidido que se merece algo más que un policía que siente más pasión por su profesión que por ella.

—No me tomes por idiota. Yo empiezo una relación y tú acabas con la tuya. ¿Qué es exactamente lo que buscas? —pregunto ella, alterada.

—Ana, en serio, deja de ser tan egocéntrica por una vez en tu vida. Te lo voy a decir solo una vez: esto no se trata de lo que siento por ti, se trata de lo que no siento por Lorena. Y contestando a tu pregunta, lo único que quiero es que te tomes un buen rodaballo.

—Santi...

—¿Quieres la verdad? —Santi elevó los ojos al techo y lo pensó unos segundos—. Muy bien —cedió al fin, mirándola de frente—. Pues la verdad es que tenerte cerca me hace darme cuenta de lo que siento por ti. Te lo he dicho y me has mandado a la mierda. Punto final. Lo entiendo. Pero no voy a seguir adelante con una relación que acabará por hacerle daño a Lorena. Y no te miento, esta decisión tiene que ver con el hecho de que la quiero mucho, aunque no como ella merece, y no voy a continuar con algo que a la larga solo nos traerá dolor y resentimiento. Quiero que te relajes, que tomes una copa de este estupendo godello, pruebes este increíble pescado y nos riamos un rato, hablemos de trabajo, y normalicemos cómo va a ser nuestra relación a partir de ahora. Quería contártelo yo. Y quería contártelo fuera del coche patrulla y fuera de comisaría. No voy a dejarte un audio de tres minutos a las cuatro de la mañana. Ahora estás de vuelta. Acabo de cortar con una mujer increíble con la que llevaba dos años y medio saliendo, le he destrozado el corazón y estoy para el arrastre. Quiero que recojas mis pedazos. Y no quiero nada más. Prometido. Y a cambio estoy dispuesto a que me cuentes tus amoríos con el jefe. Pero con un límite, no estoy preparado para saber según qué cosas.

Ana lo miró con desconfianza.

—No me mires así —insistió Santi—, estoy siendo más sincero que nunca. Esto es lo que siempre me pediste, que hablase claro.

Ana asintió.

—Ya puede estar bueno ese rodaballo —dijo finalmente mientras daba un trago largo a su cerveza.

Algalia 30

14 de marzo de 1998

—No puedo creerlo.

Eva sollozaba tendida sobre la cama. Mónica estaba sentada a su lado y la abrazaba. Lito estaba sentado en el suelo con la espalda pegada a la pared. Xabi a los pies de la cama. Iago permanecía de pie.

—Pues ha sucedido —dijo Mónica—. Yo tampoco puedo creerlo.

—Tenemos que hablar —dijo Lito desde el suelo—. No sé vosotros, pero creo que todos intuimos qué ha pasado aquí.

—No sé de qué hablas —se apresuró a decir Iago.

—Todos sabemos lo que estaba pasando, ¿o soy yo el único? —insistió Lito—. Hablo de Héctor.

—Escuchadme bien. —Mónica soltó a Eva y se levantó de la cama—. No sé qué os creéis que ha pasado, pero a ninguno de los que estamos aquí nos conviene que se monte un escándalo. Si eso sucede, se cargarán el programa de viviendas tuteladas y nos quedaremos en la calle.

—No entiendo nada —dijo Xabi.

—Sucede que Héctor abusaba de Antía. Ella me lo confirmó —dijo Mónica, dirigiendo una mirada cómplice a Iago. Este estaba tan asustado que no era capaz de abrir la boca—. Pero no tenemos la más mínima prueba. A todos, menos a Xabi y a Eva, nos quedan apenas unos meses aquí. Yo no me voy a jugar mi futuro por acusar a un educador. Todos hemos estado en residencias y casas de acogida. Sabéis lo que sucederá. Nadie va a creernos.

Todos comenzaron a hablar a la vez.

—¿Cómo es eso de que abusaba de ella? —dijo Eva—. ¿Carlos lo sabía?

—Por supuesto que no —dijo Mónica—. Y esa es otra de las razones por las que vamos a guardar silencio. Si Carlos se entera de esto, enloquecerá. Ahora mismo Xulio está con él, por eso os he reunido aquí. Porque lo que yo sabía y muchos intuíais es posiblemente la causa de que Antía se haya suicidado. Pero no tenemos pruebas. ¿Alguien las tiene?

Todos se quedaron en silencio. Lito estuvo a punto de abrir la boca. Mónica lo miró fijamente. Él adivinó al instante que ella lo sabía todo: lo de Héctor, lo de la heroína, lo de su silencio. Se limitó a mirar hacia el suelo.

—A mí también me lo contó —mintió Iago.

Necesitaba sacarse de encima el sentimiento de culpa que lo abatía. Si algún día esto trascendía, Carlos tendría alguien a quien culpar de la muerte de Antía, y no sería él.

Eva dirigía la mirada alternativamente a unos y otros, interrogándolos sin palabras.

—Y ¿cómo no hicisteis nada? —preguntó al fin.

—Ya te lo he dicho —respondió Mónica—. Porque no tengo pruebas. Antía me pidió silencio. Y ahora, todos vamos a respetar su última voluntad. Si ella quisiera que esto se supiese, habría dejado una carta o algo. Imagino que nos interrogarán. Y si no es la poli, lo harán los educadores. Tenemos que ponernos de acuerdo y mantener una versión común. Antía estaba triste desde lo de su madre, eso es lo que diremos.

Todos asintieron.

—Recordad que decir la verdad no nos devolverá a Antía. Y que todos tenemos mucho que perder —dijo Mónica.

Solo Lito se revolvió inquieto en el suelo. Mónica pensó que ya se ocuparía de él más tarde. Sabía cómo callarlo.

En el mismo barco

—¿Te han dejado pasar?

—No estamos detenidos, Mónica. El viernes les dije que me mudaría aquí. Bastante he aguantado pasando dos noches fuera. Abad refunfuñó un poco, pero tengo derecho a estar con mi pareja y tengo derecho a que se me proteja.

—¿Has dicho eso? ¿Pareja?

—Saben que estamos juntos.

—Hace un mes estabas en Princeton y ahora me tratas como si estuviéramos a punto de casarnos.

—Hace un mes, Xabi, Eva y Lito estaban vivos. No sé lo que me queda de vida —confesó Iago—, pero puede que sea poco. Me da igual que sean dos semanas o veinte años. Quiero pasarlos contigo. Si Héctor va a matarme, quiero que lo haga tras haber pasado mis últimos instantes con la mujer a la que quiero. Si quieres casarte conmigo, lo haré. De hecho, me parece una excelente idea. Si voy a morir, quiero casarme contigo antes.

—Igual pretendes que eso suene romántico, pero suena aterrador. No me casaría contigo sabiendo que al día siguiente podríamos estar muertos alguno de los dos, o ambos. Yo no me voy a rendir. No me voy a quedar encerrada en una habitación de hotel esperando que me pongan una almohada sobre la cara. ¿Por qué no nos dejan huir? —preguntó Mónica—. Deberían dejar que nos fuéramos lejos, a un lugar en el que Héctor no pueda encontrarnos.

—No sé si ese lugar existe. Lo terrible de este asunto es que ellos aún están decidiendo si somos víctimas potenciales o sospechosos de asesinato.

—No lo tienen claro. Por eso estamos aquí. Dicen que nos protegen, pero nos están vigilando. A veces yo también vuelvo sobre la noche en que murió Xabi e intento recomponer el puzle de acontecimientos. Revivo las conversaciones en una especie de moviola para intentar encontrar alguna pista, algo que se me haya pasado por alto y pudiera ser importante. Es todo tan confuso... Después de lo que me contaste quiero hacerte una pregunta, y tengo que pedirte que me digas la verdad. ¿Qué hay de cierto en lo que dijo Eva? —se atrevió a preguntarle Mónica—. Sabes que a mí puedes contármelo. No lo diré. Incluso aunque me obliguen a declarar bajo juramento callaré, pero necesito saberlo. ¿Te acercaste a Xabi durante el espectáculo de fuegos?

—¿Lo preguntas en serio? —Iago la miró atónito.

—Si estamos juntos, lo estamos con todas las consecuencias.

—¡Por supuesto que no me acerqué a Xabi! —exclamó Iago alzando la voz—. ¿De verdad crees que yo le haría algo? Además, no podemos estar seguros de si Eva dijo eso. Ahora está muerta.

—Muy oportunamente —dejó caer Mónica.

—No puedes estar hablando en serio —le increpó Iago.

—Los dos sabemos que una muerte a tiempo puede ser una bendición. No me voy a escandalizar si me dices que tuviste algo que ver con la muerte de Antía. Recuerdo lo terrorífico que fue encontrarla en aquel salón. Aún sueño con ello, pero los dos sabemos que fue lo mejor que nos pudo pasar. Si hiciste algo, si Xabi vio o escuchó algo. Quizá tú decidiste callarlo, sé lo mucho que te importa tu reputación... Y luego Eva... Estoy desvariando, pero tú y yo somos unos supervivientes, hemos mentido todos tanto... Necesito encontrar una explicación.

—Tú y yo somos los culpables morales de la muerte de Antía, pero te juro que no moví un dedo para hacerle daño. Ella se lo hizo solita. Y tú no eres más inocente que yo. Presionaste a Lito hasta el infinito para que callase. Sé que no era santo de tu devoción. Nadie puede culparme por haberme acostado con Antía. No éramos más que un montón de chicos y chicas juntos con las hormonas a mil. Eso no quiere decir que tuviera ningún motivo para matar a Xabi, aunque no negaré que necesito que todo este asunto de Antía no trascienda. Como bien dices, mi credibilidad y todo mi futuro están en juego. Necesitamos que la opinión pública siga creyendo nuestra versión: Héctor quiere vengarse de nosotros.

—A mí me lo puedes contar todo —insistió ella, buscando su mano—. He encontrado mi sitio a tu lado. Sé que piensas que estoy contigo por tu fama, pero te juro, Iago, te lo juro, que no se trata de eso. Se trata de que eres la única persona en el mundo que sabe por lo que pasamos. Nadie te entenderá como yo te entiendo. Estabas conmigo cuando confesé públicamente lo que me hizo Héctor, así que ya sabes lo que siento, no seré yo la que te juzgue. Estoy contigo con todas las consecuencias. Puedes hablar.

—No te puedes haber planteado en serio que yo haya matado a Xabi o a Eva. —Iago liberó la mano y negó con la cabeza.

—No se trata de eso. Pero a fin de cuentas fuiste tú el que eligió el restaurante. No paro de darle vueltas. El crimen exigía cierta premeditación, y yo te propuse ir a Solleiros pero tú preferiste que fuéramos a A Horta.

—Así que se trata de eso. —Se puso en pie, incapaz de permanecer sentado un segundo más—. Elegí A Horta d'Obradoiro porque me la recomendó un compañero de la Facultad de Biología. Tengo una cadena de correos electrónicos que así lo prueban,

¿quieres verlos? Elegir una terraza en pandemia no creo que sea indicativo de la voluntad de cometer un crimen. Y tú colgaste en Instagram el lugar de la cena con un emotivo texto sobre reencuentros. Todo el mundo sabía dónde estaríamos.

—Vivo de mi imagen. Igual que tú, por cierto, por mucho doctorado en inmunología que tengas —replicó ella, enfadada.

—No sé cómo has podido pensar eso de mí —dijo Iago.

—En lugar de tomarla conmigo, deberías valorar que soy la mujer que estaría contigo a pesar de que hubieras cometido esos asesinatos —se defendió Mónica—. Solo quiero saber la verdad. Necesito que no haya secretos entre nosotros, como en el pasado. Formamos un excelente equipo, porque en el fondo no somos más que unos egoístas ambiciosos y despiadados, preocupados por que nadie descubra nuestras debilidades. Pero contigo no soy así. A ti te he dicho toda la verdad. Confío ciegamente en ti.

—No, esto no es confianza. Es desconfianza pura. No sé si quiero estar con alguien que me cree capaz de matar a tres personas. —Iago la miraba incrédulo—. ¿Vamos a empezar a desconfiar los unos de los otros? Porque si esto es así, si nos vamos a sumergir en esta espiral de sospechas recíprocas, no quiero estar contigo. Con la misma lógica, tú puedes ser culpable y estás armando este teatro para que no desconfíe de ti.

—No estás entendiendo nada. —Mónica abrió los brazos en un gesto desesperado—. No se trata de sospechar los unos de los otros. Pero, si me dejas claro que tú no has sido, te creeré. Tú y yo estamos en el mismo barco y no podemos escondernos nada. Te creo, no te esfuerces más. Hablaré con Carlos y la policía y diré que fui yo a quien vio Eva. A fin de cuentas estaba oscuro. Eso nos dejará a todos en igualdad de condiciones. Dime que estás conmigo en esto.

Iago asintió.

—Pues llegados a este punto —concluyó Mónica—, si yo no he sido y tú tampoco, tan solo queda uno de nosotros capaz de haber matado a Xabi.

Iago escrutó su mirada.

—De verdad crees que Carlos...

—Por supuesto que lo creo, ¿quién lanzó la hipótesis de que Vilaboi iba a por nosotros? ¿Quién insiste e insiste en que Héctor nos quiere matar generando una cortina de humo que impide que nos protejan en condiciones? Tenemos que defendernos. Iago, deja atrás todo ese rollo de la familia feliz. Creo que viene a por nosotros. Tenemos que estar preparados. O nosotros, o él.

Rosa comienza a hablar

—No me lo creo, Ana —dijo Veiga—. Nosotros empezamos a salir y él deja a su novia y te suelta todo ese rollo de que solo quiere ser tu amigo. Sospechoso.

—No sé por qué te lo he contado.

—Porque eres transparente —dijo él, dándole un beso en la nariz.

—Demasiado. Además, si todos mis novios son polis, acabarán sabiendo todos mis secretos. Prefiero anticiparme y contarlo todo.

—En serio, ¿estás bien?

—No voy a hablar contigo de Santi. Si quieres estar conmigo, tendrás que aceptar que él forma parte de mi vida. Nos ha costado mucho llegar hasta aquí, y no voy a echar a perder una gran amistad solo porque tú te hayas dejado el pelo largo.

—Mi pelo te gusta, confiésalo —bromeó él.

—Me parece que hay claros indicios de que la crisis de los cuarenta avanza peligrosamente. En nada comenzarás a jugar al pádel.

—Te olvidas del divorcio y del coche deportivo.

—Ese pack ya lo traías incorporado cuando te conocí.

—¿Nos vamos? —dijo Álex soltando una carcajada al tiempo que recogía la mesa. Ese lunes habían comido en casa de Ana.

A ella le apetecía que fuera a su casa. Cocinar no era su fuerte, pero Álex se había ofrecido a hacer una tortilla mientras ella preparaba una ensalada.

—Santi pasará a recogerme en quince minutos. Vamos a ver a Rosa Gómez.

—Exprimidla bien, nos ha mentido.

—Eso parece. ¿Quedamos para cenar?

—Sabes que sí. ¿Te puedes quedar en mi casa?

—Martiño sigue en Louro —dijo Ana, a modo de respuesta.

Ana entró en el baño para rehacerse el moño y lavarse los dientes. Cuando salió comprobó que Álex había terminado de recoger la cocina.

—¿Eres así siempre o es porque estamos empezando? —sonrió ella.

—No contestaré a esa pregunta, subinspectora Barroso.

El móvil de Ana comenzó a sonar.

—Ahora bajo —dijo ella, y colgó al instante.

—¿Abad? —preguntó Veiga.

—El mismo.

Bajaron juntos. Ana se despidió de Álex con un mero gesto con la mano, antes de dirigirse al coche patrulla. El comisario saludó a Santi desde la distancia.

—No sé si me voy a poder acostumbrar a esto —dijo Santi en cuanto ella entró en el coche.

—Más te vale.

—Dile que le partiré las piernas si te hace daño.

—Eso es en sentido figurado, espero —dijo Ana.

—No me jodas, Barroso. Venga, vamos a ver a Rosa Gómez. La autopsia de Eva ya ha llegado. No dice nada que no supiésemos. Los restos biológicos en boca y vagina confirman la versión de Carlos Morgade.

—¿Estamos seguros de que el sexo fue consentido? —preguntó ella.

—No hay ni un solo indicio de que haya sido forzada sexualmente. Respecto de la asfixia, no se han encontrado restos biológicos de nadie en su cuerpo ni en la cama, salvo los de Carlos y los de la propia Eva.

—Si tenía planeado asesinarla, acostarse con ella antes de hacerlo le proporcionaba una bonita coartada biológica.

—Eres muy retorcida.

—Gracias.

—Si fue Vilaboi el que la mató, no tuvo por qué dejar ningún tipo de resto biológico. Ella no pudo defenderse. Estaba dormida cuando la atacaron, por lo que no hubo pelea. La inmovilizó con la almohada y la mató.

—¿Crees que tuvo que ser necesariamente un hombre? —preguntó Ana.

—¿Lo dices por la fuerza? Está claro que tuvo que ser alguien con una fortaleza física superior a la de Eva, pero era una mujer menuda, a quien la mató no le debió de resultarle muy difícil doblegarla. ¿Estás pensando en Mónica? —dijo Santi—. Recuerda que dormía con Silvent, sería muy arriesgado levantarse en mitad de la noche.

—Ella cocinó, pudo sedarlos a todos un poquito. Al día siguiente Carlos estaba medio grogui, y recuerda que nos dijo que Silvent también había dormido a pierna suelta.

—No hay restos extraños desde el punto de vista farmacológico en la sangre de Eva Nóvoa —dijo Abad—, pero estoy arrepintiéndome de no haber analizado ese pescado que se quedó en el horno.

—Da igual —claudicó Ana—. Es una hipótesis descabellada. Esos dos tuvieron una buena sesión de sexo antes del homicidio, y eso no es compatible con estar semidrogado.

Rosa Gómez salía del portal de su casa, en Sigüeiro, cuando Santi y Ana se disponían a llamar al timbre.

—Hola —dijo la educadora, confusa.

—Venimos sin avisar. ¿Tiene un momento?

—He quedado con un amigo.

—Serán solo unos minutos —zanjó Santi sin darle oportunidad de réplica.

Entraron en el edificio y subieron a su piso. La sala de estar presentaba un caos aún mayor que la primera vez que la habían visitado hacía justo una semana.

—No nos andaremos por las ramas, señora Gómez —dijo Santi—, no sé si ha calibrado bien las consecuencias de mentir en el marco de una investigación policial. Puedo enumerárselas, pero todas pasan por acabar delante de un juez.

Rosa se dejó caer en el sofá.

—No sé a qué se refieren —dijo con voz débil.

—Me refiero a que me importan un pimiento sus adicciones, no voy a ir corriendo a contárselas a sus jefes —le espetó Santi—. Si eso es lo que tiene Vilaboi contra usted, no tiene sentido que siga mintiendo. Sabemos con quién estaba acostándose Antía Morgade antes de morir, de quién estaba enamorada, y no le vamos a comprar esa absurda tesis de que ese hombre era Héctor Vilaboi, que la duplicaba en edad y que además abusaba de ella de forma recurrente. No me importa su versión, lo único que me importa ahora mismo es por qué nos ha mentido. ¿Ha hablado con Héctor Vilaboi?

—Yo...

—Es mejor que colabore —la animó Ana—. Si lo hace, estamos dispuestos a olvidar sus declaraciones iniciales.

—Tenía miedo de perder mi empleo, saben —confesó Rosa—. Sé que tengo un problema y me repito cada día que esto es una enfermedad, pero yo hago bien mi trabajo, hago bien mi trabajo, lo hago. —Rompió a llorar desconsoladamente.

Cuando se hubo calmado un poco, la subinspectora insistió:

—No nos importa. Díganos solo si habló con Héctor o si lo ha visto.

—Me llamó un par de horas antes de que viniesen a verme. Me dijo lo que tenía que decirles o él contaría..., bueno, ya lo saben.

—Lo de sus adicciones.

—Tengo cuarenta y seis años. Si me echan, ¿adónde creen que iré? —se justificó Rosa—. Con mi edad no encontraré otro trabajo. La gente joven habla inglés y tiene másteres y esas cosas. Yo llevo veintitrés años haciendo lo mismo. No podría hacer nada más. Tuve miedo.

—Y mintió sabiendo que la vida de varias personas corría peligro. Eva Nóvoa está muerta y quizá, solo quizá, si usted nos hubiera dado alguna pista que nos condujese a Vilaboi, ahora estaría viva.

—No me haga a mí responsable de los actos de ese miserable.

—¿Cómo se puso en contacto con usted?

—Por teléfono.

—¿Era un móvil?

—Era un número raro.

—Seguramente algún teléfono público. Quedan pocos. Nos vamos a llevar su móvil.

—No pueden hacer eso.

—Puedo, con una orden judicial. O puede dármelo y a cambio nosotros no diremos nada a sus jefes en relación con sus desafortunadas declaraciones previas.

Rosa Gómez le ofreció su teléfono de mala gana.

Antes de despedirse, Ana le dijo algo en voz baja.

—¿Qué le has dicho? —preguntó Santi en el ascensor.

—Que se pase por comisaría para ponerla en contacto con centros de desintoxicación.

—Ese no es nuestro trabajo.

—Nuestro trabajo es ayudar a la gente.

—Eres una romántica.

—No, no lo soy. Tenemos un problema serio de filtraciones. Vilaboi sabía cuándo visitaríamos a esta mujer y seguramente ahora mismo sabe que estamos aquí.

—Solo lo sabíamos nosotros y Veiga.

—Y Rubén —dijo Ana, que al instante se apresuró a abrir su correo electrónico en el móvil.

—¿Qué buscas?

—¿Cómo se apellidaba Vilaboi?

—Lado. Vilaboi Lado.

Ana le mostró un mensaje a Santi. El mismo en el que iban en copia Veiga y Abad, en el que adjuntaba el informe de las cinco mujeres que habían sido víctimas de Héctor.

—Rubén del Río Lado. Aquí está nuestro topo, Santi.

Somos familia

Rubén del Río se despidió de su madre. Todo bien por casa. Desde que todo este asunto había comenzado la llamaba todos los días. Tan solo quería asegurarse de que las aguas bajaban calmadas por Lugo.

Se preparó una ensalada y un filete. Había quedado con una amiga para ir a tomar unas cañas, aunque no tenía muchas ganas de salir. Estaba agotado. Llevaba todo el mes trabajando a destajo, durmiendo poco y en un estado nervioso que no le permitía relajarse.

Sonó el móvil. Número desconocido. Estuvo a punto de no cogerlo, aunque sabía que tenía que zanjar ese asunto. La última vez que había hablado con él se había mostrado tibio. Descolgó el teléfono.

—Pensé que no me cogerías —dijo la voz al otro lado del teléfono, sin presentarse.

—Lo hago por última vez y para decirte que esto se ha acabado. Creí que solo querías esos contactos y mi información para defenderte. Ahora sé que me utilizaste. La próxima vez que me llames, un equipo de la comisaría estará escuchando para intentar localizar la llamada.

—Eso supondrá que confieses que eres mi cómplice.

—No soy nada tuyo.

—Lo eres. Somos familia. Solo necesito saber qué información estáis sopesando en comisaría

—No —Rubén lo cortó en seco—. Te dije el otro día que no volvería a hablar contigo. Si te acercas a mí o a mi madre, desenfundaré mi arma y te volaré la cabeza. Y nadie me lo reprochará. Bórrate de nuestras vidas. He cometido un gran error. No cometeré más.

—Tienes mucho que perder, Rubén.

—Voy a colgar. No vuelvas a llamar. Ya no somos nada.

Disciplinario

—No sé cómo vamos a abordar esto —dijo Santi.

—Nada de vamos. Yo lo haré, y de la única forma posible: realizaré la denuncia para iniciar el correspondiente expediente disciplinario —zanjó el comisario.

—Si haces eso, perderemos una estupenda oportunidad para acorralar a Rubén y que nos lleve hasta Vilaboi. ¿Sabemos ya qué vínculo los une? —preguntó Santi.

—Es su sobrino —dijo Veiga—. El hijo de una hermana que tiene en Lugo. Ella alteró el orden de sus apellidos, imagino que para que no la relacionasen con un pederasta. Y me da igual lo que opines.

—¿Avisarás a Asuntos Internos?

—No, no creo que sea un delincuente que esté colaborando en la ejecución de los asesinatos.

—Seguramente se ha visto forzado a echarle una mano con algún tipo de extorsión. Rubén es un buen poli, no puedo haberme equivocado tanto —dijo Santi.

—Si en el curso del procedimiento disciplinario surgen indicios de delito, ya darán traslado a fiscalía —dijo el comisario.

—¿Qué le puede pasar?

—Si sale adelante el disciplinario, puede quedar muy malparado. Ha violado el secreto profesional y perjudicado el desarrollo de la labor policial. Esa es una infracción muy grave, puede llegar a ser apartado del servicio.

—Todo eso me parece muy bien, muy de tu papel de comisario, pero tenemos una oportunidad cojonuda para acercarnos a Vilaboi. Piénsalo —insistió Santi con convicción—, podemos ofrecerle un trato a Rubén, sería como un agente doble. Si le prometemos que olvidaremos todo lo que sabemos, si queda constancia de que nos ayuda a echarle el guante a Vilaboi, podemos decir que todo formaba parte de un plan para atraparlo. Ofrécele ese trato. Rubén es un buen agente. Como te he dicho, creo que actúa bajo amenaza, nadie se arriesga a un disciplinario de este calibre por un familiar que no sea muy cercano, y menos si el implicado es un violador de menores.

—No podemos prometerle que olvidaremos todo lo que sabemos, porque la realidad es que no sabemos nada —le contradijo Veiga—. Lo único que tenemos es la intuición de que le estaba pasando información a su tío. Y nada de eso tendrá valor a no ser que lo probemos según el procedimiento establecido.

—Cuando tu dichoso procedimiento establecido acabe, Héctor ya habrá matado a los otros tres que quedan vivos. Sé que piensas que es de mal comisario no actuar según el libro, pero a veces no queda otra, jefe.

—Soy el comisario —replicó Álex con dureza—, no sé si bueno o malo, pero el que está a cargo de esta comisaría. No permitiré que dejes caer que no actuaremos según mandan los protocolos y normas que rigen en el Cuerpo.

—Te estás equivocando —le reprochó Santi.

—Según tú, llevo equivocándome desde que comenzó este caso.

—Eres tú quien me está cuestionando todo el tiempo. Has puesto en duda mi profesionalidad y mi objetividad, como si no me conocieras desde hace más de dos años. Vilaboi sigue siendo la opción más plausible. Estoy seguro de que tú compartes mi opinión. No lo reconocerás, pero sabes que es así.

—No tengo nada que reconocer. Sabes que tengo que velar por que todos respetéis nuestro código deontológico. Aquí a cada uno le toca lo que le toca.

—¿Y la vida de esa gente? Si dentro de unas horas Iago, Mónica o Carlos mueren, será tu responsabilidad.

—No, si mueren será únicamente responsabilidad de su asesino, y tu trabajo es evitar que eso ocurra.

—Pues facilítame mi trabajo. Déjame hablar con Rubén.

Álex apoyó las palmas de las manos sobre la mesa de su despacho.

—Cuarenta y ocho horas —dijo tras reflexionar unos instantes—. Es lo que voy a tardar en hacer la denuncia para incoar el expediente disciplinario. Durante ese tiempo puedes hablar con Rubén y ver si colabora. Lo que no voy a hacer es ofrecerle ningún tipo de negociación.

—Si Rubén colabora y sacamos algo en limpio de esa colaboración, testificaré en ese disciplinario diciendo que todo formaba parte de un plan inicial para atrapar a Vilaboi.

—Eso lo dirás tú. Yo me mantendré al margen.

—Por supuesto, comisario, no esperaba menos de ti. —Santi salió del despacho del comisario sin evitar dar un portazo.

Daños colaterales

—¡Inspector Abad! ¿Ha sucedido algo? —La voz de Xulio Penas mostraba una franca sorpresa a la puerta de su domicilio.

—No, no, disculpe —se apresuró a aclarar Santi—. Debí llamar antes. La deriva de la investigación ha hecho que surjan determinadas dudas, y estoy seguro de que usted podrá ayudarme a aclarar algunas cosas.

—No esté tan seguro. Mi memoria ya no es la que era, los años no pasan en balde.

—No es usted tan mayor.

—Lo soy, y veo en sus ojos que solo está siendo amable —dijo el antiguo gerente de la ONG—. Y hablando ya del tema que le ocupa, estoy desolado por los recientes acontecimientos. Si todo esto es obra de Héctor, está claro que ha perdido el norte.

—De él quería hablarle. Estamos algo confundidos. Parte de nuestro trabajo consiste en construir su perfil psicológico. Como entenderá, lo hacemos a partir de los testimonios de quienes lo conocieron en el pasado. Hemos mandado a un agente a la cárcel, que se ha entrevistado con funcionarios y algún recluso, hemos hablado con sus víctimas y con compañeros de trabajo. Y, si quiere que le diga la verdad, es bastante difícil luchar contra los prejuicios. Pensé que encontraríamos el perfil de un depredador sexual, pero...

—Se han encontrado a un excelente profesional, un hombre culto y educado.

—Es increíble que alguien en apariencia tan normal pueda albergar a un ser capaz de hacer tanto daño.

—Hay más gente de la que imagina capaz de cometer atrocidades. Pero la inmensa mayoría superamos esos instintos. Siempre digo que el triunfo de la inteligencia humana consiste en dominar al instinto animal —afirmó Xulio Penas.

Como en la anterior entrevista, Santi se sintió interpelado por el psicólogo. Intentó concentrarse en el motivo de su visita.

—Ese hombre abusó de manera sistemática de las menores que tenía a su cargo. Soy incapaz de cuadrar eso con su preocupación por su trabajo.

—Supongo que su yo racional se redimía a través de esa imagen normal en apariencia.

—¿Diría usted que Héctor Vilaboi era un hombre especialmente violento? Varias personas lo han calificado de todo lo contrario, han llegado a definirlo como un cobarde.

—Diría que la violencia física le resultaba repulsiva, pero no dudo de que la ejercería si fuera necesario para calmar sus instintos. Me encaja más que satisficiese sus deseos a través del dominio psicológico. Era inteligente, manipulador y estoy convencido de que controlaba a sus víctimas apelando a sus debilidades.

—Esa es la composición de lugar que nos habíamos hecho. Lo que me asombra es que lo tenga usted tan claro ahora y no lo tuviera entonces. Por lo poco que lo conozco, posee usted una gran capacidad de disección humana. ¿De verdad nunca sospechó de él? —Ahora era Santi el que fijaba la mirada en su interlocutor.

—No sé qué insinúa.

—No insinúo nada —dijo Santi—. Pero mi equipo y yo hemos repasado las actas del juicio y prácticamente toda la hemeroteca de la época. Echo mucho de menos un apoyo institucional a las víctimas por parte de la asociación que usted dirigía.

Xulio Penas carraspeó.

—Jessica Jiménez no era un modelo de conducta —dijo al fin—. Y sus acusaciones cuestionaban un programa que apenas tenía tres años de vida. Sacar a la palestra lo que Héctor hizo no beneficiaba a nadie. Los que más tenían que perder eran los chicos. Solo traté de minimizar el impacto mediático.

—Sin el efecto arrastre que provocaron Xabi Cortegoso y Eva Nóvoa, la condena no habría sido la misma. Supongo que es a ellos a los que hay que agradecerles que se atrapase a Héctor, aunque parece que ese acto les costó la vida.

—A veces, hay que pensar más allá de uno mismo, de los propios valores. Puede que no me extrañase lo que Héctor hizo, pero no lo encubrí. Eso es verdad. No puede culparme por querer minimizar el impacto mediático del caso o por querer callar en un principio a Jessica Jiménez. Es cierto que no creí su testimonio. Me equivoqué.

—De ahí todo su discurso del otro día, sobre su encomiable labor.

—Lo es. No creí a Jessica. No la apoyamos desde la asociación, dimos a entender que era conflictiva. Pero cuando todas las demás chicas denunciaron nos rendimos a la evidencia, claro está. Las creímos.

—Pero no se manifestaron en público. ¿Qué eran para ustedes esas chicas? ¿Daños colaterales, como en las guerras?

—No hable como si no nos importasen. Precisamente actué como lo hice por lo mucho que me importan esos chicos. Cuando supimos toda la verdad, ya no estaba en nuestra mano hacer nada. Darle más notoriedad al suceso solo podía perjudicar al programa.

—Se lo preguntaré sin rodeos —dijo Santi—. ¿Encubrió usted a Héctor Vilaboi?

—Ya he contestado esa pregunta: no, rotundamente no.

—¿Se ha puesto en contacto con usted? Sabemos que ha hablado con Rosa Gómez.

—Llevo veinte años sin tener noticias suyas. —El tono de Xulio Penas era tajante. Nadie dudaría de su testimonio.

—¿Lo cree capaz de matar a alguien?

—Como le he dicho, no le tengo por un hombre violento en ese sentido, creo que recurriría más bien a la violencia psicológica o afectiva. Pero en determinadas circunstancias lo creo capaz de cualquier cosa. Ya me engañó una vez. No se fíe de lo que le cuenten sobre él. Héctor Vilaboi. Es uno de los hombres más fríos e inteligentes que he conocido. Y he conocido a muchos.

Un abogado

—¿Lorenzo Cobo García? —dijo Ana.

En realidad no era una pregunta, sabía perfectamente quién era ese hombre de casi dos metros de estatura y aspecto bobalicón. No se dejó engañar por su apariencia de gigante indefenso. Antes de salir de comisaría le había echado una ojeada al caso que lo había llevado al penitenciario de A Lama, donde había conocido a Vilaboi. Recordaba el caso, y le revolvía las tripas saber que ese hombre no estaba encerrado para el resto de su vida. Lara Pazos. Así se llamaba la niña de tres años que había reventado al penetrarla con su cuerpo de casi ciento cincuenta kilos.

El gigante asintió.

—Soy la subinspectora Barroso —le informó Ana— y este es el agente Cajide. Acompáñenos a comisaría.

—¿Por qué? Quiero un abogado.

—Solo queremos hacerle unas preguntas, no se le acusa de nada. —Ana señaló la puerta del coche patrulla, sin dar lugar a réplica.

Por si acaso, mantenía la mano cerca de su arma reglamentaria. Estaba en buena forma, pero ese hombre era muy grande; si se ponía violento, la cosa podía complicarse, no tendría nada que hacer. Habría preferido ir con Santi, pero este le había dicho que tenía que abordar un asunto con Veiga, y seguro que se trataba de algo relacionado con Rubén. Ana estaba especialmente molesta con ese tema. Apreciaba a Rubén, y no entendía cómo podía estar ayudando a Héctor Vilaboi, por muy pariente suyo que fuera.

Loko se subió al coche. No abrió la boca. No les contaría nada.

Lo llevaron a la sala de interrogatorios. Santi se unió a ellos y le dijo a Cajide que ya se encargaba él.

Loko se dejó caer a plomo en la silla. Ana se estremeció, su presencia intimidaba. No le gustaría encontrarse a solas con él de madrugada, verlo avanzar hacia ella con un bate de béisbol.

—Lorenzo, vamos a ponérselo fácil. Le vamos a dar la oportunidad de que nos cuente qué hacía la madrugada del pasado viernes 6 de agosto.

—De eso hace casi dos semanas. No sé.

—Le refrescaremos la memoria, Lorenzo —dijo Santi—. Una testigo asegura que usted siguió a Carlos Morgade a la una y media de la madrugada cuando él se dirigía a su casa. Las cámaras de la zona vieja así lo acreditan.

—No sé nada. Quiero un abogado —volvió a pedir Loko.

—Le repito que no está detenido —dijo Ana.

—No sé nada —insistió el gigante.

Ana miró a Abad. Negó con la cabeza, dándole a entender que aquello no iba a ser fácil.

—Escúchame bien, Loko —dijo Santi súbitamente, poniéndose de pie y acercando su rostro a apenas unos centímetros del de Lorenzo—, sé que piensas que es fácil librarse de la cárcel, que por arte de magia aparecerá alguien que te pagará un abogado caro que te sacará del trullo. Pero eso no volverá a pasar. Carlos Morgade no es una niñita muerta, Carlos está vivo y declarará que le golpeaste con un bate de béisbol. Loko, vas a volver al talego y, sin nadie que te proteja y te saque de allí, vas a descubrir cómo lo pasan en la cárcel los pedófilos degenerados como tú.

Loko retrocedió.

—No me puedes hablar así y lo sabes. Quiero un abogado. —Loko se aferraba a esa frase.

—Te puedo hablar como me dé la gana —gritó Santi—. Y si fueras un poco listo, tú también hablarías. Quiero saber dónde está Héctor, quiero saber por qué te ordenó atacar a Morgade, dónde lo viste, cómo te comunicas con él. Quiero saberlo todo, y después de que hayas hablado te prometo que será todo más fácil. Si colaboras, todo es más fácil. Y a ti te gustan las cosas fáciles, ¿verdad, Loko?

—Quiero un abogado —susurró el tipo. Parecía imposible que un hombre tan grande pudiese emitir una voz tan débil.

—Empieza a hablar. —El rostro de Santi estaba tan cerca del de Loko que sus narices estaban a punto de tocarse.

—Abogado.

Santi se separó lentamente.

—Si no tiene abogado, pediremos uno de oficio —dijo Ana.

No soy un asesino

—¿Qué tal te encuentras? —dijo Mónica.

—Me encuentro, me imagino que es más que suficiente —dijo Carlos—. Soy un despojo humano, un manojo de nervios. No puedo dormir apenas, y el poco tiempo que lo hago tengo pesadillas. Y me muero de la vergüenza.

—Vergüenza, ¿por qué? —quiso saber Iago.

—Te acusé, dudé de ti, te puse contra las cuerdas con el inspector Abad. Y a cambio tú me salvaste la vida.

Iago lo observó estupefacto. Había sido Carlos el que los había llamado proponiendo un encuentro. Mónica se había puesto histérica. Él la había calmado. Resultaría extraño no reunirse con él. Acordaron afrontar ese encuentro con cordialidad, apelando a su vieja amistad.

—Y ¿cómo no te la iba a salvar? —La incredulidad de Mónica era fingida—. ¿Cómo puedes plantearte siquiera que no lo hiciese? Lo que nunca le voy a perdonar a Héctor es que nos haya hecho dudar los unos de los otros. Incluso Iago ha llegado a desconfiar de mí y yo de él. Ahora que estamos los tres, creo que deberíamos hacer la promesa de que nos mantendremos unidos. Si no lo hacemos, él acabará con nosotros, y para eso debemos empezar por ser sinceros, aunque yo ya te he dicho muchas cosas, Carlos, pero hay algo que no te he contado... Yo tampoco se lo dije todo a la poli.

—¿De qué se trata? —se sorprendió Carlos.

—Es posible que Eva me viera a mí acercarme a Xabi. Odio los fuegos —confesó la modelo—. Los odio de toda la vida y me da vergüenza admitirlo, porque a todo el mundo le encantan. Yo lo paso realmente mal. Sudores fríos, temblor de piernas..., una fobia en toda regla. Por eso me fui el baño, incluso me puse unos tapones que llevaba en el bolso. Cuando salí ni siquiera miré hacia arriba. En cuanto llegué a la mesa, me di cuenta de que pasaba algo raro. Me acerqué directamente a Xabi y te juro por Dios que ya estaba muerto, o al menos eso creo. Todo el mundo miraba hacia arriba, Iago y Lito estaban incluso a cierta distancia de la mesa, dándole la espalda. Y me quedé congelada. No se veía la sangre, ni el espectáculo horrible que luego se desveló cuando encendieron las luces. La terraza estaba totalmente a oscuras y los fuegos explotaban muy muy alto y de forma intermitente. Sé que el estruendo era ensordecedor porque a pesar de los tapones mi cabeza estallaba. El caso es que intuí que estaba muerto porque tenía una pose muy antinatural. Y no me preguntes por qué no hice nada. Me saqué un tapón y luego el otro. Rodeé la mesa. El miedo me paralizaba, las piernas me temblaban. Y al instante se iluminó la terraza y ahí sí, ahí me puse a gritar.

—¿Por qué me lo cuentas ahora?

—Porque quiero que recapacites sobre lo que Eva dijo que vio. A lo mejor te dijo que vio a uno de nosotros. Si utilizó el masculino, igual tú pensaste que había visto a Iago.

—Dijo Iago —mantuvo Carlos.

—Yo no me moví de mi sitio. Incluso me alejé unos metros de la mesa, como ha dicho Mónica —insistió Iago—. Eva se equivocó o mintió. Ahora ya nunca lo sabremos.

—No lo sé, estoy confuso, pero creo que dijo Iago. —Carlos no parecía dispuesto a contradecir su versión inicial.

—Y ¿si vio a alguien moverse a su lado y pensó que era Iago? Eso lo explicaría todo —planteó Mónica—. Igual no mintió. Yo misma me acerqué.

—Y ¿si mintió? —se aventuró Silvent—. Imaginemos por un momento que quisiera encubrir a Vilaboi.

—¿Qué ganaba con eso? —inquirió Mónica.

—A lo mejor él contactó con ella y la obligó a decirlo —dijo Iago, excitado—, y justo después la mata para que no lo pueda contar.

—¿Qué pretendería Héctor?

—Enfrentarnos los unos a los otros —reflexionó Silvent, conciliador—, hacer que sospechemos de todos, salir del foco de atención de la policía, hacer que nos expongamos, porque cuanto más desunidos estemos más difícil será plantarle cara.

—Eva nunca haría eso —dijo Carlos.

—Salvo que le tocasen lo que más quería —intervino Mónica—. Estoy segura de que si Héctor hubiese amenazado con hacerte daño, ella habría hecho cualquier cosa para salvarte.

—Es una teoría descabellada —afirmó Carlos.

—Tan descabellada como que yo soy un asesino —dijo Iago—, y no lo soy.

Carlos lo miró con desconfianza. Iago le sostuvo la mirada. Mónica tenía razón: todo sería más fácil si Morgade desapareciese. El otro día estuvo a punto de dejar que sucediese. Abrió la puerta del baño, y allí estaba, moribundo. Desangrándose. Por un instante, pensó en lo fácil que sería dejar que muriese. Pensó incluso en contar a la policía que les había confesado que él estaba detrás de todas las muertes. Esa sería la solución a todos sus problemas. Un Carlos muerto y culpable que hiciese desaparecer la sombra de la sospecha sobre ellos sería un final para todo este asunto; no sería perfecto, no sería justo, pero sería un final, y eso era lo que necesitaban más que nada, un final que les permitiese pasar página y volver a empezar. Pero Mónica apareció a su lado. No podía dejar que ella creyese que él era un asesino. Así que entró y llamó a una ambulancia.

—No lo soy —repitió.

Ninguno de los otros dos dijo nada al respecto.

Cuarenta y ocho horas

—¿Es cierto que has perdido los nervios con Lorenzo Cobo? —le espetó Veiga en cuanto entró en el despacho de Abad.

Santi estaba ordenando toda la documentación del caso.

—¿Ana te ha ido con el cuento? —dijo el inspector sin levantar la vista de la carpeta.

Veiga se quedó callado.

—Voy a obviar ese comentario —dijo tras unos segundos—. Cobo se ha quejado a voz en grito y todo el que haya pasado cerca lo ha oído.

Santi bajó la vista.

—No le toqué un pelo, solo forcé un poquito. Elevé la voz, lo acorralé, lo amenacé. Nada que no se merezca ese violador de niñas.

—Un tribunal decidió que no lo era. Y en esta comisaría no se fuerza ni un poco ni mucho, ni se levanta la voz, ni se acorrala a nadie. ¿Está claro?

—Meridiano, igual que en todas las comisarías del mundo, ¿no?

—No me jodas, Santi —dijo el comisario, haciendo un esfuerzo por mantener la calma—. No lo vas a interrogar tú. Lo hará Ana en presencia de su abogado, en cuanto este llegue.

—Como mandes, jefe. Ahora, si no te importa, tengo cosas que hacer.

Veiga estuvo a punto de increparle, pero sabía que lo estaba provocando. Esto no tenía que ver con el trabajo, solo necesitaba tiempo para asimilarlo. No iba a caer en su juego. Se dirigió a la puerta sin despedirse.

Santi abandonó la estancia unos minutos después. Localizó a Rubén y le hizo una señal para que se acercase a su despacho.

Cerró la puerta tras él y le indicó que se sentase en la silla de confidente.

—Tú dirás —dijo Rubén.

—Te he llamado porque me he dado cuenta de lo mucho que estás trabajando. Quería felicitarte.

—Gracias, jefe.

—Me recuerdas mucho a la subinspectora Barroso cuando comenzó a trabajar conmigo en el caso Alén. Metía muchísimas horas y hacía unos informes igual de minuciosos y completos que los tuyos. Estoy repasando la excelente investigación que has hecho del pasado de todos los miembros de la Algalia 30. Imagino que, como ella, también quieres presentarte a la promoción interna para ser subinspector.

—Sí, claro —asintió Rubén—, gracias.

—Por eso mismo no puedo entender cómo puedes ser tan gilipollas como para pasarle información a tu tío —dijo Santi sin que el tono de su voz experimentara ninguna variación, despojándolo de todo atisbo de reproche.

La cara del joven se contrajo, sorprendido.

—Jefe...

—Vamos, Rubén —continuó Santi—, tienes mucha suerte, estamos aquí los dos solos y te estoy dando la oportunidad de que me cuentes por qué estás arriesgando todo tu futuro profesional por un pederasta condenado que a la vez es sospechoso de haber matado a tres personas.

Rubén inspiró hondo y soltó el aire en un gesto de derrota.

—Supongo que era cuestión de tiempo que lo averiguaseis. ¿El comisario lo sabe?

—Lo sabe y en cuarenta y ocho horas hará la denuncia para que se incoe el correspondiente procedimiento disciplinario.

Rubén se pasó ambas manos por el cabello.

—¿Por qué cuarenta y ocho horas?

—Eres aspirante a formar parte de mi equipo, adivínalo tú.

—Queréis que os lleve a donde mi tío. Si lo hago a tiempo...

—Podremos mantener que todo formaba parte de un plan inicial.

—Odio a Héctor. Mi madre es viuda prácticamente desde que yo era un bebé y no se volvió a casar. No recuerdo a mi padre. El tío Héctor era mi padrino y siempre ejerció como tal, aunque nosotros vivíamos en Lugo y él en Santiago. Tenía once años cuando entró en prisión. Aquello acabó con mi madre, él era su hermano mayor, y el único, después de que su otra hermana falleciera de un cáncer. Siempre creyó en su inocencia, pero, según me contó años después, los testimonios del juicio fueron devastadores. Yo no fui, por supuesto, era un crío. Tras el escándalo cambió el orden de sus apellidos: el de Vilaboi estaba demasiado marcado. Yo también lo hice.

—Y, sin embargo, has obviado todo eso y le has pasado información —le acusó Santi—. No lo niegues, Vilaboi sabía cosas que solo se han hablado entre estas cuatro paredes. ¿Cómo se puede ser tan idiota, Rubén?

—Me amenazó con ir a casa de mi madre y esconderse allí. Sé que mi madre no se lo negaría, y eso la comprometería. No podía permitirlo —confesó.

—Si lo hubieras contado y nos hubieses ayudado, eso no habría pasado.

—No era solo eso. —El joven negó con la cabeza, abatido—. La casa donde vive mi madre es suya, parte de la herencia de mi abuela. A mi madre le tocó en el reparto la casa de la aldea, que ahora está casi en ruinas tras años de abandono. Pero mi tío permitió que mi madre se quedase en el piso de Lugo después de enviudar. Me llamó y me dijo que la pondría de patitas en la calle.

—Vamos, Rubén, solo tenías que haber hablado con Veiga y conmigo y te habríamos echado un cable. Lo podíamos haber atrapado. Has puesto en riesgo la vida de mucha gente.

—Eso sí que no. Lo único que me pidió es que le informase de a quiénes interrogaríais, solo eso. Quería saber qué pasos dabais. Y le conté lo de Jessica, Rosa y Xurxo. También le di sus teléfonos. Pero luego me pidió que le dijera el nombre de los hoteles a los que íbamos a trasladar a los tres supervivientes.

—Del Río, no me digas que... —le interrumpió Santi con un grito.

—¡No! —gritó Rubén—. Por supuesto que no. Había estado redactando un informe tras haber entrevistado a cinco de las mujeres a las que violó mi tío y buscando en mi correo información sobre Lorenzo Cobo. No podía sacudirme esa sensación de asco, de náusea. La noche anterior lo había visto y me había pedido el dato de los hoteles, y ahí me planté. Quedé con él y le dije que no lo haría, pero que estábamos en paz, que dejase de molestar a mi madre si no quería que os dijese dónde solía encontrarme con él. Supongo que ya se lo esperaba. Una cosa es un dato relativo a la deriva de la investigación policial y otra muy distinta pedirme un dato que pondría en peligro la vida de inocentes.

—Rubén, no hay datos que se pueden filtrar y datos que no. Lo que has hecho es de una gravedad extrema, pero me la he jugado por ti delante del comisario. Tenemos dos días para encontrar a tu tío. Si lo encontramos, serás el héroe que fingió colaborar con su tío para poder atraparlo, y adiós disciplinario, infracción muy grave y sanción ejemplar. Pero si no damos con él... —Dejó la frase en el aire.

—¿Cómo vamos a atraparlo? No tengo ni idea de dónde está.

—Vamos, Del Río, piensa. ¿Cómo te comunicabas con él?

—Me hizo algunas llamadas y quedamos una vez. Pero en su última llamada ya le dejé claro que iría a por él sin importarme nada.

—Quiero el número.

—Os pasaré el registro de llamadas.

—No me puedo creer que no lo hayas verificado tú.

—Me dije que cuanto menos supiera, mejor. Pero conociendo a Héctor sería algún teléfono público. No es tonto.

—No sé si puedo decir lo mismo de ti —dijo Santi.

—Solo quedé una vez con él.

—¿Dónde?

—Detrás del pabellón de Santa Isabel.

—No sé qué pensar. O se esconde muy cerca o muy lejos. Si yo fuese él, me decantaría por la segunda opción. Sabe que, si cantas, peinaremos la zona con un radio no muy grande.

—Pero también es lógico que, si tenía que salir de su escondite, lo hiciese a un lugar cercano. Y, por cierto, si te sirve el testimonio directo de alguien que lo conoce de toda la vida, me niego a creer que mi tío sea un asesino. No creo que fuera capaz de matar a nadie.

La lista

El hombre que mató a Antía Morgade sabía que se le acababa el tiempo. Repasó la lista mental de las cosas que debía hacer. Conseguir un vehículo y algo de efectivo, buscar otro escondite, contactar con su sobrino para que le informase de cómo iba todo en comisaría.

Añadió nuevas cosas a la lista: averiguar qué había sido de Loko, volver a contactar con Flaco. A un favor siempre le seguía otro, pero este tendría que pagarlo bien. Necesitaba una pistola. PISTOLA. En su lista mental, el arma ocupaba un lugar con mayúsculas. Necesitaba más ayuda y sabía cómo lograrla. Solo había una persona en el mundo ahora mismo de la que pudiera tirar, solo una lo bastante débil y frágil como para poder dominarla. Una apuesta arriesgada, un polvorín a punto de estallar, pero, si presionaba las teclas adecuadas, le conseguiría esa pistola. Veinte años en la cárcel le han convertido en un hombre capaz de matar a quien se le pusiera por delante. HUIR también estaba en la lista desde el principio, pero seguía acorralado en el agujero oscuro, en las tripas de un edificio abandonado.

Y en ese momento, el hombre decidió pasar a la acción.

Necesitaba esa PISTOLA.

También necesitaba un coche, le pediría que se lo alquilase. No sabía cuánto tiempo le quedaba hasta que todo estallase, pero tenía la certeza de que el fin estaba cerca. Ellos no se iban a quedar de brazos cruzados.

Él tampoco. La venganza se fundía con la supervivencia.

Tachó de la lista las cosas que ya había hecho: vigilar esos hoteles y espiar a Morgade, que se reunió con Mónica y Silvent ayer. Pensar en cómo acabar con ellos. Sabía que Carlos estaba al límite, que en cualquier instante su estabilidad emocional se derrumbaría porque en el fondo era como su hermana, como su madre. Y cuando eso sucediera, sería uno menos del que ocuparse.

Entró en el hotel y en la habitación cuando ellos habían salido. Flaco le había pasado una tarjeta maestra, y un mono de trabajo con los logos de la empresa que llevaba el mantenimiento del edificio. Llevaba la gorra bien calada y la mascarilla le tapaba el resto del rostro a excepción de los ojos. Una vez dentro, llevó a cabo su plan. Abrió el bolso de Mónica. Ahí estaba la jeringuilla de epinefrina. La cogió y la guardó en el bolsillo. Inspeccionó la habitación. Había dos más. Una en la mesilla y otra en el baño. Las cogió también. Luego sacó de su bolsa unos bombones con frutos secos que había comprado esa misma mañana. Flaco le había dicho que habían recibido unos el día anterior. Estaban encima del escritorio. Los sustituyó uno a uno.

Ahora solo quedaba esperar. Nadie le aseguraba que el plan funcionase. Pero necesitaba a esa zorra muerta.

Porque si ella moría todo el trabajo estaría hecho.

Iago y Carlos se despedazarían el uno al otro. Ya no quedaría ninguno.

Y entonces, sí, entonces podría HUIR. Esta era sin duda la palabra más importante de la lista.

Anafilaxia

—Está muy raro, ¿verdad? ¿Le crees? ¿No estará jugando al despiste?

—No sé qué pensar —dijo Mónica—. Acaba de salir del hospital después de intentar quitarse la vida. No creas que lo juzgo; es más, en cierta medida, lo entiendo. Esto es una peli de terror, solo que nosotros no estamos hechos de esa pasta. Él sí, él lleva la muerte en el ADN, como toda su familia.

—Eso es bastante duro —dijo Silvent—. Es como pensar que acabaríamos yonquis o abandonando a nuestros hijos porque nuestros padres lo hicieron con nosotros.

—Ninguno de los siete tuvo hijos, pregúntate por qué —replicó ella.

Estaban en el hotel Gelmírez, el que le habían asignado a Mónica, en pleno centro, justo enfrente del Parlamento de Galicia. No estaban dispuestos a separarse, así que el comisario había acabado cediendo. El hotel estaba recién reformado y la habitación tenía unas bonitas vistas a la Ciudad de la Cultura.

—¿Crees que aún desconfía de mí? —preguntó Iago, al tiempo que salía de la cama y se dirigía a la ducha.

—Sería estúpido, le salvaste la vida —contestó Mónica—. ¿Cuál es el plan para hoy? Yo tengo una entrevista para un periódico.

—¿Dónde? —gritó Iago desde el baño.

—He quedado con el periodista en el bar El Muelle. Avisaré a los agentes para que vengan conmigo. ¿Qué vas a hacer tú?

Iago ya no le contestó. Mónica oyó correr el agua de la ducha. Se levantó de un salto y llamó al servicio de habitaciones para pedir el desayuno. Tenía un hambre de lobo. Pidió lo de siempre: café, zumo, cruasán a la plancha para Iago y pan con tomate y aceite para ella. Por suerte era capaz de quemarlo todo en el gimnasio. A Iago no le gustaba mucho ir, pero Mónica era adicta. Ayer mismo lo había arrastrado hasta el gimnasio del hotel tras la visita de Carlos.

Repasó la prensa en el móvil: el intento de suicidio de Carlos no había trascendido. Mejor. Ese cabrón de Vilaboi no tenía por qué saberlo todo y jugar con ventaja. Ella no era así, no se permitía rendirse y bajar los brazos. La vida le había dado siempre demasiado duro como para dejar que Vilaboi la venciese. No había podido con ella veintitrés años atrás y no lo iba a hacer ahora. Era una lástima que Morgade no se hubiese desangrado en la bañera.

Miró el reloj, se moría de hambre. Su mirada se fijó en unos bombones artesanos que Iago trajo ayer, gentileza de una repostera muy conocida en la ciudad y admiradora de su trabajo. Carlos se había comido tres y Iago dos. Siempre habían sido muy golosos.

Se llevó uno a la boca. Tardó apenas unos segundos en sentir que la garganta se le cerraba. Se sintió estúpida. Nunca tomaba nada sin repasar las etiquetas, aunque, claro, los bombones eran artesanos y no la traían; siempre le pasaba lo mismo con este tipo de productos. Echó mano del bolso para coger su inyección de epinefrina. Llevaba toda la vida viviendo con esto. Era capaz de ponerse la inyección casi dormida, borracha o incluso drogada.

Absolutamente nunca salía de casa sin ella. Guardaba siempre una en el bolso y otra en el baño.

No estaba.

Revolvió desesperada. Sentía que se hinchaba. Vació el contenido del bolso encima de la cama. Intentó gritar, pero la garganta estaba totalmente obstruida. Se levantó hacia el baño y empezó a marearse. Entonces supo que no llegaría. Sabía que estaba a punto de desvanecerse. Se dejó caer sobre la cama y se concentró en respirar, pero su garganta era un muro de acero. La mirada se le nubló. Fijó la vista en la ventana, en el pequeño balcón. Intentó alargar la mano para retomar la búsqueda de la inyección. Tocó varios objetos a tientas sobre la cama. Un lápiz de labios, la tarjeta del hotel, las llaves de su casa, un perfume, líquido de lentillas, un bolígrafo.

No estaba.

No podía emitir ni un sonido. Pensó en Eva, asfixiada bajo una almohada. Cerró los ojos. Respira, Mónica. Respira.

Iago tardó cuatro minutos en salir de la ducha.

No me queda nadie

—La lluvia en agosto es un asco, ¿verdad? —dijo el doctor Brennan.

—Así que la consulta de un psiquiatra es como un ascensor. Cuando no se sabe de qué hablar se habla del tiempo —contestó Carlos.

—La consulta de un psiquiatra es un escenario más de la vida común.

—¿La vida común de quién? ¿Acaso es común esto que nos pasa?

—Sé que están siendo momentos duros —dijo el psiquiatra.

—Pasamos de los convencionalismos a los eufemismos —le replicó Carlos—. La muerte de un ser querido no es un momento duro, igual que el duelo no es un trastorno mental.

—Depende. El duelo es una reacción normal a una pérdida. Estoy casi seguro de que has leído mucho sobre ello —afirmó Connor—. Y sí, el dolor es normal, pero la persistencia en el duelo puede desembocar en lo que Freud denominó duelo patológico.

—Mónica Prado está en el Instituto de Medicina Legal. Otro cadáver más. Otra autopsia. Otro tanatorio, otra esquela, otro funeral. Esto no es un duelo persistente, es un duelo infinito, doctor Brennan. No te voy a decir por dónde te puedes meter a Freud.

Connor obvió el comentario.

—Necesito que me digas qué pensamientos han pasado por tu cabeza. Hagamos algo que suele ayudarme a evaluar el estado de mis pacientes. Diré una palabra y tú contestarás, rápidamente y sin pensarlo, lo primero que te venga a la cabeza. Por ejemplo: flor-pétalo.

—Tú dirás muerte y yo diré Antía. Dirás Héctor y yo diré odio. Luego dirás suicidio y yo diré sangre. Y lo anotarás todo, me subirás la dosis de antidepresivos y ansiolíticos, y, en función de lo rápido que sea o no contestando, puede que hasta recomiendes mi ingreso en Conxo.

—¿Te crees muy listo, Carlos?

—No, pero esto es una pérdida de tiempo. ¿Qué pasará si me niego a venir?

—Nada. No te puedo obligar. Pero lo cierto es que pensaré que tienes algo que ocultar.

—Caray, Brennan, tú sí que puedes resultar convincente. Supongo que tú le llamas a esto terapia, yo creo que es chantaje. O vienes a mi consulta o hablaré con Santi Abad. Sois amigos, ¿no?

—También es amigo tuyo y eso no le impide hacer su trabajo. No permitiré que me cuestiones respecto a lo de que tienes algo que ocultar, aunque te debo una disculpa. No me he expresado bien. Era solo una reflexión en voz alta que no llevaba implícito ningún tipo de ultimátum. ¿Por qué no quieres que te ayude, Carlos?

—Desde que murió mi padre y mi madre enfermó, toda mi vida ha sido una sucesión de personas que se han sentado delante de mí y me han dicho exactamente eso, que estaban ahí para ayudarme: educadores, trabajadores sociales, orientadores escolares, tutores de vivienda, cuidadores de centros de acogida, psicólogos. —La voz de Carlos sonaba muy cansada—. Y ¿sabes qué? No me han ayudado nada. Así que, por una vez en la vida, permíteme que pregunte yo. ¿Por qué tú vas a ser distinto?

—Tienes razón, no sé si podré ayudarte. Pero lo que sí sé es que, si dejas la terapia, las posibilidades de que acabes muerto serán mucho mayores. Déjame intentarlo.

—Las posibilidades de que el siguiente cadáver sea yo son ahora mismo del cincuenta por ciento. Solo quedamos dos. No sé si quiero pasar mis últimos días en la consulta de un psiquiatra

—Sabes a lo que me refiero. No hablo de Héctor. Hablo de tu intento de suicidio.

—Está claro que ni para suicidarme sirvo.

—Me gustan los pacientes que reaccionan con humor —dijo Connor.

—¿Puedo preguntarte algo?

—Claro.

—¿Qué tipo de hombre es capaz de violar a las adolescentes que tiene a su cargo?

—Sabes perfectamente qué tipo de hombre es. Viviste con él.

—Supongo que, si no supe ver lo que le sucedía a mi hermana, mucho menos iba a darme cuenta de la clase de sujeto que era Héctor.

—Es eso, ¿verdad?, es eso lo que no puedes perdonarte.

—La mente es así de idiota. Supongo que todos los días pongo la moviola y rebobino, pensando en qué pude hacer para evitar que Antía muriese.

—Vives en el pasado.

—No hay nada en el presente que merezca la pena.

—Y ¿Eva?

—Eva ya es pasado también.

—Dime, Carlos, ¿por qué intentaste suicidarte?

—Han pasado cincuenta minutos.

—Contesta a mi pregunta.

—Porque estoy solo. Porque Eva ha muerto. Porque ayer quedé con las dos personas que deberían estar a mi lado, luchando incondicionalmente contra Héctor, y vi en sus ojos desconfianza y miedo. Porque estaban unidos contra el mundo y contra mí, y ni siquiera eso los salvó de Héctor. Porque no me queda nadie. Absolutamente nadie. Ya tienes tu respuesta, doctor Brennan.

El famoso instinto Abad

—¿Y dices que Carlos estuvo ayer aquí, con vosotros? —preguntó Santi.

—Sí, sí —dijo Iago. Estaba sin afeitar. Unas profundas ojeras se marcaban bajo sus ojos. Su mirada reflejaba una tristeza infinita.

—¿Quién trajo los bombones? ¿No se os ocurrió que pudieran estar envenenados?

—No estaban envenenados. Carlos y yo comimos y estamos vivos. Fue un regalo. Cuando no pedimos el desayuno al servicio de habitaciones, suelo bajar a una confitería de aquí del Ensanche a comprar cruasanes y la dueña es una gran admiradora de mi trabajo. Me los dio en mano. No, estaban bien. Fue su alergia. La puta alergia.

—Eso tendrá que determinarlo la autopsia.

—Su inyección de epinefrina no estaba. Cuando salí del baño, Mónica... —Iago respiró hondo, como si necesitase coger fuerzas para continuar— estaba encima de la cama, completamente asfixiada. La reacción alérgica le provocó la hinchazón que hizo que se le cerrase la garganta. Un shock anafiláctico, una reacción inmunológica extrema.

—Pero ¿esto era normal? —intervino Ana—. Ella sabía que padecía una alergia.

—Por supuesto. Era cuidadosa, aunque a veces se llevaba sustos. Recuerdo que hace un par de semanas probó un bizcocho y de repente comenzó a hincharse. Pero tenía muchísima práctica poniéndose la inyección. Lleva viviendo con esto toda la vida. Sobre la cama estaba su bolso vacío y todo su contenido estaba esparcido a su lado. Debió de buscar la inyección como una loca, y mientras yo... —Rompió a llorar.

Santi le dio unas palmadas en la espalda.

—No fue un accidente —continuó Iago—, así como me contó que alguna vez sufría algún episodio de alergia con alimentos que no estaban etiquetados, también te digo que nunca se separaba de la inyección. Con eso era muy muy cuidadosa. Tenía varias inyecciones y no he encontrado ninguna, y los agentes que han registrado palmo a palmo esta mañana la habitación tampoco la han encontrado.

—El asesinato perfecto. Robas una inyección de epinefrina y esperas a que se produzca un episodio de alergia. Es tan rebuscado que no me lo creo, Iago. Pero, si es así, eres consciente de que cualquiera de los dos habéis podido hacerlo, ¿verdad? —dijo el inspector.

—Y Héctor, no os olvidéis de él —murmuró Iago.

—¿Tú crees que Héctor se atrevería a entrar en un hotel vigilado? —dijo Santi.

—Explicadme la diferencia entre este crimen y el de Lito: escenografía preparada al milímetro, un asesinato en diferido y limpio, sin intervenir directamente y sin ensuciarse las manos.

—Lo cierto es que esto cuadra con el carácter de Vilaboi —concordó Ana—. Toda la gente que lo conoció en el pasado lo define como un hombre tranquilo, nada violento.

—Un hombre que no es capaz de ejercer violencia no abusa sexualmente de doce mujeres. Así que no creáis nada de lo que os digan —dijo Iago—. Mónica me contó cosas escalofriantes. Entraba en su habitación de noche, la obligaba a practicarle felaciones, la violaba, la manoseaba. ¿Cómo se vive con eso?

—Algunos no pueden. Mire a Antía —apuntó Ana—. Además, los asesinatos de Xabi y de Eva fueron ambos muertes violentas.

—A lo mejor tenemos dos asesinos —dijo Iago—: uno violento y otro refinado.

—Esas cosas no pasan en la vida real. Siempre pudo encargarle a alguien las muertes violentas —terció Santi—. Como yo siempre digo, la distancia más corta entre dos puntos es la línea recta. Si parece que es Vilaboi el que está yendo a por vosotros, es Vilaboi y punto. Es solo que ahora mismo no veo la línea recta tan clara. No me encaja que se haya atrevido a acercarse a este hotel simplemente para robar una inyección. Si yo fuera Héctor, el hombre más buscado del país, y arriesgase mi pellejo para entrar en este hotel, haría algo más contundente, no me conformaría con robar esa inyección y cruzar los dedos para que a Mónica le diese por comer algo que le produjese una reacción alérgica.

—El famoso instinto Abad se ha manifestado —dijo Ana.

—Y ¿eso qué significa? ¿Que Carlos y yo somos los únicos sospechosos? —preguntó Iago—. Pues siguiendo tu razonamiento, si yo fuera Héctor, haría algo arriesgado y absurdo para desviar la atención de la policía y hacer que sospechéis de las víctimas.

—Eso aún se desvía más de mi concepto de línea recta. Es pura especulación.

—No puedo creer lo que dices. ¿De verdad vas a creer esto, Santi? Joder, nos conocemos desde críos —se indignó Iago—. Coño, estoy en lo mejor de mi vida, comenzando una relación con la mujer a la que siempre he querido, de vuelta en mi país y con un futuro profesional inmejorable ante mis ojos. ¿Y Carlos?

Si soy totalmente sincero, lo veo muy capaz de matar a Héctor, pero... ¿a nosotros? No me digas que todos somos sospechosos, porque mientras lo piensas, Santi, mientras decides si somos Carlos o yo, puede que muramos. Y ya no sé si me importa.

Ana guardó silencio. Todos eran sospechosos, esa era la única realidad. Esto era una charla entre amigos más que un interrogatorio, pero esta vez estaba de acuerdo con Santi: esta era la única manera de abordar el asunto ahora.

—Créame si le digo que esta no es la forma que tenemos de tratar a los sospechosos—confirmó Ana—, pero comprenda también que tenemos que hacer nuestro trabajo.

—No sé si esto es normal o no. Si creéis que soy sospechoso, detenedme. Una cosa tengo clara: en la cárcel estaré más seguro que escondido en una habitación de hotel, esperando que a Héctor se le ocurra una forma ingeniosa de matarme.

—Por ahora, relájate —le indicó Santi, zanjando un debate que era manifiestamente improductivo—. Hemos doblado la vigilancia. La hay en la puerta del hotel y en la de la habitación. Llevarás escolta todo el tiempo. Te recomiendo que descanses. ¿Cuándo es el funeral?

—Depende de la autopsia. Imagino que en un par de días —contestó Iago.

—Lo dicho, descansa —dijo Abad a modo de despedida.

Ya en el ascensor, Santi frunció el ceño y negó con la cabeza.

—¿Qué pasa? —preguntó Ana.

—Creo que es prácticamente imposible que Héctor se la haya jugado tanto para idear un plan tan retorcido y con tan escasas posibilidades de éxito.

—Pero lo tuvo.

—Sí, aunque obviamos el hecho de que nadie sabía que estaban aquí. Rubén no le pasó esa información a su tío.

—Por el amor de Dios, Santi, si hasta la repostera del barrio sabía que vivían cerca, estoy segura de que Mónica fue capaz de colgarlo en Instagram. No están siendo todo lo precavidos que se supone, teniendo en cuenta que los persigue un asesino en serie —dijo Ana mientras se dirigían a la puerta de salida.

—No te falta razón —asintió él.

—¡Inspector Abad!

Ambos se giraron. El gerente del hotel se dirigía hacia ellos con un objeto en la mano.

—Sé que sus agentes registraron el hotel esta mañana, pero me temo que no les han informado de que ayer por la noche apareció esto en una papelera de los baños de la entreplanta. La teníamos en la sala donde guardamos las maletas por si alguien la reclamaba. Me ha parecido extraño, no sé si será de utilidad, pero a lo mejor quieren revisarla.

Ana y Santi lo observaron estupefactos.

—A la mierda el instinto Abad —dijo Ana en voz alta, mientras Santi cogía la mochila verde de manos del gerente.

Y solo quedaron dos

Ana se giró en la cama, dándole la espalda a Álex. Él le preguntó si acostumbraba a dar tantas vueltas. Ella estuvo a punto de confesarle que ya no estaba acostumbrada a dormir con nadie. De hecho, llevaba toda la vida durmiendo sola. Recordó las noches en el apartamento de Santi, al principio de su relación, cuando él callaba y le ocultaba sus secretos. Cuando ella le preguntaba en qué pensaba y él siempre le contestaba que en nada. Álex la volteó suavemente y comenzó a besarla. Ana cerró los ojos. Álex le gustaba mucho. Muchísimo, de hecho. Se dejó llevar. Para dejarse llevar sí estaba preparada. Era un tío terriblemente excitante. Era guapo, inteligente, y el sexo con él era increíble. Se dio la vuelta. Él le apartó los cabellos de la cara y la abrazó. Ella lo besó. Luego volvió a girarse. Álex le dijo que estaba muy callada. Ella se encogió de hombros. Le preguntó en qué pensaba. Ana dijo que en nada.

Santi cogió el móvil y llamó a Lorena. Ella le contó que estaba a punto de acostarse y que esa semana cogería unos días de vacaciones y se iría con su amiga Dori a Oporto. Él le contó los avances del caso. Ella le dijo lo de siempre, que pintaba mal pero que estaba segura de que todo acabaría bien. También le dijo que podían ir juntos a Cineuropa ese otoño. Él le contestó que aún faltaban tres meses. Santi también le confesó que la echaba de menos. Ella le preguntó si algo había cambiado. Él dijo que no. Y Lorena dijo que vale, que ya se encargaría ella de comprar los abonos.

Carlos dijo a los policías que aguardaban a la puerta de su habitación que necesitaba ir a su casa. Lo llevaron en el coche patrulla hasta su apartamento en el barrio de Vista Alegre y lo acompañaron hasta la puerta de su domicilio. Carlos dijo que solo serían unos minutos. Ya dentro cogió una guitarra. Su favorita aún estaba en el piso de San Lázaro que habían abandonado precipitadamente tras el fallecimiento de Eva. Entró en su habitación. En el armario, dentro de una caja, tenía la pistola. La misma con la que mataría a Héctor Vilaboi, si tenía oportunidad.

En el hotel, Iago recibió un email de un remitente desconocido. Al verlo, pensó que quizá tuviera que ver con su nuevo trabajo en Inmunogal, peligrosamente comprometido por culpa de todo lo que estaban viviendo, o con alguno de sus clientes. Se equivocaba. Era algo mucho peor. Sin pensarlo mucho, entró en la Deep Web.

Era un profano, pero sabía que allí se podía conseguir casi cualquier cosa. Quería una pistola, aunque pronto se dio cuenta de que no tenía ni idea de cómo proceder. Desistió en apenas unos minutos. Luego recordó una conversación con Mónica. Salió a la puerta y les pidió a los escoltas que lo llevaran al piso de San Lázaro. En la habitación en la que ella nunca había llegado a dormir, sus cosas estaban absurdamente ordenadas con un criterio que ya nunca podría descubrir. Se sintió incapaz de entrar en su propio cuarto, el que habían compartido. En el baño guardaba una inyección de epinefrina. Luchó contra el llanto. Rebuscó en su neceser. Allí estaba. Luego fue a la cocina y cogió el cuchillo más afilado que había. Ya de vuelta en su hotel, metió el cuchillo y el espray de pimienta bajo la almohada.

Rubén del Río no podía dormir. Mañana se cumpliría el plazo de cuarenta y ocho horas. Había llamado a la puerta del despacho del comisario y le había entregado el fruto de su exhaustiva investigación, un dosier minucioso que contenía el número de teléfono desde el que Héctor había contactado por primera vez y que se correspondía con un locutorio público en la calle Montero Ríos. También el detalle del lugar donde se había encontrado con él y una confesión de los hechos acaecidos. Además, el agente se ofrecía a actuar como cebo para intentar capturar a su tío. El comisario le dijo que repasaría la documentación con calma.

En plena noche, Rubén abrió el móvil y leyó las noticias. Una le llamó la atención. «El antiguo hospital de la calle Galeras sigue instalado en el abandono». Observó la imagen que mostraba la fachada del edificio, que se descomponía ante la mirada de los compostelanos. Resultaba fantasmagórico. Recordó haber pensado lo mismo la última vez que pasó por allí, el día en que quedó con Héctor, tras el pabellón de Santa Isabel. Intentó ampliar la imagen, pero no pudo. Se levantó de golpe. Le asaltó una gran excitación. Encendió su ordenador y buscó fotografías recientes del edificio. Era el sitio perfecto. Abandonado, con un acceso difícil y a unos escasos cientos de metros del pabellón.

Los primeros pisos tenían las ventanas tapiadas. Amplió un poco más la imagen, como si esperase ver la silueta de su tío en los pisos superiores. Sabía que no sería capaz de pegar ojo. Cogió su arma reglamentaria y salió de su casa.

Reunión de equipo

—Estoy absolutamente desconcertado. No tenemos ni tiempo para evaluar todos los hechos que salpican la investigación —dijo el comisario—. Avisad a Rubén, quiero que esté presente en esta reunión. Lo llamé hace un rato y aún no había llegado.

Santi salió al pasillo y le pidió a Lui que lo avisara en cuanto llegase el agente Del Río. Ana y Veiga estaban hablando de la mochila de Vilaboi.

—¿Estamos seguros de que es de él? —dijo el jefe.

—El único dato que nos dio el recepcionista de la pensión de la que huyó Vilaboi fue que solo llevaba encima una mochila verde. Es una mochila básica de Decathlon. Las hay a patadas —admitió Santi—. Y ahora aparece una en el hotel. Ya se la hemos pasado a los de la científica para ver si hay algo que rascar.

—Pero estaba vacía. ¿Para qué la llevaría al hotel? —Veiga miró a Ana en busca de una respuesta.

—Solo se me ocurre que la llevase para ocultar algo que necesitaba en el hotel. Ropa o algo así —tanteó ella.

—Algún tipo de chaqueta o prenda que le ayudase a infiltrarse. Imaginaos que se pone una americana y una camisa. Ya podría pasar por personal del hotel —apuntó Santi—. Hemos interrogado a media plantilla. Según nuestra patrulla de vigilancia, en el hotel solo entraron clientes y personal autorizado: el servicio de habitaciones, servicio de limpieza y mantenimiento. Quizá una de esas personas fuera Vilaboi.

—No me encaja. —Veiga negó con la cabeza—. De ser así, lo lógico sería que luego se hubiera quitado esas prendas para volver a irse. ¿Por qué abandonar allí la mochila? No sé, es todo muy extraño. Es el hombre más buscado del país. Lleva prácticamente un mes acaparando portadas y las tertulias de televisión. Me cuesta creer que se meta en un establecimiento público y vigilado solo para robar una jeringuilla. Las probabilidades de éxito en su cometido eran muy pocas. De arriesgarse tanto, lo normal habría sido que aprovechase la oportunidad, no sé, que entrara y matase a Mónica como hizo con Eva.

—Justo eso pensé yo. Chirría por todos lados —comentó Santi.

—Mónica estaba con Iago.

—Mejor me lo pones, Barroso —replicó Veiga—, un dos por uno.

Era la primera vez que Santi escuchaba a Álex llamar a Ana por su apellido desde que sabía que estaban juntos. Quizá lo hubiera hecho antes, pero él no había reparado en ello. Sabía por qué lo hacía, también él lo había hecho en el pasado. Para separar a la mujer de la policía, a Ana de Barroso.

—Nada en este caso tiene pies ni cabeza —apuntó Santi.

—Yo creo que los árboles no nos dejan ver el bosque: no sé por qué estamos pasando por alto que Carlos y Iago tuvieron esa inyección al alcance de su mano.

—Y ¿la mochila?

—Obviémosla por un instante —continuó Ana, excitada—. Podría pertenecer a un peregrino, yo qué sé. Lo único cierto es que ambos pudieron acabar con Mónica.

—Iago está muy enamorado de ella —apuntó Santi.

Ana barrió el aire con la mano.

—Llevaban juntos apenas unas semanas. Y además, he visto llorar a muchos maltratadores y asesinos en comisaría como para fiarme de sus lágrimas.

—No está mal pensado, Barroso. De los dos que quedan vivos, el perfil más complejo es el de Carlos —apuntó el comisario—, no está equilibrado, ha intentado suicidarse, no podemos perder eso de vista. Pero el que más tiene que perder es, sin lugar a duda, Iago. Se juega todo su futuro profesional y, por lo que me habéis transmitido, es un tipo ambicioso.

—No podemos obviar que Carlos casi muere. Está vivo de milagro —recordó Santi.

—A lo mejor es algún tipo de maniobra de despiste.

—No lo fue —contradijo Ana a Veiga—. Lorenzo Cobo atacó a Carlos. Tenemos los vídeos que lo sitúan en la escena del crimen. No salió muy bien parado del interrogatorio al que le sometimos. Está ya a disposición judicial y no dudo que decretarán prisión preventiva. Si eso sucede, es posible que confiese que Héctor le ordenó que atacase a Morgade. Por mi parte no tengo ninguna duda de que fue así. Dicen por A Lama que Vilaboi pagó el abogado que liberó a Lorenzo de la cárcel. Este episodio lo tenemos atado y bien atado, es solo cuestión de tiempo que Loko confiese. Sencillamente habrá que conseguir que comprenda lo que puede ganar colaborando. Pero quizá podríamos separar los distintos casos. Quizá Iago y Carlos están detrás de la muerte de los chicos de la Algalia y, por otro lado, Vilaboi quiso vengarse de Carlos. Pensemos que todo este asunto les ha dado una gran visibilidad y Vilaboi quizá ha aprovechado para ajustarle cuentas a Morgade.

—Si eso es así, deberíamos hacer abstracción de cada uno de los casos por separado —dijo Santi—. Pero a estas alturas yo ya no sé separar los hechos. Los entresijos del caso están tan imbricados que salirme de la tesis de que es Vilaboi el que los persigue, o al menos de la tesis de un único asesino, me cuesta muchísimo.

El teléfono del comisario sonó.

—Que venga —contestó lacónicamente Álex.

—¿Rubén? —preguntó Santi.

—Acaba de llegar —asintió Veiga—. Una hora tarde, espero que traiga una buena excusa.

Rubén llamó a la puerta del despacho del comisario y no entró hasta que este le indicó que pasara.

—Siento llegar tarde —se anticipó Rubén al reproche de sus jefes—, pero es por una buena razón. Vengo casi sin dormir. Esta noche estuve dándole vueltas a lo que hablamos del otro día respecto del escondite de Héctor, y por una casualidad me encontré con una noticia en internet que hablaba del viejo hospital. Me dio por pensar que era un sitio ideal para esconderse. Está pegado a Santa Isabel, no es de fácil acceso... No sé, fue una intuición. Me tiré de la cama en plena madrugada y me fui hasta allí.

—¿Tú solo? —le recriminó Santi—. No paras de cometer estupideces, Del Río.

—Mi tío no me haría nada. Además, llevaba mi arma. Lo habría detenido si hubiera estado allí.

—O sea, que no estaba —dijo el comisario.

—No. Pero lo correcto es decir que ya no estaba. Tengo claro que Héctor estuvo escondido allí y no poco tiempo. En el tercer piso encontré una manta con el logo de la pensión La Estrella Xacobea.

—Buen trabajo —le felicitó el comisario.

Del Río respiró aliviado.

—Vaya, lo tuvimos aquí al lado todo el tiempo —se lamentó Santi—. Debimos peinar la zona el mismo lunes, cuando nos diste el dato de vuestros encuentros.

—¿Dónde estará? —dijo Ana.

—Yo creo que la pregunta adecuada es con quién —apuntó Santi—. Pensemos en quién es la única persona a la que acudiría Héctor si estuviese acorralado.

—Mi madre —respondió Rubén con convicción.

El operativo

—El comisario Montouto está avisado. El inspector Jáudenes y dos agentes de su equipo se unirán a vosotros. Por razones obvias, Del Río se mantendrá al margen.

—¿Qué pasa con su disciplinario? —quiso saber Santi.

—¿Qué disciplinario? —contestó el comisario.

—Es muy gallego eso de contestar con otra pregunta, jefe.

—Y ¿tú de dónde eres Abad?, ¿de Móstoles?

—Estoy hablando en serio.

—Teniendo en cuenta la evolución de sus labores policiales, creo en su versión de que sus tratos iniciales con Vilaboi perseguían tan solo una toma de contacto para desenmascararlo en el marco de una investigación policial.

—Él no ha podido decir eso.

—No —dijo Veiga mientras sacaba una carpeta de su escritorio—, presentó una confesión detallada. He realizado un ejercicio de equidad y he llegado a la conclusión de que la versión oficial es la que te acabo de relatar. Necesito que tú y Ana me respaldéis. Nadie conoce lo sucedido salvo nosotros cuatro, y la realidad es que Rubén del Río ha encontrado el escondite de Vilaboi y nos ha dirigido hacia la casa de su madre. Valoro mucho este gesto. Pone de manifiesto que ha aprendido la lección.

—Y ¿qué pasa con el procedimiento establecido y todo ese rollo que me echaste?

—Abad, no me jodas. Ya nos ocuparemos de eso cuando atrapemos a Vilaboi.

—¿Tú no vienes a Lugo?

—Cuando seas comisario, y no dudo que lo serás, entenderás que la diversión se queda siempre para los demás. Yo me he encargado de mi parte. La orden judicial llegará en breve, a lo mejor la mujer os deja entrar, pero en caso contrario podréis hacerlo. Vilaboi es un serio peligro para la sociedad y tenemos el testimonio del sobrino que dice que es altamente probable que esté en esa casa. He sido tajante con el juez Calviño, el tiempo es fundamental. Aun así, espero que no necesitéis la orden y que la madre de Rubén colabore. Cuatro muertos son muchos muertos, y más para una ciudad como Compostela.

—Son muchos para cualquier lugar.

—Eres lo suficientemente inteligente para saber lo que quiero decir, Santi, ya me entiendes. Esto es casi un pueblo grande, nos conocemos todos y eso hace que todo se magnifique.

—¿Qué hacemos con Morgade y Silvent?

—He decidido que es mejor que vuelvan a sus respectivas casas. Ellos lo han pedido y a estas alturas ya hemos aprendido que no están seguros en ningún sitio. Bueno, Silvent ha pedido volver al extranjero, o al menos salir de Galicia. Dice estar aterrorizado.

—Parece una solución.

—La sería si no fueran sospechosos de los cuatro asesinatos. Sé que entiendes mi decisión de retenerlos vigilados.

—Ya la entenderé cuando sea comisario —contestó Santi con ironía.

—Siento la tardanza, necesitaba ir a buscar mi móvil —dijo Ana, irrumpiendo en el despacho—. Vámonos ya. Conduce tú, estoy un poco cansada.

Había casi hora y cuarto de trayecto hasta Lugo.

—¿El jefe ya te ha presentado a tus suegros? Si no, después del operativo podemos pasar a verlos y quedar para tomar el té en el Café Centro —bromeó Santi, a punto de llegar a casa de la madre del agente Del Río.

—¡Qué cabrón eres cuando quieres! Aparca en la calle de atrás. Si no falla nada, la gente de la comisaría de Lugo estará allí.

En efecto, el inspector Jáudenes y dos agentes aguardaban en un coche K, sin distintivo policial. Todos vestían de paisano, al igual que ellos. Abad hizo las presentaciones. Acordaron que Abad y Barroso subirían al piso y que ellos cubrirían las salidas del edificio.

Carmen Lado era un año mayor que su hermano. Vivía de su pensión de viudedad y de la ayuda proporcionada por su único hijo. El piso que su hermano Héctor le había dejado estaba en el barrio de La Milagrosa. El edificio era muy antiguo. Ana lo examinó rápidamente de una ojeada. Tan solo había una salida posible. No había azotea a la vista. Se giró y comprobó que el coche camuflado estaba ya a las puertas del edificio.

Entraron tras una mujer que cargaba dos bolsas de la compra. Subieron al segundo piso. Tan solo había dos puertas en cada rellano. Ana comprobó que su pistola estaba cargada. Santi hizo lo mismo.

Llamaron al timbre.

—¿Quién es? —dijo una voz desde dentro.

—Padrón municipal —contestó Ana.

La mujer abrió con precaución. Mantenía la cadena pasada, por lo que la puerta quedó abierta apenas un palmo.

—Buenos días, necesitamos que nos conteste unas preguntas.

—Lo siento, no dejo entrar a desconocidos —dijo ella con desconfianza.

Ana se llevó el dedo índice a los labios, indicándole que guardase silencio. Sacó la placa del bolsillo y se la enseñó. Volvió a indicarle con el índice que guardase silencio mientras con la otra le señalaba que abriera le puerta.

—No atender a las encuestas oficiales puede ser sancionado con una multa —dijo Ana en voz alta.

Carmen Lado abrió la puerta y les permitió la entrada. Estaba estupefacta. Ambos entraron. El pasillo estaba despejado. El piso tenía la disposición típica de los pisos de los años setenta: sin distribuidor en la entrada y con un pasillo muy largo salpicado de puertas.

—¿Está sola? —preguntó Ana manteniendo el tono de voz más elevado de lo habitual—. ¿Podemos pasar al salón?

Mientras Ana hablaba, Santi sacó su arma y comenzó a abrir las puertas con cuidado. Las habitaciones eran pequeñas y no había en ellas lugar para muchos escondites. Tras revisarlas todas, el inspector guardó su arma y volvió al pasillo

—Señora Lado, somos compañeros de su hijo Rubén —dijo Santi en voz baja.

La cara de la mujer se contrajo en una mueca de espanto.

—¿Le ha sucedido algo?

—No, no, él nos manda, nos indicó su dirección —dijo Ana—. Hemos descubierto dónde se escondía su hermano, pero desapareció de allí hace un par de días. Creemos que podría encontrarse aquí. Vamos a proceder a registrar la casa, si nos lo permite.

—Claro que se lo permito. Aquí no hay nadie. ¡Si Héctor me llamase, se lo diría a mi hijo!

Tras un minucioso registro comprobaron que no mentía.

Allí no había nadie.

Cuestión de supervivencia

—Y ¿por qué te crees que lo haré?

—No me cuestiones, Rosa. Necesito dinero, un escondite, una pistola y una coartada. Seguirás mis instrucciones al pie de la letra, como has hecho hasta ahora.

—No creas que voy a arriesgarme más, ya mandé ese correo al biólogo tal y como me ordenaste, pero no voy a continuar con esto. Confesar una adicción, incluso aunque eso implique perder mi trabajo, es mucho menos grave que encubrir a un asesino y ser cómplice en su huida. Estás loco, Héctor.

—No estoy loco, estoy acorralado. Vas a seguir mis instrucciones sin rechistar. Mañana por la mañana irás al médico y pedirás la baja. Pon la excusa que quieras: problemas con tus adicciones, ansiedad, depresión, o dirás que tienes fiebre o lumbalgia. Elige tú, me da igual. O aún mejor: pide las vacaciones, te necesito fuera de circulación una temporada. Después alquilarás un coche, dirás que vas a hacer un viaje hasta Málaga o hasta Huesca, me es indiferente. Elige también el destino. Para la pistola, hablarás con Flaco, esta es mi lista de contactos. Le pagarás la pistola en efectivo. Mientras haces todo esto, yo estaré en tu trastero, y solo saldré para saldar una cuenta que tengo pendiente. Me subirás comida y bebida, y no dirás ni una palabra a nadie. Me quedaré con una llave, no me arriesgaré a que me dejes ahí encerrado.

—Voy a llamar a la policía —lo amenazó Rosa.

—No vas a hacer nada. No voy a mover un dedo contra ti, pero si no haces lo que te he mandado, te mataré. Si avisas a la poli y me encarcelan, me encargaré de que alguien lo haga. He pasado veinte años en el trullo, conozco a un montón de gente capaz de esperarte en el portal y partirte la cabeza como hice con Morgade. No pienses que encerrarme será la solución. Si no me ayudas, mueres. Si me denuncias, mueres. Si esto no sale bien, mueres. Así que ya sabes lo que hay, Rosa.

La mujer se dejó caer en el sofá, intentando procesar lo que le estaba ocurriendo.

—Si me pillan, acabaré en la cárcel.

—Eso siempre será mejor que acabar en el cementerio.

—¿Por qué me haces esto?

—Es solo una cuestión de supervivencia, Rosa. Y si fueras lista, entenderías que también lo es para ti. Una vez que haya salido del país dejarás pasar unos días. Exactamente diez, los suficientes para que yo pueda abandonar el coche y huir a donde no me puedan encontrar. Entonces te plantarás en comisaría y denunciarás que te amenacé de muerte si no hacías lo que yo te ordenaba. Cuando te pregunten por qué no me denunciaste antes, contestarás con esa frase tan manida de que el cementerio está lleno de valientes. Y después, si quieres, puedes volver al trabajo, entrar en un centro de desintoxicación como hizo Lito Villaverde o esnifar toda la mierda del mundo y acabar como él. Pero, si eres lista, te cuidarás mucho de delatarme. Porque solo así saldremos de esta. Tú y yo habremos sobrevivido. Así que sí, Rosa, esto es solo una cuestión de supervivencia.

Ella se levantó del sofá.

—Será mejor que no subamos al trastero hasta la madrugada. Ahora haré la cena. No quiero tenerte delante. Vete a la habitación del fondo.

—Siempre fuiste una mujer práctica —dijo Héctor.

—Y tú un delincuente. Me avergüenzo de no haber sabido verlo durante todo el tiempo que trabajé contigo.

—No éramos los malos. Ellos lo son. Esos chavales vienen todos muy maleados por la vida. No son unos santos. Mira la zorra de Jessica: andaba chupando pollas por ahí, pero a mí me denunció y me arruinó la vida.

—No se trata de chupar o no pollas, se trata de hacerlo con la persona que tú quieras. No sé por qué pierdo el tiempo intentando explicártelo. Eres un monstruo.

—No me vengas con gilipolleces. Además, tú deberías entenderme. Somos gente débil en esencia, no somos tan diferentes. Tú vas puesta todo el día, a mí me gustaban esas chicas. Y las trataba bien, te lo juro.

—Me das asco.

—No voy a discutir esto contigo. Estoy muerto de hambre —dijo Héctor mientras se dirigía a la habitación del fondo— y quisiera algo caliente. Llevo casi un mes comiendo sándwiches y barritas energéticas.

Rosa entró en la cocina. Abrió la nevera y sacó una docena de huevos. Después se puso a pelar patatas. Las manos le temblaban tanto que estuvo a punto de cortarse.

Dejó el cuchillo sobre la mesa y se dirigió a su habitación.

Después de tomar un par de tranquilizantes, sintió que la ansiedad cedía.

Pero el temblor no cesó.

Un dolor real

La tapa del ataúd no está abierta. Me viene a la memoria una serie que veía a principios de los dos mil, ambientada en un tanatorio. Me admiraba la irreverencia con la que trataban un tema aparentemente tan serio como la muerte. No sabemos convivir con ella. Me gustaba la parte en la que rodeaban la muerte de banalidad, la misma que con carácter general suele rodear ciertos aspectos de la vida. Sentía fascinación al observar cómo el tanatopráctico maquillaba el rostro de la muerte, cómo recomponía al cadáver para mostrar su mejor versión a su familia.

No hay versiones buenas de una Mónica muerta. Nada podría hacerse para reconstruir su rostro, ni su cuerpo, que ahora estará atravesado por las múltiples cicatrices que deja una autopsia. Ninguno de nosotros saldrá indemne. Vivos o muertos, estaremos cubiertos de cicatrices el resto de nuestras vidas. O de lo que quede de ellas.

Al observar a Iago, nadie creería que ha tenido algo que ver con su muerte, aunque yo sé que él es capaz de cualquier cosa. Sin embargo, llora con esa desolación que solo somos capaces de reconocer los que la hemos sentido. Hay muchos tipos de llanto. Pero solo uno así. Solo uno capaz de irte vaciando por dentro, trozo a trozo lágrima a lágrima. Ese tipo de llanto que sabes que no se acaba incluso cuando cesan las lágrimas.

Me entran ganas de decirle que sé cómo se siente, que esto es culpa de Héctor. Que mañana será peor, que hoy será ese día al que volverá recurrentemente durante años. Y que una mañana se levantará y ya no recordará si hacía sol, si llovía, si yo estaba a su lado con esta corbata negra que llevo conmigo a todas partes, no recordará a Abad y Barroso a las puertas del tanatorio, ni el coche patrulla, ni a los reporteros disparando sus flashes, las cámaras de televisión, o que el aire acondicionado era tan innecesario como toda esa gente que decía conocer a Mónica pero que no tenía ni idea de quién era, o al menos no como la conocíamos nosotros.

No, no recordará nada, salvo ese dolor salvaje que se despliega como una bandada de cuervos hambrientos.

No, Iago, nadie podrá creer que tuviste nada que ver con su muerte, pero yo sé la verdad. Que tú la provocaste, que eres culpable, al igual que Lito, Xabi, Eva, Héctor o yo. Bienvenido a un futuro de dolor y culpa. Lo que hicimos, y principalmente lo que no hicimos, nos ha conducido a este punto exacto, a este tanatorio, otro más. A este ataúd cerrado, otro más.

Ahora ya sabes lo que se siente, Iago. Me abrazas y siento tu dolor. No sé cuánto nos queda. No sé cuánto falta para que todo acabe. Quién morirá primero. No sé nada. Solo que tu dolor es real.

Y solo yo lo entiendo.

Los más buscados

«El comisario Alejandro Veiga, de la comisaría de Santiago de Compostela, ha emitido hoy un nuevo comunicado para dar a conocer los avances de la investigación de los asesinatos acaecidos durante las pasadas semanas en la ciudad gallega.

»El comisario ha informado que Héctor Vilaboi permaneció escondido en el interior del antiguo Hospital Xeral de Santiago de Compostela, sito en la calle Galeras. La policía encontró en el interior del edificio enseres sustraídos de la pensión de la que huyó Héctor Vilaboi el pasado 26 de julio, dos días después del primer asesinato de los denominados "chicos de la Algalia".

»Según el comisario, la policía está estrechando el círculo de búsqueda y confía en atrapar al expresidiario. También ha confirmado la detención de Lorenzo Cobo García, alias Loko, acusado de ser el presunto autor material de la agresión sufrida por el cantautor Carlos Morgade el pasado 6 de agosto. El detenido ya ha pasado a disposición judicial. Según indican fuentes extraoficiales, Lorenzo Cobo podría haber actuado bajo las órdenes de Héctor Vilaboi.

»Les recordamos que ya son cuatro las víctimas mortales que se imputan presuntamente a Héctor Vilaboi Lado. A la muerte de Xabier Cortegoso Rivas la siguieron las de Gabriel Villaverde Lema, Eva María Nóvoa Miguel y Mónica Prado Ameixeiras.

Esta mañana, en el tanatorio de Boisaca, se han sucedido las escenas de dolor por la muerte de esta última. Numerosos rostros televisivos se han dado cita para despedir a la modelo y presentadora de la televisión autonómica. También se hallaban presentes los dos únicos supervivientes de la cena en la que se iniciaron los asesinatos en serie, el conocido biólogo Iago Silvent y el ya citado Carlos Morgade. Ambos han rehusado realizar declaraciones y han abandonado el recinto con escolta policial.

»La policía ha distribuido a su vez una nota de prensa en todos los medios de comunicación en la que apela a la colaboración ciudadana, junto con las fotografías actualizadas de Héctor Vilaboi, que ha sido incluido en la lista de los más buscados por la Policía Nacional. Cualquier noticia sobre su paradero podrá comunicarse a través de la cuenta específica de la Policía Nacional losmasbuscados@policia.es, habilitada específicamente para que los ciudadanos puedan comunicarse con los investigadores de forma confidencial. Asimismo, la policía mantiene abiertos los cauces habituales: el teléfono 091, el 112 o la cuenta de Twitter, @policía...».

Rosa Gómez apagó la radio y se metió en el bolsillo trasero la nota con el correo electrónico que acababa de anotar. Ahora solo tenía que reunir el valor necesario para hacer, por una vez en su vida, lo que se esperaba de ella.

Composición de lugar

—¿Es esto inteligente? —preguntó Ana mientras escuchaba en la radio el comunicado del comisario—. ¿No has filtrado demasiada información?

—Esa no es una pregunta que debieras hacerle a tu jefe.

—¡Oh, vamos!, ¿qué os pasa a los tíos con vuestro puto ego?

Estaban en casa de Álex. Él acababa de salir de la ducha. Se sentó en la cama y le apartó el cabello del rostro.

—Estás preciosa con el pelo suelto.

—Anda ya. No estoy preciosa porque no lo soy, y que nos acostemos no te da derecho a hablarme como en una telenovela turca —se quejó Ana, incómoda.

—Te hablaré como me dé la gana y, si me pareces preciosa, te diré que me lo pareces. Además, de ti me gusta todo, desde esta cicatriz —dijo Álex, besándole la cicatriz de la cesárea en su vientre— hasta este horrible tatuaje.

—Me preguntaba cuánto tardarías en decirme algo sobre él.

—Un ancla, como la de Abad. ¿Estás segura de que no eres una romántica?

Ana se levantó de un salto y empezó a vestirse a toda velocidad.

—No voy a pasar por esto. Tuve una relación con Santi. Una relación muy intensa, lo cual no es extraño, porque los dos somos así, intensos y apasionados. Terminamos hace más de dos años. Sabías todo esto. Deja de dar por saco.

—Solo he dicho que el tatuaje es hortera. Estás hablando con un pijo lugués que veranea en Sanxenxo, no pretenderás que me guste eso.

—Y muy mayor.

—¿Cómo dices?

—Pijo lugués muy mayor. Tengo diez años menos que tú —dijo Ana—. No tenemos los mismos gustos. Es normal que no te gusten los tatuajes. ¿Vendrías conmigo a un concierto de C. Tangana?

—Vale, ya has disparado al centro de mi ego de comisario y de hombre. —Álex la atrajo hacia sí—. Lo encajo. No necesitas marcharte sin darte una ducha. Sé lo impulsiva que eres, tienes que aprender a templarte. Yo prometo ir a un concierto contigo, y tú prometerás no saltar de la cama ni entrar en ebullición a la mínima. Está bien, no he estado muy acertado. Es solo que me gustas mucho. Y me da igual lo que creas: necesitas que te lo digan.

—Más vale que entiendas que soy el tipo de mujer a la que le gusta que respeten lo que quiere.

—Eso ya lo sabía.

—Entonces deja de decidir lo que necesito que me digan.

—Esto no funcionará si no te relajas y dejas que te quieran.

—Bueno, no se me da bien relajarme ni se me da bien dejarme querer.

—Eh, eh, vamos... No me digas que Abad es buen tío si te ha dejado así.

—No quiero esto —le reprochó Ana—, no quiero una relación en la que constantemente volvemos a Santi. Necesito que entiendas algo, más allá de lo que hubo entre nosotros: él es ahora una parte importante de mi vida. Si no eres capaz de vivir con su presencia, entonces más vale que nos dediquemos a echar un polvo esporádico cuando nos apetezca más follar que ver Netflix. Pero él ha sido mi apoyo durante los dos últimos años, no voy a renunciar a la gente que ha ocupado un lugar importante en mi vida hasta ahora. No es justo que me pidas que renuncie a Santi. Es como si te pidiera que no quedases más con Carlota.

—Solo te he dicho que tu tatuaje no me gusta. Baja la guardia, Barroso. Además, Carlota y yo solo nos mandamos wasaps en Navidad para desearnos felices fiestas. Somos unos divorciados muy civilizados. Y también debería dejarte claro que para mí no eres una opción a Netflix. Te parecerá increíble, pero a pesar de ser un cuarentón decrépito como acabas de insinuar, no me falta con quien irme a la cama. Esto es otra cosa. Y no me refiero a matrimonio, ya pasé por eso. No se trata de que vengas a cenar con mis padres en Nochebuena. Se trata de que estoy a gusto contigo y de que tienes que aprender a relajarte.

—Y todo esto porque me has dicho que soy preciosa —dijo Ana, quitándose la camiseta.

—¿Vas a la ducha?

—Por supuesto que no —contestó ella mientras lo empujaba sobre la cama.

Serotonina

—¿Cómo lo llevas? Y quiero la verdad —preguntó Connor.

—¿Me creerás si te digo que bien? Quiero decir que han desaparecido milagrosamente mis ganas de darle un par de hostias al jefe —dijo Santi.

Estaban en la plaza de Mazarelos. O Viño era una de esas tascas pequeñas en las que, dada su excelente ubicación, podían recalar tanto dos turistas holandeses como un santiagués de toda la vida. Connor pidió un ribeiro, y Santi, agua con gas fría.

—Voy a hacer una pregunta muy fácil y de difícil respuesta —dijo el psiquiatra—. ¿Por qué?

—No lo sé, dímelo tú. Tú eres el médico.

—Soy médico, pero no soy tu médico. Y te diré lo que opino: creo que eres un caso claro de trastorno explosivo intermitente. No creo que tenga que ver exactamente con la violencia de género, sino con la violencia en general. Nunca llegué a hablarlo con Adela, aunque imagino que todo su trabajo ha surtido efecto. La terapia conductual ha hecho que aprendas a adelantarte a los hechos y a saber cuáles son los resortes de la conducta agresiva. Estoy convencido de que practicas con asiduidad un montón de técnicas de relajación y control, y lo sé porque Adela era la mejor psicóloga de la ciudad. Su tesis sobre la reestructuración cognitiva se considera aún pionera, treinta y cinco años después de su publicación, y si a eso le unimos toda la medicación que te has metido durante estos años... ahí tienes la respuesta.

—No hay medicación para lo mío —indicó Santi—, pero me alegra que pienses que estoy curado. Ambos sabemos que esto no se cura. Con esto se vive, y además siempre en alerta.

—Los inhibidores selectivos de la recaptación de la serotonina no son una solución, pero son una ayuda importante. Y no he dicho que estés curado. Cualquier día bajarás la guardia y, si eso sucede, puedes acabar partiéndole la cara a Veiga. O a mí, si vuelvo a ganarte al pádel.

—Me encanta tu fe en mi recuperación —dijo Santi, soltando una carcajada—. Es como si toda la ira hubiera desaparecido, por lo menos por lo que respecta a Ana.

—Eso quiere decir que has asumido la situación. Y creo que has vuelto a medicarte. No es que te lo haya notado, aún es pronto, pero me he percatado de que no te tomas la caña después del partido de pádel...

—Tienes razón, Sherlock. Estoy en una clínica del centro. Contraté un combo de psiquiatra y psicólogo. Supongo que a ti no puedo engañarte. Y, por cierto, lo de los inhibidores de no sé qué me ha encantado. Son antidepresivos de toda la vida.

—No quiero tocarte las narices, pero estás medicándote y llevas un arma reglamentaria. A lo mejor deberías hacer otra pausa, un descanso —le aconsejó Connor—. Nadie te cuestionará una baja.

—Han muerto cuatro personas —se lamentó Santi—, a nadie le importa que tome una pastilla de 0,5 miligramos de la misma mierda que toma todo el mundo.

—Sabías que podías contar conmigo. Si estabas muy desesperado, podías haberme pedido ayuda en lugar de ir a una clínica sin ningún tipo de referencia.

—De la clínica me ha hablado muy bien Lorena. Su padre se trató allí cuando enviudó. Además, tú no puedes tratarme, somos amigos. Me lo has dicho mil veces.

—Digo muchas gilipolleces —apuntó Connor—. No soy el idiota que conociste hace años. Antes se me llenaba la boca hablando de mi código deontológico y del secreto profesional, y ahí aprendí que eso puede costar vidas. Bueno, solo quiero que sepas que estoy aquí, aunque me alegro de que te hayas buscado la vida solito. Y esa era la causa de todo este interrogatorio.

—No te entiendo.

—Pensé que te estabas automedicando —se explicó Brennan—. Quería asegurarme de que no cometías ninguna estupidez.

—Eres un buen amigo, Connor.

—Lo soy —dijo el psiquiatra—, y valoro mucho la amistad. Sabes que no tengo muchos amigos. Y ahora cuéntame, ¿cómo va el caso?

—Fatal. Vilaboi está desaparecido. Iago y Carlos, destrozados anímicamente. El jefe histérico, y con razón, exigiendo resultados. Y en medio de esta tormenta perfecta, Ana vuelve, se lía con el jefe y yo dejo a Lorena.

—¿La echas de menos? ¿Has vuelto a quedar con ella? —preguntó Connor.

—Lorena era esa parte de mi vida que me reconciliaba conmigo mismo. Con ella todo era fácil y me hacía sentir mejor persona. Supongo que porque nunca le mentí. Ella siempre me vio como soy, desde el principio, y me aceptó así. ¿Como no echarla de menos? Lo hago a todas horas. Comíamos juntos, comentábamos los casos, íbamos a exposiciones, salíamos todos los días, me hacía ver series buenas, compartíamos lecturas. En resumen, me hacía sentir bien.

—Suena a una pareja de jubilados en un viaje del IMSERSO.

—También teníamos un sexo cojonudo, pero no te lo voy a contar todo.

—Y, sin embargo, la has expulsado de tu vida.

—¿Sabes lo peor de todo? Que fue Lorena la que me hizo ser consciente de que esto no funcionaba. De repente ella dejó de ser feliz, y fue tan patente que me di cuenta del daño que le hacía.

—Hablando de gente infeliz, tu amigo Carlos me tiene muy preocupado. Vigílalo de cerca.

—Ahora mismo mi amigo Carlos es un sospechoso de homicidio y potencial víctima de un asesino. Todo a la vez. Y tú eres su psiquiatra. En serio que no te reconozco, Connor. ¿Y todas esas monsergas del secreto profesional y el código deontológico?

—Ya te he dicho que no soy el mismo. Todas esas monsergas, como tú dices, no lo son en absoluto. Tienen su razón de ser. Pero no es menos cierto que, si lo que yo sé puede ayudarte a salvar vidas, creo que es mi responsabilidad hacer lo posible para evitar un desastre. Además, eres el tío más reservado del mundo, estoy absolutamente seguro de que puedo confiar en tu silencio y discreción. Tampoco tengo mucho que contar. Solo que tiene un trauma brutal. Vive anclado en el pasado, y tiene una pulsión violenta latente que se percibe al instante. Y me miente. Me miente mucho. Solo puedo decirte que el episodio de autolesión me encaja muy poco en él. Ese hombre vive obsesionado con Vilaboi. Está a la defensiva. Creo que intentará algo contra Héctor.

Legítima defensa

Uno nunca sabe hasta dónde puede llegar cuando la vida lo pone al límite. Si me hubieran dicho que Iago iba a intentar matarme, no lo habría creído. Siempre se escudó detrás de su intelecto, de su inteligencia, de su don de gentes. Nunca creí que fuera capaz de matar ni a una mosca, aunque no es menos cierto que la vida me enseñó que no era quien decía ser. Me esfuerzo en recordar a ese otro Iago, aquel que fue mi hermano. Compartimos habitación en esa época en la que uno forja alianzas que cree inquebrantables. Nos confesamos secretos, aspiraciones y metas. Viví su primer amor, que resultó ser el último. Dejé que me consolara cuando Antía murió. Pasamos media vida juntos y media separados. Pienso en las palabras de ese mensaje que nos envió antes de la cena: «Fuisteis lo más parecido que tuve a una familia». No sé si mintió entonces o si miente ahora.

No, nunca lo habría creído, pero lo supe al instante. Mientras empuñaba el cuchillo, vi en sus ojos esa mirada que tanto conozco. La gente herida es imprevisible. Lo somos.

Bajo la vista hasta tropezar con la herida, justo bajo el hombro. No esperaba eso. No esperaba el cuchillo. No esperaba que él fuese capaz.

Supongo que él tampoco esperaba mi pistola. Y debería haberlo previsto. La gente como Iago y como yo sabemos defendernos ante lo que la vida nos depara. Solo así hemos llegado hasta aquí, esquivando golpes. Pienso en Eva y en lo que calló ante la policía. En Mónica, que siempre lo supo todo y no habló para protegerme a mí y protegerse a ella. Por eso no lo vi venir, esto nunca lo habría pensado de Iago. Es cierto que sabía que me ocultaba algo, pero en mi fuero interno lo creía inofensivo.

Al otro lado de la puerta está la escolta policial, estoy seguro de que nos han oído. Están forzando la puerta. La sangre me empapa la camisa. Sangre. No sé cuánta me queda dentro. Pienso en Héctor. En que no puedo morir sin hacer aquello que llevo años esperando. Voy a vengar a Antía. Tengo que vengarla.

De nuevo me doy cuenta de que la vida no se planea, que da igual que creas que lo tienes todo controlado. Nunca sabes cuándo un Kadett se saldrá de su carril y cambiará la vida de un puñado de personas.

Desde niño, la vida ha hecho conmigo lo que le ha dado la gana. Por una vez, por una sola vez, decidí ser yo el que trazara mi propio destino.

Creí tener un plan, creí que mataría a Héctor, engañé a Abad, mentí a mi psiquiatra, y todo ha estado a punto de esfumarse. Nunca imaginas que nada saldrá según el plan establecido, porque quien menos esperas resulta ser capaz de clavarte un cuchillo en el pecho.

Me arrastro por el suelo. Sé que tengo que hacer algo, pero no sé si podré llegar al baño, quitarme la camisa, coger una toalla y tapar esa herida que no para de sangrar y sangrar. No tengo fuerzas para nada. Se han esfumado, muerto a muerto, herida a herida. Necesito que fuercen esa puerta, que me lleven a un hospital. No puedo morir. No ahora. Se lo debo a Antía.

Vuelvo la cabeza y a mi lado está su cuerpo. El del hombre que se mostró al mundo con el escudo del Capitán América a su espalda, como si nada pudiera hacerle daño. Tiene aún el cuchillo en la mano y la sangre discurre por el filo. Mi sangre. Esta vez no hubo escudos protectores, ni para él ni para mí. El tiro le ha volado la cabeza. Como a Xabi. La sangre empapa la alfombra. Su sangre. Mi alfombra. Su cuchillo. Mi pistola. No sé cómo lo voy a explicar. No me creerán.

Nunca imaginas que un día acabarás convertido en un asesino. Pero eso es lo que soy.

Ahora que lo veo ahí, sin moverse, me doy cuenta de que hay una posibilidad de que no me crean. De que me detengan. Y entonces Héctor habrá ganado. Otra vez.

Ya están aquí, llaman a una ambulancia. Esa es mi vida, lo que queda de ella, ahora. Una sucesión de muerte, heridas, sangre, ambulancias, autopsias, pérdidas y dolor.

¿Qué ha pasado?, preguntan. Intento hablar, pero las palabras se agolpan en mi boca. ¿Cómo contarlo? ¿Cómo resumir todo lo que nos ha sucedido? ¿Por qué tuviste que volver, Iago? ¿Por qué? ¿Por qué Héctor y tú disteis lugar a esta espiral de muerte?

Nunca sabemos de lo que seremos capaces.

Tengo que sobrevivir a esto. Y no solo físicamente. Cuando todo termine, si consigo acabar con Héctor, tendré que aprender a vivir con el hecho de que soy un asesino. Esto también se lo debo a Héctor. Puede que le sobreviva, puede que él no consiga matarme, a pesar de que ya lo ha intentado, y tengo el firme convencimiento de que lo volverá a intentar. Pero, aunque lo haga, si después de matarlo sigo vivo, o en esta vida, que no sé si es lo mismo, nada tendrá ya sentido. Y nada obviará el hecho de que Antía está muerta porque yo y solo yo la dejé sola. Al final esto es entre Héctor y yo. Si lo consigo, si acabo con él, tendré que aprender a vivir con lo que soy ahora, con lo que él ha hecho de mí. Hace tiempo que sé que él ya ha vencido. Que suceda lo que suceda, muera quien muera, Héctor ha ganado. Supongo que es la inminencia de la muerte la que dota a todo de una clarividencia inusitada.

El médico me pone una vía. De nuevo intento hablar, pero me fallan las fuerzas.

«¿Qué ha pasado?», vuelve a preguntar el agente mientras me suben a una camilla y dos sanitarios me transportan al exterior. Alcanzo a ver a gente en el rellano, sus murmullos son como un ejército de insectos entrando en mis oídos. Un zumbido intermitente se cuela en mi cerebro.

Todo da vueltas.

«Héctor», consigo decir.

El agente a mi lado pregunta si ha sido Héctor. Intento negar con la cabeza, pero no puedo. Yo, he sido yo. No soy capaz de hablar.

Debo decirlo. Deben creerme. Debo contarles eso, que uno nunca sabe hasta dónde puede llegar cuando la vida lo pone al límite. Santi me creerá. El doctor Brennan me creerá.

Antes de desmayarme solo alcanzo a pronunciar dos palabras.

Legítima defensa.

Noticias

«Interrumpimos la emisión para informarles de que el conocido biólogo Iago Silvent ha sido encontrado muerto en el domicilio de Carlos Morgade. Según fuentes no oficiales, el biólogo presentaba un disparo en la cabeza y falleció en el acto. Carlos Morgade, que se encontraba con él, también ha resultado herido de gravedad por arma blanca. El cantautor ha sido trasladado a la unidad de cuidados intensivos del Hospital Clínico Universitario de Santiago de Compostela.

»Carlos Morgade y Iago Silvent eran los dos únicos supervivientes de la llamada cena mortal en Compostela, cuyos asistentes han ido falleciendo uno a uno en las últimas semanas, a pesar de las medidas de protección habilitadas por la Policía Nacional.

»Son muy numerosas las hipótesis acerca del incidente sucedido en el domicilio de Carlos Morgade. Si bien Héctor Vilaboi era hasta el día de hoy el principal sospechoso de las muertes acaecidas en Compostela, la policía que los custodiaba ha asegurado que en el domicilio tan solo se encontraban el biólogo y el cantautor.

»Iago Silvent era uno de los más prometedores científicos de nuestro país. Doctor en Biología por la Universidad de Santiago de Compostela y especialista en inmunología, acababa de regresar a España después de trabajar quince años en la Universidad de

Princeton. Durante este tiempo ha destacado por su labor al frente del proyecto científico de divulgación Immunomedia, pero no fue hasta la pandemia de la covid-19 cuando saltó a la fama, convirtiéndose en un personaje mediático tanto en Estados Unidos como en España, tras participar en la elaboración de la primera vacuna contra el virus y asumir una importante labor divulgativa a través de las redes sociales.

»La Xunta había elegido al biólogo para asumir la dirección de un nuevo organismo dependiente de la Agencia de Innovación de Galicia. El presidente de la Xunta ha expresado sus condolencias a través de su cuenta oficial de Twitter, lamentando la pérdida del científico y solicitando respeto, a la espera de que la policía pueda desentrañar los hechos acaecidos.

»Toda la comunidad científica ha manifestado su pesar a través de las redes sociales y miembros del Gobierno y la oposición han destacado el importante papel del biólogo durante esta pandemia.

»El fallecimiento del biólogo es *trending topic* en redes sociales.

»El comisario Veiga, de la comisaría de Santiago de Compostela, ha rehusado hacer declaraciones. Nuestros reporteros se hallan a las puertas del Hospital Clínico, a la espera de que el equipo médico emita un comunicado sobre el estado de salud de Carlos Morgade».

Rosa Gómez apagó la televisión. Ya había conseguido la pistola y alquilado el coche. El arma estaba en su habitación, en el cajón de su mesilla. No se la daría a Héctor hasta el final, no lo quería armado y cerca de ella. El coche se lo entregarían en dos días. Lo de las vacaciones había sido fácil, solo había tenido que adelantarlas una semana. Esa misma mañana le había dicho a su jefe que estaba agotada y muy estresada por el tema de los chicos de la Algalia. A fin de cuentas, ella había sido su educadora. Estaba muy impresionada por la deriva de los acontecimientos. Se le daba bien mentir. Llevaba muchos años haciéndolo. El coche lo alquiló para un mes; no tuvo que dar ningún tipo de explicación. Bastó con su carnet de conducir y una tarjeta de crédito.

No sabía si la policía sospecharía de Héctor, aunque ella sabía que no había salido del trastero. Ahora entendía el encargo del día anterior. Se estremeció.

Preparó un par de filetes y los metió entre pan con unos pimientos. Lo trataba demasiado bien. En su mesilla de noche, junto a la pistola y dos gramos de coca y varios sobres con pastillas, aún estaba el correo electrónico de la policía. Sabía que era lo correcto, pero como siempre el miedo la paralizaba. «Si me denuncias», mueres. Tenía miedo de ser una noticia de telediario, como Iago Silvent. Ni siquiera sería así. Casi nadie la echaría de menos. Sus compañeros de trabajo, alguna amiga. No salía con nadie fijo desde hacía más de dos años.

Metió el bocadillo en una bolsa y salió al descansillo. No había nadie. En el fondo sabía que daban igual todas esas precauciones. A nadie le importaba si subía a su trastero o no.

Le entregó a Héctor el bocadillo y le dio la noticia de la muerte de Silvent.

Él sonrió. Rosa se dio cuenta de que ya lo sabía.

Claro. Héctor siempre lo sabía todo.

Ya nunca fue verano

De pequeño, lo que más me gustaba era oler el mar. Todos los veranos, mis padres alquilaban una casa en la playa de Loira. Era el bajo de una casa de piedra. En el piso superior vivía una familia con hijos de nuestra edad. Fui a esa casa todos los veranos desde los tres hasta los doce. Nueve años, diez veranos.

Todos los aromas, colores y sonidos que asocio a la felicidad están en ese pueblo. Después de la muerte de mi padre, ya nunca fue verano. Después de la de Antía, ya siempre fue invierno.

No había vuelto a soñar con Loira hasta hoy. Quizá hayan sido los analgésicos. O no. La naturaleza inexorablemente siempre acaba encontrando el camino de la supervivencia. Supongo que, como no soporto al hombre que soy, ya solo puedo convivir con el niño que fui.

En el sueño, un sueño eterno, he nadado entre los escollos que despuntan cuando baja la marea, me he revolcado por los barrancos de arena que se formaban a la vera del río. Me he lanzado en bomba desde el muelle. He jugado al béisbol y tirado la bola al cañaveral que está junto al lavadero. He hecho una cabaña en el árbol. He sido un caballero en su castillo entre las grandes rocas. Le he enseñado a Antía a montar en bicicleta. He vuelto a besar a Betty, la niña más guapa del pueblo, que siempre llevaba unas trenzas muy largas. Me he caído y mamá me ha echado mercromina. Llevo pantalones cortos, un polo de rombos, heridas en la rodilla, el pelo cortado a la taza. Antía lleva el pelo largo y siempre viste *shorts*. Quiere cortarse el flequillo, pero mamá no le deja. Y mamá, mamá sonríe. No recordaba a mi madre sonriendo.

He despertado de golpe y el dolor me ha hecho volver al presente. De nuevo la realidad. El hospital, las sábanas blancas, el brazo inmovilizado. Un latigazo me recorre el hombro. Esto es el presente. Sin mis padres, sin Antía, sin nadie de mi pasado.

Hay alguien en la silla de al lado. Intento enfocar la vista. Es él, Santi.

Sé que debo explicarle lo que pasó, que él lo entenderá. Él siempre me ha entendido. Siempre ha estado de nuestro lado y sé que ahora no nos fallará.

—Santi —consigo decir.

—Carlos Morgade Santos —la voz de Santi es fría—, queda detenido por el homicidio de Iago Silvent Acuña.

De nuevo Héctor se sale con la suya.

Interrogatorios

—¿Lo traerán directo desde el hospital? —preguntó el comisario.

—Sí —dijo Ana—. Morgade ha pasado tantas veces por el hospital en el último mes que creo que le han puesto su nombre a una cama. Ayer nos confirmaron que hoy martes le darían el alta. Una patrulla lo traerá directo para el interrogatorio.

—¿De verdad creemos que ha sido él? No quiero movimientos en falso, no puedo permitírmelos —les advirtió Álex.

—No te entiendo, jefe —replicó Santi—. Es lo que siempre has querido: un asesino material detenido. Además, es el último de los seis que estaban en esa cena. Lo lógico es pensar que ha sido él.

—No me des la razón como a los tontos —dijo Álex—. Yo no soy como el comisario Lojo.

Santi cogió aire. No iba a llevarle la contraria al actual comisario.

—He detenido a Carlos porque estoy seguro de que mató a Iago Silvent. Si me preguntas si ha matado a los otros cuatro, mi respuesta es que no lo sé. No tengo ninguna prueba de que así haya sido. Lo único que sé es que él empuñó el arma que mató a Iago. Ignoro si es suya o no. Ya estamos intentando localizar su origen. En el interrogatorio veremos cómo respira. Me voy a mi despacho, tengo mucho trabajo atrasado, entre otras cosas, visionar los vídeos en el hotel donde murió Mónica.

—¿Por qué estaban solos en el piso de Morgade?

—La patrulla estaba en la puerta, como tantas veces durante estas semanas. Ambos consintieron; nada parecía presagiar este desenlace. Echaron la puerta abajo en cuanto sonaron los disparos. —Santi se volvió hacia Ana—: Avísame cuando lleguen el detenido y su abogado. Si el comisario ve bien que sea yo quien lo interrogue, lo haré. Si no, siempre puedes hacerlo tú.

—Ambos lo haréis. —Veiga obvió el reproche en la voz de Abad—. Santi, no voy a disculparme por hacer bien mi trabajo.

—No, no lo esperaba. A los comisarios se os dan bien muchas cosas, disculparos no es una de ellas.

Santi salió del despacho sin más.

—Está rarísimo —dijo Álex.

—Se le pasará. No está en su mejor momento a nivel personal. No tiene que ver contigo —lo justificó Ana.

Veiga la miró, escéptico.

—Cambiando de tema, estoy pensando en retrasar mis vacaciones algo más. Y he pensado que podríamos irnos unos días juntos. ¿Qué te parece Roma?

—Me parece que hasta que acabe el caso no haré planes. Y que tendré que consultarlo con mi madre. Ella es la que cuidará de Martiño.

—Le traeremos un pañuelo de Gucci —dijo Álex.

Ana pensó en decirle que su madre no sabía siquiera lo que era Gucci, pero desistió.

—Ya lo hablaremos, me voy a trabajar. Yo también tengo cosas que hacer. Te informaremos del interrogatorio —dijo Ana, a modo de despedida.

Roma y Gucci. A veces sentía que estaba a años luz de Álex. Se sentó ante el ordenador y revisó su correo. Realizó un par de gestiones pendientes. Tardaron casi una hora en avisarle de que el inspector la esperaba en la sala de interrogatorios.

El abogado de Carlos Morgade resultó ser una abogada, una mujer que rondaría la cincuentena de aspecto agradable y profesional. Esa era la palabra con que uno la definiría tras unos breves instantes en su presencia: profesional. No era muy alta y hablaba con una voz pausada y medida; sin embargo, a Ana no le cupo duda de que era de las que se hacían escuchar sin levantar la voz. Había mucho oficio a sus espaldas. Carlos Morgade se había buscado una abogada cara y no le sorprendía. Iba a necesitar algo más que una buena defensa para librarse de la cárcel.

—Carlos, lo hemos detenido por la muerte de Iago Silvent Acuña hace una semana, el pasado 24 de agosto —comenzó Santi.

Carlos asintió. Ana se preguntó si estaría en plenas facultades. Aún parecía aturdido. Fue la abogada la que tomó la palabra.

—Mi representado tiene todo el ánimo de colaborar. Desea presentar su versión de los hechos, hechos que no niega, pero que entendemos darán lugar a una eximente de responsabilidad en juicio, en el que probaremos que Carlos Morgade actuó en legítima defensa. Probaremos que mi cliente actuó en respuesta ante lo que el Código Penal describe como una agresión ilegítima de forma inminente e imprevista. Probaremos también que dicha respuesta fue proporcional. Si mi representado no hubiera actuado así, ahora el muerto sería él.

—Me parecen muy bien todas sus intenciones probatorias, pero esto no es un juzgado, letrada. Reserve usted todas esas pruebas para cuando pongamos al señor Morgade a disposición judicial y para la fase de juicio oral. Ahora queremos oír de boca del señor Morgade el relato de los hechos acaecidos en su domicilio.

Carlos miraba a Santi con pena y desconcierto. Se recompuso casi al instante.

—Iago apareció en mi casa hace dos sábados. Apenas habían pasado dos días desde el funeral de Mónica —comenzó Morgade.

—¿No lo llamó usted? —dijo Ana.

—No. No lo hice. Quise dejar pasar unos días para que se recuperase. Los que lo conocíamos sabíamos que la muerte de Mónica lo había destrozado. Se plantó en mi casa. Los escoltas permanecieron fuera, evidentemente nunca pensé que él pudiera suponer un peligro.

—¿Hubo alguna discusión? ¿Qué sucedió exactamente?

—No parecía él. Nada más entrar empezó a decir que no me conocía, que cómo podía haber matado a Mónica. Que solo yo había estado en la habitación de su hotel el día anterior a su muerte y que todos los del piso sabíamos de su alergia. Me llamó traidor y psicópata. Me dijo que era un enfermo y un asesino. No recuerdo bien la cantidad de cosas que llegó a decirme, pero enseguida percibí el peligro. Quise rebatir sus hipótesis. Le dije que no había estado solo en la habitación en ningún momento, que no podría haberle quitado la jeringuilla. Pero me di cuenta de que daba igual lo que dijera, que no entraría en razón. Me acusó de haberlos matado a todos, que no entendía cómo no lo había visto hasta ese momento y que menos mal que le habían abierto los ojos. Le contesté que eso era absurdo, que yo no tenía ningún motivo para matarlos. Dijo que...

Carlos cogió aire y bebió un sorbo de la botella de agua que tenía delante.

—Dijo que estaba loco como lo habían estado mi madre y Antía —continuó Carlos—. Que no éramos normales ninguno. Luego se abalanzó sobre mí.

—¿El cuchillo que apareció en el lugar de autos era suyo o del señor Silvent? —preguntó Ana.

—Por supuesto que no era mío. Lo traía él. Lo sacó del bolsillo interior de su cazadora.

—Continúe con el relato de los hechos —le pidió Santi.

—Repelí un primer ataque y le di un puñetazo. Luego corrí al mueble y cogí una pistola.

—¿Por qué tenía una pistola en casa? —se sorprendió Ana.

—Parecen haber olvidado que alguien nos estaba matando uno a uno desde hacía un mes —replicó Carlos—. Me hice con ella justo después del asesinato de Xabi. No se ofendan, pero la experiencia me ha dado la razón, no podía confiar solo en la protección policial.

—¿Tiene usted permiso de armas? —dijo Santi.

Carlos negó con la cabeza.

—¿Cómo y dónde adquirió la pistola?

Carlos miró a su abogada.

—El señor Morgade no contestará a esa pregunta —dijo ella.

—Letrada, deje hablar al señor Morgade —la cortó el inspector.

—No contestaré a esa pregunta —reiteró Carlos.

—Está bien. Sé que tiene derecho a guardar silencio, pero no dude que lo averiguaremos. Hemos cruzado nuestras bases de datos con la de la Guardia Civil y estamos esperando la respuesta de la Interpol. Volviendo al relato de los hechos, repelió usted el primer ataque. ¿Qué hizo después? —prosiguió Abad.

—Me di la vuelta y él me clavó el cuchillo en el pecho. Y yo lo empujé y disparé. Creo, creo que... —Morgade guardó silencio unos segundos—, creo que fue un acto reflejo, pero durante todos estos días no he parado de preguntarme si pude haberlo evitado. Él era lo más parecido a un hermano que he tenido en mi vida y yo lo he matado. Yo disparé. Esa es la realidad.

El silencio se apoderó de la sala de interrogatorios.

—Me ha llamado la atención una cosa que ha dicho —dijo Ana, repasando las notas de su cuaderno—. Ha manifestado usted que el señor Silvent afirmó literalmente «que alguien le había abierto los ojos». ¿Tiene idea de a quién se refería?

—No dijo nada más, pero, si a estas alturas necesita usted que se lo diga, no me extraña que todos mis compañeros hayan muerto, la verdad.

Y solo quedó uno

«Solo una persona estuvo en vuestra habitación el día anterior a la muerte de Mónica. Esa persona sabía que ella era alérgica. Sabes que solo Carlos pudo haberlo hecho. Y sabes por qué. Él insistirá en decirte que yo lo hice. Pero no fui yo».

Héctor contempló en su móvil el mensaje que le había enviado Rosa a Iago. Le había pedido a Rosa que lo enviase desde un ordenador público de una biblioteca. Todo Otelo necesita ayuda para matar a su Desdémona. Por desgracia, el plan se había torcido. De Carlos Morgade tendría que ocuparse él y solo él.

«¿Estás despierta?». Santi esperó pacientemente a que Ana contestase. No sabía si lo estaba o no, pero desde luego no estaba pendiente del móvil. Suponía que eso era bueno. Ser capaz de asumirlo también lo era. No estaba resultando tan fácil como le había dicho a Connor, pero algo sí era cierto: por primera vez sentía que él tenía el dominio de sus reacciones. Se levantó y repasó sus correos. Allí estaba. El mensaje que estaba esperando. Había llegado a las diez de la noche. Echó de menos no poder comentarlo con Ana. Cogió el móvil y dudó entre mandar un audio u otro mensaje de texto. Escribió un largo wasap. Lo borró antes de enviarlo.

Ana se levantó de la cama. Observó a Álex dormir. Le acometieron unas ganas terribles de fumar un cigarrillo. Llevaba tres años y medio sin fumar y no pensaba en flaquear ahora. «Creo que aún te quiero». Típico de Santi. Ahora que estás con otro, ahora sí te quiero. Durante los dos años en Ponferrada ella había escuchado todos los datos y detalles de su relación con Lorena. Él se había reído de todas y cada una de las desastrosas citas que ella había tenido. Incluso le había recomendado qué fotos colgar en su perfil de Tinder. Sabía que a ella le gustaba Veiga. Empotrable, así lo había definido una vez. Él se había limitado a reírse y a cuestionar su criterio con los hombres, y ahora le venía con esas. Abrió el WhatsApp. Le preguntaba si estaba despierta. No le daría el gusto de demostrarle que sí.

Carlos Morgade estaba de regreso en su casa. Inconscientemente, lo primero que hizo al entrar fue buscar en el suelo la mancha de sangre sobre la alfombra del salón. La habían retirado. La abogada había realizado un magnífico trabajo. Hoy dormía en casa. Libertad con cargos. Legítima defensa. Eso es lo que había alegado. Y aunque nadie le creyera, esa era la verdad.

Rosa Gómez daba vueltas en su cama, pensando en que si delataba a Héctor moriría. Demasiadas muertes. Pero Héctor le había mostrado el camino. La había usado a ella y había usado a Silvent. No tenía los suficientes cojones para hacer frente a sus problemas. En eso Héctor y ella eran idénticos. Por eso sabía que, si quería librarse de Héctor, tendría que actuar como él, ser igual de lista que él. La solución estaba ahí, Héctor se la había puesto en bandeja. Revisó la lista de contactos que Héctor le había pasado. Cogió el móvil. Reparó en la hora. Las cuatro y media de la madrugada. Sería mejor esperar al día siguiente para hablar con Carlos Morgade.

Perseverancia

—Exactamente ¿qué estáis insinuando? —preguntó el comisario.

—Que no tenemos ninguna prueba de que Carlos Morgade haya matado a los demás. El juez decretó ayer libertad con cargos —dijo Santi—. La legítima defensa solo puede apreciarse en juicio, así que, por muy creíble que sea la versión de Carlos, eso no lo librará de la vista. Pero teniendo en cuenta lo que se desprende de los estudios periciales, su versión se sostiene. Además, me ha quedado claro que tiene una magnífica abogada, ningún jurado lo condenará. Respecto de las demás muertes, no estoy insinuando nada, lo digo a las claras: ahora mismo no tenemos ninguna prueba que inculpe a Carlos Morgade.

—Bueno, no sé en qué punto nos deja esto ahora, ni sé muy bien por dónde tirar. ¿Tenemos los datos del ordenador de Silvent? —se impacientó Veiga—. Pedí la orden y pedí a la tecnológica que acelerase. No sé por qué tardan siempre tanto.

—Los tenemos —respondió Santi—. Los recibí ayer a las diez de la noche y les eché un vistazo de madrugada. Estuve a punto de mandarte un wasap para comentarlo, Ana.

El mensaje de Santi era claro: solo trabajo. Ana bajó la vista.

—Tenemos un correo del día de su muerte, recibido desde una cuenta a todas luces falsa, creada cinco minutos antes de la remisión del correo —prosiguió Santi—. El contenido es claro: Vilaboi convenció a Silvent de que Carlos había matado a Mónica. Y él hizo lo que Vilaboi esperaba: se plantó en casa de Carlos y casi lo mata.

—Pues a mí me parece convincente el razonamiento de Vilaboi respecto de la muerte de Mónica Prado. De hecho, es el mismo que hicimos nosotros, solo el hallazgo de la mochila de Héctor nos desvió de esa línea de investigación —dijo Ana—. Yo también lo habría creído. Y Silvent no tenía el dato de la mochila, no lo hemos hecho público. Pero sigue sin parecerme normal que Carlos tuviera una pistola que a todas luces es ilegal.

—Me maravilla la capacidad de Vilaboi para cargarse a gente sin mancharse las manos —confesó Santi—. Lo hizo con Lito, con Mónica y con Silvent.

—No tienes ninguna prueba para afirmar eso. Te recuerdo que tanto la muerte de Xabi como la de Eva fueron violentas —dijo Veiga—. Y de seguir tu razonamiento, nada obsta para que esas muertes se las encargase a otro como hizo con Morgade, solo que esto le salió mal. Lo que no sé es si podríamos probarlo en juicio.

—Bueno, la justicia también persigue a aquellos que no son autores materiales de los delitos —apuntó Santi—. Hay condenas por inducción al suicidio y al asesinato. Tenemos el caso de Charles Manson, sin ir más lejos.

—Esto es Compostela, no es Estados Unidos —dijo el comisario—. Y tampoco tenemos pruebas de que Vilaboi sea el inductor de esas muertes. Al menos no de momento.

—Esta conversación ya la hemos tenido, giramos y giramos sin cesar sobre el mismo punto —se desesperó Santi—. Pase lo que pase, ya hemos fracasado. Cinco personas han muerto delante de nuestras narices y Vilaboi sigue en paradero desconocido.

—Deja de hablar así —dijo Ana dirigiéndose a Santi.

—¿Así cómo? —preguntó el aludido.

—Como si fuéramos responsables o simplemente unos incompetentes. Hemos trabajado muchísimo. Hemos tirado de todos nuestros efectivos para interrogar a media humanidad, hemos registrado palmo a palmo todos los escenarios del crimen. La científica y la tecnológica han apurado los plazos y no podemos obviar que estábamos en agosto y estamos muy mermados de efectivos por las vacaciones. Y sobre todo, no hables como si ya no quedara nada por hacer. Yo no me voy a rendir. Tiene que haber algo que se nos ha escapado, algún detalle que se nos haya pasado por alto. Algo que nos conducirá a Héctor en cualquier momento. Está ahí, escondido en esa montaña de papeles que tienes encima de tu mesa, esperando a que tú y yo lo encontremos. Vayamos a tu despacho, pongámonos codo con codo a revisar de nuevo esas autopsias e informes, como hacemos siempre. Encontraremos algo. Lo sé.

—Llevamos semanas repasando todos esos informes una y otra vez. Pero tienes razón, vayamos a ver si hemos recibido ya los datos del arma.

El despacho de Abad distaba mucho de ofrecer la imagen de orden impoluto que lo caracterizaba. En cuanto se sentaron, comenzó a clasificar los documentos. Revisó el correo y mandó varios archivos a la impresora.

Ana empezó a revisar la documentación en silencio. Durante un par de horas apenas comentaron nada.

—Echo de menos a Rubén —dijo Ana, tras estirar los brazos para desentumecerse—, es un auténtico fiera buscando agujas en pajares.

—¿Qué buscamos? No sabemos qué aguja necesitamos ni en qué pajar revolver.

—No lo sé —confesó ella—, supongo que tenemos un montón de datos y no profundizamos en ninguno. Nunca habíamos manejado tantas víctimas, tantos escenarios, autopsias, informes periciales... Es de locos, no tenemos tiempo para conectar datos. Y se trata precisamente de eso. Rubén conectó el pabellón de Santa Isabel con el antiguo hospital y, ¡bingo!, descubrió el escondite de Vilaboi.

—Demasiado tarde, no encontró nada más que una manta sucia y un montón de envoltorios de sándwiches de máquina —replicó Santi.

—Pero lo encontró.

—Vilaboi no ha salido de su escondite desde que voló de ese nido, Ana, o por lo menos no tenemos constancia de ello. He punteado personalmente la lista de llamadas recibidas por Lorenzo Cobo, Carmen Lado y Rosa Gómez. Una a una. Ni rastro. Según Rubén, ha cortado toda comunicación con él, se ha desvanecido en el aire.

—Pero envió un correo electrónico —apuntó ella.

Ana se abalanzó sobre la montaña de papeles desperdigados encima de la mesa.

—Aquí está, el informe de la tecnológica del ordenador de Silvent. Desde una biblioteca pública. Centro sociocultural Fernando Casas de Novoa. En Oroso —dijo Ana, excitada.

—¡Sigüeiro! —dijo Santi.

—Rosa. La educadora —exclamó Ana.

—Ahí tienes tu aguja y tu pajar, Barroso.

—Menuda gilipollas. Cómo hemos podido estar tan ciegos —se lamentó Ana—, vamos para allá. Espero que no sea demasiado tarde.

El hombre que mató a Héctor Vilaboi

Decía Walt Disney que una persona debe establecer sus objetivos lo antes posible y dedicar toda su energía y talento para llegar hasta allí. No sé si la frase es real. La vi un día en internet.

Desde el día en que supe lo que Héctor le hizo a Antía he estado esperando este momento.

Por eso no puedo contarle al doctor Brennan la verdad. Por eso miento, engaño y oculto lo que pienso. Imagino al irlandés escribiendo en su cuaderno. Trastorno obsesivo persistente, diría. Eso no es más que una forma científica de decir que estoy loco. Quizá lo esté, aunque no más que Héctor. Últimamente pienso mucho en esto, en lo que me dijo Iago antes de atacarme: que estaba loco igual que Antía y mi madre. Sería un consuelo pensar que es así, que este odio y esta obsesión tienen una razón de ser. Que soy un asesino porque hay algo que no funciona dentro de mí. Una causa fisiológica que justifique el hecho de que soy capaz de arrebatar una vida humana. Pero sé que no. Quizá solo soy malo en esencia. Al igual que Héctor. Que esto no es un accidente y sé muy bien lo que voy a hacer.

También pienso en qué haré mañana, qué haré el resto de mi vida. Y ya me da igual. Ahora estoy concentrado en el hoy, en todas las cosas que he hecho para llegar a este instante, a este lugar. No sé cuándo se torció todo, cuándo dejó de funcionar el plan. Pensé que Héctor vendría a mí, y al final soy yo el que va a él, al lugar en el que se esconde. Porque, como siempre he sabido, Héctor es un cobarde. Solo así se entiende cómo mató a Mónica. Todos lo somos en mayor o menor medida, pero él morirá como merece, en su madriguera. Le miraré a los ojos y comprenderá que todo tiene un precio. Comprenderá que muere por lo que le hizo a Antía. Quiero que lo procese. Que lo entienda. Que tenga miedo. Que sepa exactamente cuándo va a morir.

No sé cuánto hay de justicia poética en el hecho de que sea Rosa la que me haya traído hasta aquí. Su casa es un caos. Me sorprendo al ver que es poco mayor que yo. Cuando la conocí era una adulta y yo un adolescente. Recapacito y me doy cuenta de que apenas me lleva unos años. Apenas hay diferencias ahora entre nosotros. «Me matará. Nos matará», dice. Luego entra en su habitación y sale con una pistola en la mano.

No, este no era el plan, pero el plan se torció cuando él consiguió que Iago me atacase.

Nada sale como lo pensé, aunque todo acabará como siempre quise.

Cojo la pistola. Rosa me indica el lugar donde se esconde Héctor. Un trastero. Un agujero. Apenas unos metros cuadrados.

Ha llegado el día. Esto es lo que siempre he querido. No sé lo que haré mañana, pero hoy voy a acabar con el hombre que mató a Antía. Hoy voy a matar a Héctor Vilaboi.

Limpieza

Rosa Gómez fumaba un cigarrillo en su salón. Se mordisqueaba el pulgar derecho con impaciencia. Quería meterse toda la coca del mundo y perderse en un estado de efervescencia, o tomarse tres tranquilizantes y dormir. Necesitaba que sus niveles de dopamina estallasen por los aires hasta olvidar que cuatro pisos por encima de ella alguien iba a morir y que ella lo había propiciado.

No, no iba a caer en el error de culparse por esto. Héctor lo había iniciado. No ahora. Lo había iniciado veintitrés años antes y los había arrastrado a todos hasta este punto en el que ella compraba una pistola a un ratero de poca monta y se la entregaba al hermano de Antía Morgade para que vengase su muerte. Cuando lo llamó pensó que él se limitaría a entregarlo a la policía. Necesitaba que el plan de Héctor fracasara, pero no por la intervención de ella sino a causa de otro. Que fuera Carlos el que llamase a la policía para que Héctor no acabara con ella desde la cárcel. Si me denuncias, mueres. Necesitaba que él desviase el foco de ella y concentrara sus ansias de venganza en otra persona.

Luego lo pensó mejor.

Era su oportunidad de librarse de él para siempre.

Se resistió a meterse una raya. Quería estar lúcida para afrontar lo que vendría después. Tendría que dar muchas explicaciones. Se concentró en su discurso mental para la policía, pero no sabía qué era peor, estar drogada o empezar a sentir el mono. Había pasado más veces por eso. Solo eres consciente de que tienes un problema con las drogas cuando decides dejarlas. Náuseas, arritmias, temblores y desasosiego. Sin embargo, esta vez no sabía si la causa era el mono o simplemente la ansiedad provocada por la inminencia del desastre que ella iba a desencadenar.

Se levantó y observó el caos que imperaba en el salón. Decidió ponerse manos a la obra. Odiaba limpiar y las tareas domésticas. Había dejado de lado la casa cuando decidió que el desorden de su salón debería ir parejo a su desorden vital. A veces se despertaba tras un tremendo colocón de días y observaba los restos de comida, las botellas de cerveza y las trazas de cocaína en la mesa del salón. Y sentía que solo allí, dentro de ese universo desordenado, el de su propia casa, era totalmente libre, porque no imperaba ninguna regla. Y eso estaba bien para su día a día, pero no lo estaría para lo que se avecinaba. En nada llegaría la policía.

Cogió una bolsa de basura y empezó a meter en ella todo lo que encontraba a mano. No solo desperdicios, sino todo lo que estaba sobre la mesa. Revistas, dibujos, vasos vacíos, platos sucios, enseres del hogar. No quería absolutamente nada que le recordase a ese día.

Ojeó el reloj. Apenas hacía quince minutos que Carlos había subido. No sabía cuánto tiempo necesitaría para reunir el valor necesario para entrar en ese trastero.

Cogió un par de libros y una bolsa con una labor de ganchillo. El ganchillo la relajaba. Lo metió todo en la bolsa.

Resultaba liberador tirarlo todo a la basura. La sensación de estar haciendo lo correcto. Mañana podría comenzar otra vida. La policía esa, Barroso, se había ofrecido a ayudarla.

Había terminado de llenar la segunda bolsa cuando Abad y Barroso llamaron a la puerta.

Bang

Carlos Morgade tardó más de diez minutos en decidirse a abrir la puerta del trastero. Quizá fueron quince. En una mano tenía la pistola y en la otra las llaves del trastero que Rosa le había entregado. Pensaba en qué sería lo primero que le diría a Héctor. Lo más importante era mantener la distancia. Apuntarle con el arma y dejarle claro que, si se movía, apretaría el gatillo. No podía permitirse fallar. Hablaría. Le diría todo lo que llevaba años guardando. Bang. Le volaría la cabeza. Bang. Un minuto más. Solo uno para coger fuerzas. Cerró los ojos y la vio.

Estaba sobre el sofá. Se había cortado el flequillo hacía apenas un par de semanas. «¿Te gusta, To?». No le había respondido. El flequillo no le quedaba bien, tenía poca frente y le tapaba parte de las cejas. No se le veían bien los ojos, y eso era lo más bonito de Antía, esos maravillosos ojos verdes que había heredado de su madre.

Al principio no entendió por qué había elegido el salón para suicidarse. Un día cayó en la cuenta, de golpe. Quería que todos la vieran. Que todos y cada uno de los habitantes del piso de la Algalia la encontraran así, para que supieran que eso era culpa de todos. Para que su imagen los persiguiese. Llevaba un pijama azul con nubes blancas. En algún momento debió de pasar los brazos por el pecho y las nubes sangraban. Había muchas salpicaduras. Rojo por doquier. Por todos lados. En sus brazos, en la ropa, en los cojines, en el sofá verde con estampado de damasco. Y el charco, el charco a sus pies. Mónica fue quien la encontró en cuanto se despertó por la mañana. Gritó. Todos se levantaron de golpe. Iago fue el primero en salir de la habitación que ambos compartían. Cuando Carlos llegó al salón, el cuerpo de Iago tapó inicialmente el de Antía. Iago se giró e intentó impedir que se acercase a su hermana. Carlos se desasió y cayó de rodillas junto al cadáver. No se vio capaz de abrazarla. Le asaltó el ridículo pensamiento de que la despertaría. Su mirada, esa mirada. No sabría describirla. Lo hizo su escritor favorito años después. Verde como el hielo, si el hielo fuera verde. Fue Héctor, que acababa de llegar al piso, el que se arrodilló a su lado. Y lo consoló. «Ya viene la ambulancia», dijo. Y él se dejó abrazar por el hombre que había matado a Antía. El hombre que la había conducido a ese sofá, el culpable. Quizá no el único. Todos ellos lo sabían. Todos habían callado. Todos eran culpables. La besó antes de que Héctor la arrancase de su lado. Él los separó. De nuevo.

Abrió los ojos, y la última imagen de Antía se vio sustituida por la de una puerta blanca con el número 16 en el centro.

Metió la llave en la cerradura y la giró rápido. Necesitaba cogerlo por sorpresa.

Abrió la puerta.

Allí estaba. No lo reconoció. Ni siquiera se parecía a las fotografías que había publicado la policía. Se había afeitado y teñido el pelo. El Héctor que él recordaba era un tipo atlético. Este tenía una prominente barriga. Lo imaginó sobre Antía. Empuñó la pistola y le apuntó directamente a la cara.

Héctor se puso en pie al instante.

—Un paso, Héctor, un solo paso y disparo —advirtió Carlos.

—Al final Rosa ha resultado ser más lista de lo que pensaba. Le espera una buena sorpresa a esa zorra, le he dejado las inyecciones de epinefrina escondidas en su casa. Hay tanta mierda ahí que no se ha dado cuenta, va a tener que dar muchas explicaciones a la policía.

Carlos hizo caso omiso del comentario. No dejaría que lo distrajese.

—Todos muertos. Todos. ¿Qué se siente al ser responsable de tanta destrucción?

—Mátame ya, Carlos. No voy a darte el gusto de regodearte. Estás aquí y ya sabemos a lo que has venido.

—Vas a escucharme.

—O puedes escucharme tú a mí. ¿Qué quieres que te cuente? ¿Que me tiré a tu hermana? ¿Que me metía en su cama? ¿Quieres saber lo que me hacía? —preguntó Héctor.

—Te voy a matar. Te metimos en esa cárcel y ahora te voy a matar. Debí hacerlo entonces.

—¿Llevas veinte años pensando en esto? —lo azuzó Héctor—. Supongo que te hace sentir bien pensar que ahora puedes hacer algo por tu hermana. Yo solo me pregunto dónde estabas mientras me la follaba.

—Te crees muy listo, ¿verdad? Si te mueves, disparo. Te quiero con la espalda pegada a la pared. Las manos a la vista.

Héctor dio un paso atrás. Acababa de comprender que esto no era un acto temperamental. Carlos debía de llevar mucho tiempo planeándolo.

—Al final te vas a salir con la tuya —continuó Héctor—, pero eres un cabrón con suerte. En cuanto vi lo que pretendías, quise adelantarme y acabar con todos vosotros antes de huir. No tuve claro quién estaba detrás. Dudaba entre Mónica, Iago o tú, y no negaré que me has sorprendido. Siempre pensé que no eras más que un idiota triste que solo sabía llorarle a su guitarra. Te libraste cuando envié a Loko y mataste a Iago. No somos tan distintos. Eres un asesino.

—Puedes quedarte ahí y escupir toda la mierda que quieras. Nada cambiará el hecho de que eres un hijo de puta y vas a morir por lo que les hiciste a Antía y a todas las demás. —Carlos intentó aparentar tranquilidad—. Esconderte en un agujero no te ha servido de nada.

—No tienes huevos, seguro que eres una nenaza, como Antía. Quieres saber cómo lloriqueaba cada vez que me la follaba, cada vez que mordía esas tetitas de niña —dijo Héctor. Sabía que hacerle perder los estribos era su única posibilidad. Nunca había sido un hombre violento, pero la cárcel le había enseñado muchas cosas: la más relevante, la importancia de mantener la cabeza fría y enturbiar la de tu oponente.

Carlos levantó la pistola, pero Héctor hizo un rápido movimiento y se la arrebató. En apenas unos segundos, el cañón de esta apuntaba hacia el pecho de Carlos. Héctor giró sobre sí, y le indicó a Carlos que se apoyase contra la pared, intercambiando así sus posiciones iniciales.

—No me habéis dejado más remedio, Carlos —dijo Héctor.

El estruendo a espaldas de Vilaboi los sobresaltó a ambos. Carlos vio la sorpresa en el rostro de Héctor, que no se giró. Se oyó la voz de Santi dando el alto. Se preparó para recibir el disparo, casi lo deseaba. Bang. Carlos pudo oír el ruido estallando dentro de su cabeza. De repente el mundo transcurría a cámara lenta. Le dio tiempo a ver que Santi blandía un arma. Bang.

El día después

—Héctor Vilaboi muerto y Carlos milagrosamente vivo —dijo el comisario, satisfecho—. ¡Buen trabajo, equipo!

—Yo no he pegado ojo en toda la noche —dijo Ana.

—Ahora la maquinaria judicial comienza a engrasarse. Esto no se acaba aquí —intervino Santi, rebajando el grado de euforia.

—¿Qué le sucederá a Morgade? —preguntó Ana—. ¿Qué hacía en ese trastero?, ¿por qué no nos llamó? Está vivo de milagro.

—A Morgade se le acumulan las causas, lo van a investigar para ver si tenía conocimiento del paradero de Vilaboi. Él ha declarado que fue allí por indicación de Rosa Gómez y esta lo ha confirmado, aduciendo que actuó bajo amenaza de muerte —dijo el comisario—. Rubén ha hecho un excelente trabajo en el hotel Gelmírez. Ha encontrado al hombre de mantenimiento que entró en la habitación de Mónica y Iago en un vídeo de acceso a la zona de ascensores y ha comprobado con el jefe de mantenimiento que no se trata de nadie de su personal. Su estatura y complexión encajan con las de Vilaboi. Y una noticia aún mejor. Hemos localizado tres inyecciones de epinefrina en casa de Rosa Gómez. Dice que Vilaboi las dejó allí. Esto ya son pruebas tangibles, por fin.

—Rubén se está redimiendo a lo grande —dijo Santi—. Pobre Carlos. No puedo dejar de pensar en cómo se siente.

—Morgade es ahora un ejemplo de resistencia a los ojos de la opinión pública. Único superviviente de un asesino en serie y pederasta que fue el culpable de la muerte de su hermana.

—Parece que lo dices con resentimiento, jefe —se sorprendió Santi.

—Sé que es tu amigo, pero las cosas no se resuelven así. Lo mismo digo de esa mujer, Rosa, que colaboró con Vilaboi. No sé si la declararán cómplice, inductora o cooperadora necesaria, lo dejo en manos de fiscales y jueces, ese no es nuestro trabajo. Lo único de lo que estoy seguro es de que, desde que comenzó este caso, todo el mundo ha callado más que hablado y la consecuencia es que seis personas han muerto y dos han estado a punto de hacerlo. Si Rosa Gómez le desveló el paradero de Vilaboi a Morgade, me cuesta entender que no acudiera a nosotros. «Pobre Carlos», no es una expresión que saldrá de mis labios.

—Rosa estaba muerta de miedo —dijo Ana—. Héctor amenazó con acabar con ella incluso desde la cárcel. Ha colaborado cuando ha podido.

—Cuando ha podido no —la contradijo Veiga—. No ha colaborado en absoluto. Solo ha hablado en cuanto la hemos pillado. Tuvo a ese hombre un montón de días escondido en su casa. Sabía que era el culpable de la muerte de Mónica. Los detalles de la epinefrina eran públicos. No se va a librar de la cárcel.

—Sabemos cuál será la línea de su defensa: que es una adicta, que Héctor la chantajeaba y que amenazó con matarla.

—Ella llamó a Carlos aún a sabiendas de lo que Héctor haría. Lo llevó directo al matadero —dijo Santi.

—Supongo que eres capaz de defender la postura de Morgade, pero no me pidas que lo comparta. Desde un punto de vista profesional no —insistió Veiga.

—Desde un punto de vista profesional, no puedo sino concordar contigo. Pero soy capaz de ponerme en su pellejo. Ese hombre violó a su hermana y eso le costó la vida a la chica, parece ser que mató a cinco de sus amigos e intentó matarlo a él dos veces. No sé dónde está tu umbral del dolor y la venganza, jefe, pero si consigues despegar un milímetro tus ojos del manual de procedimiento y del Código Penal, a lo mejor entiendes que fuera derechito a ese trastero, aun a sabiendas de que arriesgaba su vida. Como tú bien dices, no nos corresponde a nosotros juzgar ni analizar las consecuencias jurídico-criminales del asunto. Yo solo sé que, si esto fuera una peli, todos veríamos bien que Morgade reventase a Vilaboi de dos tiros. Afortunadamente para todos, Vilaboi no consumó su venganza, él está vivo a pesar de que ha sido un estúpido.

—Pasaré por alto la parte de tu discurso en la que no hablas como un policía —le recriminó el comisario.

—Como un policía ya hablas tú. —La voz de Santi sonaba muy cansada—. Tienes una rueda de prensa en quince minutos para tranquilizar a toda la ciudadanía, e informar de que Héctor Vilaboi ha muerto. Si me permites un consejo, no utilices la expresión «éxito policial», o esos cinco muertos se revolverán en sus tumbas.

Ana dirigió la vista al suelo. No le gustaba verse inmersa en ese fuego cruzado de acusaciones.

—No te confundas de enemigo —dijo Álex—. Saldré ahí fuera y contaré que todo el equipo de esta comisaría se ha dejado la piel para evitar que Héctor se saliese con la suya. Hemos impedido que matase a Carlos Morgade, y eso ha sido gracias a vuestro trabajo. Sé que estás frustrado porque ha muerto gente que conocías y apreciabas. Pero no eres el responsable. El responsable es Héctor, no necesitas que te lo recuerde. Ese hombre tiene la capacidad de hacer que el resto de la humanidad asuma las culpas de sus acciones. Y respecto a tu amigo, le auguro muchas horas de terapia. No está bien, no está equilibrado, no necesito que Brennan lo confirme, lo sé. Y ojalá pueda salir indemne de esto y continuar con su vida.

—Por lo que a mí respecta, el caso no ha acabado —dijo Santi—, tenemos muchos cabos sueltos. Seguimos sin saber cómo mató a Xabi. Cajide ya ha revisado dos veces las grabaciones del hotel y nadie con una mochila verde entró el día anterior al asesinato de Mónica.

—Del Río ya ha descubierto cómo entró Vilaboi en el hotel. Igual deberías cogerte la semana de vacaciones que tienes pendiente —propuso el comisario—. Sé por experiencia que, si te obsesionas con un caso, lo mejor es coger un poco de distancia.

Santi miró a Ana.

—Y ¿tú qué? ¿Vas a convertirte en una de esas policías que dicen sí a todo cuando el jefe habla o vas a echarme una mano?

—Este caso ha sido una mierda desde el principio. Yo no digo que sí a todo, pero Álex ha actuado en todo momento de acuerdo con su responsabilidad. Y tú —dijo Ana dirigiéndose a Veiga— podrías aprovechar ahora para disculparte por haber dudado de la tesis inicial que ha mantenido Santi todo el tiempo: que Vilaboi iba a por ellos. Al final ninguno tenía razón, pero nuestro trabajo no consiste en tener razón o no. Nos hemos dejado la piel, y hemos hecho todo lo que hemos podido. Enfrentarnos entre nosotros no nos lleva a ningún sitio.

—Exactamente —el comisario zanjó la conversación—. Ni siquiera considero que esto sea una discusión. Estamos cansados, estresados y hay una sensación de fracaso que no nos podemos quitar de encima. Santi, me parece bien lo que dices, continúa cerrando los cabos del caso. Ana, échale una mano. Necesitamos pruebas, la convicción de que Héctor está detrás de todas las muertes no es suficiente.

La subinspectora asintió.

—Y esta noche —Veiga suavizó el tono— me gustaría que nos tomásemos una caña los tres. Lo digo en serio. No puedo permitirme estas tensiones en el equipo. Supongo que no os lo digo suficiente, pero sois muy grandes. Necesitamos relajarnos.

Santi salió del despacho.

—Se le pasará —dijo Ana, antes de salir tras él.

La única verdad de Santi

—No sé qué le ves.

—Lee mis labios: «Empotrable» —contestó Ana pronunciando la palabra muy lentamente.

—Hay mil tíos buenos a los que te puedes tirar sin necesidad de que sea nuestro jefe —dijo Santi ya más tranquilo.

—No es eso y lo sabes. Es divertido, me trata genial. Me hace sentir bien.

—Y lo entiendo, pero lo he visto tan satisfecho después de esta mierda de caso, en el que hemos ido encadenando fracaso tras fracaso, que me ha sacado de quicio.

—Tampoco le eches la culpa a él. Sacarte de quicio nunca ha sido especialmente difícil.

—Vete a la mierda, Barroso.

—Es comisario. Sabes que su posición no es la nuestra. No le eches en cara que quiera salir a decir que la policía ha hecho bien su trabajo. Es su deber. Lo sabes. Reconócemelo a mí.

Santi asintió.

—Soy un gilipollas —admitió él—. Supongo que tengo que acostumbrarme a que él es mi jefe y a que está en tu vida. Es demasiado Veiga para mí, ya sabes. Todo sería más fácil si te hubieras liado con un tío de Cacheiras que me cayese bien. No tendría que veros juntos a todas horas.

—No me hagas esto, Santi.

—Ana, no te hago nada. Está en tu vida y lo sé. Voy a contarte algo: cuando estábamos juntos y discutíamos, lo cual pasaba mucho y lo sabes, me volvía loco. Si se te acercaba un tío, sentía que me explotaba la cabeza. Solo quería darle de hostias hasta aplastarlo. Recuerdo un día que te vi con Javi en la zona vieja y tuve que irme al gimnasio a golpear un saco de boxeo cincuenta minutos. Cuando eso pasaba, me miraba al espejo y me repetía que ninguna tía se merecía un hombre como yo. Esto no es una adicción, es una enfermedad. Ojalá que esto se curase yendo al psiquiatra o al psicólogo o con pastillas, pero no es así. Esto no se cura, se aprende a vivir con ello. Yo empecé con la mitad del camino recorrido. No tuve que aprender que el problema estaba en mí. Adela siempre decía que el trabajo más importante en este tipo de terapia lo traía hecho de casa. Ya sabes por lo que pasé, año y media de baja, aislado de mi trabajo y del mundo. No sé si estoy curado, aunque creo de verdad que tengo al monstruo dominado. Pero lo que soy me ha jodido la vida. Tengo tanto miedo a hacer daño a quien quiero que ya no me puedo permitir querer a nadie.

—Saliste dos años y medio con Lorena —le recordó Ana.

—Porque no la quería. Es así de simple. Sabía que nunca iba a perder el control.

—Eso es cruel.

—Eso es la verdad. Y te dije que te quería, y esa también es la verdad. No lo hago por joderte la vida. Veiga es guapo, es inteligente y, como tú dices, te hace sentir bien. Sé lo que evidencia esa frase: que yo nunca te hice sentir así, lo sé. No sé ni cómo calificar lo que vivimos. De repente, llamaste a mi portal un sábado y te metiste en mi cama y en mi vida de lleno. Nunca sentí eso con Sam. Ni con nadie. No se me da bien hablar, Ana, pero solo sé que todo lo que imagino que será mi vida, lo imagino contigo al lado, y me conformaré si eso sucede simplemente dentro de un coche patrulla. No sé si Veiga está enamorado de ti como lo estoy yo, pero estoy convencido de que nunca te hará daño, y no sé si yo puedo prometerte lo mismo, aunque llevo muchos meses peleando contra lo que soy y por primera vez creo que puedo conseguirlo. Reconozco que me he desquiciado mucho en esta investigación y que lo he pagado con Veiga, en realidad aún estoy muy cabreado, pero te juro que esto no tiene que ver con el hecho de que estéis juntos. Tiene que ver con el hecho de que Álex ha cuestionado mi profesionalidad, tanto que incluso me ha hecho dudar de mí mismo. Aunque tienes que estar tranquila, Ana, te prometo que te mantendré al margen de mis problemas con el jefe. Estoy aprendiendo a vivir con esto. Quizá lo he logrado porque sé que siempre voy a estar en tu vida. Porque soy tu amigo, porque me lo cuentas todo, porque te conozco. Y por eso mismo, porque tú me conoces a mí, tenía que ser sincero contigo, con Lorena y conmigo mismo. No te voy a pedir nada, no se trata de que elijas. Es solo que quería que lo supieras. Además, no me mientas, ya lo sabías. Nadie me conoce más que tú.

—No sé qué esperas que te diga. —Ana estaba estupefacta—. Creo que me voy a mi mesa. O a mi casa. Para no gustarte hablar, ya has hablado demasiado.

Solo

Cuando Antía murió, me quedé en shock. Fue como si una enorme sima se abriera a mis pies y comenzase a caer. Ya no dejé de hacerlo, de sentir que me precipitaba al fondo. Pero el fondo no llegaba nunca. Llevo veintitrés años esperando a estrellarme, para romperme en mil pedazos. Me daba igual morir o ir a la cárcel después de matarlo. Lo que no contemplaba es que no lo matase yo. No sé cómo recomponer mi vida, si lo único que he perseguido durante años se me ha negado. He fracasado. De nuevo. Él está muerto y seré yo el que tenga que rendir cuentas. Estoy esperando a Santi. Sé que en cualquier momento se plantará aquí para recriminarme lo que quise hacer, porque antes o después Rosa hablará y dirá que yo subí al trastero con una pistola en la mano. Pero sé que él me entiende. Lo recuerdo en el patio del insti, cogiendo por el cuello al idiota de turno para defendernos a Iago y a mí. El Santi que conocí se saltaba todas las reglas porque solo creía en la justicia. En la de verdad, no en la de los libros. El Santi que es ahora es capaz de detenerme por lo que he hecho, pero no será capaz de mirarme a los ojos y reprocharme que haya querido matar a Vilaboi, porque los dos sabemos que si Antía hubiera sido su hermana, él habría apretado el gatillo. Ya no queda nadie. Antía. Iago. Lito. Mónica. Eva. Xabi.

Estoy solo.

Clarividencia

—Cajide —dijo Santi—, pásame el vídeo del hotel, voy a revisarlo.

—Ya lo he visto diez veces. Ni una mochila verde, jefe, pero Del Río ha encontrado al hombre de mantenimiento, está en el archivo dieciséis.

—Voy a encerrarme en mi despacho. ¿Ha llegado algo nuevo?

—Los datos de la pistola utilizada en el asesinato de Iago Silvent: robada hace un par de años en una armería de Toulouse. Respecto al cuchillo, se confirma la versión de Morgade. Pertenece al piso de San Lázaro, según el inventario de la inmobiliaria, y solo presenta huellas de Silvent. Y aún no he podido revisar la lista de objetos personales de Vilaboi ni echarles una ojeada. La científica está revisando su móvil, el resto de los enseres están a tu disposición. Rosa Gómez nos ha dicho que Vilaboi le obligó a comprarle la pistola a Juan Míguez, alias Flaco. Mandaremos una patrulla para apretarle las tuercas. Tú dirás cuándo quieres que lo traigamos.

—En cuanto vuelva Barroso; no se encontraba bien y se ha ido a casa. Sabemos de sobra de los chanchullos de Míguez, pero no creo que haya tenido nada que ver, más allá del hecho de que trapichea con todo lo que tiene a mano. Ya ha entrado y salido mil veces de la cárcel por lo mismo. Dile a Lui que no me pase llamadas.

Está ahí, entre todos los papeles desperdigados encima de tu mesa, había dicho Ana. Solo hay que buscar. El problema es que no sabía muy bien qué. Solo sabía que nada encajaba. Faltaban o sobraban piezas. No estaba seguro.

Repasó todos los informes. Visualizó de nuevo el vídeo del hotel Gelmírez, y en efecto en el vídeo se veía a un hombre de mantenimiento entrar en el ascensor. Vilaboi. Era imposible identificarlo, por suerte tenían las inyecciones de epinefrina. Revisó los vídeos del vestíbulo. Vio a Carlos Morgade salir del hotel. Revisó la autopsia de Iago. El disparo lo había matado al instante.

Como a Xabi.

Se revolvió incómodo en su asiento. Había algo que le rondaba la cabeza, pero no podía identificarlo. La conciencia de que una pieza del puzle sobrevolaba la mesa y no acababa de encajar. Volvió a repasar la documentación del caso de Xabi Cortegoso.

Y entonces lo vio.

Dos pistolas robadas en el mismo lugar.

Lo supo en ese momento, pero intuyó que lo había sabido desde siempre.

Cogió la lista de enseres de Vilaboi. Allí estaba. La mochila verde.

La única verdad de Carlos

Son las cinco y media de la tarde cuando suena el timbre. Sé que es Santi quien espera a que le abra la puerta.

Me preparo para toda esa monserga sobre lo que debí hacer. No me equivoco. Viene solo, sin su subinspectora Barroso. Por supuesto, ambos sabemos que esta no es una visita oficial.

—Hola, Santi. Sabía que acabarías por venir —le reconozco.

—Sí, supongo que era inevitable.

—He estado a punto de llamarte un par de veces.

—¿Cómo te encuentras? —me pregunta.

—Agradecido. Me habéis salvado la vida. Imagino que has venido a soltarme tu sermón sobre que no debí subir a ese trastero a enfrentarme a Vilaboi.

—Si ya sabes lo que te voy a decir, me lo voy a ahorrar. Aunque vengo a otra cosa. Vengo a que charlemos tranquilamente. Quiero que me cuentes la verdad.

Sí, siempre fue un tío listo. No sé hasta dónde quiere llegar.

—No te entiendo. —Supongo que quiero ganar tiempo.

—Creo que me merezco que me digas cómo te hiciste con la pistola con la que atacaste a Iago.

—Sabía que me lo acabarías preguntando. Bueno, me hice con ella a través de un tío al que llaman el Ruso. En el pub se conoce a todo tipo de gente. Y esa gente conoce a otra gente. Esta es una ciudad pequeña. Así llegué hasta él. Me dijo que podía conseguirme una pistola. Le di el dinero y me la trajo. Fin. No podía contar eso en un interrogatorio en el que me estaba jugando la prisión preventiva y lo sabes.

—Esa pistola no era para defenderte. Era para matar a Héctor, ¿verdad?

—Héctor ya está muerto. Tú eres policía y esto no parece una charla de compañeros de instituto. No sé qué sentido tiene que te confiese lo que intuyes, o crees, o sabes. Ya se ha terminado todo.

—Te diré lo que sé. Que la Luger Glock con la que mataron a Xabi y la Baretta 92 con la que mataste a Silvent fueron robadas en una armería de Toulouse en 2019.

No sé qué espera que diga. Me levanto y me dirijo a la cocina.

—¿Una cerveza? —le grito desde allí mientras abro la nevera.

—Agua —dice Santi.

Agua. Eso es que está de servicio. Pienso a toda velocidad.

—¿Fría? —le pregunto mientras abro un cajón. Ahí está.

Vuelvo al salón.

—No sé a dónde quieres llegar. Supongo que en ese robo sustraerían muchas pistolas.

—Yo lo que supongo es que fuera donde fuese que conseguiste el arma, no encargaste un arma. Encargaste dos.

—Vaya. —Lo miro de frente. No es momento de esconderse—. Y supones también que maté a Xabi. Olvidas que yo no estaba en la mesa cuando le dispararon y que Eva vio a Iago acercarse a Xabi. Y olvidas también que fue Iago el que vino a mi casa e intentó matarme.

—Te daba igual quién muriera, ¿verdad? —me pregunta, sabiendo que no le voy a contestar.

Parece no haber escuchado ni una sola de mis palabras. Viene dispuesto a soltarme las teorías que lleva imaginando desde que ha descubierto eso de las armas.

—Llevo todo el camino pensando cómo enfocar esto —prosigue—. Venía dispuesto a detenerte. Pensaba entrar por esa puerta, leerte los derechos y ponerte las esposas.

—Has venido solo.

—Sí, lo he hecho. Y eso significa que antes de detenerte quiero darte la oportunidad de que te expliques. De que me digas que me equivoco. —Mientras habla, busco su arma reglamentaria con la mirada—. Que me has utilizado para desviar el foco de la investigación, para que no cayese sobre ti, aprovechando el hecho de que te conozco de toda la vida.

—¿Cuál es tu teoría? ¿De verdad crees que maté a Xabi?

—Sí, y creo que aquella noche ya te daba igual quién de ellos muriese primero. Querías matarlos a todos. Le tocó a él porque viste en ese cambio de silla una buena oportunidad de desviar la atención de ti. Y luego le tocó el turno a Lito. El homicidio perfecto. Una papelina sobre la mesa y la víctima hizo el resto. Pudiste quitarle las llaves en algún momento, estoy seguro. O hasta puede que te ofrecieses para guardarle un juego de repuesto en tu casa, por eso de que estabais ambos solos en la ciudad. No habríamos pensado que era un homicidio si no fuera por lo limpio que estaba todo. Pero no podías arriesgarte a dejar huellas.

—Te olvidas de que el siguiente fui yo —digo, siguiéndole la corriente.

—Lo fuiste. En cuanto mataste a Xabi, Vilaboi se dio cuenta de lo que pretendías. Lo acorralaste. Sabía que ibas a por él y que era nuestro principal sospechoso, porque tú mismo presionaste para que lo fuera. Hizo lo único que podía hacer: intentar deshacerse de ti para poder huir. Sabía que el sistema no le iba a brindar protección. Supongo que no tendría ningún tipo de coartada, quizá anduvo haciendo de las suyas. Y eso te vino fenomenal. Aunque cometiste el error de mentirnos y decirnos que te había atacado Héctor.

—Solo quería que lo atraparais. —Tengo claro que ya no creerá nada de lo que le diga. El cuchillo en el bolsillo trasero me da tranquilidad.

—No, solo querías seguir adelante. Eva te confesó que te había visto el día de la cena, ¿no?

—Ella nunca me habría denunciado. Siempre estuvo enamorada de mí. —Me he dado cuenta de que no tiene sentido negar nada.

—Te acostaste con ella y la asfixiaste después.

—Ellos lo sabían. —Me rindo. Soy consciente de lo mucho que necesito hablar—. ¿Recuerdas la película *Clerks*, de Kevin Smith? Hay una escena en la que uno de los protas, el gordo, creo, se planta delante de uno de sus cuadros de visión espacial intentando adivinar qué figura se esconde en esas imágenes de colorines en las que todo el mundo es capaz de ver un avión, un barco o un coche. El tío se desespera por intentar verlo, pero no lo consigue. Incluso los niños pequeños son capaces, pero él no. Y ese he sido yo todo este tiempo: el tío que no era capaz de ver la realidad. Mónica me llamó unos días antes del reencuentro. Había visto en el periódico la noticia de la puesta en libertad de Héctor y me imagino que le entraron ganas de liberar su conciencia. Decidió que había llegado el momento de desahogarse, de dejar de callar. Me contó un montón de cosas. Que Iago se había acostado con mi hermana y que luego la había dejado. Que estaba embarazada y la obligaron a abortar. Antía nunca me lo dijo. Según Mónica, él lo hizo porque estaba enfadado conmigo, o resentido, porque yo me había liado con Mónica en fin de año. Yo casi ni lo recuerdo, pero ese tío le partió el corazón a mi hermana. Y eso no fue lo único que tenía que contarme: resulta que absolutamente todos sabían lo que estaba pasando en el piso. Lo sabían, sabían que Héctor se metía en la habitación de Antía, que era un violador y que mi hermana estaba desesperada. Fue la misma Mónica la que convenció a Antía para que callase. Me confesó que lo había hecho por egoísmo, porque no quería que nadie supiese que ella estaba pasando por lo mismo. Su futuro profesional estaba en juego y también el de Iago. Si cancelaban el programa de viviendas tuteladas, que en aquel momento no era más que un experimento piloto, todos acabaríamos en la calle. Veintitrés años después no le importó hacer un vídeo llorando, contando qué clase de persona era Héctor Vilaboi. Claro, ahora le venía bien, sabía que ese papel de víctima la auparía en las redes sociales, le daría notoriedad y fama. Mónica solo persiguió una cosa en la vida y no le importó que eso se llevase a mi hermana por delante. En ese momento me explotó la cabeza. Todos ellos habían contribuido con sus actos o su silencio a la muerte de Antía y ahora se proponían que nos reuniésemos como una familia feliz. Me produjo un asco y una furia infinitos. Creo que en ese momento decidí que morirían todos. Cuando Héctor salió de la cárcel, decidí que lo mataría. Ese era el plan inicial, pero la confesión de Mónica lo desbarató todo. Fui acabando con ellos mientras tú acorralabas a Vilaboi y me dejabas cancha libre. Sabía que si encontrabas a Vilaboi antes que yo, no podría matarlo, pero confiaba en que él me buscaría. Y luego me lo pusieron en bandeja. No es justo que fueses tú el que acabase con él. Me privaste de la culminación de mi venganza perfecta.

—Estás loco —dice Santi.

—Eso es lo que llevo escuchando toda la vida, ¿no? A fin de cuentas, mi madre estaba loca y Antía se suicidó.

—¿Cómo mataste a Xabi?

—Fue relativamente fácil. Había un montón de gente en esa terraza. Mientras todo el mundo veía los fuegos, los camareros retiraban los postres de las mesas, y aun así nadie prestaba atención a lo que sucedía a su alrededor. Nadie bajaba la vista. El género humano es terriblemente predecible. Fui al baño, cogí la pistola que escondí en la cisterna del baño antes de llegar, me acerqué a Xabi que estaba sentado en mi silla y apreté el gatillo. Dejé la pistola en la mesa y me dirigí a mi asiento. Era arriesgado, pero ¡tan fácil! El asesinato solo exigía un poco de determinación. Me guardé los guantes dentro del pantalón. Ese era el único riesgo grande: que me cacheasen, pero en ese momento se limitaron a interrogarnos. Sabía que era improbable.

—Conseguir una pistola, comprar la heroína para matar a Lito..., no va a ser difícil probarlo todo ahora que sé dónde buscar.

—Me preocupé de limpiar el piso de Lito, no quería que una huella perdida te hiciera desconfiar de mí. Pero ahora, ya no me importa —confieso—, he cumplido mi objetivo. Ya no me queda nada que hacer. Me daría igual que sacases tu arma y me volases la cabeza.

—¿De verdad tenías intención de matarte o solo querías que dejásemos de sospechar de ti? —me pregunta. Y yo solo puedo pensar en que no tengo clara la respuesta.

—Si te digo que un poco de cada, no me creerás. Me fallaron las fuerzas —confieso—. Estaba exhausto y fantaseé con acabar con todo. Pero sabía que ellos acudirían en mi rescate. Además, te conozco mucho, sabía que no sospecharías de mí si intentaba matarme. No, no estoy loco, estoy muy enfadado porque todos me mintieron, todos eran cómplices, y los odio a todos por ello. Después del suicidio de Antía, todos ellos decidieron ocultarme la verdad. Cuando saltó el escándalo de Jessica, vi claro por primera vez lo que había pasado y me lancé a convencerles de que debíamos ir a por Héctor. Y accedieron. ¿Cómo no iban a acceder? Se sentían tan culpables que cuando les puse un acto de contrición en bandeja hicieron todo lo que les pedí.

—¿Mataste a Mónica?

Niego con la cabeza.

—Vilaboi me hizo el trabajo. Resultó ser un asesino también. Entendió que uno de nosotros iba a por él y pensó que Mónica era la que más papeletas tenía junto conmigo. Se defendió como supo.

—Nadie entró en ese hotel con una mochila verde. La llevabas tú dentro de la tuya. Luego te limitaste a dejar la mochila dentro antes de abandonar el hotel.

—Pensaba atentar contra Mónica, pero me di cuenta de que con Iago allí era imposible, fui a tantear el terreno. De todas formas, dejé la mochila verde en el baño. Era una forma de seguir centrando la atención en Héctor.

—Sospechamos de Vilaboi porque apareció esa mochila en el baño. Ese dato de la mochila no era público, pero tú lo sabías, te lo conté el día que tomamos algo, justo después de la muerte de Xabi. Fui muy imprudente. Seguramente en cuanto te lo dije te hiciste con una. En aquellos días aún no teníais escolta policial. Sabías que, si colocabas una mochila verde cerca de cualquiera de las víctimas, toda nuestra atención giraría sobre Vilaboi y de nuevo lo habrías acorralado. La mochila verde de Héctor estaba en ese trastero. He revisado todos los objetos que se quedaron en la escena del crimen. Tienes razón, era el plan perfecto. Tú los matabas a ellos y nosotros buscábamos a Héctor por ti, para ponértelo en bandeja.

—Pero Héctor fue más listo y se me fue anticipando. Le hizo creer a Iago que yo había matado a Mónica. Todo lo que conté respecto de la muerte de Iago sucedió tal y como yo os lo dije. Venía a por mí.

—Y luego el destino pone a Rosa Gómez en tu camino y te lleva al escondite de Vilaboi.

—Y dos brillantes policías vienen a salvarme la vida y acabar con la de un maldito pederasta que provocó la muerte de seis personas. No vas a hacerme creer que él no es el culpable. Todo fue culpa de él. En fin, ya lo sabes todo. Supongo que ahora me llevarás a comisaría. Fin de la historia. —Me pongo en tensión, llevo con cuidado la mano al bolsillo.

Y saco el cuchillo.

Llorar

—¿Dónde está? —casi imploró Ana abalanzándose sobre Álex.

—Acaban de bajarlo a quirófano —dijo el comisario—. Está herido pero vivo.

Ana estaba en la ducha cuando recibió la llamada de Álex. Se había pasado toda la tarde en el sofá, en semipenumbra para evitar que el calor inundase el salón. Se debatía entre la confusión y la indignación. No quiero que elijas, había dicho. Uno no suelta una bomba así y espera que no suceda nada.

No contestó al teléfono. Ese día necesitaba dejarlos a ambos al margen de su vida.

A la tercera llamada se dio cuenta de que algo grave sucedía.

Llegó al hospital veinte minutos después, con el cabello suelto y mojado cayendo sobre sus hombros. Álex la abrazó.

Ella no se atrevió a preguntar nada más.

—Sé que se pondrá bien —dijo el comisario.

—No, no lo sabes. Lo dices para que me tranquilice. ¿Cómo ha sido?

—Se fue a casa de Morgade solo. No sé si averiguó algo o no. Cuando se recupere podrá contarnos lo sucedido. Evidentemente, la única hipótesis que podemos sopesar ahora mismo es que Morgade es el responsable de todas las muertes. Santi nos lo contará cuando se recupere —dijo Álex para tratar de infundir confianza a Ana—. Los vecinos oyeron un disparo. Santi presenta herida de arma blanca. Abatió a Morgade con su arma reglamentaria. Habrá que abrir una investigación para ver si se adapta a la instrucción interna sobre el uso del arma de fuego.

—¿Santi está a punto de morir y tú estás preocupado por ver si se ha cumplido la normativa? —Ana lo miró con estupefacción.

—Perdona —se disculpó Álex—, ha hablado el comisario. No he derrochado sensibilidad precisamente. Me has preguntado por lo sucedido y lo único cierto es que, si Santi no nos lo cuenta, no sabremos nada.

—Si algo le pasa a Santi, yo descubriré lo que pasó —dijo Ana con convicción—. Lo haré.

—Tú has investigado mano a mano con Santi. ¿Crees viable una teoría en la que Morgade sea el asesino?

—Lo único que sé es que, si Santi le disparó, lo hizo en legítima defensa, y si eso sucedió es porque Carlos lo atacó. Lo demás es pura lógica.

—No especulemos más. Te dejo aquí. Yo tengo que volver a comisaría. Estoy seguro de que en breve tendré que informar a la Delegación del Gobierno.

Ana asintió con un breve ademán de cabeza. Una parte de sí misma quería ir con Álex a comisaría y sumergirse en esa montaña de papeles que había conducido a Santi a casa de Carlos Morgade, mientras ella miraba fijamente el techo de su salón de estar, preguntándose qué demonios hacer con su vida.

Se despidió de Álex.

Cuatro años antes había estado en esa misma UCI esperando que su hijo despertase tras ser atropellado por un coche. Santi la había acompañado en la sala de espera. Como siempre que Ana se enfrentaba a momentos de crisis en su vida, no era capaz de llorar. Pensaba en tonterías. En que, si Santi moría, tendría un nuevo jefe, o en que nunca la llevaría a Ferrol a conocer a sus sobrinos. No le devolvería los mil libros que él le había dejado y que ella le había prometido leer. Los acumulaba en lugar de devolvérselos, porque, si una es madre soltera, estudiante universitaria y subinspectora de policía, cuando llega a la cama tiene ganas de cualquier cosa excepto de leer. Si Santi moría, ella no tendría con quién hablar por la noche, y revisaría el WhatsApp cien veces al día y él ya no estaría al otro lado del teléfono. Y el idiota de su iPhone le recordaría que un día de julio de hacía cuatro años habían bailado el rock and roll de *Pulp fiction* en un garito de Compostela. Y que lo había besado mientras él intentaba tapar el objetivo de la cámara. Acababan de resolver el caso Alén y estaban a punto de marcharse juntos de vacaciones. Nunca lo hicieron.

—¿Cómo está?

La voz de Lorena sacó a Ana de sus pensamientos.

Se levantó y se abrazó a ella. Lorena sí podía llorar.

Y no quedó... ¡ninguno!

Álex

—Por un momento creí que morirías y que me mandarían un nuevo inspector a comisaría. Todavía estoy intentando decidir si esa es una buena o una mala noticia —dijo Álex—. Tienes un aspecto horrible.

Lo habían operado hacía cinco días. Había perdido mucha sangre. A pesar de las transfusiones, aún se sentía sumamente débil.

—Lo imagino.

—¿Ana ha venido? —preguntó Veiga—. Me dijo ayer que lo haría.

Santi negó con la cabeza.

—Estaba muy preocupada.

—Lorena me dijo que se quedó hasta que acabó la operación.

—¿Qué pasó, Santi?

—Pasó que tenías razón —dijo Abad—. Carlos me utilizó. Se aprovechó de mí. Abusó de mi confianza y me engañó. Tú lo viste y yo no supe verlo. A la mierda el famoso instinto Abad.

—Pero lo desenmascaraste.

—Después de que muriesen seis personas y de que casi me matara a mí.

—En tu estado no quiero reprocharte nada, pero ¿se puede saber en qué *carallo* estabas pensando para plantarte en casa de un sospechoso de haber matado a varias personas sin tu compañera y sin ningún tipo de refuerzo? Pudiste haber muerto.

—Lo sé. Pero sentí que tenía que arreglarlo. Me dejé llevar y metí demasiado la pata, jefe.

—¿Tenías pruebas?

—Sí. —Santi cogió aire—. No hay crímenes perfectos. La pistola que mató a Xabi y la que mató a Silvent salieron del mismo lugar. Lo de Lito no podremos probarlo nunca. Y me temo que lo de Eva tampoco, pero todas las pruebas biológicas sumarán en su contra en un contexto de culpabilidad. A Mónica la mató Vilaboi.

—Santi, no hables como si fuera a haber un juicio. —Una duda asaltó a Veiga—. Te han dicho que ha muerto, ¿verdad?

El inspector asintió.

—Es que todo ese discurso mental sobre las pruebas lo armé de camino a su casa. No puedo creer que los haya matado, uno a uno.

—Si Connor Brennan no fue capaz de determinar el alcance de su desequilibrio y lo peligroso que era, no podíamos pedirte más a ti.

—Connor me dijo que mentía y que había mucha violencia latente en su carácter.

—Te describió síntomas, no te dio un diagnóstico —incidió Veiga—. Santi, deja de torturarte.

—Eres mi superior y sabes lo que respeto las jerarquías, aunque no lo haya demostrado en absoluto a lo largo de este caso. Te contradije, pasé por encima de tu criterio.

—Me lo tomo como una disculpa —dijo su jefe—. En unos días saldrás de aquí. Te recuerdo que tenemos una caña pendiente.

—Gracias, jefe.

Álex se levantó y se dirigió a la salida.

—Comenzaré con el papeleo de la investigación por lo ocurrido en el domicilio de Morgade. Con lo que me has dicho creo que no habrá ningún problema. Descansa, Abad.

—Lo haré.

Santi miró de nuevo el móvil. Ningún mensaje. O al menos ninguno que le importase

Y no quedó... ¡ninguno!

Lorena

—Tengo los abonos de Cineuropa. —Lorena le enseñó dos entradas en su móvil.

—Casi tienes que venderlos en Wallapop —le dijo Santi—, por lo menos el mío.

—No digas chorradas.

—No lo son —insistió él—. Me he portado como un novato. Si esto fuera un simulacro de la escuela de prácticas, habría suspendido. Y en la vida real esto se traduce en que casi me matan.

—Creo que ya has aprendido que la siguiente vez que te veas implicado emocionalmente en un caso te abstendrás de participar en él.

—Nunca me he considerado un tío emocional.

—Lo eres, solo que hay que conocerte a fondo para darse cuenta. Y no somos muchos los que llegamos hasta ahí —dijo Lorena.

—¿Cómo estás? —le preguntó Santi.

—Eso debería preguntártelo yo a ti.

—Vivo.

—Pues yo igual, viva.

—Es muy importante para mí que estés aquí y con esa cara de preocupación, porque eso quiere decir que no he hecho las cosas tan mal.

—Eso quiere decir que soy muy madura y una tía de puta madre. En fin, me voy a ir. Te he traído las llaves de tu casa.

—Me encanta la camiseta —dijo él.

«Should I stay or should I go», rezaba. Muy oportuno.

Lorena sonrió.

—Estoy loco dejándote ir —le dijo Santi.

—Por supuesto que sí. Pero no me voy a ninguna parte. Sigo aquí —ella le cogió la mano—, para lo que quieras.

Lo besó en la mejilla y dejó las llaves sobre la mesita, al lado de una jarra de agua y un paquete de pañuelos de papel.

Y no quedó... ¡ninguno!

Santi

«¿Estás despierta?».

«Soy yo la que suele preguntar eso».

«¿Te llamo?».

«No puedo hablar».

Claro. Veiga. Intentó tomárselo con humor.

«¿Tienes miedo de despertar a tu novio el empotrable?».

«Espera, que salgo al balcón».

Tardó un par de minutos en llamarlo.

—¿Cómo estás? —preguntó Ana.

—Harto de que me lo pregunte todo el mundo —confesó Santi—. A ti te puedo decir la verdad. Dolorido, cansado, arrepentido, jodido y hecho polvo.

—Es una buena colección de adjetivos.

—Nunca había matado a nadie y en unos días he matado a dos personas. Dicen que eso te marca.

—Él era tu amigo. Estarás destrozado. Lo entiendo —dijo Ana, comprensiva.

—Ignoro qué clase de persona soy, pero volvería a hacerlo, no puedo dejar de pensar en que lo merecía. Mató a todos sus amigos. ¿Qué clase de tío hace eso?

—Alguien que no merece vivir, según tú —le contestó Ana.

—No es eso y lo sabes. Fue legítima defensa pura y dura —dijo Santi—. No has venido a verme. Por lo menos, no desde que he despertado.

—Bueno, yo también he estado jodida y hecha polvo. Y te dejé solo en mitad de una investigación y casi te mueres.

—¿Vas a empezar con remordimientos? Yo fui el idiota que se metió en casa de un asesino sin pedir ningún tipo de refuerzo.

—He vuelto a fumar —confesó Ana—. De hecho, estoy fumando ahora.

—Odio que fumes.

—Lo sé.

—Veiga te echará del piso.

—Es exfumador, me entiende.

—Por supuesto, no podía ser de otra forma —reconoció Santi—. Ana, no quería que te sintieses así de mal. Lo que te dije iba en serio, no te solté todo aquel sermón para fastidiarte tu relación con el jefe. No me extraña en absoluto que estés con él, es un gran tipo.

—Lo es, y también Lorena. Pero aquí estamos, a las cinco de la mañana, yo fumando en un balcón y hablando a escondidas como si fuera una adolescente.

—Lo siento. —Santi no sabía muy bien qué responderle.

—Casi te mueres, y eso me ha hecho darme cuenta de muchas cosas. ¿Sabes qué me ha dicho mi madre?, que no sabe qué veo en un tío que es una bomba de relojería. Que ella se pasó media vida sobre una.

—Es una buena definición —reconoció él—. Ángela nunca ha ocultado que no soy santo de su devoción.

—No es justo lo que me hiciste, ¿sabes? —En el tono de Ana había reproche.

—Lo sé.

—Deja de darme la razón; si lo supieses, no habrías limpiado tu conciencia a base de joderme la vida. Lo nuestro estaba claro. Y totalmente superado. —La voz de Ana era un susurro. No podía gritarle, pero se moría de ganas de hacerlo.

—Ana, sentí que debía decírtelo. Siempre me reprochaste que no fuera sincero contigo. Y cuando lo soy te pones así. Tú no quieres mi sinceridad, quieres escuchar lo que te conviene. Y yo nunca he sido de esa clase de tíos. Quizá por eso nunca te hice sentir bien.

—Me voy a Roma con Álex —se lo dijo con la esperanza de hacerle daño. Estaba siendo infantil y lo sabía.

—Es una ciudad preciosa.

Ana guardó silencio.

—¿Qué quieres que diga ahora? —le preguntó Santi—. Si te pidiera que no fueras, entonces sí podrías reprocharme que no estoy siendo justo. Los dos sabemos lo que debes hacer.

Ana apagó el cigarrillo en el cenicero.

—Adiós, Santi —dijo antes de colgar.

Y no quedó... ¡ninguno!

Rosa

Rosa Gómez y Xurxo Villanueva se acercaron a la tumba de Mónica Prado. Además de su nombre y de las fechas que acotaban su vida, solo figuraba el epitafio que Iago había dejado encargado antes de morir: TRUE LOVE.

—Es terriblemente cursi —dijo Xurxo.

—No les faltes al respeto —le reprendió Rosa.

—No lo hago, Rosiña —replicó él—, quería que te rieses. En realidad, me parece bastante triste que Iago y ella se pasaran media vida separados y que muriesen casi juntos.

—Lo es. Eva, Carlos y Lito están enterrados aquí también.

—¿Qué hacemos en este lugar? —preguntó Xurxo.

—No tenían a nadie. Ni de vivos ni de muertos. No paro de darle vueltas al hecho de que no debimos hacer bien nuestro trabajo si ninguno construyó una vida normal, si no hay nadie que venga a ponerles flores a su tumba. Necesitaba hacerlo, y no se me ocurrió nadie mejor que tú para acompañarme. No me veía capaz de hacerlo sola, ¿sabes?

—Xabi tenía a Vanesa, y Eva a su marido. Iago y Mónica se encontraron finalmente. Lito había logrado salir de las drogas. A nivel profesional todos se ganaban la vida, y Iago habría sido el orgullo de cualquier padre, un hombre brillante, un pilar de la sociedad. Carlos estaba profundamente desequilibrado, solo así se entiende lo que hizo. No descartes que tenga origen hereditario, aunque supongo que eso ya no es importante ahora. Y hay que tener en cuenta el daño que Héctor les causó. No es nuestra responsabilidad. Hicimos lo que pudimos.

—La noche en que murió Antía, yo estaba en la casa. Le había cambiado el turno a Héctor, que por lo general prefería el turno de noche. No me enteré de nada. Estaba drogada. Héctor me salvó el culo —dijo Rosa—. Llevo años atormentada por eso.

—La culpa. Es curioso como los seres malos en esencia no se paran a pensar en las causas y consecuencias de sus actos. Estoy segura de que Carlos no se sentía culpable por haber acabado con todos ellos. No hiciste las cosas bien. Lo único que podemos hacer ahora es intentar no volver a caer en nuestros errores. Me jubilo el mes que viene, no puedo pasar el resto de mi vida pensando en lo que hice mal. Y tú tampoco.

—¿Crees que Héctor se sentía culpable?

—Lo dudo —dijo Xurxo—. Pero lo que sí me parece terrorífico es todo el mal que causó. Él lo empezó todo.

Rosa asintió.

—Estoy de baja —le confesó a Xurxo—. He empezado en rehabilitación.

—Eso es bueno, Rosiña.

—Supongo que sí. ¿Crees que soy mala persona? —le preguntó ella.

—¿Quieres oír la verdad?

—Supongo que no, pero tendré que hacerlo.

—Eres débil y eres cobarde. Aunque no creo que seas mala persona.

—¡Vaya!, es duro oírtelo decir.

—Lo sé. Pero, si has tomado la decisión de empezar en rehabilitación, eso significa que estás empezando a coger las riendas.

Eso es importante. ¿Quieres ir a la tumba de Antía? —preguntó Xurxo.

Rosa negó con la cabeza.

—Tienes razón. Soy una cobarde.

—Dentro de un año, volveremos y las visitaremos todas —le prometió él—. Así te quitarás esa estúpida idea de la cabeza de que no tenían a nadie. Cuando alguien está solo es porque quiere estarlo.

—Supongo que yo soy un buen ejemplo —dijo Rosa, mientras depositaba un tulipán amarillo en la tumba de Mónica Prado.

Y no quedó... ¡ninguno!

Ana

Lo que deseamos y lo que nos conviene converge en extrañas ocasiones.

La primera vez que Toni le quitó el sujetador en el vestuario de chicas del instituto de Cacheiras, Ana sabía que debía pedirle que parara. Quería acostarse con él, pero no allí, no en ese momento. Aún hoy no sabía si había actuado como quería o como se esperaba que hiciera. «Para», dijo finalmente. Él no lo hizo y ella acabó haciendo lo que él esperaba de ella.

Tampoco le pidió el apellido para su hijo ni una pensión alimenticia cuando al año siguiente nació Martiño. Recordaba haber pensado que ese tío tan rubio y de ojos azulísimos no se portaba con ella como merecía. No la llamaba más que cuando sus amigos no salían y había negado que salieran juntos cuando se lo preguntaron un día en el patio del instituto. Pero se acostó con él. Varias veces. Y ahora Martiño tenía un padre biológico al que solo veía en la hamburguesería Santa Sede cuando iba a tomarse algo con sus amigos.

Ana siempre decía que elegía mal a los tíos. No era así. Sabía distinguir perfectamente los que le convenían de los que no, pero siempre acababa encontrando más atractivos a estos últimos.

Su madre no sabía nada de los problemas de Santi, pero se había dado perfecta cuenta de lo mal que lo había pasado a su lado. Y en cuanto Santi volvió de su baja se limitó a abrir el pestillo de su casa y hacerlo pasar hasta su habitación, ante la mirada reprobatoria de Ángela.

«Corre, Barroso, corre», le había dicho Javi cuando le contó lo de Sam.

Y no lo había hecho. O por lo menos, no en el sentido adecuado.

Pensó en el cuento de Caperucita Roja, ese que siempre le contaba su madre cuando era niña. Ella nunca había entendido por qué Caperucita cogía el camino que le indicaba el lobo, por qué no había tenido en cuenta las señales, ya que todo el mundo le había advertido en contra de él.

¡Es tan fácil la vida en los cuentos! La vida y las personas están claramente delimitadas. Lo bueno y lo malo no tienen fronteras difusas. No hay margen para el error.

Luego, una crece y se encuentra en el vestuario de un instituto besando al lobo feroz.

Con treinta y dos años, y a punto de embarcarse en un vuelo a Roma, deseó mantener algo de esa clarividencia infantil que le hacía ver cuál era el camino correcto. Ni siquiera tenía ningún motivo para pensar que este no lo era, salvo esa sensación en la boca del estómago que la hacía volver una y otra vez a la conversación de la pasada madrugada. Era también consciente de lo irracional de ese instinto, porque no había señales de alarma. Y quizá era eso lo que la asustaba. El hombre que estaba junto a ella no tenía ningún defecto, o por lo menos ninguno reseñable. Y Ana sabía que ese era el hombre que le convenía.

Quizá todo sería más fácil si el amor fuera una lista de pros y contras, el resultado de un test de compatibilidad de una revista o esa mera reducción simplista que la había llevado hasta ese aeropuerto; esa convicción de que en la vida todo se reduce a dos opciones: hacer lo que se quiere o hacer lo que la gente espera que una haga. Parecía fácil.

Y, sin embargo, no podía parar de pensar en que quizá no es imprescindible esa convergencia entre lo que deseamos y lo que nos conviene.

El camino corto y el camino largo.

Miró a Álex, que sacaba dos botellas de agua de la máquina, solo porque ella había dicho en el embarque que tenía un poco de sed. Y lo supo.

Por una vez en la vida, ante la puerta A3 del aeropuerto Rosalía de Castro de Santiago de Compostela, Ana supo sin ningún género de dudas lo que debía hacer.

Agradecimientos

Qué difícil volver a hablar de todos los que hacéis posible que Abad y Barroso sigan patrullando las calles de Compostela.

No debería serlo, siempre sois los mismos. Quizá debería suprimir los agradecimientos. Siempre es la misma gente. Pero no puedo. Todo el trabajo, esfuerzo y sacrificio que hay detrás de cada libro no me pertenecen.

Equipo de Lumen (en especial Lola) y equipo de Galaxia, gracias por la paciencia y la fe. Gracias, Arturo, por entenderlo, y a mis compañeras y compañeros de la IXCA, por hacerlo posible con vuestra colaboración. Gracias, Salva, por la autopsia, otra más del DM. Gracias, lectores cero, por la paciencia.

Gracias, lectores de la saga, por todos y cada uno de esos mensajes de #MásAbadyBarroso.

Gracias a mi gente. Ya sabéis quiénes sois. Me queréis, os quiero. Es así de fácil. No se puede pedir más.

Teo, septiembre de 2022

Los personajes de esta historia son ficticios. Sin embargo, el personaje de Lorena, la bibliotecaria, está inspirado en Lorenza Gómez, la voz del blog Anchoas y Tigretones. *El programa Mentor arrancó realmente en Galicia en 1998 y sigue en funcionamiento hoy día. Algunos rasgos del personaje de Iago Silvent tienen su origen en la figura del conocido inmunólogo Alfredo Corell, que fue la voz de la ciencia durante toda la pandemia. El programa Immunomedia existe y nació en la Universidad de Valladolid de la mano del doctor Corell. Sirva esta novela como agradecimiento a todos los que nos acercaron la luz de la ciencia cuando todo era oscuridad.*

Algunos títulos imprescindibles
de Lumen de los últimos años

Escrito en la piel del jaguar | Sara Jaramillo

Vida mortal e inmortal de la niña de Milán | Domenico Starnone

Elegías de Duino. Nueva edición con poemas y cartas inéditos |
    Rainer Maria Rilke

Limpia | Alia Trabucco Zerán

La amiga estupenda. La novela gráfica | Chiara Lagani
    y Mara Cerri

La hija de Marx | Clara Obligado

La librería en la colina | Alba Donati

Mentira y sortilegio | Elsa Morante

Diario | Katherine Mansfield

Cómo cambiar tu vida con Sorolla | César Suárez

Cartas | Emily Dickinson

Alias. Obra completa en colaboración | Jorge Luis Borges
    y Adolfo Bioy Casares

El libro del clima | Greta Thunberg y otros autores

Maldita Alejandra. Una metamorfosis con Alejandra Pizarnik |
    Ana Müshell

Leonís. Vida de una mujer | Andrés Ibáñez

*Una trilogía rural (Bodas de sangre, Yerma y La casa de Bernarda
    Alba)* | Ilu Ros

Mi Ucrania | Victoria Belim

Historia de una trenza | Anne Tyler

Wyoming | Annie Proulx

Ahora y entonces | Jamaica Kincaid

La postal | Anne Berest

La ciudad | Lara Moreno

Matrix | Lauren Groff

Anteparaíso. Versión final | Raúl Zurita

Una sola vida | Manuel Vilas

Antología poética | William Butler Yeats

Poesía reunida | Philip Larkin

Los alegres funerales de Alik | Líudmila Ulítskaya

Grace Kelly. Una biografía | Donald Spoto

Jack Nicholson. La biografía | Marc Eliot

Autobiografía | Charles Chaplin

Mi nombre es nosotros | Amanda Gorman

Autobiografía de mi madre | Jamaica Kincaid

Mi hermano | Jamaica Kincaid

Las personas del verbo | Jaime Gil de Biedma

Butcher's Crossing | John Williams

Cita en Samarra | John O'Hara

El cocinero | Martin Suter

La familia Wittgenstein | Alexander Waugh

Humano se nace | Quino

Qué mala es la gente | Quino

La aventura de comer | Quino

Quinoterapia | Quino

Déjenme inventar | Quino

Sí, cariño | Quino

En los márgenes | Elena Ferrante

Las rosas de Orwell | Rebecca Solnit

La voz de entonces | Berta Vias Mahou

La isla del árbol perdido | Elif Shafak

Desastres íntimos | Cristina Peri Rossi

Obra selecta | Edmund Wilson

Malas mujeres | María Hesse

Mafalda presidenta | Quino

La compañera | Agustina Guerrero

Historia de un gato | Laura Agustí

Barrio de Maravillas | Rosa Chacel

Danza de las sombras | Alice Munro

Araceli | Elsa Morante

12 bytes. Cómo vivir y amar en el futuro | Jeanette Winterson

Clint Eastwood. Vida y leyenda | Patrick McGilligan

Cary Grant. La biografía | Marc Eliot

Poesía completa | William Ospina

La mujer pintada | Teresa Arijón

El Mago. La historia de Thomas Mann | Colm Tóibín

Las inseparables | Simone de Beauvoir

Sobreviviendo | Arantza Portabales

El arte de la alegría | Goliarda Sapienza

El remitente misterioso y otros relatos inéditos | Marcel Proust

El consentimiento | Vanessa Springora

El instante antes del impacto | Glòria de Castro

Al paraíso | Hanya Yanagihara

La última cabaña | Yolanda Regidor

Poesía completa | César Vallejo

Beloved | Toni Morrison

Estaré sola y sin fiesta | Sara Barquinero

Donde no hago pie | Belén López Peiró

A favor del amor | Cristina Nehring

La señora March | Virginia Feito

El hombre prehistórico es también una mujer |
     Marylène Patou-Mathis

La tierra baldía (edición especial del centenario) | T. S. Eliot

Cuatro cuartetos | T. S. Eliot

Manuscrito hallado en la calle Sócrates | Rupert Ranke

Federico | Ilu Ros

La marca del agua | Montserrat Iglesias

La isla de Arturo | Elsa Morante

Cenicienta liberada | Rebecca Solnit

Hildegarda | Anne Lise Marstrand-Jorgensen

Exodus | Deborah Feldman

Léxico familiar | Natalia Ginzburg

Confidencia | Domenico Starnone

Canción de infancia | Jean-Marie Gustave Le Clézio

Confesiones de una editora poco mentirosa | Esther Tusquets

Mis últimos 10 minutos y 38 segundos en este extraño mundo |
    Elif Shafak

Los setenta y cinco folios y otros manuscritos inéditos |
    Marcel Proust

Alejandra Pizarnik. Biografía de un mito | Cristina Piña
    y Patricia Venti

Una habitación ajena | Alicia Giménez Bartlett

La fuente de la autoestima | Toni Morrison

Antología poética | Edna St. Vincent Millay

La intemporalidad perdida | Anaïs Nin

Ulises | James Joyce

La muerte de Virginia | Leonard Woolf

Virginia Woolf. Una biografía | Quentin Bell

Madre Irlanda | Edna O'Brien

Recuerdos de mi inexistencia | Rebecca Solnit

Las cuatro esquinas del corazón | Françoise Sagan

Una educación | Tara Westover

El canto del cisne | Kelleigh Greenberg-Jephcott

Donde me encuentro | Jhumpa Lahiri

Este libro
terminó de imprimirse
en Barcelona
en febrero de 2023

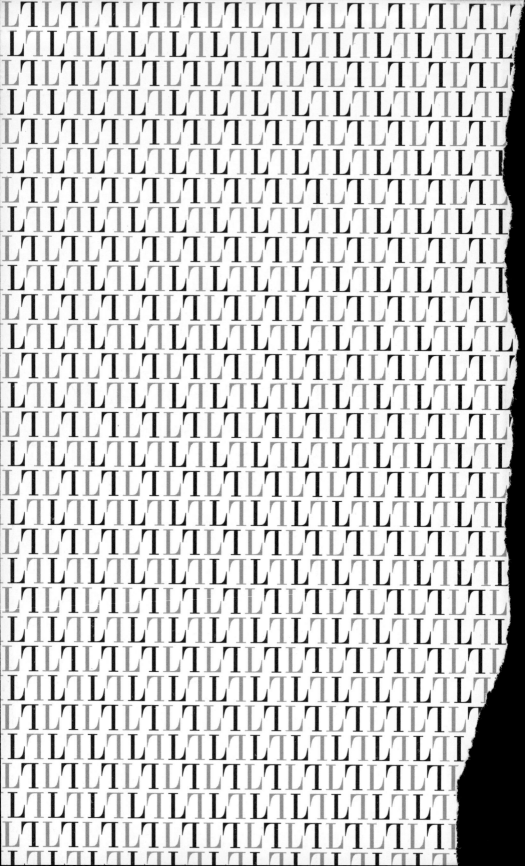